SCHOLOMANCE 2

Promotion funeste

DE LA MÊME AUTRICE
AUX ÉDITIONS J'AI LU

Déracinée, Pygmalion, 2017, J'ai lu, 2018
La Fileuse d'argent, Pygmalion, 2020, J'ai lu, 2021
Scholomance, Tome 1 – Éducation meurtrière, Pygmalion, 2022, J'ai lu, 2023

NAOMI NOVIK

SCHOLOMANCE 2

Promotion funeste

ROMAN

Traduit de l'anglais (États-Unis)
par Benjamin Kuntzer

J'AI LU

Collection dirigée par Thibaud Eliroff

Retrouvez-nous sur nos réseaux sociaux :

@jailu_editions

@jailu.collection.imaginaire

@jailu.editions

Titre original
THE LAST GRADUATE
LESSON TWO OF THE SCHOLOMANCE

1

Sacvipère

Reste très loin d'Orion Lake.

La plupart des personnes croyantes de ma connaissance – pour être honnête, elles vivent presque toutes dans une communauté vaguement païenne du pays de Galles, quand ce ne sont pas de jeunes magiciens terrifiés, entassés dans une école qui essaie de les éliminer – implorent régulièrement une divinité bienveillante, aimante et omnisciente de leur prodiguer des conseils utiles par le biais de présages ou de signes miraculeux. En tant que fille de ma mère, je suis bien placée pour savoir qu'ils n'aimeraient pas le résultat, s'ils étaient exaucés. Nul ne souhaite obtenir des conseils mystérieux et inexpliqués de la part d'une puissance supérieure ayant tes intérêts à cœur, et dont le jugement est par essence bon, juste et infaillible. Soit elle t'oriente vers ce que tu comptais faire de toute façon, auquel cas ses conseils ne servent à rien, soit elle t'enjoint de faire le contraire, auquel cas tu te retrouves à devoir choisir entre suivre son conseil à contrecœur – comme une gamine forcée à se brosser les dents et à aller se coucher à une heure raisonnable – ou ne pas en tenir compte et t'entêter avec détermination, tout en sachant que ta décision va fatalement t'attirer douleur et déception.

Si tu te demandes quelle voie je décide de suivre, c'est que tu me connais mal. J'opte forcément pour la douleur et la déception ; je n'ai même pas besoin d'y réfléchir. Le message de maman est bourré de bonnes intentions, mais il reste concis : *Ma petite chérie, je t'aime, garde courage, et reste très loin d'Orion Lake.* Je le lis d'un coup d'œil et le déchire aussitôt en morceaux, debout parmi les nouveaux qui courent dans tous les sens. Je mange moi-même le petit bout contenant le nom d'Orion et distribue le reste.

« Qu'est-ce que c'est ? me demande Aadhya de son air toujours indigné.

— Ça met du baume au cœur, expliqué-je. Ma mère a enchanté le papier.

— Ah oui, ta *mère*, Gwen Higgins, réplique Aadhya avec froideur. Dont tu nous as si souvent parlé.

— Arrête ton char, et mange », répliqué-je avec agacement après avoir avalé ma bouchée. L'agacement me vient assez facilement. Rien ici – pas même le soleil, le vent ou une nuit de sommeil en sécurité – ne me manque autant que ma maman, voilà donc ce que son sort me procure : la sensation de me retrouver blottie dans son lit, la tête sur ses genoux, tandis qu'elle me caresse délicatement les cheveux dans une atmosphère d'herbes médicinales, avec le croassement distant des crapauds nous parvenant par la porte ouverte en même temps que l'odeur de terre humide d'un printemps gallois. Ça me redonnerait effectivement le moral si je ne m'inquiétais pas tant de ce qu'elle a essayé de me dire au sujet d'Orion.

J'imagine une infinité d'explications hilarantes. Dans le meilleur des cas, il est voué à mourir jeune et dans d'atroces souffrances, ce qui semble de toute façon raisonnablement prévisible étant donné sa propension à jouer les héros. Malheureusement, me retrouver d'une manière ou d'une autre à fréquenter un héros maudit n'est pas le genre de trucs contre lesquels ma mère me mettrait en garde. Elle est plutôt du genre *Cueillez dès aujourd'hui les roses de la vie*.

Maman me préviendrait seulement pour un *mauvais* présage, pas un présage *douloureux*. Alors, de deux choses l'une : soit Orion est le maléficien le plus brillant de l'histoire, et il maquille ses sinistres desseins en sauvant la vie de tout le monde à maintes reprises dans l'unique but de, je ne sais pas, peut-être nous tuer lui-même plus tard ? Soit maman le sait si agaçant qu'elle craint de *me* voir devenir la maléficienne la plus brillante de l'histoire. C'est sans doute plus plausible, puisque telle est apparemment ma destinée.

Bien sûr, le plus vraisemblable reste qu'elle en ignore elle-même la véritable raison, qu'elle a simplement eu un mauvais pressentiment au sujet d'Orion, et qu'elle n'aurait pu me donner de plus amples explications dans une lettre de dix feuilles recto verso. Un pressentiment assez terrible pour la pousser à se rendre à Cardiff en stop, afin de convaincre les parents du premier bizut venu de lui confier ce simple message. Je tends alors la main pour enfoncer mon doigt dans l'épaule maigrelette d'Aaron. « Dis-moi ce que ma mère a filé à tes parents pour que tu serves de coursier ? »

Il se tourne vers moi et me répond d'un air incertain : « Rien, je crois ? Elle a dit qu'elle n'avait rien à leur offrir, mais elle a voulu leur parler en privé. Puis elle m'a passé le papier, et ma mère a fait sortir un peu de mon dentifrice pour compenser. »

Ça n'a l'air de rien, mais personne ne va gâcher sa minuscule limite de poids autorisé en dentifrice ordinaire ; personnellement, je me brosse les dents avec du bicarbonate de soude piqué directement dans les réserves du labo d'alchimie. Si Aaron en a apporté, c'est qu'il doit être enchanté d'une manière ou d'une autre – ça peut s'avérer utile, quand on sait qu'on ne pourra pas voir le dentiste pendant quatre ans. Ici, il aurait largement pu troquer cette infime quantité manquante contre une semaine de repas supplémentaires. Et pourtant, ses parents avaient privé leur propre fils de cette précieuse ressource – ma mère leur avait *demandé* de priver leur propre fils de cette précieuse ressource – dans l'unique but de me faire parvenir cet avertissement. « Génial, commenté-je avec amertume. Tiens, prends-en un bout. » Je lui file un morceau du message. Il en a sans doute plus besoin que jamais, après avoir été aspiré par la Scholomance. L'incorporation à l'école vaut toujours mieux que la mort quasi inévitable qui attend les jeunes sorciers dehors, mais de peu.

La queue du réfectoire s'ouvre à cet instant, et la ruée qui s'ensuit vient me distraire de mes ruminations. « Ça va ? » me demande discrètement Liu tandis qu'on prend place dans la file d'attente.

Je la considère d'un air absent. Elle n'est pas télépathe ni rien – elle a juste l'œil pour remarquer les moindres détails et en tirer les conclusions qui s'imposent. Elle désigne ma poche, où j'ai fourré les derniers morceaux du message – ce message dont j'ai tu le contenu, alors même que j'en distribuais les bouts enchantés qui auraient dû dissiper toute idée noire. Ce qui me surprend, c'est… c'est qu'elle ait posé la question. J'ai perdu l'habitude qu'on prenne de mes nouvelles, ou même qu'on remarque quand je suis contrariée. Sauf quand je donne l'impression d'être sur le point de mettre le feu partout, ce qui n'est pas si rare.

Je dois réfléchir un moment avant de décider que non, je n'ai pas envie d'en discuter. Je n'avais encore jamais eu ce choix. Et le simple fait de l'avoir me permet de ne pas mentir quand je lui souris pour lui affirmer que *oui, tout va bien*. Je sens mes lèvres s'étirer étrangement, dans une expression qui ne m'est pas très familière. Liu me sourit en retour, puis on se concentre sur nos plateaux et le fait de les remplir de nourriture.

On a perdu nos petits nouveaux dans la bousculade : ils passent derniers, évidemment, nous laissant le privilège discutable d'ouvrir la marche. Mais rien ne nous empêche de prendre du rab à leur intention, si on peut se le permettre, alors on ne s'en prive pas, au moins pour aujourd'hui. Les murs de l'école sont encore un peu chauds après le cycle de nettoyage de fin de semestre. Les maléficarias n'ayant pas été réduits en cendres fines commencent tout juste à émerger des recoins sombres dans lesquels ils se sont tapis, et il y a peu de risques que la bouffe soit déjà contaminée par leur présence. Liu récupère donc quelques briquettes de lait supplémentaire pour ses cousins, et je me sers à contrecœur d'une deuxième portion de pâtes pour Aaron. Techniquement, je ne lui dois rien pour le message : selon les convenances de la Scholomance, tout se règle en dehors de l'école. Mais comme il n'en a tiré aucun bénéfice personnel, ça me semble être la moindre des choses.

Ça fait bizarre de figurer parmi les premiers à sortir de la queue et d'aller chercher une table dans la cafétéria presque déserte, alors qu'une longue file d'élèves s'étend encore en zigzaguant le long des murs sur trois rangées ; ceux de deuxième année montrent aux nouveaux arrivants les dalles du plafond, les plaques d'évacuation au sol et les bouches d'aération sur les parois, pour leur indiquer d'où peut venir le danger. Les dernières tables encore repliées se dirigent vers l'espace laissé vacant pour accueillir l'afflux des bizuts et se remettent peu à peu en place avec force grincements et claquements. Mon amie Nkoyo – est-ce que je peux réellement la considérer comme une amie ? Il me semble que oui, mais comme rien n'est jamais gravé dans le marbre, je m'autorise à en douter encore un peu – est passée la première avec ses meilleures copines ; elle a choisi la meilleure table, positionnée dans le cercle à égale distance des murs et de la file d'attente, à l'aplomb de deux dalles de plafond seulement, et à quatre tables de la première plaque d'évacuation. Restée debout, elle nous adresse de grands signes ; elle est pourtant facile à repérer, avec son pull et son baggy flambant neufs, portant chacun une magnifique impression de lignes sinueuses entremêlées qui doivent contenir de puissants enchantements. C'est le jour de l'année où chacun enfile LA nouvelle tenue annuelle que la majorité d'entre nous s'autorise – malheureusement pour moi, l'intégralité de ma garde-robe a été incinérée dès ma première année –, et elle a manifestement conservé celle-ci pour sa terminale. Jowani se charge d'aller chercher deux gros pichets d'eau, tandis que Cora trace le périmètre de protection.

Ça me fait drôle de traverser le réfectoire pour les rejoindre. Même si elles ne nous avaient pas directement invitées, on aurait pu choisir des tas d'autres bonnes tables, et toutes les mauvaises. Il m'est déjà arrivé d'avoir le luxe de décider où m'installer, mais c'est toujours un risque né de l'erreur d'arriver trop tôt à la cafétéria ; la plupart du temps, il s'agit d'un acte désespéré commis après de trop nombreux repas catastrophiques. Mais à présent, ça semble juste normal. Tous ceux qui s'installent aux places voisines sont dans la même promo que moi – en terminale, désormais. Je les connais presque tous de vue, voire de nom. Nous sommes désormais à peu près un millier, contre mille six cents au départ. Ça a l'air horrible, dit comme ça, sauf qu'il en reste généralement moins de huit cents en début de dernière année. Et moins de la moitié de ceux-là peuvent espérer décrocher leur diplôme.

Mais notre promotion a quelque peu dérangé l'ordre établi grâce à mon voisin de table. Nkoyo laisse à peine Orion et moi nous installer avant de s'exclamer : « Ça a marché ? Vous avez pu réparer la machine ?

— Combien de malés il y avait en bas ? » s'écrie Cora dans le même temps en se laissant tomber sur sa chaise. Elle est à bout de souffle et tient toujours entre ses mains le petit broc en céramique dont elle s'est servie pour tracer le sort de protection autour de nous.

Ce n'est pas de l'impolitesse, par rapport aux façons de faire de la Scholomance : elles sont en droit de nous interroger, puisqu'elles ont réservé la place ; ça mérite largement quelques informations de première main. D'autres terminales sont en train d'investir les tables voisines pour mieux épier notre conversation – nous conférant ainsi une zone de protection confortable. Ceux qui sont assis trop loin se penchent vers nous et tendent l'oreille sans vergogne, tandis que leurs camarades surveillent leurs arrières.

Toute l'école connaît déjà une information significative : contrairement à toute attente, Orion et moi sommes remontés vivants de notre charmante excursion matinale dans la salle des diplômes. J'ai cependant passé le reste de la journée terrée dans ma chambre, tandis qu'Orion évitait tout contact humain, sauf pour sauver un camarade tombé entre les griffes d'un malé ; ainsi, les autres bribes qu'ils détiennent leur sont parvenues par radio-moquette, ce qui n'est pas le moyen le plus sûr d'obtenir des données fiables quand on compte dessus pour sauver sa peau.

Je ne suis pas emballée par l'idée de revivre les récents événements, mais je sais qu'ils ont le droit de savoir. Et il m'incombe incontestablement de les renseigner, car avant qu'on fasse la queue pour manger, j'ai surpris un terminale new-yorkais à poser le même genre de question à Orion, qui s'est contenté de répondre : « Ça ne s'est pas trop mal passé, je pense ? Je n'ai pas vu grand-chose. J'ai juste repoussé les malés le temps qu'ils finissent, puis on est tous remontés. » Ce n'était même pas de la fausse modestie de sa part, juste son opinion sincère concernant toute cette entreprise. Massacrer un millier de malés au milieu de la salle de remise des diplômes, quoi de plus banal ? J'en ai presque éprouvé de la pitié pour ce pauvre Jermaine, qui a alors arboré la mine déconfite d'une personne tentant d'entamer une conversation sérieuse avec un mur.

« Plein, réponds-je donc sèchement à Cora. La salle était bondée, et ils étaient tous affamés. » Elle déglutit en se mordant la lèvre, et acquiesce sans un mot. Puis, m'adressant à Nkoyo : « Les artificiens pensent avoir réussi, en tout cas. Et ça leur a pris plus d'une heure, alors j'espère qu'ils n'ont pas juste glandouillé. »

Elle hoche la tête à son tour, l'air fasciné. Elle ne cherche pas seulement à assouvir sa curiosité : si on a bel et bien réparé l'équipement dans la salle des diplômes, alors les moteurs qui nettoient les étages deux fois par an – carbonisant les malés qui infestent classes et couloirs – fonctionnent désormais aussi en bas, et ont dû éradiquer un nombre substantiel de bestioles bien plus dangereuses attendant leur festin annuel de terminales. Ce qui signifie qu'une bonne partie de la promo précédente a dû s'en tirer. Et, plus important encore, qu'une bonne partie de *notre* promo aura de grandes chances de survivre également.

« Tu penses vraiment qu'ils s'en sont sortis ? m'interroge alors Orion. Clarita et les autres ? » Il contemple, sourcils froncés, la bouillie de patates, maïs et bœuf en laquelle il transforme ce que la cafétéria appelle un pâté chinois, et qui s'avère, par chance, n'être qu'une sorte de hachis parmentier. Vu l'esprit tordu de l'école, on aurait réellement pu trouver des morceaux de Chinois dans nos assiettes. Quoi qu'il en soit, le plat fume encore abondamment, même si ce n'est pas pour cette raison qu'Orion le massacre de la sorte.

« On le découvrira en fin de semestre, quand viendra notre tour », réponds-je. Si on a échoué, bien sûr, alors les terminales de l'année précédente se sont retrouvés largués devant une horde de maléficarias affamés, surexcités et naturellement méchants, qui ont dû les réduire en lambeaux sans même leur laisser le temps d'atteindre les portes. Et notre promo s'amusera tout autant d'ici trois cent soixante-cinq jours. Je me délecte de cette pensée réjouissante, et j'ajoute autant à mon intention qu'à celle d'Orion : « Et puisqu'on n'a aucun moyen de le découvrir avant ça, je ne vois pas l'intérêt de ruminer là-dessus, alors tu veux bien arrêter de massacrer ton pauvre dîner innocent ? Ça me déconcentre. »

Il roule des yeux et enfourne ostensiblement une imposante cuillerée de sa pitance ; cela semble rappeler à son cerveau qu'il gouverne les pensées d'un simple adolescent sous-alimenté, car Orion se met alors à dévorer le reste de son plat avec application.

« Et si ça a marché, combien de temps ça va durer, selon toi ? » s'enquiert une autre amie de Nkoyo, une fille issue de l'enclave de Lagos qui s'est installée à une place du bout de la table, juste pour pouvoir participer à la conversation. Encore une bonne question qui restera sans réponse. La seule chose que je sais du boulot accompli derrière moi – en chinois, langue que je ne parle pas –, c'est que les artificiens qui s'y attelaient parlaient si vite et si fort qu'ils devaient proférer des torrents d'injures. Orion ne les a même pas entendus : il était en première ligne, à zigouiller des malés par dizaines.

Aadhya se charge de répondre à ma place. « Chaque fois que l'enclave de Manchester a réparé les machines de la salle des diplômes, ça a tenu au moins deux ans, voire trois. À mon avis, ça va fonctionner au moins cette année, et peut-être la suivante.

— Mais… pas plus que ça », commente Liu tout doucement, en observant ses cousins à l'autre bout de la pièce. Ils ont pris place à une autre table, avec Aaron et Pamyla, la fille qui a apporté la lettre d'Aadhya, ainsi qu'une foule d'autres petits nouveaux : le genre de groupe qui ne se constitue habituellement qu'autour de gamins issus d'une enclave. Cela me surprend, jusqu'à ce que je saisisse qu'ils suscitent un intérêt certain pour avoir approché de si près Orion, le héros du jour. Si ça se trouve, une partie de la fascination nouvelle qu'ils exercent est aussi due à moi, puisque les nouveaux me considèrent désormais comme une vénérable terminale également impliquée dans la mission de réparation, et pas comme la paria un peu flippante de ma promo.

D'ailleurs… je ne suis plus la paria un peu flippante de quoi que ce soit. J'ai conclu une alliance avec Aadhya et Liu, l'une des premières constituées au cours de notre année. J'ai été invitée à m'asseoir à l'une des tables les plus sûres du réfectoire, par une personne ayant l'embarras du choix. Je me suis fait *des amis*. Ce qui me semble encore plus invraisemblable que le fait d'avoir survécu jusqu'en terminale. Et je le dois à nul autre qu'Orion Lake, même si je me fiche du prix que je vais devoir payer. Car il y en aura forcément un, je n'ai aucun doute là-dessus. Maman ne m'aurait pas mise en garde sans raison. Mais tant pis. Je le paierai, quoi qu'il m'en coûte.

Maintenant que je me suis faite à cette idée, je cesse de me prendre la tête avec ça. Je ne regrette même plus que maman m'ait envoyé ce message. Elle était obligée de le faire, puisqu'elle m'aime et ignore tout d'Orion. Si elle sait que je vais filer un mauvais coton à cause de lui, c'est normal qu'elle me prévienne. À présent, je peux à la fois sentir tout l'amour qu'elle éprouve pour moi et être malgré tout prête à payer. Je plonge les doigts dans ma poche pour toucher le morceau de papier restant, celui qui dit *courage*.

Je le mange ce soir-là avant de m'endormir, allongée dans mon lit étroit, à l'étage le plus bas de la Scholomance. Là, je rêve de l'époque où j'étais petite fille, quand je courais dans les prés d'herbes folles au milieu de grandes fleurs à calice violet, lorsque maman m'observait à quelque distance, satisfaite de me savoir heureuse.

*
**

L'agréable sensation de chaleur persiste cinq secondes au matin, le temps que je finisse de me réveiller. Dans la plupart des écoles, on a droit à des vacances en fin de semestre. Ici, c'est remise des diplômes le matin, incorporation le soir, on se félicite en même temps que les autres rescapés d'avoir tenu si longtemps, et on enchaîne dès le lendemain avec la nouvelle année. Pour être honnête, la Scholomance n'incite pas à prendre des vacances.

Le premier jour du semestre, on doit se rendre dans notre nouvelle salle de classe principale et établir notre emploi du temps avant le petit déjeuner. C'est comme le vieux pain qu'on mange après des sorts de rattrapage, ça n'aide pas vraiment les blessures au bide mal guéries. J'ai volontairement mis un réveil pour émerger cinq minutes avant la fin du couvre-feu, car je suis à peu près certaine que, où que puisse se trouver ma nouvelle salle principale, il va me falloir des plombes pour y parvenir. Et sans surprise, quand le papier glisse sous ma porte à cinq heures cinquante-neuf, il indique la salle 5013. Je relis la feuille d'un air furieux. Les terminales n'héritent presque jamais d'une salle au-dessus du troisième étage ; tu t'imagines peut-être que je devrais m'estimer heureuse, sauf que ce n'est que ma salle principale, et que je suis certaine de n'avoir jamais cours si haut. Pour autant que je le sache, il n'y a même pas de salles de classe au cinquième – le cinquième, c'est la bibliothèque. On m'envoie sans doute dans un placard d'archives au fin fond des rayonnages, en même temps qu'une poignée d'autres inconnus en manque de veine.

Je ne prends même pas la peine de me brosser les dents, me contentant de me rincer la bouche avec de l'eau de ma cruche, et je me dirige d'un pas traînant vers mon objectif tandis que les autres terminales en sont encore à aller aux toilettes. Je ne m'embête même pas à demander si quelqu'un part dans la même direction que moi : je suis sûre que ce ne sera le cas d'aucune de mes connaissances. J'adresse en passant un vague signe de la main à Aadhya, qui sort de sa chambre avec sa trousse de toilette ; elle me répond d'un hochement de tête compatissant, lève les deux pouces en signe d'encouragement, et s'en va chercher Liu : ici, on est tristement habitués aux risques d'une longue marche jusqu'à notre salle, et les terminales ont droit à l'ascension la plus pénible.

On ne peut pas descendre plus bas : hier, alors que le dortoir des terminales achevait sa rotation pour atteindre la salle des diplômes, le nôtre l'a remplacé à l'étage inférieur de l'école. Je trottine pour atteindre le palier, franchis avec une extrême prudence le niveau des ateliers – certes, on est au lendemain du grand nettoyage, mais ce n'est jamais une bonne chose d'arriver en premier à un étage le matin –, puis entame les deux volées de marches correspondant à chaque étage.

Chacune me semble au moins deux fois plus longue que d'habitude. Les distances sont extrêmement flexibles, à la Scholomance. Elles peuvent être longues, d'une longueur insupportable, presque infinie ; c'est bien souvent inversement proportionnel à ce que tu souhaites. Et le fait qu'on soit si tôt le matin n'arrange rien. Je ne croise pas un autre élève avant d'arriver, haletante, au niveau des dortoirs des secondes, où les lève-tôt dégringolent les marches par petits groupes ; ce sont surtout des élèves d'alchimie ou d'artifice, qui espèrent ainsi choper les meilleures places à l'atelier ou au labo. Le temps d'atteindre l'étage des troisièmes, l'exode matinal bat enfin son plein, mais comme je n'ai affaire qu'à des petits nouveaux entamant leur premier jour et n'ayant pas la moindre idée de l'endroit où ils doivent se rendre, ça n'accélère pas franchement l'escalier.

Le seul avantage de cette longue et douloureuse épreuve est que je serre mon cristal accumulateur dans mon poing pendant tout le trajet et que j'en profite pour y déverser du mana. Au sommet du dernier escalier, alors que mon ventre se contracte et que mes cuisses me brûlent, chacun de mes pas accroît de façon remarquable la lueur qui brille entre mes doigts ; le temps d'atteindre la salle de lecture parfaitement déserte, j'ai rempli un bon quart de mon cristal.

J'ai vraiment besoin de reprendre mon souffle, mais je me suis à peine arrêtée que la sonnerie annonçant le début de l'heure dans cinq minutes retentit. Tituber entre les rayons en quête d'une salle que je n'ai encore jamais aperçue est le meilleur moyen d'arriver en retard, ce qui n'est pas une bonne idée ; à contrecœur, je décide donc de dépenser un peu du mana durement acquis pour lancer un sort de repérage. Il me désigne joyeusement une section complètement noire de la bibliothèque. Je me retourne sans grand espoir vers l'escalier, mais nul ne vient me rejoindre.

Je comprends pourquoi en découvrant enfin la pièce, derrière une simple porte en bois presque invisible entre deux grands meubles croulant sous les cartes jaunissantes. Je m'attends à trouver quelque chose d'atroce à l'intérieur, et je ne suis pas déçue : huit petits nouveaux se retournent vers moi et me dévisagent comme un troupeau de biches particulièrement frêles et pitoyables sur le point de se faire aplatir par un poids lourd. Il n'y a même pas un seconde dans le lot. « C'est une blague ? » m'exclamé-je avec répugnance. Je me dirige alors vers le premier rang et m'installe à la meilleure place, à quatre chaises de l'allée. Je n'ai même pas besoin de jouer des coudes pour m'en emparer, car ils ont complètement déserté cette rangée, comme ils l'auraient fait en primaire pour ne pas se faire traiter de fayots. Ici, les seuls profs sont les maléficarias, et leurs seuls chouchous sont ceux qui leur servent de repas.

Les pupitres de véritables pièces de collection d'origine édouardienne – c'est-à-dire vieux, trop petits pour mon mètre soixante-dix-huit et incroyablement inconfortables. En fer forgé, ils pèsent une tonne et doivent être difficiles à déplacer en cas d'urgence ; le plateau rivé au mien, légèrement trop court pour accueillir une feuille de taille normale, a été magnifiquement poli et lustré il y a environ cent vingt ans. Depuis, il a été malmené de façon si exhaustive que les étudiants s'étant succédé ici n'ont eu d'autre choix que de recouvrir les graffitis laissés par leurs prédécesseurs pour exprimer leur propre désespoir. L'un d'eux a écrit LAISSEZ-MOI SORTIR en une belle encre rouge tout autour de la surface en L ; un autre a recouvert l'ensemble de surligneur jaune.

Il n'y a qu'une seule élève sur la même rangée que moi, et elle s'est emparée de ce qui aurait pu être la meilleure place, à six places du bout – c'est malin de s'éloigner un peu plus de la porte –, sauf qu'il y a une grille d'aération au sol juste deux places derrière. Celle-ci est actuellement recouverte par le cartable d'un crétin, si bien qu'on ne peut en deviner la présence qu'en observant les trois autres prises d'air en nécessitant une quatrième pour former un carré parfait. Ma voisine me regarde approcher, comme si elle s'attendait à me voir la dégager – ici, l'âge confère certaines prérogatives, que les terminales rechignent rarement à faire valoir. Quand je m'installe à la vraie meilleure place, elle regarde derrière elle, comprend son erreur et s'empresse de récupérer ses affaires pour se rapprocher de moi. « Cette place est prise ? s'enquiert-elle en désignant la chaise voisine d'un air inquiet.

— Non », répliqué-je avec agacement. Ce qui m'énerve, c'est que la logique impose de la laisser s'installer là – cela améliore mes chances de survie, en introduisant un obstacle entre la prise d'air et moi –, mais que je n'en ai aucune envie. C'est une enclavée, pas de doute là-dessus. Elle arbore une sorte de porte-bouclier au poignet, l'anneau terni à son doigt doit faire office de répartiteur de pouvoir et elle a été formée à la stratégie scholomancienne, car elle sait identifier les meilleures places d'une salle dès le premier jour, quand on est généralement trop sonnée pour se souvenir de tous les conseils parentaux et qu'on a tendance à rester collée aux autres élèves tel un zèbre tâchant de se fondre au milieu du troupeau. En outre, le manuel de maths qui dépasse de son sac est en chinois, mais elle s'exprime dans un anglais parfait. C'est beaucoup demander, même quand l'une des deux est sa langue maternelle, ce qui n'est pas son cas : je remarque l'étiquette en thaï sur son cahier. À l'évidence, elle a assisté aux cours de langues les plus chers que la fortune d'une enclave peut offrir dès l'âge de deux ans. Elle prévoyait sans doute de se retourner tôt ou tard pour expliquer aux autres élèves qu'ils ont choisi des places aussi mauvaises que dangereuses, afin de bien leur faire comprendre où ils se situent sur la chaîne alimentaire : en dessous d'elle. Je suis même surprise qu'elle ne l'ait pas déjà fait.

Puis, l'un des gamins derrière nous lance d'une voix hésitant un « Euh, El ? », et je me rends compte qu'il s'agit de l'un des cousins de Liu. « C'est Guo Yi Zheng », ajoute-t-il. Cela m'aide beaucoup, car j'étais convaincue après l'incorporation de ne plus retomber autrement que par accident sur l'un des troisièmes et n'ai donc fourni aucun effort pour mémoriser leurs noms. On ne se mélange pas beaucoup entre promos, ici. Nos plannings respectifs nous en empêchent. Les terminales passent presque tout leur temps dans les étages inférieurs, tandis que les nouveaux profitent de la sécurité relative des étages. Quand un première année va se promener aux mêmes endroits que les terminales, c'est qu'il réclame à être mangé, et il trouvera toujours un maléficaria pour accéder à sa requête.

D'un autre côté, quand tu te trouves à proximité d'un élève plus âgé, mieux vaut tenter de te rapprocher de lui. Zheng rassemble ses affaires et s'empresse de venir à ma hauteur, ce qui n'est pas plus mal pour lui, car il était jusqu'alors le plus près de la porte. « Je peux m'asseoir à côté de toi ?

— Ouais, si tu veux. » *Lui* ne me dérange pas. Le fait que Liu soit mon alliée ne confère aucun passe-droit à son cousin, mais là n'est pas la question : elle est mon *amie*. « Fais attention aux bouches d'aération, même à la bibliothèque, ajouté-je. Et tu t'étais installé bien trop près de la porte.

— Oh. Oui, bien sûr, mais je… », commence-t-il à répondre en se retournant vers les autres élèves. Je l'interromps.

« Je ne suis pas ta *mère* », déclaré-je d'un ton volontairement brutal – ce n'est pas rendre service aux nouveaux que de les laisser s'imaginer qu'il y a d'autres héros qu'Orion Lake ici. Je ne serai pas sa sauveuse ; j'ai déjà suffisamment de mal à me sauver moi-même. « Je n'ai pas besoin de tes excuses. Je t'informe. Après, tu m'écoutes ou pas. » Il la boucle et s'assied, confus.

Bien sûr, il a bien fait de rester proche des autres élèves : ce n'est pas pour rien si les zèbres se promènent en troupeau. Mais ce n'est pas une raison pour laisser les autres zèbres te placer en mauvaise position. Si tu manques de chance, tu le comprends quand c'est toi que le lion vient bouffer. En ce qui me concerne, je l'ai découvert quand j'ai vu le lion bouffer quelqu'un d'autre, un gamin un peu moins considéré comme un tocard que moi et qui avait été autorisé à s'asseoir en bout de rangée, entre la porte et les élèves qui comptaient.

Alors que Zheng n'a aucune raison d'être relégué en bout de rangée, parce que c'est *lui* l'élève qui compte, ou en tout cas celui qui s'en rapproche le plus après l'enclavée. Tout le monde sait que la famille de Liu est à deux doigts de fonder sa propre enclave. Ils constituent déjà un groupe assez conséquent pour que Liu ait hérité d'un carton d'effets de seconde main à son arrivée ici ; elle en a déjà refilé un sac plein à Zheng et son jumeau Min, et le reste leur reviendra en fin d'année. Même s'ils ne sont pas enclavés, ils ne sont pas non plus personne. Mais pour l'heure, il continue de se comporter comme un être humain normal, et non comme un élève de la Scholomance.

Des murmures s'élèvent des autres élèves. Pendant qu'on discutait, les emplois du temps sont apparus sur nos bureaux, de la manière habituelle : on se détourne un instant, puis ils patientent devant toi, comme s'ils étaient là depuis le début. Et si tu essaies de jouer au plus malin en scrutant attentivement ta table pour ne laisser aucune chance à l'école, il se passera un truc terrible pour créer une diversion, genre une extinction des feux, ce qui fait que les autres élèves vont généralement te bousculer ou te cacher les yeux s'ils te surprennent à jouer à ça. Ça coûte beaucoup plus cher en mana d'imposer une forme de magie qu'on aura instinctivement tendance à ne pas croire, car ça implique de la forcer non seulement aux yeux de la personne, mais à l'univers tout entier. C'est l'une des raisons pour lesquelles les sorciers exercent rarement leur art en présence des communs : c'est mille fois plus difficile, à moins de faire passer ça pour une espèce de performance artistique ou de s'y adonner en présence de personnes qui s'efforcent de croire en la magie que tu pratiques, comme maman avec ses histoires de médecine naturelle, qu'elle exerce avec ses copains de la forêt.

Même quand on est magicien, on ne s'attend pas vraiment à ce que les choses apparaissent de nulle part. Certes, on sait que c'est réalisable, il n'est donc pas aussi difficile de nous convaincre ; d'un autre côté, on dispose de plus de mana pour lutter contre la persuasion. Ça coûte donc bien moins cher à l'école de glisser quelque chose sur notre table quand on a le dos tourné, comme si quelqu'un l'avait déposé là, que de fabriquer son existence sous nos yeux.

Zheng tend déjà le cou devant moi pour loucher sur la feuille de la fille de l'enclave ; je pousse un soupir et lui lance à contrecœur : « Va t'asseoir à côté d'elle. » Ça ne me plaît pas, ce qui ne change rien au fait que c'est manifestement une bonne idée pour lui de sympathiser avec elle. Il se tortille un instant, sans doute par culpabilité : j'imagine que sa mère lui a aussi fait la leçon à ce sujet. Il finit toutefois par se lever pour aller se présenter à la Thaïlandaise.

Elle se fend d'un *wai* poli et l'invite à s'asseoir ; habituellement, il faut faire un peu plus de lèche pour se rapprocher d'un enclavé, mais j'imagine qu'il n'a pas encore de rivaux. Dès qu'il a pris place, d'autres élèves viennent s'installer derrière eux, et ils se mettent à comparer leurs emplois du temps. La Thaïlandaise travaille déjà sur le sien, à une allure qui prouve qu'elle sait exactement ce qu'elle veut ; elle accepte alors de montrer son planning aux autres et de leur indiquer ce qui cloche dans les leurs. Je me promets de jeter un coup d'œil à celui de Zheng quand il aura terminé, au cas où les conseils de la fille ne soient pas totalement désintéressés.

Mais d'abord, il faut que je m'occupe du mien, et un coup d'œil me convainc que je vais devoir faire bien gaffe. Je savais déjà que je devrais suivre deux séminaires en terminale : c'est le prix à payer quand on suit la filière incantations pour minimiser le temps passé dans les étages inférieurs au cours des trois premières années. Pourtant, je suis inscrite dans *quatre* groupes – voire cinq, si l'on tient compte des deux heures d'affilée réservées tous les matins à un cours atroce, sobrement intitulé « Lectures avancées en sanskrit, leçons en anglais ». Une note indique que cela permet de valider à la fois le sanskrit et l'arabe, ce qui n'a guère de sens, sauf quand on étudie les reproductions islamiques médiévales des manuscrits en sanskrit – comme l'ouvrage que j'ai obtenu à la bibliothèque il y a à peine quinze jours. C'est un champ d'études particulièrement restreint. J'aurais de la chance d'être accompagnée de trois autres élèves. Je contemple furieusement ma feuille, restant assise là comme une masse de plomb. J'espérais suivre le séminaire classique de sanskrit pour débutants en anglais, ce qui m'aurait permis de me retrouver dans l'une des plus vastes salles à l'étage des labos, avec une dizaine d'Indiens spécialisés en artifice ou en alchimie suivant ce cours pour leur module de langue.

Je peux cependant difficilement m'y opposer, puisque je n'ai pas un seul autre terminale sous la main avec lequel comparer mon emploi du temps. D'habitude, je trouve toujours un ou deux autres parias qui acceptent de mauvaise grâce de me montrer leur planning si je leur montre le mien, ce qui m'offre la possibilité d'essayer de caser un ou deux autres cours, histoire de forcer l'école à modifier le pire de mon programme. Tu as le droit d'exiger jusqu'à trois cours au programme, tant que tu as déjà acquis tous les prérequis nécessaires, et la Scholomance doit refaçonner ton emploi du temps en brodant autour ; en revanche, si tu ne sais pas quelles autres classes existent ni à quelles heures elles tombent, c'est une partie de roulette russe que tu es sûre de perdre.

Les séminaires de lecture avancée auraient largement suffi à rendre mon programme particulièrement pourri, mais j'ai aussi hérité d'un magnifique groupe de « Développement algébrique et application aux invocations », qui doit compter pour les langues, sans précision – c'est mauvais signe, car ça signifie que j'aurai des tonnes de sources différentes à traduire –, ainsi que pour l'histoire et les maths. Je n'ai par ailleurs pas d'autres cours de maths, mes chances d'échapper à celui-ci sont donc bien minces. Et puis, il y a ce séminaire pourave auquel je m'attendais plus ou moins – « Racines proto-indo-européennes communes dans l'élaboration des sorts modernes » –, qui ne devrait pas être des plus simples. Pour couronner le tout, j'ai aussi droit à « Tradition de Myrddin », qui est censé compter en littérature, latin, français moderne, gallois moderne et vieil et moyen anglais. Je sais déjà que, dès la troisième semaine de cours, je n'obtiendrai plus que des sorts en vieux français et en moyen gallois.

Les autres créneaux sont consacrés aux ateliers – dont je devrais réclamer à être totalement dispensée, puisque j'ai conçu au semestre dernier un miroir magique, qui marmonne encore parfois d'un air sombre alors que je l'ai accroché face au mur – *et* à un cours avancé d'alchimie, qui se trouvent sur deux emplois du temps croisés : tous les lundis et jeudis pour l'un, les mardis et vendredis pour l'autre. Je traînerai avec des élèves différents tous les jours de la semaine, j'aurai donc deux fois plus de mal qu'aujourd'hui à trouver quelqu'un pour tenir un truc que je dois souder ou surveiller mes affaires pendant que je vais chercher des fournitures.

Jusqu'à présent, je n'avais jamais entendu parler d'un emploi du temps de terminale aussi atroce. Même les élèves cherchant à devenir majors de promotion ne vont pas suivre *quatre* séminaires. Comme si l'école cherchait à compenser tout le reste, mes mercredis après-midi ne semblent en revanche pas dévolus à une matière en particulier. Mon planning indique simplement « Étude », exactement comme l'heure d'étude dont on dispose juste après le déjeuner, sauf qu'une salle y est assignée : celle dans laquelle je me trouve.

Je considère cette case de mon emploi du temps avec une suspicion profonde et tenace, cherchant à comprendre. Tout un après-midi de temps libre au sein de la bibliothèque, dans une salle qui m'est officiellement réservée, si bien que je n'aurai pas à défendre mon territoire, ni de devoirs à faire, d'interrogations à subir ou de lectures à accomplir. Ce simple détail en fait peut-être le meilleur emploi du temps de terminale dont j'aie jamais entendu parler. Ça vaut bien quelques concessions. Moi qui m'inquiétais de savoir comment j'allais pouvoir reconstituer tout le mana que j'avais dilapidé en fin de semestre dernier… Avec un triple créneau libre une fois par semaine, j'aurai peut-être comblé mon retard avant la journée loisirs.

Il doit forcément y avoir une entourloupe quelque part, sauf que je n'arrive pas à la déceler. Je me lève et tape sur l'épaule de Zheng. « Surveille mes affaires. Je vais effectuer un contrôle complet de la pièce. Si ça vous intéresse de savoir comment je m'y prends, regardez. » Toutes les têtes se tournent alors vers moi. Je commence par les prises d'air et m'assure que chacune d'elles est bien vissée ; puis je dessine un schéma sur une feuille de papier pour indiquer où elles se situent dans la salle, au cas où une créature particulièrement maligne déciderait de s'introduire ici pour en remplacer une à un moment donné. Je compte les tables et les chaises, observe sous chacune ; je retire tous les tiroirs du placard contre le mur du fond, ouvre les portes de l'armoire, en éclaire l'intérieur ; je l'écarte alors de la cloison pour m'assurer que celle-ci est vraiment solide. Je braque une lampe sur chaque centimètre carré de sol pour y chercher des trous, tapote chaque mur aussi haut que je peux le faire, étudie le chambranle pour vérifier que le haut et le bas de la porte sont bien ajustés ; une fois terminé, j'ai acquis la conviction que cette salle de classe est tout à fait ordinaire.

J'entends par là que les malés peuvent y pénétrer de diverses manières : en se faufilant au travers des prises d'air, en se glissant sous la porte ou en dévorant les murs. Au moins, ici, ils ne peuvent par arriver par le plafond, car il n'y en a pas : la Scholomance ne comporte pas de toit. C'est inutile quand on bâtit une école magique en saillie du monde, dans le néant mystique de l'espace non littéral. Les murs de la bibliothèque s'élèvent simplement à la verticale, jusqu'à disparaître dans l'obscurité. En théorie, ils s'arrêtent quelque part là-haut. Je refuse d'escalader pour m'en assurer. En tout cas, cette salle n'est pas infestée dès l'*origine*, et ne souffre d'aucune vulnérabilité criante. Je me demande donc quelle idée l'école peut avoir derrière la tête pour m'octroyer le cadeau inestimable que représente un après-midi entier ici.

Je retourne à ma place et me remets à étudier mon emploi du temps. Bien sûr, je comprends que cet après-midi libre est l'appât tendu au centre de mon piège, mais c'est un excellent appât, et un excellent piège. Je ne peux pas m'assurer un bon changement dans mon programme, puisque j'ignore quels autres cours de terminale sont organisés. Si j'essaie d'inscrire celui de sanskrit que j'espérais, dans l'espoir de faire sauter mes « Lectures avancées », alors, même si la Scholomance consentait à m'en libérer, cela lui donnerait une excuse en béton pour me refourguer un cours d'arabe le mercredi après-midi. Et même si j'essayais d'obtenir un truc aussi mineur que les ateliers du jeudi, je me retrouverais en labo d'alchimie le mercredi et avec autre chose le vendredi. N'importe quelle modification de ma part impliquerait de renoncer au seul truc génial de mon emploi du temps, sans aucune garantie d'amélioration pour le reste.

« Fais-moi voir le tien », dis-je à Zheng sans grand espoir. L'avantage de me retrouver coincée ici avec des nouveaux, c'est qu'ils me tendent tous docilement leur feuille, sans rien réclamer en retour. Je parcours toute la liasse en quête d'une classe intéressante. En vain. Je n'ai jamais entendu parler de troisièmes se voyant attribuer un cours pouvant convenir à un terminale, et ça ne fait pas exception. Tous se sont vus inscrits en « Introduction à l'atelier » et en « Introduction au laboratoire » – l'enclavée leur a judicieusement conseillé de décaler ces heures avant le déjeuner du mardi et du mercredi, le meilleur créneau qu'ils puissent espérer vu que les classes supérieures accaparent les après-midis –, ainsi qu'en « Études maléficariennes première année » – de franches parties de rigolade en perspective. Le reste de leurs cours se résument à des leçons de littérature, de maths et d'histoire aux troisième et quatrième étages. À un détail près : c'est scandaleux, mais ces sales petits veinards ont eux aussi droit aux sessions du mercredi après-midi dans cette salle avec moi. Aucun d'eux ne mesure à quel point c'est incroyable.

Je capitule et signe avec fatalité en bas de ma feuille, sans même tenter d'imposer le moindre changement ; puis je me dirige vers l'énorme antiquité faisant office de meuble de secrétaire à l'avant de la pièce, et j'en replie prudemment le cylindre – rien à l'intérieur aujourd'hui, mais attends de voir – pour y glisser mon emploi du temps. La plupart des salles de classe disposent d'un endroit plus solennel pour remettre ses devoirs, une fente faisant mine de précipiter nos feuilles dans un réseau de tubes pneumatiques jusqu'à quelque dépôt centralisé, mais ceux-ci se sont brisés au début du siècle dernier et ont simplement été remplacés par des sorts de transport, si bien qu'il te suffit désormais d'abandonner ton travail n'importe où à l'abri des regards pour qu'il soit ramassé.

Je jette un dernier coup d'œil à mon planning, inspire un grand coup, puis referme le cylindre.

Je suis sûre que je vais découvrir l'ampleur de mon erreur juste après le petit déjeuner, au moment de mon premier cours, mais je me trompe : je le découvre moins d'un quart d'heure plus tard, sans même avoir besoin de sortir de la pièce. Je me retrouve à serrer les dents pour accomplir une pièce de crochet particulièrement complexe, histoire de remplir mon cristal autant que possible avant d'aller manger, et je planifie déjà mentalement les exercices de gymnastique suédoise horriblement barbants que je vais pouvoir réaliser dans cette pièce lorsque j'aurai un peu récupéré – je déteste farouchement toute forme d'exercice physique, me forcer à en faire est donc l'idéal pour renforcer mon mana. La salle est assez exiguë, d'autant que je ne m'imagine pas déménager les bureaux. Je vais sans doute devoir me contenter de séances d'abdos, à cheval sur deux tables. Mais l'important n'est pas là : ça devrait me permettre de remplir un cristal tous les quinze jours.

Pendant ce temps, les troisièmes traînassent à l'avant de la classe, et bavardent en parfaite insouciance. Pour ne rien arranger, ils discutent tous en chinois, y compris l'Indien et les deux Russes – je suis à peu près sûre que ce garçon et cette fille se parlaient en russe tout à l'heure, mais ils se sont mêlés à l'autre conversation sans sourciller. À l'évidence, ils suivent tous leur cursus en mandarin – ici, pour les matières générales telles les maths ou l'histoire, c'est le mandarin ou l'anglais.

Je m'efforce de considérer leurs échanges comme un simple bruit de fond, sans y parvenir. Le problème, à force d'étudier un nombre invraisemblable de langues, c'est que dès que je ne comprends pas quelque chose, mon cerveau considère que je ne suis pas assez concentrée, comme si le fait de tendre l'oreille pouvait me permettre d'en *deviner* le sens. J'aurais dû être tranquille avec l'apprentissage d'une nouvelle langue pendant au moins un trimestre, vu que la Scholomance m'a affecté l'arabe il n'y a pas trois semaines, mais me retrouver deux heures tous les mercredis dans une salle de classe avec un groupe de troisièmes sinophones signifie indubitablement que je vais bientôt recevoir aussi des sorts en chinois.

Sauf si, avec un peu de chance, ils se font tous tuer d'ici la fin du mois, ce qui reste dans le domaine du possible. Généralement, tout se passe bien pendant la première semaine du semestre ; puis, alors que les bizuts commencent à se laisser bercer par une fausse impression de calme ambiant, les premiers malés émergent de leur planquette – sans compter la première vague de nouveau-nés qui trouve le moyen de remonter lentement du rez-de-chaussée.

Bien sûr, il y a toujours le précoce occasionnel. Comme ce bébé sacvipère qui se faufile à l'instant par la prise d'air. Il a dû s'étirer au maximum pour devenir tout fin et se glisser au travers des sorts de protection censés isoler le système de ventilation, donner l'impression de n'être qu'un filet de liquide inoffensif avant de se couler par la grille et de se rassembler au sol derrière l'un des cartables jusqu'à reprendre sa forme initiale. Il a dû produire quelques bruits de succion au passage, mais les nouveaux parlent suffisamment fort pour couvrir les sons parasites, et je ne suis moi-même pas très attentive parce que, pour une fois dans ma vie, j'incarne de très loin la pire des cibles possibles : aucun malé ne jetterait son dévolu sur moi au milieu d'un groupe pareil. Moi qui commençais déjà à considérer cet endroit comme une espèce de refuge…

Puis l'un des bizuts aperçoit la bestiole et pousse un cri d'alarme. Je ne prends même pas la peine de regarder ce qui le met dans cet état : j'ai déjà mon sac sur l'épaule et presque gagné la porte – le garçon est tourné vers le fond de la salle – avant d'aviser le sacvipère, qui se dresse, gonflé, au-dessus du quatrième rang ; on dirait une baudruche magenta qu'un Jackson Pollock en herbe aurait aspergée de traînées bleues. Ses tubes en forme de sarbacane enflent tour à tour. Les autres élèves braillent en s'accrochant les uns aux autres, se planquent derrière le gros bureau. Erreur classique : combien de temps prévoient-ils de rester là derrière ? Le sacvipère ne risque pas de renoncer à un festin pareil, et dès l'instant où ils sortiront la tête pour jeter un coup d'œil, il les aura.

C'est *leur* problème, évidemment, et s'ils ne trouvent pas une solution tout seuls, ils risquent de ne même pas survivre à leur première heure d'école – ce qui signifie qu'ils n'auraient de toute manière pas fait long feu. Ça ne me concerne en rien. Mon seul problème est d'avoir hérité de quatre séminaires extrêmement dangereux, et d'avoir déjà pris du retard sur mon accumulation de mana en vue de la remise des diplômes. Je vais devoir tirer profit de chaque instant passé dans cette pièce pour remplir suffisamment de cristaux pour compenser ce manque. Je n'ai même pas un point de crochet d'énergie à gaspiller pour secourir un groupe de bizuts dont je n'ai strictement rien à faire.

À l'exception de l'un d'entre eux. Après avoir ouvert la porte d'un coup de pied, je me retourne pour m'écrier : « Zheng ! Dehors, *tout de suite* ! » Il fait alors volte-face et se précipite vers moi. Les autres n'ont pas forcément compris mon ordre, mais ils ont la jugeote de l'imiter, et ils n'hésitent même pas à abandonner leur cartable en route. Tous, sauf l'enclavée. Elle aurait pourtant pu remplacer chacun de ses effets personnels en se rapprochant d'élèves plus âgés de son enclave, mais ça ne l'empêche pas de ramasser son sac avant de se mettre à courir. Elle se trouve donc en queue de peloton quand le sacvipère a suffisamment gonflé pour faire émerger ses trois pédoncules oculaires, qu'il braque sur la dernière cible mouvante. Dès qu'il la repère, je sais que les autres auront la vie sauve. Il vient d'éclore, à peine plus gros qu'un ballon de foot ; il va sans doute s'arrêter pour se nourrir sur-le-champ.

Je suis sur le point de franchir le seuil pour sauver ma peau comme il se doit, comme je l'ai déjà fait un nombre incalculable de fois. C'est la règle numéro un : dès l'instant où les choses partent en cacahuète, tout ce qui importe est de te tirer de là. Ce n'est même pas de l'égoïsme. Si tu commences à vouloir aider les autres, tu risques surtout de te faire tuer et de gâcher ce qu'ils ont entrepris pour se sauver eux-mêmes. Si tu as des alliés ou des amis, tu peux les aider *au préalable* : en partageant un peu de mana, en leur offrant un sort, en leur confectionnant un peu d'artifice, une potion qu'ils peuvent utiliser le moment venu. Mais qui ne sait pas survivre seul à une attaque ne décrochera de toute façon jamais son diplôme. C'est de notoriété publique, et la seule personne de ma connaissance qui fasse exception à cette règle, c'est Orion, un vrai crétin – ce qui n'est *pas* mon cas.

Sauf que je ne franchis pas le seuil. Je reste plantée là, m'effaçant juste pour laisser sortir toute la meute de bizuts. Le sacvipère a adopté une teinte rose plus pâle quand il s'est apprêté à tirer sur Miss Enclave, mais il se réoriente brusquement vers la porte quand Orion – quand on parle du loup – déboule de la pire manière possible. Deux secondes plus tard, il en serait reparti plein de venin et probablement mort.

Sauf que je suis déjà en train de lancer un sort.

En l'occurrence, une malédiction assez absconse en vieil anglais. Je suis sans doute la seule au monde à la posséder. Au début de mon année de seconde, juste après avoir commencé le vieil anglais, je suis tombée sur trois terminales qui cernaient une troisième dans la bibliothèque. Une paria comme moi, sauf que personne n'a jamais essayé de me harceler de la sorte. Quelque chose dans l'aura d'une future sorcière monstrueusement noire a dû les en dissuader. Ma simple apparition a suffi à les faire déguerpir, même si je n'étais qu'une gamine maigrelette. La fille s'est enfuie dans l'autre sens, et j'ai attrapé le premier livre venu, bouillant encore de rage. Du coup, je n'ai pas chopé le bon bouquin, mais plutôt une liasse en piteux état, du papier fait maison couvert de formules manuscrites qu'une charmante ensorceleuse avait rédigées un millénaire plus tôt. Le recueil s'est ouvert entre mes mains à la page de cette malédiction-là, et j'ai eu le malheur de la regarder avant de claquer vite fait la couverture pour le remiser dans le rayon.

La plupart des gens doivent étudier longuement un sort avant de le mémoriser. Moi aussi, à condition qu'il soit *utile*. Mais s'il sert à détruire des villes, à massacrer des armées ou à torturer des victimes innocentes – ou, en l'occurrence, à réduire les parties principales de l'anatomie d'un garçon à un malheureux moignon –, un simple coup d'œil me suffit.

Je ne l'avais encore jamais utilisé, mais il fait parfaitement l'affaire dans le cas présent. Le sacvipère se ratatine aussitôt, jusqu'à adopter la taille d'un gland. Il tombe brusquement au sol, roule un instant sur la grille, puis disparaît au travers comme une bille dans un égout. Et tout le mana accumulé ce matin s'évapore en même temps.

Orion s'arrête net et le regarde en soufflant. Il était sur le point de lancer je ne sais quelle tempête infernale qui aurait éradiqué le sacvipère – ainsi sans doute que nous deux et l'enclavée, de même que tous les combustibles de la salle, puisque les gaz qui circulent dans les tuyauteries sont fortement inflammables. L'enclavée nous jette à tous deux un regard de lapine effrayée avant de filer dehors, même s'il n'y a plus la moindre raison de courir. Il l'observe un instant, puis se retourne vers moi. Désespérée, je considère mon cristal de mana vide – oui, il est effectivement redevenu complètement terne – et le laisse tomber. « Qu'est-ce que tu viens faire ici ? demandé-je d'un ton irrité en le bousculant contre les rayonnages pour me diriger vers l'escalier.

— Je ne t'ai pas vue au petit déjeuner », répond-il en m'emboîtant le pas.

C'est ainsi que je découvre que la sonnerie ne s'entend pas dans ma salle de classe de la bibliothèque. Ce qui signifie que j'ai le choix entre sauter un repas ou arriver en retard au premier cours de mon séminaire le plus pourri de l'année – dans lequel je n'aurai sans doute pas la chance de croiser quelqu'un d'assez sympa pour m'informer des premiers devoirs.

Je serre les dents et descends les marches d'un pas pesant. « Est-ce que tu vas bien ? » s'inquiète Orion quelques instants plus tard, alors que *je* viens de *lui* sauver la vie. J'imagine qu'il a dû mal à intégrer cette notion.

« Non, répliqué-je avec amertume. Je suis une crétine. »

2

Coussins

Cela m'apparaît de façon de plus en plus évidente au fil des semaines : je ne suis *pas* une enclavée. Contrairement à Orion, je ne dispose pas d'une réserve infinie de mana dans laquelle puiser pour accomplir mes actes d'héroïsme. C'est même tout le contraire, car je viens de dilapider près de la moitié de la quantité accumulée en trois ans. Pour une cause nécessaire, puisque j'en m'en suis servie pour éliminer une gueule-béante – j'espère d'ailleurs ne jamais avoir à me remémorer cette expérience –, mais peu importent les raisons. Ce qui compte, c'est que j'avais soigneusement établi un calendrier de mana à accumuler au cours de ma carrière à la Scholomance, et que celui-ci est complètement fichu en l'air.

Mes espoirs de survivre à la remise de diplômes seraient tout aussi dévastés sans ce livre de sorts que j'ai découvert. Le sort contrôleur de phase de la pierre d'or est tellement précieux hors de l'école qu'Aadhya a pu organiser des enchères parmi les terminales de l'année dernière, ce qui m'a rapporté un bon paquet de mana, en plus d'une paire de baskets à peine usées. Elle prévoit une deuxième session pour ceux de notre année très bientôt. Avec un peu de chance, je pourrais n'avoir plus que *sept* cristaux de retard, au lieu de *dix-neuf*.

Ça reste un sacré déficit à compenser, d'autant que j'en aurai besoin d'au moins trente de plus pour le dernier jour.

C'est à ça que je comptais employer mes merveilleux après-midis du mercredi. Ah. Ah. Ah. Pas du tout. Le bébé sacvipère s'est révélé n'être que le premier d'une longue liste de maléficarias semblant irrésistiblement attirés par cette salle en particulier. Des malés se tiennent prêts à bondir dès qu'on en franchit la porte. Des malés se tapissent dans les ombres et passent à l'attaque dès qu'on est un peu distraits. Des malés se dissimulent sous le cylindre du bureau. Des malés attendent qu'on franchisse la porte *dans l'autre sens*. J'aurais tout à fait pu éviter d'apprendre le chinois en me contentant de ne rien faire. Le groupe de bizuts aurait été éradiqué avant la deuxième semaine du trimestre.

C'est écrit sur le mur avant la fin de notre première session du mercredi, en lettres de sang dégoulinantes. Littéralement : je viens de barbouiller un willanirga sur tout le périmètre, avec sa poche stomacale, ses intestins et tout le reste. Tandis qu'on s'apprête à aller manger, couverts d'éclaboussures, je ravale mon agacement et explique à Sudarat – l'enclavée – que si elle veut que je continue à lui sauver les miches, elle va devoir partager un peu de mana.

Son visage se marbre aussitôt de rouge, et elle répond de façon hésitante : « Je ne... Non. » Puis elle fond en larmes et se met à courir. « Tu n'es pas au courant pour Bangkok, me lance Zheng.

— Au courant de quoi ?

— Ça n'existe plus. Quelque chose a fait disparaître l'enclave peu avant l'incorporation. »

Je le dévisage sans comprendre. L'intérêt des enclaves est qu'elles ne disparaissent pas. « Quoi ? Comment ? »

Il ouvre grand les bras et hausse les épaules.

« Vous êtes tous au courant, pour Bangkok ? » questionné-je une fois à table, me demandant comment une information de cette ampleur a bien pu m'échapper. En réalité, j'avais plutôt un train d'avance : Liu est la seule à acquiescer. « Je viens de l'apprendre en cours d'histoire.

— Apprendre quoi ? voudrait savoir Aadhya.

— Bangkok a disparu, réponds-je. L'enclave a été détruite.

— Quoi ? » s'écrie Chloe en sursautant si violemment qu'elle renverse son jus d'orange sur son plateau. Elle a demandé à manger avec nous – et poliment, pas comme si elle nous faisait la grâce de nous honorer de sa présence –, je serre donc les dents et confirme. « C'est pas possible », commente-t-elle, incrédule.

Liu secoue la tête. « Une fille de Shanghai en cours avec moi me l'a confirmé. Ses parents ont chargé sa petite sœur de l'en informer. »

Chloe nous considère, tétanisée, le verre encore à mi-chemin de ses lèvres. On ne peut pas lui en vouloir d'être plus qu'un peu déstabilisée. Les enclaves ne se volatilisent pas sans raison, alors si l'une d'elles a été frappée si durement qu'elle en a disparu, c'est qu'une sorte de guerre des enclaves est en marche ; d'une manière ou d'une autre, celle de New York est probablement impliquée dans l'affaire, mais après qu'elle a réclamé trois fois en cinq minutes des détails que ni Liu ni moi ne connaissons, je finis par déclarer : « Rasmussen, on n'en sait *rien*. Tu es mieux placée que nous pour le découvrir, tu n'as qu'à demander aux bizuts de ton enclave.

— Vous surveillez mon plateau ? » demande-t-elle avant de se lever. Elle traverse la salle pour gagner la table des troisièmes new-yorkais. Elle ne nous rapporte pas beaucoup de nouvelles : apparemment, ils ne sont pas plus au courant que nous. Les élèves de Bangkok semblent s'efforcer de ne pas faire courir le bruit, et Sudarat est littéralement la seule nouvelle à avoir survécu à l'incorporation. Les camarades de son année ont coulé avec le navire. Ce qui ne fait qu'inquiéter un peu plus les autres enclavés : même lorsque les enclaves sont suffisamment abîmées pour s'effondrer, cela ne survient généralement pas en un clin d'œil, et les non-combattants ont le temps de s'échapper.

À la fin du dîner, il devient évident que *personne* ne sait ce qui s'est produit. Les seules informations qui nous parviennent ici émanent une fois par an d'adolescents terrifiés de quatorze ans. Cependant, l'effondrement d'une enclave est une chose énorme, au sujet de laquelle même ceux de Shanghai ne disposent d'aucun détail. Shanghai a pourtant contribué à la constitution de Bangkok : ils soutiennent les nouvelles enclaves asiatiques depuis maintenant trente ans, tout en formulant de plus en plus de remarques au sujet du nombre disproportionné d'inscriptions à la Scholomance attribuées aux États-Unis ou à l'Europe. Si quelqu'un avait fait disparaître Bangkok pour porter une première estocade contre Shanghai, les bizuts de cette année auraient reçu pour instructions claires de serrer les rangs autour de leurs homologues thaïlandais.

À l'inverse, si les Bangkokiens s'étaient accidentellement fait exploser – ce qui arrive de temps à autre quand une enclave va un peu vite en besogne en développant secrètement de nouvelles armes magiques –, les Shanghaiens auraient eu pour ordre de les laisser tomber complètement. Au lieu de quoi, ils semblent juste… *prudents*. Ce qui signifie que leurs parents ne sont guère plus avancés que nous ; or, si les Shanghaiens n'en savent rien, personne ne le sait.

Enfin, à l'exception des *coupables*. Ce qui complique sérieusement la donne, car si quelqu'un devait fomenter une action indirecte contre Shanghai, New York figurerait tout en haut de la liste des candidats potentiels. Difficile d'imaginer une autre enclave dans le monde entreprendre une chose pareille sans avoir obtenu au moins leur soutien tacite. Mais si New York a discrètement ourdi un truc aussi énorme que l'éradication d'une enclave entière, ils n'en ont sans doute pas touché un mot à leurs bizuts, ce qui signifie que même les élèves new-yorkais ne doivent pas savoir si leur propre enclave est impliquée ; en revanche, à l'instar des Shanghaiens, ils doivent se douter que, à moins d'un simple accident, leurs parents sont très vraisemblablement en guerre à l'heure actuelle. Et on n'a absolument aucun moyen de le découvrir avec certitude avant une année entière.

Une situation pas particulièrement favorable au développement d'un sentiment de franche camaraderie parmi les enclavés. Personnellement, je me fiche de ne pas savoir. De toute façon, je ne compte pas rejoindre d'enclave. J'ai pris cette décision l'année dernière – non sans ressentiment –, et en cas de guerre, je refuserai de prendre parti. Et même s'il s'agissait d'un atroce maléficien déterminé à éliminer les enclaves, je ne changerais pas d'avis – cela me promettrait tout juste une solide rivalité, si j'en crois la désagréable prophétie qui me simplifierait grandement la vie si elle se dépêchait de se réaliser.

Ce qui me dérange, c'est que Sudarat ne puisse pas m'aider pour ce qui s'annonce clairement comme mon *cinquième* séminaire : le sauvetage de bizuts. La réserve de mana de son enclave étant assez récente, elle devait à la base être plutôt limitée ; à présent, les terminales de Bangkok en ont pris le contrôle et cherchent désespérément à s'en servir comme monnaie d'échange avec les autres enclavés pour conclure des alliances. Ils ne partagent même plus avec les premières années. Ceux-ci sont devenus de banals parias, comme nous autres, cherchant désespérément des alliés et des ressources pour survivre. Leur atout principal pour s'attirer des alliés était de leur promettre une place dans leur enclave en pleine expansion, ce qui n'a plus lieu d'être ; par ailleurs, une sale aura d'incertitude plane désormais autour d'eux, car nul ne sait ce qui a pu se produire. Les autres nouveaux n'évitaient pas Sudarat parce qu'ils ignoraient qu'elle était de Bangkok : ils l'évitaient justement parce qu'ils le savaient. Elle n'a même pas obtenu sa part du matériel que les terminales de l'année dernière ont laissé en partant. Son sac renferme toutes les ressources dont elle dispose.

J'imagine que je devrais la prendre en pitié, mais j'ai tendance à faire preuve de plus de compassion pour quelqu'un d'extrêmement malheureux plutôt que pour une personne dont la chance extrême s'est brusquement tarie. Maman me dirait que rien ne m'empêche de faire les deux, ce à quoi je lui rétorquerais qu'elle n'a qu'à le faire pour moi ; toujours est-il que mon réservoir à compassion est assez limité, et que je préfère me rationner. En plus, j'ai déjà sauvé deux fois la vie à Sudarat en moins de deux semaines de cours, alors elle n'a pas à se plaindre.

Moi non plus, puisque je suis apparemment déterminée à continuer.

Aadhya, Liu et moi convenons de prendre notre douche en même temps ce soir. Pendant que nous descendons, je m'adresse à la seconde avec amertume : « Tu aurais un peu de temps pour moi ? J'ai besoin d'apprendre quelques phrases de base en chinois. » Tu t'imagines peut-être des trucs du quotidien comme *Où sont les toilettes ?* ou *Bonjour*, mais ici, les premières choses qu'on apprend sont *À terre*, *Derrière toi* ou *Fuis*. Ce dont je vais avoir besoin pour empêcher les bizuts de me gêner pendant que je les sauve. Le tout à mes dépens.

Liu incline la tête et me répond à mi-voix : « J'allais justement vous demander de m'aider. » Elle plonge la main dans son sac de cours et en ressort sa trousse transparente pour me montrer la paire de ciseaux qu'elle renferme : une paire pour gauchers, avec des vestiges de vinyle verdâtre sur le manche ; l'une des lames est ébréchée, l'autre un peu rouillée. C'est prometteur : ils sont en si piteux état qu'il y a peu de risques qu'ils se révèlent maudits ou animés. Cela fait quelques semaines qu'elle demande à tout le monde si elle peut en emprunter.

Ses cheveux lui tombent sous la taille ; ils sont d'un noir lustré, à l'exception des racines que n'importe qui aurait aussi qualifiées de noires, sauf qu'elles contrastent avec la teinte sinistrement plus sombre du reste. Des années et des années à les laisser pousser, dont trois passées ici, à devoir négocier les modalités de chaque douche. Je ne lui demande toutefois pas si elle est sûre d'elle : je sais qu'elle l'est, ne serait-ce que d'un point de vue purement pratique. Aadhya compte s'en servir pour corder le luth en alarmaignée qu'elle confectionne dans l'optique de notre remise des diplômes. Et de toute façon, elle ne parvenait à conserver des cheveux si longs qu'en usant de malia.

C'est alors qu'elle a subi une purification spirituelle aussi inattendue que minutieuse, et qu'elle a décidé de ne plus suivre la route pavée d'obsidienne. Elle doit désormais racheter d'un seul coup trois années de chevelure abusivement magnifique. On se relaie chaque soir pour l'aider à peigner les horribles nœuds qui s'y forment immanquablement, malgré le temps qu'elle prend pour les tresser.

Après notre douche, on se rend toutes trois dans la chambre d'Aadhya. Celle-ci affûte les ciseaux à l'aide de ses outils, puis prépare le coffret dans lequel elle a prévu de conserver les cheveux. Je me mets à couper avec précaution, m'attaquant à un petit centimètre d'une mèche toute fine que j'étire aussi loin que possible du crâne de Liu – mieux vaut toujours commencer lentement, lorsqu'on se sert de ciseaux qu'on ne connaît pas. Comme il ne se produit rien d'horrible, je remonte jusqu'à mi-chemin du crâne, prends une profonde inspiration et coupe d'un geste sec, pile au niveau de la démarcation visible entre anciens et nouveaux cheveux. Je tends le fruit de ma collecte à Aadhya.

« Ça va ? » demandé-je à Liu. Je m'assure que les ciseaux restent en bon état, mais je veux surtout lui laisser l'occasion de reprendre ses esprits : ça doit être un déchirement pour elle, même si elle ne va pas non plus se mettre à chouiner.

« Oui, ça va », répond-elle, mais je la vois cligner les yeux, et quand j'ai coupé environ la moitié de sa tignasse, elle est bel et bien en train de chouiner, de façon très discrète. Les larmes roulent sur ses joues, l'une d'elles vient s'écraser sur son genou.

Aadhya me jette un regard inquiet avant de déclarer : « Ça me suffit largement, si tu veux t'arrêter. » Liu n'aurait même pas eu une trop sale tête : ses cheveux sont si épais que je dois de toute façon les couper par strates, surtout avec ces ciseaux pourris, j'ai donc commencé par le dessous. On ne sait jamais quand ce genre d'instrument peut subitement devenir inutilisable, et si je l'avais laissée se promener avec le haut du crâne rasé et une étrange nuque longue pendouillant derrière, n'importe qui en aurait profité pour lui réclamer une fortune en échange d'une paire de ciseaux.

« *Non* », affirme Liu d'une voix tremblante mais déterminée. C'est habituellement la plus calme de nous trois : Aad peut vite monter dans les tours quand elle est agacée, et s'il existait des Jeux olympiques de la rage, je serais favorite pour remporter l'or. Liu, au contraire, est toujours dans la retenue, tellement mesurée et réfléchie ; c'est donc une surprise de l'entendre si proche de la rupture.

Même pour elle : elle marque une pause et déglutit, sans parvenir à ravaler ce sentiment qui l'étrangle. « Débarrassez-moi de ça, insiste-t-elle d'un ton incisif.

— D'accord », réponds-je en accélérant le mouvement, rabotant chaque mèche autant que j'ose le faire. Les cheveux lustrés tentent de s'enrouler autour de mes doigts alors même que je les taille pour les remettre à Aadhya.

Lorsque j'ai terminé, Liu porte des mains tremblantes à sa tête pour tâter le résultat. Il ne reste presque rien, tout juste un duvet inégal. Elle ferme les paupières et fait aller et venir ses paumes sur son crâne, comme pour s'assurer qu'il ne subsiste plus que les racines. Elle prend quelques inspirations humides et déclare : « C'est la première fois que je les coupe depuis mon arrivée. Ma mère m'a dit de ne pas le faire.

— Pourquoi ? s'étonne Aadhya.

— C'était… » Liu donne un coup de glotte. « Elle m'a dit que, ici, ça annoncerait à tous qu'il faut se méfier de moi. » Et ça a marché, parce qu'on ne peut pas se permettre de garder les cheveux longs à moins d'être un enclavé particulièrement riche et insouciant – ou de suivre la voie des maléficiens.

Aadhya va chercher sans un mot la demi-barre de céréales qui reste dans une petite boîte protégée sur son bureau. Liu essaie de décliner l'offrande, mais Aad insiste : « Bon sang, mange cette fichue barre de céréales. » Le visage de Liu se chiffonne, puis elle se lève et nous ouvre grand les bras. Je mets quelques secondes de plus qu'Aadhya à comprendre – trois années d'ostracisme social ne vous préparent pas à ce genre de situation –, mais elles laissent toutes deux un petit espace afin que je les rejoigne pour un câlin collectif. Nos bras s'enroulent les uns autour des autres, et j'ai de nouveau cette impression de miracle, un miracle auquel je peine encore à croire : je ne suis plus seule. Elles sont en train de me sauver, et je vais les sauver moi aussi. Ça semble encore plus magique que la magie. Comme si, grâce à cela, tout allait bien aller désormais. Comme si le monde entier était subitement transformé.

Mais ce n'est pas le cas. Je suis encore dans la Scholomance, et tous les miracles qui surviennent ici ont un coût.

*
**

Je n'avais accepté mon horrible emploi du temps que pour avoir l'opportunité d'accumuler du mana pendant ces splendides après-midis du mercredi. Puisque j'ai fait fausse route sur le bonheur procuré par ces demi-journées sans cours, tu te dis peut-être que je me suis aussi trompée sur l'atrocité de mes quatre séminaires. Mais là, c'est *toi* qui te planterais.

Ni celui de Myrddin, ni celui de proto-indo-européen, ni celui d'algèbre ne compte plus de cinq élèves. Tous se déroulent dans les profondeurs du dédale de salles de séminaire qu'on appelle le labyrinthe, puisqu'il est à peu près aussi facile d'en sortir que dans la mythologie. Les couloirs aiment se tortiller et s'étendre un peu ici et là. Mais même ces cours n'arrivent pas à la cheville des Lectures avancées en sanskrit, qui s'avèrent être des heures d'*étude indépendante*.

Je n'aurais pas dit non à une heure de calme quotidienne à consacrer à mon apprentissage du sanskrit. Le livre de sorts sur lequel j'ai réussi à mettre la main au semestre dernier s'est révélé être un exemplaire inestimable des fameux Sutras de la pierre d'or, disparus depuis une éternité ; la bibliothèque l'a fait apparaître dans l'espoir de me dissuader d'éliminer la gueule-béante. Je le garde encore sous mon oreiller pour dormir. Je viens laborieusement d'arriver au bout des douze pages consacrées à la première des invocations majeures, et c'est déjà de très loin le livre de sorts le plus utile sur lequel j'ai eu l'occasion de poser les yeux.

Malheureusement, cette heure quotidienne passée seule avec moi-même se déroule dans une pièce minuscule du périmètre extérieur du tout premier étage, coincée contre le bord du grand atelier. Pour l'atteindre, je dois m'enfoncer presque au bout du labyrinthe, ouvrir une porte non vitrée et sans signe distinctif, puis enfiler un long et étroit couloir sans source de lumière qui donne l'impression de mesurer entre un et douze mètres, en fonction de son humeur du jour.

À l'intérieur de la pièce, la seule bouche d'aération, énorme, est située au sommet du mur, et communique avec l'une des arrivées d'air des fourneaux de l'atelier. Elle crache donc alternativement des bouffées d'échappement surchauffé ou un flux sifflant et régulier d'air glacial. Le seul bureau de la salle est encore un pupitre à l'ancienne, dont l'armature en fer forgé est rivée au sol. Bien entendu, il tourne le dos à la grille. Je m'assiérais volontiers par terre, sauf que deux grosses rigoles d'écoulement émanant de l'atelier traversent la salle pour rejoindre un caniveau contre le mur du fond, et les taches sinistres qui les longent semblent indiquer qu'ils débordent régulièrement. Par ailleurs, une enfilade de robinets émergent de la cloison au-dessus du caniveau, et leur goutte-à-goutte permanent compose une symphonie discrète et métallique, que je ne peux arrêter même en serrant les poignées à fond. De temps à autre, d'horribles gargouillis émanent de la tuyauterie, et d'étranges grincements surviennent sous le sol. La porte de la pièce ne se verrouille pas ; en revanche, il lui arrive de s'ouvrir ou de se fermer de façon imprévisible, dans un claquement assourdissant.

Si tout cela te donne l'impression de constituer le décor idéal pour une embuscade parfaite, sache que nombre de malés semblent de ton avis. Je me suis fait sauter dessus à deux reprises durant la première semaine de classe.

À la fin de la troisième semaine, je dois même puiser dans ma réserve de mana au lieu de la remplir. Ce soir-là, je reste assise sur le bord de mon lit à contempler le coffret de cristaux que maman a glissé dans mes bagages avant mon arrivée. Aadhya a organisé une autre séance d'enchères, et dix-sept d'entre eux luisent désormais de mana. Les autres demeurent désespérément vides, et ceux que j'ai complètement épuisés pour éliminer la gueule-béante commencent à ternir. Si je ne les revigore pas très vite, ils deviendront aussi inutiles que les lots qu'on trouve parfois en ligne. Mais je ne trouve pas le temps. J'accumule du mana dès que j'en ai l'occasion, expédiant au maximum mes devoirs, mais je reste coincée sur le cristal que j'essaie de remplir depuis la fin du semestre dernier. Ce matin, j'ai une nouvelle fois été attaquée durant mon séminaire, et j'ai dû l'épuiser totalement.

J'ai repris mes séances d'abdos plus tôt que ne me l'aurait conseillé n'importe quel médecin, parce que la difficulté de les accomplir malgré mes douleurs au ventre facilite le gain de mana. Mais je suis désormais à peu près guérie, et je ne peux même plus m'en remettre au crochet pour accumuler mon pouvoir, car je ne déteste plus ça autant qu'avant, maintenant que je le fais le soir, en compagnie d'Aadhya et Liu. Mes amies, mes alliées. Qui comptent sur moi pour les aider à sortir d'ici vivantes.

Je referme et range le coffret avant de sortir de ma chambre. Il reste encore une heure avant le couvre-feu, mais tout est déjà calme : nul ne traîne dans les couloirs du dortoir des terminales. Soit les autres élèves sont encore là-haut, à squatter les meilleures places de la bibliothèque, soit ils prennent le risque de se coucher tôt avant que les malés reviennent en force, ce qui devrait être le cas dès la semaine prochaine. Je frappe à la porte d'Aadhya, et je lui demande dès qu'elle l'ouvre : « Hé, ça te dit qu'on aille voir Liu ?

— Si tu veux », répond-elle en m'étudiant d'un œil suspicieux, sans toutefois me réclamer de détails. Aadhya n'est pas du genre à perdre du temps. Elle rassemble ses affaires de toilette pour qu'on puisse se brosser les dents dans la foulée, puis on se dirige vers la chambre de Liu. Elle se trouve à notre niveau, désormais.

Ici, tout le monde a droit à sa chambre privée ; pour permettre l'afflux annuel de bizuts, les piaules sont réagencées façon prison, placées les unes au-dessus des autres, avec une étroite passerelle en ferraille pour relier celles de l'étage supérieur. Mais en fin de semestre, quand les couloirs pivotent pour descendre au niveau inférieur, les cellules vides disparaissent et l'espace ainsi gagné est réparti parmi les survivants. Souvent de façon pas très utile : je dispose d'une chambre délicieusement flippante à double hauteur de plafond depuis le début de ma deuxième année ; celle de Liu s'est prolongée vers le bas en début de semestre, on n'a donc plus à grimper l'un de ces escaliers en spirale aux marches grinçantes pour aller la voir.

Elle nous laisse entrer et nous confie à chacune notre familier en cours de dressage tandis qu'on prend place sur son lit. Je caresse la fourrure blanche de ma souris minuscule, qui vient s'asseoir dans le creux de ma paume pour grignoter une friandise, tout en observant autour d'elle de ses yeux pétillants et de plus en plus verts. J'essaie encore de la baptiser Chandra, mais le jour où je réfléchissais à un nom, Aadhya m'a lancé « Tu devrais l'appeler Précieux », puis elle s'est tordue de rire alors que je la martyrisais à coups d'oreiller, et Précieux est malheureusement resté. Maman ne s'est jamais ouvertement excusée de m'avoir affublée du prénom Galadriel, mais je suis à peu près sûre qu'elle sait qu'elle devrait avoir honte. Bref, mes amies ne cessent d'oublier Chandra et de l'appeler Précieux – pour être honnête, ça m'arrive régulièrement de me tromper aussi –, je vais donc bientôt finir par m'y résoudre.

Si toutefois je parvenais à l'apprivoiser. Je l'observe gigoter dans ma main, car c'est toujours mieux que d'affronter le regard de mes amies, et j'avoue : « Je suis de plus en plus à la ramasse en mana. »

Il fallait que je les prévienne. Elles comptent sur moi pour le jour de la remise des diplômes. Si je suis incapable de me montrer à la hauteur, elles ont le droit de faire machine arrière. Elles ne doivent rien à un groupe de bizuts qu'elles n'ont même jamais rencontrés. Liu pourrait se sentir redevable à cause de Zheng, mais je pourrais aussi me contenter de le sauver lui *sans* dilapider une semaine de mana que je n'ai même pas fini d'accumuler, alors qu'elle se casse le train à en amasser pour toute l'équipe.

À ce rythme, je ne suis même pas certaine de pouvoir déclencher trois sorts de puissance moyenne en fin d'année – d'autant que je n'en possède pas *un* de qualité. Je ne détiens qu'un seul pouvoir vraiment utile ne nécessitant pas une montagne de mana : le contrôleur de phase tiré du livre de Purochana. Et celui-ci ne vaut pas un clou en cas d'urgence, puisqu'il faut cinq bonnes minutes pour le préparer. En réalité, je m'en suis déjà servie en cas d'urgence, mais seulement parce qu'Orion détournait efficacement l'attention de la cause de cette urgence ; or, au jour de la remise des diplômes, il risque d'être particulièrement occupé à essayer de zigouiller des monstres pour le bénéfice de tout le monde.

« Zheng m'a parlé de tes mercredis », répond Liu doucement. Je redresse la tête. Elle ne semble pas surprise, plutôt préoccupée.

« C'est ton cours chelou en bibliothèque ? Qu'est-ce qui se passe ? s'enquiert Aadhya.

— Elle est avec huit nouveaux, et ils n'arrêtent pas de se faire attaquer par des malés de premier ordre, explique Liu.

— À la *bibliothèque* ? s'étonne Aadhya. Attends, ça vient *en plus* de ton horrible d'heure d'étude indépendante et de tes trois autres séminaires ? L'école a une dent contre toi, ou quoi ? »

On reste silencieuses. La réponse est comprise dans la question. Je sens ma gorge se serrer autour de mes amygdales, m'étranglant horriblement. Je n'avais encore jamais envisagé les choses sous cet angle, mais ça saute aux yeux. Ce qui est mille fois pire qu'un simple coup de malchance.

La Scholomance est presque autant en mal de pouvoir que moi. Il en faut des quantités industrielles pour faire tourner un endroit pareil. On a tendance à l'oublier, quand on souffre quotidiennement pour survivre tout en se faisant attaquer par des malés, mais sans les sorts incroyablement puissants qui protègent chaque bouche d'aération et chaque tuyau, ils nous assailliraient bien plus nombreux et en flux continu ; sans compter l'artifice hautement improbable qui s'assure qu'il n'existe presque aucune ouverture sur le monde extérieur, malgré le fait que nous respirions, mangions, buvions et consommions beaucoup d'eau pour boire ou faire notre toilette. Et tout cela nécessite trois choses : du mana, du mana, et encore du mana.

Alors évidemment, la version officielle prétend que chaque enclave en fournit, et que nos parents en donnent aussi s'ils peuvent se le permettre, et que nous en produisons nous-mêmes à force de travail, mais on sait tous que ce sont des histoires. La principale source d'approvisionnement en mana de l'école, c'est *nous*. On essaie tous d'en économiser pour la remise des diplômes ; tout le monde en récolte sans arrêt. Le mana qu'on injecte à contrecœur dans nos devoirs ou nos rondes d'entretien n'est rien en comparaison de ce qu'on met de côté pour essuyer les pires tempêtes. Et au moment où les malés nous éventrent, on se tourne naturellement vers tout ce délicieux pouvoir qu'on a désespérément accumulé, on en fabrique davantage avec notre terreur, nos souffrances et nos efforts désespérés pour survivre, et ils nous siphonnent complètement. La Scholomance récolte l'excédent et, grâce à tous ses sortilèges, élimine aussi quantité de malés ; le mana résiduel atterrit aussi dans les réserves de l'école – où il sert à maintenir en vie les plus chanceux d'entre nous.

Ainsi, quand un héros particulièrement enthousiaste – j'entends par là Orion – se pointe et se met à sauver des vies, les malés commencent à crever la dalle, et l'école également. Et dans le même temps, on est de plus en plus nombreux à vivre ici, à respirer, à boire et ainsi de suite. C'est une construction pyramidale, et s'il n'y en a pas assez qui se font dévorer en bas de l'édifice, tout le reste s'écroule.

C'est justement pour ça qu'on a dû descendre réparer le mécanisme de purification dans la salle de remise des diplômes : tous ces malés affamés attendaient là où Orion ne se trouvait pas, se préparant à mettre la promo en miettes parce qu'ils n'avaient pas eu suffisamment à bouffer au cours des trois années précédentes. Ils étaient sur le point d'envahir le reste de l'école, car ils étaient si désespérés qu'ils avaient collectivement entrepris de s'en prendre aux sortilèges en bas des escaliers.

Quant à Orion… Eh bien, Orion vient de l'enclave new-yorkaise et porte un répartiteur de pouvoir au poignet ; par ailleurs, son affinité pour le combat lui permet, d'une manière ou d'une autre, d'aspirer le pouvoir des malés qu'il élimine. Ils ne s'en prennent même pas à lui, puisqu'il dispose d'une réserve intarissable de puissance et d'une liste presque aussi impressionnante de sorts de combat remarquables.

Mais pas moi. Moi, je suis la fille destinée à *compenser* ses excès, mais qui refuse obstinément de devenir maléficienne et de tuer des élèves par dizaines, et voilà que j'ai complètement basculé de l'autre côté. J'ai arrêté la gueule-béante qui se dirigeait vers le dortoir des troisièmes. J'ai aidé Orion à empêcher les malés d'envahir l'école. J'étais en bas, dans la salle des diplômes, pour maintenir un bouclier autour des artificiens de terminales, afin de leur octroyer le temps nécessaire à réparer l'équipement de nettoyage. Et maintenant, j'imite sa routine de héros ridicule en sauvant noblement mes petits camarades une fois par semaine.

C'était une évidence que l'école allait s'en prendre à moi.

Et si les malés du mercredi ne suffisent pas, elle essaiera autre chose. Puis encore autre chose. La Scholomance n'est pas exactement une créature vivante, mais on ne peut pas non plus tout à fait affirmer le contraire. Il est impossible d'injecter autant de mana et de réflexion en un même endroit sans que celui-ci se mette à développer une forme d'intelligence propre. Théoriquement, elle a été bâtie pour nous protéger et ne devrait donc pas chercher à dévorer des élèves elle-même – d'autant que le nombre d'incorporations dégringolerait brutalement si elle se mettait à le faire –, mais elle tient malgré tout à conserver assez de mana pour exister ; elle est censée tourner sans cesse. Mais je suis venue lui mettre des bâtons dans les roues, alors l'école s'en prend à moi, ce qui signifie que tous mes proches vont se retrouver dans sa ligne de mire.

« Alors les autres doivent se débrouiller pour te fournir du mana, déclare Aadhya.

— C'est juste des bizuts, réponds-je d'un ton morne. À eux huit, ils en accumulent moins en une heure que moi en dix minutes.

— Ça permettrait de raviver tes cristaux morts, cela dit, remarque Liu. Tu disais qu'il n'en fallait pas beaucoup pour ça, juste un flot régulier. Ils pourraient en transporter chacun un. »

Liu n'a pas tort, mais ça ne résoudra pas le fond du problème. « Je n'en aurai pas besoin. À ce rythme, j'aurai même pas assez de mana pour remplir mes cristaux vides.

— Dans ce cas, on pourrait les échanger, suggère Aadhya. Ils sont de bien meilleure qualité que la plupart des réceptacles. Ou alors, je pourrais essayer de les intégrer au luth…

— Vous voulez dissoudre l'alliance ? » l'interromps-je brusquement, parce que je ne supporte pas de rester assise ici pendant qu'elles passent en revue toutes les solutions que j'ai entrevues au cours des trois semaines écoulées, quand j'essayais vainement de trouver une issue moi-même, avant de reconnaître qu'il n'en existait aucune pour moi. Seules *elles* ont encore une chance.

Aadhya se tait, mais Liu n'hésite pas un instant avant de répondre : « Non. »

J'avale péniblement ma salive. « Je crois que tu n'as pas bien réfléchi aux…

— *Non* », insiste Liu avec une étrange fermeté. Puis, après une courte pause, elle reprend plus doucement : « Quand ils étaient petits, je promenais toujours Zheng et Min avec un harnais. À l'école, si l'un des autres garçons faisait du mal à une grenouille ou un chaton égaré, ils l'en empêchaient et me ramenaient l'animal, quitte à se faire traiter de "fillettes". » Elle considère Xiao Xing entre ses mains, lui caresse la tête du pouce. « Non, répète-t-elle doucement. Je ne veux pas dissoudre l'alliance. »

Je me tourne vers Aadhya, incapable de mettre un mot sur ce que j'éprouve. Je ne sais même pas ce que j'espère l'entendre dire. Mon amie pragmatique, que sa mère a convaincue qu'elle avait intérêt à traiter décemment les losers, et qui m'a donc traitée décemment, pendant que tous les autres me jugeaient comme un vieux morceau d'essuie-tout ne méritant même pas qu'ils prennent la peine de le jeter à la poubelle. C'est justement son côté pragmatique – et intraitable – qui m'a plu : elle a toujours su négocier durement, proposant des accords crédibles, sans jamais essayer de m'arnaquer, alors même que personne ne voulait faire affaire avec moi. Elle n'a aucune raison de se soucier des bizuts de la bibliothèque et ne manque pas de solutions alternatives : c'est l'une des plus brillantes artificiennes de notre promo, et le luth magique qu'elle est en train d'achever conservera une valeur certaine même en dehors, pas uniquement parmi les élèves. N'importe quel enclavé l'accueillerait volontiers dans son alliance. Ce serait la décision logique à prendre, la plus intelligente, et j'aimerais presque qu'elle le fasse. Elle m'a déjà laissé une bonne demi-douzaine de chances, alors que tout le monde considérait ça comme un mauvais investissement. Je n'ai aucune envie qu'elle me laisse tomber, mais… je ne voudrais pas la voir échouer à cause de moi.

Elle se contente cependant de déclarer « Ouais, non », d'un ton presque dédaigneux. « Je suis pas une lâcheuse. Il faut juste qu'on trouve le moyen de te faire gagner un peu de mana. Ou mieux encore, de faire en sorte que l'école te lâche la grappe. Je ne comprends pas pourquoi la Scholomance te joue un tour pareil. Tu n'es pas une enclavée, ce n'est pas non plus comme si tu allais accumuler des tonnes de mana, alors pourquoi te forcer à dépenser le peu que tu as ?

— À moins que… », commence Liu avant de s'interrompre. On se tourne vers elle. Elle garde les lèvres pincées, les yeux rivés sur ses mains tordues dans son giron. « À moins qu'elle cherche à te… pousser dans tes retranchements. L'école…

— … adore les maléficiens », conclut Aadhya à sa place.

Liu opine sans relever le front. Elle a parfaitement raison. C'est sans doute pour cela que la Scholomance m'a accordé cette séance du mercredi. Elle essayait de me… forcer la main. Elle voulait que je prenne la décision égoïste la plus évidente, que je préserve mon propre mana au lieu d'épargner un bizut dont je ne savais rien. Parce que, une fois sur cette pente, je n'aurais eu aucun mal à prendre la décision égoïste suivante, puis celle d'après.

« Ouais, renchérit Aadhya. L'école veut que tu deviennes maléficienne. De quoi tu serais capable si tu te mettais à utiliser le malia ? »

Si je devais faire la liste des dix questions auxquelles je m'efforce le plus de ne pas réfléchir, celle-ci aurait sans doute un lien avec les neuf premières, et ce uniquement parce que *Qu'est-ce que tu ressens pour Orion Lake* est discrètement venue se mêler à la course – mais reste loin derrière les autres. « Tu préfères ne pas le savoir », réponds-je. Mais ce que je pense vraiment, c'est *Je préfère ne pas le savoir.*

Aadhya ne ralentit même pas. « Eh ben, faudrait déjà que tu trouves le malia…, reprend-elle pensivement.

— *Ça ne poserait pas de problème* », réponds-je sans desserrer les dents. Elle n'a pas tort de poser la question, puisque c'est l'un des principaux obstacles que les maléficiens en devenir rencontrent, et que la solution consiste bien souvent en des rencontres répétées avec nombre d'entrailles et de hurlements. Malgré tout, ma principale inquiétude consiste à éviter d'absorber *accidentellement* la force vitale de tout ce qui m'entoure si, surprise, je me retrouve à déclencher instinctivement un sort gargantuesque. Par exemple, je dispose d'une incantation super pour raser une ville entière, qui pourrait s'avérer bien pratique si je me transformais un jour en l'une de ces personnes qui abreuvent les courriers des lecteurs de longues lettres pour se plaindre de l'architecture de Cardiff ; j'imagine que cela pourrait aussi bien faire l'affaire si je devais un jour éradiquer tous les malés de mon étage. En même temps que tous les humains de mon étage, mais ils seraient de toute façon sans doute déjà morts, car je les aurais vidés de leur mana pour lancer ce sort.

Ça finit par la faire tiquer. Liu et elle me lorgnent toutes deux d'un air dubitatif. « Voilà qui n'était ni flippant ni menaçant, commente Aadhya après un instant d'hésitation. D'accord, je vote pour que tu ne te transformes *pas* en maléficienne. »

Liu lève ostensiblement la main pour abonder. Je laisse échapper un gloussement et opine. « Moi aussi !

— Je m'avancerai même en disant que tous les élèves de l'école seraient d'accord avec nous, reprend Aadhya. On pourrait leur demander de se cotiser pour toi. »

Je la dévisage. « *Salut, les gars, il s'avère qu'El est une espèce de reine vampire suceuse de mana, on devrait tous lui en donner un peu pour éviter qu'elle nous pompe tous jusqu'à la moelle.* »

Aadhya fait la moue. « Mouais.

— Inutile que tout le monde se cotise, intervient Liu d'un ton posé. Il suffit de solliciter une seule personne : Chloe. »

Je rentre un peu la tête dans les épaules sans rien répondre. Ce n'est pas une si mauvaise idée. Ça pourrait même fonctionner. C'est précisément pour ça qu'elle me déplaît. Voilà presque un mois qu'on est descendus dans la salle des diplômes, et je me rappelle encore la sensation que j'ai éprouvée quand j'avais ce répartiteur de pouvoir new-yorkais autour du poignet, tout ce mana qui se trouvait à ma portée, comme si j'avais plongé la tête dans un puits sans fond pour boire de l'eau claire à grandes goulées insouciantes. Ça m'a beaucoup trop plu à mon goût. J'aurais très aisément pu m'y habituer.

« Tu crois qu'elle refuserait ? » s'étonne Liu. Je redresse alors la tête, et la vois qui m'observe.

« C'est pas… » Je m'interromps, pousse un soupir. « Elle m'a proposé une place.

— Dans une alliance ? demande Aadhya.

— À New York », précisé-je. Ce qui, dans ce contexte, ne peut signifier qu'une seule chose : une carte de membre *garantie* dans une enclave. La plupart du temps, si tu as la chance de te voir proposer une alliance par un enclavé, tu peux au mieux espérer que l'enclave en question s'intéressera à toi, voire t'offrira un boulot. En règle générale, quatre cents élèves reçoivent leur diplôme chaque année. Une quarantaine de places dans des enclaves s'ouvrent de par le monde, et plus de la moitié d'entre elles échoiront à des sorciers adultes de premier plan, qui les auront méritées après des décennies de labeur. Se voir garantir une place dès la sortie de l'école revient à toucher le gros lot, même lorsqu'il n'est pas question de l'enclave la plus puissante du monde. Aadhya et Liu me considèrent toutes deux, bouche bée. « Ils paniquent à cause d'Orion.

— Alors que vous sortez ensemble depuis à peine deux mois ? s'étonne Liu.

— On ne sort pas ensemble ! »

Aadhya lève ostensiblement les yeux au ciel. « Alors que vous faites autre chose que sortir ensemble même si tout le monde a l'impression que vous sortez ensemble depuis à peine deux mois ? corrige-t-elle.

— Merci du fond du cœur, répliqué-je d'un ton cassant. À mon avis, ils sont simplement surpris de le voir parler à un autre être humain.

— Pour être honnête, tu es la seule personne de ma connaissance à avoir nourri l'idée de te montrer ouvertement grossière et hostile envers le garçon qui t'a sauvé la vie une vingtaine de fois », intervient Aadhya.

Je lui décoche un regard noir. « Treize fois ! Et j'ai sauvé *la sienne* au moins deux fois.

— C'est bien, tu le rattrapes », réplique-t-elle, impénitente.

*
**

Ce n'est pas que je préférerais voir Aadhya et Liu me larguer et me laisser affronter seule le reste de ma scolarité plutôt que de solliciter l'aide de Chloe Rasmussen, mais j'ai réellement réussi à ne pas envisager cette option. Je ne sais pas trop ce qu'elle pourrait répondre. Après tout, j'ai décliné sa proposition d'un siège garanti dans l'enclave new-yorkaise. Je rumine toujours à l'idée de lui poser la question. J'ai passé l'essentiel de mon existence à établir soigneusement un plan d'action pour rejoindre une enclave. Une campagne vraiment réconfortante, qui aurait trouvé son aboutissement dans le fait de mener une longue vie heureuse et sûre au sein d'une enclave luxueuse, avec une réserve inépuisable de mana au bout des doigts, comme tous les enclavés ; en m'assurant que ma démarche soit longue, complexe et jamais réellement couronnée de succès, j'ai soigneusement évité de réfléchir au fait que je n'ai pas du tout envie d'être comme eux.

Même comme Chloe – elle est du genre sympa, et même mieux que ça, en toute honnêteté. Quand les enclavés se sont mis à me courtiser au semestre dernier – à cause d'Orion –, tous se sont comportés comme s'ils m'accordaient un immense honneur en me faisant la grâce de m'adresser la parole. Cela leur a valu une démonstration de ma grossièreté violente et dépourvue de toute stratégie, si bien qu'ils ont tous cessé de me parler. Sauf Chloe. Elle nous a déjà proposé de nous asseoir avec elle dix fois cette année, sans jamais nous imposer ses acolytes. Je ne sais pas si je vais devoir baisser la tête comme elle a pu le faire pour s'excuser devant moi et me proposer d'être mon amie après que je l'ai envoyée bouler. Je ne regrette pas de l'avoir fait, c'était plus que mérité, mais je ne suis pas certaine que j'aurais réagi avec autant de grâce.

Oh, à qui je pourrais faire avaler ça ? Je ne possède pas assez de grâce pour remplir la cupule d'un gland.

N'empêche que Chloe reste une enclavée. Et qu'elle ne ressemble pas à Orion. Tous les New-Yorkais disposent d'un répartiteur de pouvoir leur permettant d'échanger du mana et de puiser dans leur pot commun, alors que celle d'Orion est à sens unique : vers la réserve seulement. Dans le cas contraire, il y puiserait le pouvoir nécessaire à tuer le malé le plus proche et sauverait d'autres élèves. C'est tellement instinctif pour lui qu'il ne peut pas s'en empêcher. Ainsi donc, le fils de la future Domina de New York n'a pas accès au stock, même s'il contribue largement à le constituer, notamment en accourant dès que l'un d'eux à des ennuis.

Chloe est de ceux qui bénéficient de la quantité de mana qu'il y injecte. Elle n'a pas besoin de budgéter minutieusement ses sorts : elle érige un bouclier à la première angoisse. Si un malé lui saute dessus, elle n'a qu'à garder la tête froide et à trouver de quoi le contrer, sans avoir à se soucier de ne pas disposer de la puissance nécessaire. Quand elle est arrivée à l'école, avec son sac rempli des objets magiques les plus utiles que la communauté puisse imaginer, elle a aussi hérité d'un imposant coffre bourré à craquer des affaires de plus d'un siècle d'enclavés new-yorkais, chacun d'entre eux ayant apporté d'autres articles utiles ou en ayant confectionné de nouveaux – des articles qu'ils peuvent s'autoriser à laisser à l'école en partant, sachant qu'ils retrouveront aussitôt la sécurité prodiguée par l'une des enclaves les plus riches du monde. Et évidemment, ils en réchappent toujours ou presque, car ils constituent les pires cibles de la pièce quand on se retrouve largués dans la salle de remise des diplômes et qu'il y a parmi nous tout un tas de tocards faisant de l'excellente chair à canon.

Je suis incapable d'oublier ce détail quand je me trouve en sa présence. Ou, plus honnêtement : je finis par l'oublier au bout d'un moment, même si je n'en ai aucune envie. Je me surprends à regretter qu'elle ne soit plus aussi désagréable, et de ne plus avoir de raisons de l'être à mon tour. Ça me semble injuste qu'elle ait droit à de véritables amis – le genre d'amis qui se moquent de ta richesse ou de la quantité de mana que tu possèdes –, en plus d'avoir tout le mana, l'argent et les flagorneurs à ses pieds. Mais chaque fois que cette pensée mesquine et amère me traverse l'esprit, j'imagine maman poser sur moi son regard plein d'amour et de compassion, et je me sens minable. Ainsi donc, traîner avec Chloe est pour moi l'assurance de véritables montagnes russes émotionnelles : je me retrouve tour à tour sur mes gardes, détendue, pleine de ressentiment, minable, puis de nouveau sur mes gardes.

Et maintenant, je dois lui demander de m'accorder l'accès à son réservoir de mana, car dans le cas contraire, je risque d'assassiner Aadhya, Liu et tous les bizuts de la bibliothèque, en plus de chaque élève de l'école si je me plante un matin alors qu'un rhysolite essaie de dissoudre mes os ou qu'une limace magmatique se tortille hors du conduit d'aération pour me sauter sur la figure. J'aurais encore moins de raisons de lui en vouloir qu'aujourd'hui. J'ai presque envie qu'elle refuse.

« Attends… Tu veux dire que tu acceptes la place ? » me demande-t-elle d'un ton plein d'espoir, comme si j'étais censée savoir qu'il s'agissait d'une offre perpétuelle et que je pouvais revendiquer un poste au sein de l'enclave new-yorkaise lorsque l'envie m'en prenait.

« Non », réponds-je avec lassitude. Je suis allée la rejoindre dans sa chambre – je ne veux pas que quiconque puisse surprendre notre conversation –, et le simple fait de me trouver là me met mal à l'aise. Elle est installée au-dessus des toilettes, et l'ouverture sur le néant se trouve à la place du plafond, et non sur un mur. Le point positif, c'est qu'elle ne risque pas de tomber. Le point négatif, c'est qu'elle est surplombée d'une infinité de vide. Pour compenser ça, elle a érigé une canopée de tissus opaques, ne laissant qu'un trou au-dessus de son bureau. N'importe quelle créature pourrait se tapir au-dessus ou au creux des plis.

Elle a aussi conservé les meubles standards en bois, que j'ai aussitôt remplacés par de fines étagères fixées au mur ne fournissant aucun recoin sombre. Elle se paie même le luxe de conserver deux bibliothèques à moitié vides : la largeur de sa chambre vient de doubler après la dernière redistribution, ce qui se voit à la fresque joyeuse peinte au-dessus de son lit qui se prolonge désormais dans le nouvel espace. Ce n'est d'ailleurs pas une œuvre ordinaire : je sens le mana en émaner. Elle a dû imprégner la peinture de sorts protecteurs en labo d'alchimie. Malgré tout, je préfère rester dos à la porte et ne pas m'aventurer trop avant dans la pièce. Elle est en train de lire sur l'un de ses trois poufs copieusement rembourrés, parmi une pile de coussins ; rien de tout ceci ne m'inspire confiance. Il me démange même de la tirer de là avant qu'elle se fasse engloutir tout entière. « Je demande simplement à emprunter du mana. Je suis bientôt à sec.

— Vraiment ? » Elle est dubitative, semble trouver cela réellement extraordinaire. « Tu te sens bien ?

— Ce n'est pas un ponctionneur de mana ni un siphonneur, la rassuré-je brièvement. C'est parce que je l'*utilise*. J'ai trois séminaires, deux heures d'étude indépendante, et je me retrouve un après-midi par semaine avec huit bizuts dans une pièce remplie de bestioles qui tentent de les bouffer. »

Je n'ai pas le temps de finir que les yeux de Chloe sont tout exorbités. « Nom d'un chien, tu es dingue ? Deux heures d'étude indépendante ? Tu fais une tentative de dernière minute pour devenir major de promo ? Pourquoi tu t'infliges une chose pareille ?

— C'est *l'école*, qui me l'inflige », la détrompé-je. Et comme elle n'a pas l'air d'y croire, je passe les dix minutes suivantes à quémander, tandis qu'elle m'informe le plus sérieusement du monde que la Scholomance est une protection, un abri conçu pour les enfants magiciens, et qu'elle n'irait jamais contre leurs intérêts, comme si on n'était pas déjà assez régulièrement jetés aux loups, et puis l'école ne peut pas circonvenir ses procédures standards, même s'il lui arrive malgré tout de devoir le faire. Après m'avoir exposé cette litanie d'arguments, elle conclut d'un « Et explique-moi pourquoi elle s'en prendrait à *toi* ? » triomphant.

Je n'ai aucune envie de répondre à cette question, et j'en ai déjà marre de l'entendre réciter la doctrine officielle de son enclave. « Laisse tomber », dis-je en tournant les talons. De toute façon, j'étais sûre qu'elle déclinerait.

« Quoi ? Non, El, attends, ce n'est pas ce que je… » Elle bondit hors de son pouf pour me rattraper. « Sérieux, attends, je ne dis pas non ! C'est juste que… » Je serre alors les dents et me retourne avec l'intention de lui rétorquer que si ce n'est pas non, elle n'a qu'à me dire oui, ou en tout cas ne pas me faire perdre mon temps, sauf que je l'attrape plutôt par le bras pour la faire basculer sur le lit avec moi lorsque les coussins tentent bel et bien de l'engloutir tout entière, et moi avec. L'une des coutures de son pouf a subitement craqué, laissant échapper une langue grisâtre, gluante et gigantesque, qui balaie le sol dans notre direction. Elle se meut avec une vitesse déconcertante, telle une limace déterminée ; faute de nous trouver sur sa route, elle poursuit son parcours et lèche la porte, déposant sur chaque centimètre carré de métal un lustre scintillant de bave gélatineuse qu'il vaut probablement mieux ne pas toucher.

Je garde toujours sur moi mon seul couteau affûté ; je l'ai déjà dégainé pour cisailler les cordes maintenant la canopée au-dessus du lit, afin de la faire tomber sur la langue-limace. Cela nous fait gagner un court moment, car le tissu se met presque immédiatement à siffler et à fumer : je ne me suis pas trompée sur la nature néfaste de cette bave. Je ne reconnais pas cette espèce particulière de malé, mais c'est le genre de bestiole assez maligne pour jouer sur du long terme et attendre de pouvoir fondre sur sa victime sans éveiller les soupçons. Le genre mauvais. Une pointe luisante darde déjà au travers du premier trou qui se forme dans le voile de tissu, mais Chloe a réprimé son hurlement instinctif et s'empare d'un pot de peinture posé sur le casier au pied du lit ; elle en renverse le contenu sur la créature. Un gargouillis de protestation furieuse s'élève de la canopée en pleine désintégration, et le cri se fait strident quand elle vide un second pot ; le rouge et le jaune se mêlent sur l'étoffe soyeuse, la traversant en ruisseaux colorés qui viennent tapisser la langue agitée de convulsions.

Le malé rappelle son appendice par le trou dans le tissu et produit d'horribles bruits de succion et maints gargouillis qui ressemblent malheureusement moins aux affres de la mort qu'à une vague indigestion. « Viens vite », me lance Chloe en s'emparant d'un autre pot de peinture avant de se précipiter vers la porte. Mais à mi-chemin, le temps nous manque : une puissante déglutition retentit, puis toute la canopée, peinture avec, se trouve aspirée dans la fente du pouf par un grand coup de langue. La pile de coussins se dresse alors et se précipite sur nous avec fracas.

Impossible que Chloe ait été assez stupide pour hériter de cette montagne sans jamais l'inspecter en plus de trois années, cela signifie donc que nous avons affaire à un maléficaria capable d'animer les biens des sorciers en plus de posséder son propre système digestif. Ces deux caractéristiques relèvent chacune d'une branche significative du cladogramme préféré des élèves, issu du manuel d'études maléficariennes. Ainsi, nous sommes donc confrontées à *deux malés distincts* ayant établi une sorte de relation symbiotique exceptionnelle. Tenter d'éliminer deux malés d'un coup sans connaître la nature ni de l'un ni de l'autre n'est pas une partie de plaisir. La seule façon d'y parvenir rapidement est d'employer quelque chose de grandiose – le genre de sort capable de réduire à néant le reste de mon stock de mana. Et si je dépense tout pour Chloe mais qu'elle ne me rembourse pas, cela signifiera que je l'aurais choisie, elle, par-dessus tous les autres.

Je peux tout aussi bien… attendre. Chloe a jeté son pot de peinture sur la bave pour la neutraliser et entrouvre déjà la porte. Le monstre des coussins fonce droit sur son dos : il va l'atteindre avant qu'elle ait fait dix pas dans le couloir. Si je patiente le temps qu'il l'élimine, je pourrai partir dans l'autre sens et m'en tirer à bon compte. Elle ne regarde même pas si je lui ai emboîté le pas. Elle n'avait pas non plus regardé quand nous nous trouvions dans l'escalier, à lutter côte à côte pour empêcher l'argonet de pénétrer dans l'école. Elle a pris ses jambes à son cou sans se soucier de moi. Aadhya et Liu sont restées, mais elle nous a abandonnées. Et elle vient de passer dix minutes à m'expliquer que je m'inventais des raisons d'avoir besoin de mana – autant de raisons qu'elle pouvait invoquer pour ne pas culpabiliser de ne pas m'en offrir.

« Écarte-toi ! » m'écrié-je sans desserrer les dents. Je lui désigne le monstre en coussins, et ses yeux s'écarquillent quand elle voit la créature arriver. Dans un effort terrible, elle achève d'ouvrir la porte et se jette au-dehors, où elle percute Orion, déjà déséquilibré par le fait d'avoir tenu la poignée de l'extérieur. Ils s'écroulent tous deux sur le sol.

Le sort que j'emploie est une œuvre de premier ordre, un truc terrible que je viens d'apprendre dans mon cours consacré à Myrddin. Il m'a fallu une bonne semaine pour défricher le manuscrit touffu en gallois ancien – un temps égayé par les nombreuses illustrations sur la manière dont un alchimiste maléficien à l'esprit étriqué l'a jadis utilisé pour écorcher ses infortunées victimes et les vider proprement de leur sang, répartir leurs organes dans divers récipients et abandonner la chair en un tas desséché, ne laissant à l'air libre que les os nettoyés.

L'incantation parvient à merveille à balayer les housses des poufs et des coussins, les rangeant en une pile bien ordonnée qui aurait aussi bien pu sortir directement de la blanchisserie. Cette étape révèle fugacement un sac translucide et luisant rempli d'une langue, de tissu encore intact et, plus horrible, d'un corps humain à moitié digéré. Par chance, le visage est déjà méconnaissable, même avant que le sac soit réduit à un assemblage de bandelettes de deux ou trois centimètres de large ressemblant à du vélin. La langue entière tombe lourdement sur le sol. Elle entreprend de s'enrouler pour former une très fine carpette spongieuse, tandis qu'une immense flaque visqueuse en exsude. Après un instant inquiétant d'incertitude et de lutte, celle-ci se divise en trois liquides différents – le premier ectoplasmique, le deuxième transparent, le troisième semblable à de la gelée rosâtre –, qui jaillissent telles des fontaines gracieuses pour remplir les pots de peinture vides gisant à terre. Le surplus s'écoule plus ou moins volontairement par la bonde au milieu de la chambre.

Orion essaie tant bien que mal de se relever, gêné par le poids d'une Chloe tétanisée, qui observe bouche bée le démembrement complexe. À sa décharge, c'est plus spectaculaire que ce que j'avais imaginé. Quand je jette des sorts, il y a généralement nombre de manifestations secondaires, qui visent souvent à faire comprendre aux témoins éventuels qu'ils feraient mieux de déguerpir ou de se mettre à genoux pour rendre hommage. Le démembrement a duré environ une demi-minute de convulsions futiles mais violentes, accompagnées de vagissements désincarnés et d'éclats phosphorescents au départ de l'apparition. Quand tout est terminé, les vestiges sont proprement alignés, comme dans la réserve rêvée d'un alchimiste maléficien. Les restes de la dernière victime se sont aussi proprement séparés en os récupérés, parties charnues et lambeaux de peau, disposés près des composants du malé. Le crâne repose sur un tas d'ossements ; de fines volutes de fumée s'élèvent encore des orbites. Cerise sur le gâteau : le rouleau spongieux ayant fait office de langue forme désormais un carré parfait sur un bout de tissu ayant appartenu à l'espèce de plafond, tandis qu'un autre morceau de canopée déchirée se noue élégamment autour avant de venir se mettre en rang.

Je saute sur une chaise pour échapper aux divers écoulements, et les derniers nuages de fumée phosphorescente se dissipent autour de moi. Mon cristal de mana luit du pouvoir que j'ai dû y puiser, mais je constate que mon corps ne projette aucune ombre, ce qui signifie sans doute que je brille moi aussi. « Oh mon Dieu ? » s'exclame d'une toute petite voix Chloe, toujours figée sur place. C'est presque une question.

« Hé, tu peux te pousser ? » lui demande Orion, qui semble un peu écrasé.

3

Leskits

« Pour ta gouverne, j'allais te dire oui de toute façon », m'annonce Chloe d'un ton pitoyable, semblant craindre que je ne la croie pas. Elle me tend le répartiteur de pouvoir. « C'est vrai, El.

— Je sais », réponds-je d'un air sombre en me saisissant du bracelet. Toutefois, son expression ne varie pas ; mon intonation n'était sans doute pas des plus convaincantes. J'ajoute donc : « Si tu comptais refuser, il ne nous aurait pas sauté dessus. » Je le dis d'un ton lourd de sous-entendus, car elle aurait dû le comprendre d'elle-même. Un malé assez intelligent pour se tapir parmi ses coussins – des coussins sans doute hérités d'un autre enclavé new-yorkais – pendant des années et des années, conservant son énergie et absorbant quiconque (hormis elle) ayant le malheur de se retrouver seul dans cette chambre – les enclavés ont tendance à inviter des amis pour former un groupe d'étude après le dîner, étant entendu que l'un des convives va arriver le premier pour s'assurer que tout est en ordre –, ne s'est pas subitement rué sur nous parce qu'il avait soudain perdu patience. Il l'a fait parce que Chloe était sur le point de s'engager à mes côtés, transformant la victime si délicieuse que j'incarnais en une cible bien plus difficile à atteindre.

Chloe fronce les sourcils, mais elle n'est pas bouchée, et elle vient d'avoir le nez dedans, alors dès qu'elle parvient à passer outre le conditionnement subi depuis toutes ces années, elle saisit toutes les conséquences assez vite pour que les émotions associées à chacune se succèdent sur son visage. Ça veut dire que je n'ai pas tout inventé ; que l'école en a vraiment après moi, et les malés aussi ; que je suis réellement si puissante que ça – ses yeux se rivent alors sur l'éventaire grotesque des ingrédients restants – ; qu'accepter de me fréquenter revient à se placer directement dans la ligne de mire.

À ce stade de sa réflexion, je lui explique : « J'ai un paquet de cristaux de stockage. Je te rendrai ça dès que je les aurai remplis. »

Elle reste muette un moment ; elle contemple encore les piles d'ingrédients, puis déclare très lentement : « Tu es de mana strict. Est-ce que… *Parce que…* » Elle ne va pas au bout de sa phrase, mais c'est inutile. Comme je l'ai déjà dit, elle n'est pas bouchée. Elle me considère alors, dresse légèrement le menton et reprend d'une voix puissante, semblant s'adresser au monde entier plutôt qu'à moi seule : « Garde-le. Tu risques d'en avoir besoin de plus. » Je réprime déjà le besoin de me renfrogner tel un monstre d'ingratitude, quand elle ajoute d'un ton hésitant : « Est-ce que vous… est-ce qu'Aadhya et Liu en ont aussi besoin ? »

Sa façon à elle de me demander *si elle peut rejoindre notre alliance.*

Je suis même incapable de répondre d'un non irréfléchi, car je dois d'abord m'en entretenir avec mes amies. Ce qui me laisse bien assez de temps pour être forcée d'admettre que la réponse la plus évidente et raisonnable – la plus *juste* – est forcément oui.

Je n'ai aucune envie de me retrouver alliée à Chloe Rasmussen. Aucune envie de faire partie de ces veinards dont l'alliance est récupérée avec une bonne quantité de condescendance par quelque enclavé doté de mana, d'un tas d'amis et d'un coffre rempli d'objets utiles, ce qui est naturellement l'objectif que tout le monde convoite activement en mettant sur pied une équipe sans enclavé. Même si ce n'est pas ce que Chloe imagine, ni ce que nous imaginons, c'est ce que tout le monde en déduira. Et après tout, ils n'auraient pas tort : on ferait diplômer Chloe, et le mana de Chloe nous ferait diplômer, et on abandonnerait ici des tas d'autres élèves n'ayant pas la moindre chance.

Mais elle a le droit de poser la question, d'autant que c'est moi qui l'ai sollicitée dans un premier temps, et elle a eu le cran de le faire, alors qu'elle aurait tout à fait pu s'en sortir après m'avoir remerciée de l'avoir sauvée de cette attaque, puisqu'elle était prête à m'aider sans rien exiger en retour. Le marché qu'elle me propose est plus qu'équitable, même s'il n'était pas équitable qu'elle possède à la base de quoi me le proposer, et si je voulais toujours décliner malgré tout ça, Aadhya et Liu auraient tous les droits de me traiter d'énorme conne.

« Je vais leur parler », marmonné-je avec mauvaise grâce. Et comme de bien entendu, trois jours plus tard, je dois ajouter le nom de Chloe au mur près de la salle de bains des filles, où on avait déjà entériné notre alliance. Liu inscrit aussi la transcription chinoise de son prénom, le répartiteur de puissance brillant à son poignet, puis on se dirige ensemble vers le réfectoire pour prendre le petit déjeuner. J'entends au moins vingt milliards de personnes nous féliciter – et quand je dis « nous », je parle d'Aadhya, Liu et moi – d'avoir accroché Chloe à notre tableau de chasse. On n'a pas reçu autant de messages positifs quand on s'est inscrites toutes les trois à la fin du semestre dernier, même si on était alors une des premières alliances à figurer au mur.

Pour ne rien arranger, Orion ne me complimente pas directement, mais il déclare : « Je suis content que Chloe et toi soyez devenues amies. » Son ton plein d'espoir n'est qu'à un malheureux exercice de littérature de se transformer en un *Emménage avec moi et fondons une famille* gravé sur une plaque en métal avec de petits cœurs autour.

« Je dois aller en cours », réponds-je en m'échappant vers la sécurité relative de mon heure d'étude indépendante dans les entrailles de l'école, où la pire chose qui puisse braquer sur moi son attention dévorante serait un monstre amateur de chair.

En un mois d'école, j'ai jusqu'à présent réussi à traduire l'impressionnant total de quatre pages supplémentaires de mes *Sutras de la pierre d'or.* Elles contiennent un unique sort de trois lignes en sanskrit védique, dont j'étais initialement bien incapable de deviner le sens. Il comporte sept mots que je n'avais encore jamais rencontrés, et qui peuvent chacun se traduire de diverses manières. Le reste des quatre pages n'accueille qu'un commentaire en arabe médiéval, expliquant par le menu pourquoi il est autorisé d'utiliser ce sort en sanskrit, même s'il peut paraître *haram* à cause du vin nécessaire pour le lancer. Le commentaire se garde dans l'ensemble d'expliquer les choses utiles – comme en quoi ce sort est si extraordinaire ou comment l'alcool est censé être employé –, sauf qu'il ne les esquive pas toutes, si bien que j'ai dû tout analyser pour dénicher quelques bribes opportunes.

Ce matin, j'ai enfin compris laquelle des quatre-vingt-dix-sept combinaisons possibles est la bonne, et j'en tire la conclusion que ce sort sert à puiser dans une source d'eau lointaine pour la purifier – un exploit extrêmement intéressant pour les peuples du désert, beaucoup moins pour une fille vivant dans une école magique équipée d'une plomberie fonctionnelle quoique d'un autre âge. Je contemple d'un air rageur les trois lignes de traduction tout juste achevées quand l'arrivée d'air d'un fourneau cliquette derrière moi ; une masse tourbillonnante, tout en fourrure, en griffes et en crocs, me saute alors dessus, exactement comme je m'y étais attendue.

Elle rebondit aussi sec sur le champ de force que je n'ai même pas besoin de déployer, car le porte-bouclier d'Aadhya que j'arbore sur la poitrine a automatiquement puisé dans le répartiteur à mon poignet pour empêcher le contact physique. Et alors même que je me retourne, le leskit glisse sur le sol avant de se redresser sur ses douze pattes. Difficile de dire lequel de nous deux est le plus surpris, mais il est plus prompt à réagir et me fonce de nouveau dessus. Il s'arrête tout près pour gifler le bouclier à titre expérimental, faisant jaillir une nuée d'étincelles orange vif.

En temps normal, ma stratégie aurait consisté à faire diversion pour prendre mes jambes à mon cou, mais j'entends des hurlements et d'autres sifflements émaner du système de ventilation : il y en a toute une meute dans l'atelier. Les leskits ne chassent généralement pas seuls. Le mien ouvre sa gueule pleine de dents et émet un *krrk krrk krrk* sonore m'évoquant une autruche furax – je n'ai jamais entendu d'autruche furax, mais c'est le bruit que je les imagine produire. S'ajoutent à cela des grattements précipités dans les tuyaux, dont une autre tête émerge. La bestiole se laisse tomber près de sa congénère, et toutes deux échangent des *krrk* pendant un moment avant de me foncer dessus toutes griffes dehors, infligeant de nouveaux sillons flamboyants à mon champ de force.

Je les observe depuis l'intérieur de ma bulle protectrice et entonne lentement : « *Exstirpem has pestes ex oculis, ex auribus, e facie mea funditus* », une légère variation d'un sort de la Rome impériale censé éradiquer une foule d'ennemis tentant de s'en prendre à toi mais étant momentanément retenus – par exemple, une bande d'habitants furieux assiégeant la tour maléfique où tu pratiques sorcellerie et torture. J'agite le bras en un ample arc de cercle signifiant *arrière, vermines*, et les leskits se désintègrent promptement – ainsi, je présume, que leurs copains dans l'atelier, puisque les hurlements que j'entendais à travers la tuyauterie se muent en un silence vaguement stupéfait.

J'observe encore un instant les deux tas de cendres sur le sol, puis, faute d'avoir mieux à faire, je me rassieds à mon bureau et me replonge dans mon travail. Je n'ai plus aucune raison de m'enfuir dans le couloir, et il reste encore vingt minutes avant la sonnerie. Bientôt, la porte – qui, fidèle à son habitude, a claqué peu avant l'apparition des leskits – s'entrouvre à nouveau d'une façon qui semble trahir sa déception. Elle ne s'était même pas refermée si bruyamment.

Je passe le reste de l'heure à recopier au propre le sort d'origine en sanskrit, que j'agrémente de mon propre commentaire, ainsi que d'une traduction littérale en sanskrit moderne et en anglais pour aider à bien en transmettre le sens, de plusieurs connotations possibles, d'une analyse du commentaire en arabe et de quelques notes sur son emploi potentiel. Le genre d'ajouts tapageurs qu'on ne rédige que si on vise effectivement la place de major, voire une éventuelle publication – une façon moins concurrentielle d'attirer l'attention d'une enclave après la remise des diplômes.

Je n'ai aucune raison de faire tout ça. Ce n'est pas un devoir à rendre, et je n'ai certainement pas besoin de toutes ces fioritures pour lancer ce sort. En réalité, j'aurais été capable de le faire dès l'instant où j'ai saisi sa prononciation. Sauf, bien sûr, qu'il existe toujours un risque quand on jette un sort sans en connaître le sens, car il pourrait avoir été créé pour causer de nombreuses victimes.

Tout ce zèle ridicule a pour seul objectif d'éviter de m'attaquer à une nouvelle section. Plus précisément, je ne souhaite surtout pas avoir *le temps* de m'attaquer à une nouvelle section. À l'évidence, je ne regrette absolument pas d'avoir dépensé le mana de l'enclave new-yorkaise pour éliminer une meute de leskits – d'autant que cela m'a permis de me sauver la vie –, mais je refuse d'en tirer le moindre *plaisir*. Je n'ai pas envie de me sentir reconnaissante, et encore moins de m'y habituer, sauf que c'était couru d'avance : je suis déjà en train de m'y habituer. Mes épaules se décontractent sans cesse et je n'arrête pas d'oublier de jeter des coups d'œil inquiets à l'aération derrière moi, comme si ce n'était pas l'élément le plus important de la pièce.

Quand retentit la sonnerie, je sors dans le couloir, et une foule d'artificiens de deuxième année se déversent de l'atelier, discutant avec excitation de ce qui est arrivé aux leskits. J'entends l'un d'eux, incrédule, lancer en français : « *Comment il les a eus comme ça ? J'en ai aucune idée. Putain, j'étais sûr qu'il allait crever.* » Puis je me rends, scandalisée, à mon séminaire consacré à Myrddin, car je comprends qu'Orion se trouvait *à l'intérieur* de la pièce, et que mon récurage de leskits lui a d'une manière ou d'une autre sauvé la peau. D'une certaine manière, je suis bien obligée de m'en réjouir ; cependant, j'aimerais beaucoup savoir ce qu'il fichait à l'atelier avec une bande de secondes.

« Tu rôdais devant ma salle, ou quoi ? l'interrogé-je au déjeuner, pendant qu'on fait la queue.

— Non ! se défend-il sans pour autant fournir d'explication vaguement satisfaisante. J'ai juste eu… un pressentiment. » Voilà l'excuse qu'il me sert avant de se détourner, tête basse, la mine si amère et grincheuse que j'ai presque envie de le laisser tranquille, sauf que ce désir me semble si atrocement déplacé que je ne me l'autorise pas.

« Le pressentiment d'avoir besoin de te faire sauver les miches d'une attaque de leskits ? l'interrogé-je alors d'une voix doucereuse. Ça fait quatre fois, maintenant, c'est ça ?

— Je n'avais pas besoin que tu me sauves ! Il n'y en avait que huit, j'aurais pu me les faire ! » aboie-t-il en retour. Il a même le toupet de paraître agacé, ce qui m'agace deux fois plus.

« Ce n'est pas ce que j'ai entendu dire, répliqué-je. Et si tu ne veux pas être secouru, tu n'as qu'à pas secourir les autres. »

Je soulève mon plateau et traverse la cafétéria jusqu'à la table que Liu a réservée. Orion me suis furtivement et s'assied près de moi, même si nous sommes encore tous deux furieux – ici, on ne casse pas l'équilibre d'une table pour quelque chose d'aussi mineur qu'une violente dispute –, et nous fulminons silencieusement pendant tout le repas. Nous débarrassons nos plateaux et veillons à ne pas quitter le réfectoire en même temps, puisqu'il semble pressé de me passer devant ; je ralentis donc pour le laisser partir, et lorsque j'émerge à mon tour de la cafétéria, je le vois discuter avec Magnus juste devant les portes ; un instant plus tard, Magnus lui tend la main, et je me rends compte qu'Orion était en train de lui réclamer du *mana*.

« Tas de vis rouillées, tu aurais pu me dire que tu en manquais, lui dis-je après l'avoir rattrapé dans le couloir juste avant l'escalier pour lui décocher un taquet derrière la tête. Et puis, s'en prendre à des malés alors que tu n'as plus de réserves est encore plus stupide que ton comportement habituel, c'est rien de le dire.

— Quoi ? Non ! Je n'étais… » Il pivote alors vers moi, croise mon regard assassin et s'interrompt. L'air penaud, il laisse échapper un « Oh », comme s'il venait de se rendre compte que c'est précisément ce qui est arrivé.

« Oui, *oh*, confirmé-je. Tu as *droit* à ta juste part du mana de New York ! Tu en as sans doute accumulé bien plus que ta juste part rien qu'au cours de la semaine écoulée.

— Non, répond-il laconiquement. Je n'ai rien accumulé du tout.

— Quoi ? » Je le dévisage, incrédule.

« Je n'ai pas éliminé le moindre malé depuis un mois, m'explique-t-il. Les seuls que j'ai vus sont ceux que *tu* as fait disparaître. »

Crois-le ou non, mais son ton me semble une nouvelle fois accusateur ; je ne relève même pas, tant je suis perplexe. « Tu es en train de me dire que tu n'as sauvé personne de tout le semestre ? Alors pourquoi je n'ai pas entendu de hurlements d'agonie et de consternation un peu partout ?

— Parce qu'il n'y en a aucun ! Ils font profil bas. Je pense qu'on en a trop éliminé dans la salle des diplômes. » Comme si l'adverbe *trop* avait le moindre sens dans ce genre de contexte. « Et ceux qui restent préfèrent se planquer. J'ai demandé autour de moi, mais presque personne n'en a surpris. »

Je serais incapable de décrire de façon cohérente le niveau d'indignation que j'éprouve alors. C'est une chose que l'école s'en prenne à moi – j'ai l'impression que c'est ce qu'on ressent tous secrètement depuis le jour de notre arrivée –, c'en est une autre de savoir qu'elle ne s'en prend *qu'à* moi, à l'exclusion de tous les autres, y compris Orion, alors que c'est plutôt sa faute si la Scholomance est en manque. Même si, d'une certaine manière, on peut dire qu'elle s'en prend à lui en ne lui envoyant pas de malés. « Quel cours tu as le mercredi, après l'heure d'étude ? demandé-je lorsque j'ai suffisamment recouvré mon sang-froid pour ne pas hurler de façon incohérente.

« Mon séminaire d'alchimie avancée », répond-il – quatre étages en dessous de la bibliothèque. Il ne pourrait donc pas monter me filer un coup de main même s'il le voulait, ce qui est très vraisemblablement le cas.

« Et en première heure ?

— Chinois et maths. » Aussi loin de l'atelier qu'on peut l'être en terminale.

« Je déteste tout », lancé-je avec passion.

***

« Le reste de l'enclave va finir par râler, si ça continue », signale tristement Chloe, assise en tailleur sur le lit de Liu, son propre souriceau logé entre ses mains. Elle l'a baptisé Mistoffeles, parce qu'il a une tache noire sur la gorge, qui ressemble de plus en plus à un nœud papillon depuis qu'elle le tient. En plus, il fait déjà certaines choses pour elle : pas plus tard qu'hier, il s'est précipité dans le tuyau d'écoulement et en est ressorti quelques minutes plus tard pour lui offrir un petit morceau d'ambre gris à peine rongé déniché là-dessous.

Ça m'a agacée : voilà plus d'un mois et demi que je tente de dresser Précieux, que je lui offre du mana et essaie de lui donner des instructions, mais il se contente d'accepter mes friandises comme un dû et de rester assis dans ma paume, m'autorisant gracieusement à le caresser. « Tu ne devrais pas au moins savoir devenir invisible ou un truc dans le genre ? » l'interrogé-je à mi-voix avant de le faire basculer dans la cage de Liu. Il fait mine de ne pas m'avoir entendue. Même Aadhya peut désormais loger Rikiki dans sa chambre, où elle lui a construit un enclos imposant plein de roues et de tunnels qui ne cessent de grimper plus haut sur le mur. « Il faut du temps, c'est tout », me rassure Liu avec beaucoup de tact, mais je vois au fil des semaines qu'elle commence à douter.

Bien sûr, je n'ai pas une minute de libre pour câliner Précieux, alors que j'en aurais volontiers profité au centuple durant l'heure d'étude. Il est tellement vivant et réel, avec sa fourrure si douce, ses petits poumons qui s'emplissent d'air et les battements délicats de son cœur ; il n'a rien à faire à la Scholomance. Il appartient au monde extérieur, ce monde dont je me demande parfois s'il n'existe pas uniquement dans les rêves qu'il m'arrive de faire de temps en temps. On a rejoint l'école il y a trois ans, un mois, deux semaines et cinq jours.

Et durant ce dernier mois (et deux semaines, et cinq jours), nul autre que moi ou ceux qui se trouvaient près de moi n'a été attaqué par un seul malé, pour autant qu'on ait pu le vérifier sans éveiller les soupçons. Personne ne s'en est encore rendu compte, parce que certains assauts ont débordé sur l'atelier, mitoyen de ma salle d'étude indépendante ; par ailleurs, l'année est encore assez peu avancée pour que chacun puisse se dire dans son coin qu'il est particulièrement chanceux.

« Mais les autres élèves de New York vont finir par remarquer que les réserves de mana baissent rapidement, insiste Chloe. Magnus m'a déjà demandé l'autre jour si je travaillais sur des sorts majeurs. J'ai le droit de partager le pouvoir avec mes alliées, pas de les laisser tout prendre.

— On en déverse toutes autant qu'on peut, se défend Aadhya. Et vous êtes sept terminales dans l'enclave, vous devez en mettre un paquet. Les réserves sont si basses que ça ?

— Eh bien... », répond Chloe d'un air gêné. Elle me jette un coup d'œil, puis s'empresse de reprendre : « C'est-à-dire qu'on ne... Enfin...

— Vous n'accumulez pas de mana, déclaré-je platement depuis mon coin de la pièce, en comprenant instantanément ce qu'elle ne nous dit pas. Aucun de vous ne déverse jamais rien dans le pot commun, parce qu'Orion en a toujours mis assez pour vous tous. »

Chloe se mord la lèvre et se dérobe à nos regards. Aadhya et Liu la dévisagent, choquées. *Tout le monde* ici doit fabriquer du mana. Même les enclavés. Ceux-ci ont l'énorme avantage de disposer de plus de temps, de meilleures conditions, de flagorneurs pour surveiller leurs arrières, rendre leurs devoirs, leur offrir de petits présents de mana et toutes ces choses pour lesquelles nous devons tous dépenser notre pouvoir durement accumulé. Ils disposent de leurs propres réserves efficaces et de répartiteurs. Ainsi, à leur entrée en terminale, ils ont énormément d'avance sur les autres. Mais le fait de n'avoir *jamais* à accumuler le moindre mana – de n'avoir jamais à faire des pompes ou à broder d'horribles napperons, sous prétexte qu'ils se gavent sur le dos d'Orion…

Dire que lui-même a dû mendier du mana auprès de ses collègues quand il a commencé à en manquer…

Chloe ne redresse pas la tête, et ses joues ont quelque peu rosi. Mistoffeles émet un petit couinement angoissé entre ses mains. Elle n'a jamais dû se soucier de ce sujet depuis sa première année. Tout comme je commence déjà à ne plus m'en soucier au quotidien. Je m'en veux presque de m'en être prise à Orion sous prétexte qu'il avait besoin d'aide, alors que j'ai moi-même tué des monstres à l'aide du mana qu'il a accumulé seul en trois années passées à mettre sa vie en péril.

*
**

« Et alors ? » s'exclame Orion, et il a l'air sincère.

Je ne me suis plus approchée de sa chambre depuis le semestre dernier ; pendant tout ce temps, je me suis efforcée d'éviter de me retrouver seule avec lui. Mais après avoir déposé Précieux, j'ai descendu le couloir jusqu'à sa porte sans un autre mot pour Chloe. Orion était là, à buter sur ses devoirs d'alchimie, à en juger par la virginité totale de la feuille de laboratoire posée sur son bureau. Il m'a laissée entrer d'un air si nerveux que j'ai failli arrêter d'être en colère et tourner les talons, mais en dépit de son allure et de ses tentatives futiles de redresser ses piles de linge sale et de bouquins, la rage l'a emporté. Comme souvent avec moi.

Je n'aurais pas dû me mettre la rate au court-bouillon, à en juger par sa réaction quand je lui en parle. Je le dévisage, et il soutient mon regard. Ce n'est pas tant le fait qu'il semble heureux d'aider ces feignasses inutiles, plutôt qu'il n'ait pas l'air de comprendre pourquoi je me suis donné la peine de soulever une information aussi futile.

« C'est *ton mana*, expliqué-je entre mes dents serrées. *Seulement* ton mana. Tu ne piges pas, Lake ? Tous ces parasites s'accrochent à ta carcasse depuis trois ans et quelques, sans jamais fournir eux-mêmes le moindre effort...

— Peu m'importe ! s'exclame-t-il. Il y en a toujours en rab. Il y en a toujours *eu* en rab », ajoute-t-il, et ce dernier point n'est pas dépourvu d'émotion, car il le prononce dans une espèce de geignement.

« Pardon, est-ce que tu *t'ennuies* ? grogné-je. Ça te manque, de sauver la vie des autres six fois par jour, de ne pas obtenir ta dose quotidienne d'adoration ?

— C'est le *mana* qui me manque ! rétorque-t-il.

— Dans ce cas, reprends-le ! » J'arrache alors le répartiteur à mon poignet, que je tente en vain de lui fourrer entre les mains. « Reprends tout ! Tu veux plus de mana ? Tiens, il est à toi, ils n'en ont pas droit à une seule goutte. »

Il contemple le bracelet, une expression presque avide sur le visage, puis il secoue sèchement la tête. « Non ! » Il se passe la main dans les cheveux, pas assez longs pour assumer le côté théâtral de ce geste, et marmonne d'un ton plaintif : « Je ne sais plus quoi faire de ma peau.

— Moi, je sais quoi faire de ta peau. » Je m'imagine déjà lui botter le train jusqu'à la semaine prochaine pour lui remettre les idées en place, mais il a le toupet de se fendre d'un « Ah oui ? » provocant, qui se veut à la fois affable et lourd de sous-entendus. Cela persiste le temps qu'il s'entende le dire ; il devient alors rouge pivoine et, de gêne, jette un coup d'œil circulaire dans la chambre pour s'assurer que nous ne sommes bien que tous les deux. Il vire alors au cramoisi, et je quitte la pièce comme une balle pour retourner voir Liu, juste histoire de m'échapper.

Je les retrouve assises toutes les trois et me rends compte que j'ai toujours mon répartiteur à la main. Chloe redresse brusquement la tête et m'observe nerveusement. En ce qui me concerne, j'estime qu'elle n'a qu'à aller en discuter directement avec Orion si elle veut savoir ce qu'il en pense. « Et maintenant ? lui demandé-je donc en brandissant l'appareil sous son nez. Tu veux quitter l'alliance ?

— Non ! » s'exclame-t-elle. Aadhya attrape alors un livre sur son lit, le genre d'ouvrage bien épais que l'on surnomme des tueurs de larves, et me le balance dessus dans le seul but de me forcer à l'esquiver pour ne pas me retrouver sur le cul.

« Arrête ça ! lance-t-elle. Ça doit faire au moins la troisième fois que tu demandes à ce qu'on te plante. On dirait un poisson-globe : dès que quelqu'un t'approche de la mauvaise manière, tu *bvouuum* » (elle mime le geste avec ses mains) « pour le faire fuir. On te préviendra, le jour où on en aura marre, ça te va ? »

Je rattache mon répartiteur de plus ou moins mauvaise grâce – soyons honnête : plutôt plus que moins – et me rassieds par terre, les bras enroulés autour des genoux. Après quelques secondes de silence, Liu finit par déclarer : « Le vrai problème, ce n'est pas que tu utilises du mana : c'est qu'Orion n'en remette plus.

— Oui, il suffirait qu'on trouve le moyen de lui balancer des malés dessus, maugréé-je. Si seulement on avait un tas de sorciers adolescents savoureux sous la main. Oh, attends une minute…

— J'ai d'autres trucs à te balancer dessus, si tu veux », m'informe Aadhya en agitant d'un air menaçant un volume tout aussi lourd que le premier – la couverture de celui-ci est même maculée de taches d'origine suspecte.

« On pourrait construire un pot à miel, comme ils font sur les sites de construction ? suggère Chloe.

— Comme qui fait quoi où ça ? » s'enquiert Aadhya. Chloe nous observe tour à tour, semblant espérer trouver Liu et moi moins perplexes.

« Un pot à miel ? reprend-elle, plus hésitante. Je ne sais pas s'il existe un autre terme. Vous savez, quand un cercle de sorciers se lance dans un projet d'importance et qu'ils veulent pas que des malés s'en prennent à eux ? Il attirent au même endroit tous ceux qui rôdent dans les parages et font un grand nettoyage, genre une semaine avant le début des travaux ? New York a procédé comme ça pour son expansion sur les États voisins, il y a deux ou trois ans. »

L'idée a l'air géniale, mais malheureusement trop belle pour être vraie. « Si vous savez les attirer quelque part, pourquoi vous le faites pas tout le temps ? demandé-je. Collez un de ces pots à miel au milieu d'un grand piège, et vous êtes sûrs d'être débarrassés des malés pour de bon.

— Il faut quand même en faire quelque chose, me dédit Chloe. Quel genre de piège pourrait retenir un millier de malés géants ? On a dû embaucher une équipe de trois cents gardes, juste pour la semaine. » Cela me paraissait légèrement plus plausible, donc digne d'intérêt. Elle ajoute : « Et de toute façon, on ne peut pas laisser un pot à miel en permanence, c'est bien trop coûteux à entretenir. »

On la dévisage toutes. Elle ne sourcille pas. « C'est *bien trop coûteux*, répété-je avec insistance. Pour *New York*. » J'ai déjà vu Orion balancer des poignées entières de poussière de diamant imprégnée de mana pour réaliser ses devoirs de potion comme s'il s'agissait de farine multiusage. Il ne se donnait même pas la peine de récupérer les restes sur sa paillasse après coup.

Chloe se mord la lèvre, mais Liu intervient : « Ça ne doit pourtant pas être si dur d'attirer les malés. Ils ont déjà envie de se ruer sur nous, il suffit de renforcer le désir existant.

— Oh, hé ! lance brusquement Aadhya. De quelle distance venaient ceux que vous avez appâtés ?

— Un bloc d'immeubles dans toutes les directions à partir de Gramercy Park », répond Chloe. Ça ne me parle pas, mais Aadhya opine.

« Ouais, je vois, répond-elle. N'importe quel artifice doit coûter une fortune pour en projeter les effets sur une telle superficie. Mais on ne tient pas nécessairement à attirer *tous* les malés de l'école. » Bien au contraire, même ; le simple fait de l'entendre suggérer cela nous fait toutes grimacer. « Il suffit d'en réunir quelques-uns pour Orion. » Elle se lève et va chercher sur son bureau des plans d'architecte qu'elle a dû tracer à un moment ou un autre de sa carrière d'élève : les artificiens doivent souvent effectuer des études détaillées de l'école, puisque ça aide à en renforcer le fonctionnement. « Regardez. » Elle nous désigne un point du premier étage. « Il y a une canalisation majeure à cet endroit, qui traverse le mur de l'atelier. Si on pouvait placer notre pot à miel près de la conduite d'évacuation la plus proche et l'alimenter depuis ici, je parie qu'on pourrait lui choper des tas de malés sur moins d'un mètre de rayon.

— Parfait, commenté-je. Et donc, comment fonctionnent ces pots à miel ? »

On se tourne toutes vers Chloe. « Euh, il y a un récipient – il faut mettre un appât à l'intérieur, et l'artifice permet d'en diffuser l'odeur… » Elle hausse les épaules sans nous fournir plus de détails. « Navrée, je suis seulement au courant parce que ma mère a dû présenter le projet pour la demande de réquisition de service.

— La demande de réquisition », répété-je d'un ton encore plus lourd de sous-entendus, car si New York se donne la peine de *réquisitionner* quoi que ce soit, ça doit être incroyablement complexe en plus d'être coûteux.

Mais Aadhya balaie la remarque d'un revers de main. « C'est déjà un bon début. Liu a raison : ça ne doit pas être si compliqué. Commence par me concocter un appât sentant le sorcier adolescent, je verrai ce que je peux faire pour répandre l'odeur. »

Chloe acquiesce. « Tu penses en avoir pour longtemps ? demande-t-elle avec nervosité.

— Aucune idée, admet Aadhya dans un haussement d'épaules.

— Et en attendant, tous les enclavés new-yorkais doivent se mettre à assembler du mana, reprend Liu. Si Orion ne peut plus en récolter et qu'aucun d'entre vous ne compense, on va de toute façon finir par en manquer tôt ou tard. Mieux vaut ne pas se rendre compte que le pot à miel ne fonctionne pas dans trois mois, quand il sera temps d'affronter la course d'obstacles.

— Mais si je demande à tout le monde de déverser du mana parce qu'Orion ne peut plus s'en charger, Magnus va aussitôt lancer un audit sur nos répartiteurs pour voir combien chacun en utilise, fait remarquer Chloe. Et il comprendra pourquoi on arrivera bientôt à court.

— Je ne pense pas qu'il tiendra à son audit, la détrompe Liu en coulant un regard dans ma direction. Pas si tu abordes le sujet de la bonne manière.

— À savoir ? » m'inquiété-je.

*
**

Chloe chuchote donc à tous les enclavés new-yorkais que *la petite amie* d'Orion l'empêche de chasser les malés parce qu'elle – je – ne veut pas qu'il lui arrive malheur, et qu'elle – je – s'inquiète à présent de voir les réserves de mana si basses.

Les New-Yorkais sont aussi impatients de me révéler la vérité que pouvait l'être Chloe, ils commencent donc à contribuer discrètement – et ils récoltent le mana par seaux entiers, sans même se donner tant de mal. Ce qui ne les empêche évidemment pas de se plaindre du travail qu'ils accomplissent enfin. J'avoue prendre un malin plaisir à voir Magnus entrer dignement dans la salle de bains des garçons, trempé de sueur et rouge d'épuisement après ce que j'imagine être une session enthousiaste de création de mana à force d'exercices de musculation.

Au bout d'un mois d'atroces souffrances, ils commencent cependant à s'interroger mutuellement sur leur usage respectif du mana, et notre projet de pot à miel rencontre un sérieux accroc. Aadhya a confectionné un encensoir spécial – des cylindres gigognes en différents métaux, percés de trous visant à contrôler le chemin emprunté par la fumée à l'intérieur. Chloe a préparé une dizaine de fournées d'encens imprégné de mana et les a laissées traîner près d'une canalisation, dans l'un des labos d'alchimie, durant l'heure du repas. On est – prudemment – redescendus voir après avoir mangé, et on a sélectionné celui qui donnait le plus l'impression d'avoir été manipulé par des appendices divers, y compris le museau d'un renifleur, qui a laissé une pauvre empreinte en forme de tégument de graine de lotus.

« Parfait, on y va », a aussitôt déclaré Orion. Il aurait ramassé le cylindre pour foncer vers la porte si Aadhya ne l'avait pas arrêté d'une main plaquée sur son torse.

« Et si on évitait de faire notre première tentative près d'un gros carrefour conduisant droit à la salle des diplômes ? » suggère-t-elle. Nous abondons tous dans son sens. Le diamètre des tuyaux de l'école est évolutif, et si on tient à attirer *volontairement* les malés, notre but est donc de les aider à se faufiler au travers.

Orion trépigne d'impatience mais finit par s'asseoir sur un tabouret, tandis que le reste d'entre nous discutons du meilleur endroit où organiser notre galop d'essai. On finit par se décider pour le labo lui-même, considérant que l'encens a déjà traîné ici un moment et qu'on ne préfère pas le promener dans les couloirs jusqu'à un autre endroit, au risque d'attirer toute la horde derrière nous.

Aadhya place l'encens dans le brûleur, joue un instant avec la position des cylindres et finit par déclarer : « C'est bon, on peut essayer. » Elle tend alors le dispositif à Orion.

On se replie toutes vers la porte tandis qu'il allume le petit réceptacle... « Aïe », peste-t-il en se brûlant les doigts avec l'allumette – qui l'inquiète davantage que la possibilité d'affronter des malés –, avant de la lâcher au milieu des cylindres. Puis il pose le brûleur sur le tabouret et place celui-ci près de la canalisation.

Les premières volutes de fumée flottent un instant au-dessus de la conduite avant de se disperser. Orion observe le dispositif avec impatience, mais rien ne sort. On patiente quelques minutes supplémentaires. La fumée commence à redoubler d'intensité et finit par pénétrer en tourbillonnant dans le tuyau. Toujours rien.

Deux petits agglos en train de dérober les restes sur le sol du labo – on les laisse faire, car ils peuvent se révéler assez pratiques à l'âge adulte, et parfaitement inoffensifs le reste du temps – se sont lentement mis à clopiner vers la canalisation pour s'enfuir à notre arrivée dans la pièce. On est encore en train d'attendre qu'ils atteignent leur destination et plongent dans la zone de fumée la plus épaisse, sans sembler accorder le moindre intérêt à notre piège.

Orion se tourne vers nous. « Ça ne devrait pas faire effet sur eux ? Ça reste des malés.

— Ouais, sans doute », admet Chloe d'une voix nasillarde. L'encensoir n'est pourtant pas inefficace, car même au niveau de la porte, l'air adopte le même arôme caractéristique que celui qui émane régulièrement des toilettes des garçons.

Aadhya fronce les sourcils et avance à pas prudents vers le dispositif. « On devrait peut-être… », commence-t-elle, mais elle est interrompue par l'irruption de Rikiki, qui jaillit de sa boîte de transport et pousse un cri d'excitation. Aadhya nous a fabriqué à chacune une bandoulière dans laquelle fixer un récipient pour promener nos souris pendant la journée, puisque Liu tient à ce qu'on les garde avec nous plus souvent. Avant qu'Aadhya puisse l'en empêcher, Rikiki saute sur sa poitrine et dégringole jusqu'au sol, trottine à toute allure vers le tabouret, en gravit le pied tel un minuscule éclair blanc et plonge littéralement sur le cylindre, le renversant au sol. On n'a pas fini de s'écrier que Mistoffeles et Xiao Xing émergent à leur tour et se précipitent vers l'autre souris.

À l'évidence, nos familiers en devenir sont intéressés par l'encens. Ils passent la demi-heure suivante à faire rouler joyeusement le dispositif dans tout le laboratoire, le précipitant sous les meubles et les tables, échappant à notre emprise chaque fois qu'on essaie de les ramasser, eux ou leur jouet. Il s'avère que les souris magiques shootées à l'encens sont particulièrement douées pour *ne pas* se laisser attraper. À force de jurons, de hurlements, de coups de coude et de tibias écorchés, nous parvenons enfin à leur ôter l'encensoir et à éteindre la fumée ; elles s'écroulent alors telles de petites boules de poils épuisées, recroquevillent les pattes et regardent dans le vide d'un air vitreux, parvenant malgré tout à transmettre les plaisirs oniriques qu'elles éprouvent.

Chloe barre à traits épais plusieurs lignes de sa recette d'encens, et Aadhya laisse tomber avec dégoût le jeu de cylindres dans la poubelle. Lorsque le résultat d'une première tentative est aussi éloigné de tes attentes initiales, il n'est généralement pas la peine de persister : ça veut dire que tu es passé à côté d'un truc capital. Or, en l'occurrence, nous ignorons totalement de quoi il peut s'agir. Ainsi, si on devait réessayer avec quelques modifications mineures, on s'attendrait à ce que ça déraille à nouveau, sans doute de façon bien plus spectaculaire et probablement douloureuse.

Le seul point positif de toute cette histoire, c'est que Précieux donne les premiers signes d'être réellement devenu un familier. Il n'a pas participé à la folie de ses congénères ; en revanche, dès que Rikiki a fait son apparition, il s'est précipité sur mon épaule et a bondi sur la plus haute étagère du labo, où il s'est retourné un large bécher sur la tête avant d'observer, les pattes rabattues sur le nez et la mine désapprobatrice, les autres souris s'amuser. Et quand on a enfin éteint l'encensoir, il est retourné dans sa boîte de transport et en a fermement rabattu le couvercle au-dessus de lui, afin de bien me faire comprendre qu'il comptait rentrer avec moi et non retourner dans la cage collective avec ses amies droguées.

À part cette petite avancée, le projet pot à miel est donc de retour à la case départ.

En attendant, les enclavés new-yorkais ne représentent plus mon seul problème : *tout le monde* commence à analyser les attaques, ou plutôt leur absence. Nous passons tous un long moment à réfléchir aux malés et à ce qu'ils vont faire. Près de la moitié des cours des deux premières années sont consacrés à l'étude des maléficariens, à leur classification, à leur comportement et, surtout, à la manière de les éliminer. Lorsque les malés se mettent à se comporter de façon imprévisible, c'est mauvais signe.

Même si l'imprévisibilité en question consiste à ne plus nous sauter dessus pour nous assassiner. Ça signifie sans doute qu'ils attendent juste un moment plus opportun pour le faire.

Le mercredi suivant, à la fin de notre joyeux séminaire de la mort dans la salle de la bibliothèque, Sudarat attend que mon autre voisin se lève pour me glisser doucement, alors que nous rangeons nos affaires : « Une fille de Shanghai m'a demandé si notre classe avait encore été attaquée. »

On n'est déjà plus qu'à quelques encablures des partiels de mi-semestre, et l'impressionnant total de vingt-trois personnes ont jusqu'à présent trouvé la mort depuis le début de l'année. Plus de la moitié d'entre elles étant des bizuts s'étant fait exploser à l'atelier ou s'étant empoisonnés au labo d'alchimie, ce qui ne compte pas vraiment comme des victimes selon nos normes de fonctionnement. Toutes les autres – à l'exception d'une seule – ont succombé à des erreurs au réfectoire. Même ce chiffre figure bien en deçà de notre moyenne, puisque tout le monde ou presque peut se permettre de lancer des sorts renifleurs ou de concocter des antidotes, étant donné que les maléficarias ne les attaquent justement pas.

Le vingt-troisième mort était le seul d'un niveau supérieur : un charmeur de troisième année nommé Prasong – un autre ancien enclavé de Bangkok. Il avait été très mécontent d'apprendre que son enclave n'existait plus, d'autant qu'il s'était montré si détestable depuis son incorporation qu'il avait appris à ses dépens que ce genre de comportement n'attirait que peu d'amis et de compassion. Ne voyant aucun autre moyen de conserver le mode de vie auquel il avait fini par s'habituer – ou sur lequel il se reposait pour survivre –, il avait pris la décision de virer maléficien. Et à l'évidence, le moyen le plus sûr pour lui d'accumuler assez de malia pour terminer ses études consistait à le puiser sur une bande de bizuts sans méfiance.

Ça peut te sembler d'une cruauté inimaginable, mais ce n'est pas le cas pour nous. La plupart des promos comptent entre quatre et huit maléficiens ; ceux-ci, n'ayant généralement pas préparé leur coup à l'avance, débarquent à l'école sans avoir apporté assez de petits mammifères et préfèrent donc cibler les jeunes étudiants. On l'apprend tous de façon assez prosaïque dans le livret d'accueil des nouveaux, où on nous met en garde contre les élèves plus âgés ou aux bons résultats qui viendraient s'intéresser d'un peu trop près à nos activités. C'est à l'un d'eux que je dois ma magnifique cicatrice au bide, le défunt et toujours pas regretté Jack Westing, qui a aussi éliminé Luisa, la voisine d'Orion, pendant notre année de première.

Sudarat était la seule nouvelle à qui Prasong pouvait adresser la parole sans éveiller les soupçons. Il n'avait même pas à fournir le moindre effort : elle se donne elle-même beaucoup de mal pour maintenir des liens avec les ex-enclavés plus âgés. Même si cela ne lui confère qu'occasionnellement une chance de s'asseoir avec eux à la cafétéria, ou de récupérer les dernières secondes mains qu'ils ne peuvent plus vendre et qui valent toujours mieux que rien. Ainsi, Prasong n'avait qu'à accepter de la laisser occuper une chaise vacante à sa table le temps d'un seul repas. Elle a dû l'informer de son étrange séminaire à la bibliothèque, et il s'est probablement dit qu'il disposait là de la moisson idéale : huit bizuts dans une salle isolée, sans le moindre témoin alentour. Je présume qu'elle ne lui avait pas parlé de moi.

Quelques jours plus tard, il s'est faufilé dans les étages juste avant la fin de la pause-déjeuner et a tracé un cercle ensorcelé sous les pupitres.

Il n'était pas terrible. On ne trouve pas facilement de bouquins traitant de sorts suceurs de malia à la bibliothèque ; officiellement, aucun texte malveillant n'est même disponible. C'est n'importe quoi, bien sûr, j'en ai malgré moi rencontré au moins une centaine. Mais quiconque les chercherait aurait sans doute un mal de chien à en obtenir un. Quoi qu'il en soit, Prasong n'était pas aussi ambitieux que ce cher Jack. Son sort était assez bon pour arracher un lambeau de peau substantiel à ses victimes – de quoi ponctionner un peu de malia par le truchement de la douleur et de l'horreur engendrées –, et je suppose qu'il ne voulait rien de plus. En réalité, éliminer huit sorciers d'un coup, même des bizuts, n'est pas une mince affaire pour un maléficien en devenir ; les répercussions psychiques lui infligeraient des traces si visibles que les autres élèves – surtout ses voisins les plus proches – ne tarderaient pas à rassembler un groupe suffisant pour l'éliminer, avant qu'il ait la brillante idée d'essayer de puiser du pouvoir directement sur *eux*.

Malheureusement pour lui, j'ai remarqué le sort avant même de franchir le seuil. J'ai d'abord supposé qu'une construction l'avait élaboré ; certains des malés les plus développés sont capables de tracer des inscriptions, bien que maladroitement. Ce qui était le cas. Je m'en serais mieux sortie en le gribouillant à la va-vite, ce que j'ai d'ailleurs fait : je me suis saisie d'un morceau de craie sur le tableau le plus proche, j'ai réécrit la moitié des runes pour les retourner contre l'expéditeur d'origine – j'en ai aussi profité pour corriger les diverses erreurs et ajouter quelques améliorations de mon cru –, puis je l'ai enclenché avec une aisance méprisante et sans presque dépenser de mana. Je me suis félicitée intérieurement d'avoir géré avec une telle facilité la première attaque de l'après-midi.

Je n'ai découvert qui avait jeté ce sort que le soir, au dîner, en entendant des élèves discuter avec angoisse de la manière dont la peau de Prasong s'était arrachée à son corps en plein labo de langue ; apparemment, il s'était ensuite mis à courir en rond en poussant des hurlements d'agonie, avant de succomber de douleur et d'une hémorragie colossale.

Je ne dirais pas que je l'ai regretté. Sûrement pas. J'ai vomi après le repas, mais c'était sans doute dû à un truc que j'ai mal digéré. Sudarat a quitté la cafétéria l'air relativement épouvanté. Elle et les autres élèves de la bibliothèque savaient pertinemment ce qui s'était passé : j'avais veillé – ma suffisance me perdra – à leur montrer le cercle, à leur expliquer son utilité et à me targuer de la manière dont je l'avais intelligemment retourné contre son créateur. Elle s'est montrée particulièrement silencieuse au cours des deux semaines qui se sont écoulées depuis, ce qui n'est pas rien. C'est même la première fois qu'elle m'adresse la parole depuis ce jour.

« Quelqu'un de Shanghai ? » répété-je lentement.

Sudarat hoche la tête d'un coup sec. « Certaines personnes de Bangkok sont au courant, reprend-elle. Pour les attaques qu'on a subies. D'autres personnes. Quand j'ai parlé à… » Sa voix déraille, mais j'ai compris le sens. Quand elle a parlé à Prasong des attaques de la bibliothèque, d'autres élèves de Bangkok, plus âgés, étaient présents à table également. Et désormais, ses anciens camarades d'enclave se servent de son aveu pour passer le mot et marquer quelques points. Comme tous les losers de notre genre le font, car on ne sait jamais lequel de ces points nous permettra ou pas de franchir les portes de la salle des diplômes.

« Qu'est-ce que tu leur as dit ? » l'interrogé-je.

Elle penche la tête sur son bureau, juste assez pour que la pointe de ses cheveux mal coupés lui cache les yeux, mais je vois ses lèvres et sa gorge s'agiter quand elle déglutit. « J'ai dit que je ne m'en souvenais pas, puis j'ai admis que non. »

Elle apprend sur le tas, comme tous les autres bizuts sans amis. Elle a pigé qu'ils ne lui ont pas posé cette question par égard pour elle : ils sont en quête d'informations qui pourraient leur être utiles. Elle a aussi compris qu'ils sont sur ma piste. Mais elle n'a pas encore bien retenu la leçon, parce qu'elle n'a pas fait le nécessaire. Elle aurait dû, bien sûr, déterminer la valeur que peut avoir cette information, et la leur vendre. Au lieu de quoi, elle leur a menti pour me couvrir, avec l'espoir que j'aurais quelque chose à lui offrir : de l'aide, un nouveau foyer.

C'est fort aimable de sa part, même si j'aurais préféré que personne à Shanghai ne nourrisse suffisamment de soupçons pour l'interroger à ce sujet, car cela augure un tas de mauvaises choses. Pour commencer, cela signifie que les terminales de l'enclave chinoise essaient activement de découvrir ce qui arrive aux malés – et ils sont neuf rien que dans notre promo, sans compter leurs alliés. Ensuite, ils savent déjà que notre classe du mercredi a été attaquée au moins une fois, ce qui suffit à être inhabituel cette année. Ils tentent sans doute de recouper cette information avec d'autres attaques de malés connues, à savoir celles survenues dans ma salle de séminaire près de l'atelier. Dès que quelqu'un découvrira qu'il n'y avait qu'une seule élève dans le cours de langue qui se tenait à côté au moment de l'assaut, et que cette élève était précisément la seule terminale présente dans la salle de la bibliothèque, ils en tireront rapidement les conclusions qui s'imposent.

Je n'ai aucune idée de ce qu'il adviendra quand l'information sortira. Les New-Yorkais décideront peut-être de nous fermer le robinet, à Chloe et à nous. De toute façon, si Orion ne leur fournit plus de mana frais, ils n'ont pas grand-chose à perdre en laissant tomber sa « petite amie ». Et ça pourrait – c'est même probable – être la moins mauvaise des issues. Si les autres comprennent que l'école me vise moi, en particulier, ils vont vouloir savoir *pourquoi*, et s'ils ne trouvent pas de raison valable, ils risquent de décider de me torturer pour le découvrir. À moins qu'ils estiment que le mieux serait de donner satisfaction à l'école.

Ainsi donc, mes révisions pour les partiels s'avèrent particulièrement guillerettes.

Sauf que c'est vraiment le cas. Le plaisir d'étudier avec d'autres ne s'est toujours pas tari chez moi. On a nettoyé la double chambre de Chloe, trouvé un nouveau rembourrage pour ses coussins – si tu t'imagines qu'on rechignerait à réutiliser des coussins tout à fait confortables au prétexte qu'ils viennent d'abriter deux monstres et un élève à moitié digéré, c'est que tu n'es pas très attentif –, et on s'y retrouve presque tous les soirs, avec un petit panier entre nous, dans lequel nos souris peuvent somnoler entre deux câlins, voire grignoter une petite friandise offerte par le visiteur du jour.

On n'est presque jamais toutes les quatre. Quel que soit le sujet que nous souhaitons étudier, on trouve presque à coup sûr des personnes intéressées. J'ai reçu une tonne d'aide en arabe : Ibrahim et deux de ses amis étaient tout heureux de me prodiguer des conseils en échange d'une invitation. Nkoyo nous rejoint aussi presque tous les soirs ; elle suit le séminaire de sanskrit général que je m'attendais à avoir. Grâce à eux, j'effectue de gros progrès sur mes *Sutras de la pierre d'or* : rien que cette semaine, j'ai atteint le premier des rouages majeurs.

Sauf que non, c'est un mensonge. Ce n'est pas grâce à eux, pas vraiment. C'est grâce au temps dont je dispose maintenant que je n'ai plus à surveiller mes arrières à longueur de journée. C'est grâce à l'énergie dont je dispose maintenant que je n'ai plus à gratter la moindre goutte de mana. Et c'est aussi un peu grâce à leur aide, sauf que l'aide, le temps et l'énergie proviennent tous d'une même source : la participation de *Chloe*, sa générosité sans bornes – et ça ne me plaît pas du tout. Même si, bien sûr, j'adore ça, ça ne m'empêche pas d'éprouver une sombre amertume.

Je ne peux toutefois pas m'autoriser cette sombre amertume le jour où je tourne une page et me retrouve confrontée à une tête de chapitre magnifiquement calligraphiée, dont je n'ai pas besoin de la traduction – « La Première Pierre sur la Route dorée » – pour comprendre que cette partie n'est pas comme les autres, avec l'incantation en sanskrit tracée dans un cadre joliment ornementé sur le bord de la page ; chaque caractère est même couvert de dorure et les courbes principales sont peintes. Du premier coup d'œil, je remarque des bribes de tous les autres sorts rencontrés jusque-là : le contrôleur de phase, le purificateur d'eau et celui sur lequel je viens de travailler, qui vise à séparer la terre de la pierre. Tous se retrouvent ici, entretissés, pour être invoqués dans le cadre d'un ensemble plus vaste.

Je n'oublie pas seulement ma sombre amertume : je cesse de me soucier du mana, de ce qui m'arrivera quand ma couverture sera grillée ; j'interromps mes révisions et ignore totalement le reste de mes cours. Pendant toute cette semaine, à chaque instant d'éveil que je ne consacre pas à un séminaire ou à tuer des malés, je bosse sur ce sutra. Même pendant les repas, je garde la tête plongée dans un dico.

Je sais que c'est ridicule. Pour mon séminaire de Myrddin, je dois bûcher un long poème épique complexe en vieux français, qui doit contenir au moins trois ou quatre sorts de combat utiles pour la remise des diplômes, alors que le grand œuvre de Purochana porte sur l'importance de l'architecture et nécessite sans doute tout un cercle de sorciers pour être lancé. Les *Sutras de la pierre d'or* ont été conçus pour bâtir des enclaves, pas pour éliminer des malés ; ils ne me serviront que si je survis assez longtemps pour quitter l'école.

Mais alors… Alors je pourrai l'offrir à des groupes comme la famille de Liu, ou le kibboutz dont est originaire Yaakov, le copain d'Ibrahim : des communautés de sorciers établis, désireux de créer leurs propres havres sûrs. Les *Sutras de la pierre* d'or ne constituent sans doute même plus le meilleur moyen de construire une enclave, sans quoi d'autres sorts auraient perduré jusqu'à notre époque, ainsi qu'a pu le faire le contrôleur de phase. Cependant, la perspective est toujours plus agréable que d'avoir à affilier toute ta famille à une autre enclave pendant trois générations, dans le seul but de te voir accorder accès à ses sorts communs, sans forcément disposer des ressources nécessaires pour les utiliser. De plus, les sorts d'enclave de Purochana ne doivent pas avoir le même coût que les sorts modernes : nul n'érigeait d'enclaves gratte-ciel à l'époque de l'Inde ancienne – même si un constructeur précurseur avait imaginé la chose, il n'aurait pu appeler ses architectes locaux pour leur commander des poutrelles en acier et du béton armé.

Ainsi, mes enclaves dorées ne seraient pas aussi fabuleuses que les meilleures enclaves modernes, mais quelle importance ? Elles empêcheraient quand même les malés de s'en prendre aux enfants – et quand on a au moins la sécurité, ça nous offre un choix d'avenir. Un choix qu'on peut faire sans devenir comme maman. Plus la peine de faire de la lèche aux enclavés ou de les soudoyer. Ils conserveraient certains avantages – comme plus de secondes main ou de mana –, quelques-uns les courtiseraient toujours, mais il y aurait moins de personnes désespérées, prêtes à tout pour survivre. Ils n'obtiendraient plus des tonnes d'aide gratuite de la part d'autres élèves en échange de la vague promesse de réfléchir à les intégrer dans une alliance ou – moins probable encore – dans leur enclave.

Cette idée me plaît bien ; je l'adore, en vérité. Si c'est ainsi que je dois précipiter la destruction de toutes les enclaves du monde, je ne suis finalement plus si opposée à la prophétie de mon arrière-grand-mère. Je vais m'emparer des sorts de Purochana et les répandre dans le monde entier ; j'apprendrai aux autres à s'en servir, et peut-être qu'ils ne m'apprécieront pas, mais ils m'écouteront malgré tout, dans ce but. Ils m'autoriseront à séjourner dans les enclaves que j'aurai aidé à construire, et j'exigerai également qu'ils aident d'autres sorciers à en ériger. Soit en offrant des ressources, soit en réalisant des copies des sorts, soit en formant des enseignants…

Tandis que je m'affaire à réparer le monde pendant mon temps libre, je n'avance pas sur le reste de mes devoirs. J'ai complètement oublié mon examen de proto-indo-européen, et je ne l'aurais jamais réussi sans l'intervention d'Ibrahim : je m'en suis souvenue le lundi soir, la veille du jour de rendu, à moins d'une heure du couvre-feu, et il m'a permis de conclure un accord de dernière minute avec un enclavé de Dubaï dont il est proche. On s'était assis à leur table de la bibliothèque, un soir de l'année dernière. Ils me jettent encore des regards noirs quand on se croise dans les couloirs, mais Ibrahim s'est fait un bon ami parmi eux, ainsi que quatre connaissances. L'histoire de ma vie. À présent, cependant, j'en récolte les fruits, car quand j'ai poussé mon cri de détresse dans la chambre de Chloe, Ibrahim a aussitôt déclaré : « Hé, Jamaal doit sans doute avoir une rédaction toute prête sur le sujet. » Il s'avère que Jamaal est le dernier-né d'une fratrie de cinq, et qu'il a hérité d'une pile inestimable de devoirs pour presque tous les cours possibles et imaginables, et plus encore. En échange d'une copie de mon sort invocateur d'eau purifiée, il m'a offert une dissertation de première classe, rédigée pour un séminaire de proto-indo-européen une dizaine d'années plus tôt.

Je n'ai plus eu qu'à la recopier moi-même, et comme elle racontait un certain nombre d'âneries, j'ai fini par en changer la moitié, restant debout jusqu'à pas d'heure. Je me suis même endormie sur ma table, et j'ai dû la finir le lendemain, pendant mon heure d'étude indépendante. Après quoi, je me suis rendue en traînant les pieds à mon cours de PIE, pleine d'un ressentiment injustifiable, et j'ai fourré en bâillant mon devoir dans la fente prévue à cet effet. Une vapeur d'outre-tombe s'en est élevée pour pénétrer directement dans ma bouche grande ouverte.

Oublie toutes les notions préconçues que tu peux avoir des monstruosités cthulhiennes : les malés d'outre-tombe sont en réalité relativement fragiles. Ils chassent en faisant inspirer aux humains des gaz hallucinogènes, qui t'emplissent les sens d'impressions d'horreurs indicibles, et pendant que tu te débats en hurlant et en implorant pour que ça s'arrête, le malé sort de sa tanière et essaie d'extraire le cerveau par le nez à l'aide de ses membres partiellement incarnés.

Le problème avec cette tactique brillante est que notre cerveau est incapable d'imaginer pire horreur indicible que le fait de se retrouver enveloppé par une gueule-béante. Ainsi, la vapeur me renvoie simplement à cette expérience, et je réagis comme je l'ai fait à l'époque, à savoir plus ou moins en criant *Crève immédiatement, espèce d'horrible monstruosité*, avec une énorme et violente conviction. Sauf que je n'ai pas affaire à une gueule-béante, mais à un simple nuage ectoplasmique dégoulinant, que j'assaille avec la pleine puissance d'un sort meurtrier d'arcane majeur – un peu comme si tu essayais d'embraser une allumette au lance-flammes.

Le plus efficace de mes sorts meurtriers ne tue pas les choses en détruisant leur corps : il s'attèle directement à éteindre leur vie à un niveau métaphysique, c'est donc à peu près ce qu'il advient. En gros, j'informe l'horreur d'outre-tombe qu'elle n'a aucune raison d'exister, mais avec une agressivité telle que je la propulse hors de toute réalité ; dans mon élan, j'essaie aussi de convaincre des tas de trucs alentour qu'ils devraient à leur tour mettre un terme à cette prétention ridicule consistant à vouloir continuer d'exister.

Ce qui donne un résultat étrange, car une bonne partie de la Scholomance *n'existe pas* vraiment. L'école est constituée de vrais matériaux, mais les lois de la physique sont assez flexibles dans le néant, si bien que la plupart de ces matériaux ont été étendus au point de devenir plus fins qu'il ne devrait être possible ; les règles de l'ingénierie ne sont donc pas toutes respectées, et la principale chose qui maintient l'ensemble en place est que nous croyons tous dur comme fer à son existence. C'est précisément ce que je viens d'ôter : pendant un horrible instant, les quatre autres élèves de mon séminaire deviennent extrêmement conscients que la seule chose qui les sépare du néant hurlant est une boîte de conserve maintenue en place par des pensées positives et de la poudre de perlimpinpin. Ils se mettent tous à brailler et tentent de se mettre en sécurité, sauf que c'est impossible, puisque leur absence de conviction nouvelle les accompagne ; la salle de séminaire et le couloir entier commencent alors à se dissiper autour d'eux.

Si une énorme portion d'école ne disparaît pas sur l'instant, c'est uniquement parce que je n'ai pas cessé d'y croire moi-même. Toujours à moitié sonnée par ma vision d'outre-tombe, je m'élance en titubant aux trousses de mes camarades, dans un couloir qui commence à se gauchir telle une feuille d'aluminium sous le poids du bâtiment ; dans mon trouble, je crois que cet effet est uniquement dû aux vapeurs hallucinatoires, je ferme donc les yeux pour me rappeler que le couloir ne peut pas être en train de se gondoler ; je pose la main sur le mur en m'attendant à le trouver présent et solide, ce qui s'avère donc. « Tout va bien ! lancé-je aux autres élèves. C'est que du gaz d'outre-tombe ! Arrêtez de courir ! » Et lorsqu'ils se retournent et constatent que le couloir n'a pas changé autour de moi, ils parviennent à se convaincre que je dis vrai et se remettent à croire en l'école.

Un instant plus tard, je me rends compte que je me suis trompée, car dès que le couloir se stabilise, la Scholomance claque la porte de la salle de séminaire et la scelle derrière un mur anticatastrophe ; ceux-ci sont habituellement réservés aux laboratoires du deuxième étage, où se sont produits des accidents alchimiques si graves que les effets mortels ne se résorberont pas avant une décennie au moins. Alors que le mur anticatastrophe descend du plafond près de moi, manquant m'arracher le pouce au passage, je sursaute et regarde juste assez longtemps pour entrapercevoir la cloison excessivement réelle de la salle de séminaire se replier façon accordéon. C'est comme ça que je comprends ce que je viens de faire.

Je ne connais pas vraiment les autres élèves de cette classe. Bien sûr, ce sont tous des terminales engagés dans un cursus de langues, comme moi, et l'un d'eux – Ravi – est un enclavé de Jaipur ; les trois autres étaient donc assis autour de lui, afin de mieux lui offrir leur aide pour ses devoirs. Aucun d'eux ne m'a jamais adressé la parole. Si je connais le nom de Ravi, c'est uniquement parce que, parmi les trois autres, se trouve une Allemande, une blonde nommée Liesel, qui a l'habitude extrêmement désagréable de roucouler des « Ravi, c'est tout bonnement excellent » chaque fois qu'il la charge de corriger son travail. Ça me donne envie de leur balancer un dictionnaire dans la tête, d'autant plus que je l'ai vue rendre une dissertation un jour – c'est comme ça que je connais son nom à elle –, et qu'un coup d'œil m'a suffi à deviner qu'elle vise sans doute la place de major de promo et qu'elle est probablement dix fois plus intelligente que lui, puisqu'il n'est même pas assez malin pour avoir pigé que c'est la meilleure de la classe : la plupart du temps, il fait relire ses devoirs par un autre garçon et passe le reste de l'heure à flirter avec elle et à reluquer ses seins.

Bien sûr, posséder un gros cerveau n'est pas indispensable dans toutes les circonstances : Ravi est le premier à se convaincre que tout va bien. Le temps que je les rejoigne, il a déjà repris ses esprits et déclare avec assurance : « On n'a qu'à aller à la bibliothèque. On ne peut pas être déclarés absents si la classe a fermé. Tu peux venir avec nous, si tu veux », ajoute-t-il à mon intention, d'un ton dégoulinant de générosité hautaine. Il a même l'effronterie de s'effacer pour me désigner le couloir, m'indiquant que je dois ouvrir la marche en échange de sa condescendance. Le pire, c'est qu'il y a quelques semaines encore, sans le répartiteur de pouvoir de Chloe à mon poignet, j'aurais été contrainte de le faire, et que je me serais estimée heureuse d'avoir trouvé de la compagnie.

« Si je dois passer devant pour une promenade en pleine heure de cours, je préfère y aller seule, rétorqué-je d'un ton grossier. D'autant qu'aucun d'entre vous n'a songé à m'indiquer l'éclat d'outre-tombe. » Ils sont tous arrivés en classe avant moi. Si aucun d'entre eux n'a été attaqué en rendant sa copie, c'est clairement qu'ils ont repéré les signes – une horreur d'outre-tombe émet un léger lustre iridescent que je n'aurais habituellement jamais laissé passer – et lancé leurs devoirs de loin. Aucun d'eux ne m'a prévenue en me voyant approcher de la fente.

« Tu devrais avoir tes propres guetteurs, me lance l'un des garçons sur un ton de défi.

— C'est vrai, réponds-je. Et tu peux te garder les tiens.

— C'était quoi ? » intervient soudain Liesel. Elle contemple les murs stabilisés et la porte scellée d'un air bien plus soupçonneux que ses camarades. « Le sort que tu as utilisé ? Est-ce que c'était… la Main de la Mort ? »

Elle voit juste. Elle a dû étudier le français à un moment ou à un autre, à moins qu'elle soit carrément née bilingue ; cela dit, la formule n'est pas très compliquée à reconnaître : il n'existe pas tant de sorts tueurs en si peu de mots. La difficulté pour le jeter n'est pas d'apprendre les *termes*, mais juste d'y intégrer la bonne quantité de *je-ne-sais-quoi*[1] que comportent maints sorts français : il faut parvenir à les lancer allègrement, sans effort. Étant donné que la Main de la Mort te tuera plutôt que ta cible si tu l'emploies de travers, rares sont les sorciers qui parviennent à le jeter avec allégresse, à moins qu'ils se trouvent piégés à l'intérieur d'une gueule-béante, où la mort serait une issue pas si terrible. Il faut en outre être capable de canaliser une quantité scandaleuse de mana sans trahir le moindre effort, ce qui peut s'avérer piégeux pour la plupart des élèves n'étant pas destinés à devenir des reines noires de la sorcellerie.

« Fais tes recherches toi-même, si tu veux le savoir », répliqué-je en me protégeant derrière une couche supplémentaire d'impolitesse. Puis je m'éloigne aussi vite que possible en direction de l'escalier, et Ravi me regarde partir, bouche bée.

À cet instant, il n'est pas nécessaire d'être expert en transmutation de la matière pour piger qu'il se passe un truc considérable et troublant dans ma caboche. Quand j'arrive au réfectoire pour déjeuner, je vois Liesel s'arrêter pour discuter avec Magnus à la table des New-Yorkais, et il fait signe à quelques-uns de ses parasites de déguerpir afin de libérer une place pour sa nouvelle amie. « Cette fois, je suis foutue », annoncé-je laconiquement à Aadhya et Liu dès que je me suis installée avec elles. Et je ne crois pas si bien dire.

---

1. En français dans le texte. (*N.d.T.*)

4

Les partiels

Maman a passé beaucoup de temps, durant ma petite enfance, à me rappeler gentiment que les gens sont loin de penser aussi souvent à nous qu'on l'imagine, car ils sont bien trop occupés à s'inquiéter de ce que les autres peuvent penser d'eux. Je croyais l'avoir écoutée, mais il s'avère que non. J'étais quelque part convaincue que tout le monde me jugeait ou me jaugeait sans arrêt, alors que je n'occupais pas la moindre place dans leur esprit. J'ai eu le plaisir de découvrir cette vérité excitante lorsque, soudain, un nombre important d'élèves s'est mis à souvent penser à moi. Le contraste a été saisissant.

Rétrospectivement, tout le monde a bien vite oublié à quel point il était étrange de voir Orion Lake s'éprendre de la tocarde de la classe. Il était de toute façon déjà bizarre, selon les critères universels. Même Magnus et les autres New-Yorkais, quand ils m'ont proposé une place assurée dans leur enclave, ne *me* trouvaient pas particulièrement chelou, alors qu'Orion était un mystère à part entière. Quant au fait que j'aie survécu à notre petite escapade dans la salle des diplômes, tout le monde supposait qu'Orion m'avait une fois de plus sauvé la vie. Mais que Liesel fasse courir le mot que je suis capable de jeter la Main de la Mort tout en étant shootée aux vapeurs d'outre-tombe a été la goutte d'eau collective. Et une fois que les autres enclavés ont effectivement commencé à penser à moi, il leur a bien sûr fallu moins d'une journée pour comprendre où passait tout leur mana.

En quittant la bibliothèque pour aller me coucher ce soir-là, je surprends Magnus et trois de ses copains à se rassembler autour du canapé que squatte Chloe dans la salle de lecture ; je devine même sans le voir le désarroi sur son visage. J'envisage d'y retourner, mais à quoi bon ? Je ne vais quand même pas lui demander de mentir à ses copains d'enclave, ceux avec qui elle va passer le reste de sa vie, juste pour me laisser leur ponctionner encore de leur mana. Je ne vais pas non plus les supplier de me laisser me cramponner à eux. Hors de question. Je pourrais peut-être les menacer ? Tentant, mais non. Il n'y a absolument rien que je puisse dire ou faire. Alors, je me contente de tourner les talons et de m'éloigner, avec l'intime conviction que Chloe aura reçu comme consigne de me couper les vivres au petit matin. D'ailleurs, c'est même mon hypothèse optimiste. En réalité, je m'attends plus à voir Magnus débarquer devant ma porte à la tête d'une armée d'élèves équipés de fourches pas forcément métaphoriques.

Le truc, c'est que je ne suis pas unique dans l'histoire de la société magique. Orion non plus, d'ailleurs. Nous sommes tous deux des talents comme on n'en rencontre qu'une fois dans sa vie, mais cela arrive une fois dans sa vie. Certes, c'est une sacrée coïncidence qu'on se retrouve tous deux à l'école en même temps, et qu'on soit tous deux des cas assez extrêmes. Mais je suis raisonnablement certaine que c'est parce qu'une espèce d'équilibre des forces est rétabli sur notre dos. Papa s'avance noblement dans une gueule-béante pour vivre une éternité de souffrance afin de nous sauver, maman et moi ; maman dispense beaucoup trop d'actes de guérison gratuitement ; je me retrouve avec une affinité pour la violence et la destruction de masse. Dans la promo avant la leur, douze maléficiens avaient assassiné toute la classe de terminale, un héros capable de sauver des centaines d'élèves de l'école a donc été conçu. C'est la physique morale du principe d'équilibre : des réactions égales et opposées de part et d'autre.

Tout ça pour dire que les sorciers comme nous apparaissent de temps en temps : des individus capables à eux seuls de bouleverser l'équilibre entre enclaves en fonction de l'endroit où ils atterrissent. Il y a une quarantaine d'années, un artificien d'une puissance inégalée avec une affinité pour les constructions de grande ampleur est passé par l'école. Toutes les enclaves principales lui ont fait des propositions. Il les a toutes déclinées et est rentré chez lui à Shanghai, où l'ancienne enclave familiale avait été investie par une gueule-béante. Il a rassemblé un cercle de sorciers indépendants pour lui prêter main-forte, et a personnellement mené l'assaut pour éliminer la créature. Tu t'imagines bien qu'il a aussitôt été nommé nouveau Dominus, moins de trois ans après avoir quitté l'école. Malgré tout, il ne semblait pas avoir fait une si bonne affaire : l'enclave qu'il avait secourue était ancienne et baignait dans la magie depuis des siècles, mais elle était petite et étriquée par rapport aux critères modernes ; à l'époque, les sorciers chinois vraiment talentueux fonçaient directement à New York, à Londres ou vers l'une des enclaves californiennes. Même Canton et Pékin devaient recruter des seconds choix.

Bref, après quatre décennies de règne de Li Shan Feng, Shanghai a bâti six tours et un monorail *à l'intérieur* de l'enclave, vient d'ouvrir sa septième porte et a récemment annoncé vouloir s'unir avec les autres enclaves asiatiques pour fonder leur propre école. C'est en partie pour ça qu'Orion est si important, au point que New York est prêt à offrir à une pauvre fille une place garantie d'une valeur inestimable, sous prétexte qu'il s'est entiché d'elle. Tout le monde sait qu'une lutte de pouvoir s'annonce, et Orion n'est pas qu'un élève émérite au sein de la Scholomance : c'est un véritable atout en dehors aussi. Nul ne s'attaquera frontalement à une enclave accueillant un combattant invincible dans ses rangs – sans compter les ressources qu'il est capable de générer en transformant les malés en mana. Sa place est solidement établie à New York : il est le fils de la très probable future Domina, rien que ça, et je suis sûre qu'il n'est pas pour rien dans la promotion annoncée de sa mère. Tous les Shanghaiens de l'école arrivent sans doute avec pour instructions de le tenir à l'œil et de rassembler autant d'informations que possible sur son compte. Ces trois dernières années n'ont pas dû les rassurer, car il s'est constitué un solide fan-club, avec tous les élèves qu'il a sauvés.

Ce que je n'avais pas compris, en allant me coucher, c'est que j'étais sur le point d'être moi aussi promue au rang de véritable atout.

Chloe n'a pas essayé de cacher la vérité à Magnus – de toute façon, elle ne sait pas mentir. Elle s'est donc résolue à avancer qu'ils devaient continuer à me fournir en mana *sinon*, puis n'a pas lésiné sur les détails pour expliciter le potentiel d'horreur du *sinon*, en décrivant par le menu la manière dont j'avais démembré les malés de ses coussins. Une personne normale aurait été terrifiée de découvrir quelle bombe nucléaire sommeillait en moi, n'attendant que d'exploser. Magnus a pour sa part décidé qu'il aimerait bien rapporter une jolie petite bombe nucléaire à ses parents.

Au petit déjeuner, le lendemain matin, j'aurais volontiers affronté une armée de fourches, si cela avait pu m'épargner la vision de sa sale trogne suffisante adressant des sourires narquois aux Shanghaiens à l'autre bout de la salle, comme s'il avait réussi quelque chose d'intelligent ou m'avait recrutée – alors qu'il a simplement fait de son mieux pour *m'éliminer* au cours du semestre dernier. Les Shanghaiens ont pour leur part la mine sinistre et inquiète. En cours d'après-midi, j'apprends de source sûre qu'ils offrent des présents pour obtenir des renseignements sur *mon* compte, parce qu'ils ont une nouvelle fois tenté d'interroger Sudarat ; l'un d'eux lui a même proposé un répartiteur de pouvoir pour le restant de l'année, ce qui l'assurait pratiquement de rester en vie jusque-là. « Accepte, lui conseillé-je avec amertume. Autant qu'il ressorte quelque chose de bien de tout ça. »

Je suppose que je ne suis pas tellement en droit de me plaindre : après tout, New York ne me coupe pas les vivres, il me reste donc de délicieux torrents de mana à épuiser. À la rigueur, les autres enclavés semblent presque *plus* enthousiastes à l'idée de rassembler du pouvoir maintenant qu'ils savent où il s'écoule. Bien sûr, ils s'attendent à obtenir un chouette retour sur investissement – en l'occurrence, moi : une arme de destruction massive dans la poche arrière de l'enclave, prête à être dégainée en cas d'urgence. Ils espèrent avec ardeur pouvoir m'offrir exactement la vie post-Scholomance dont j'ai rêvé pendant des années. Les salauds.

Deux jours plus tard, Orion me lance de but en blanc : « Eh, après la remise des diplômes, ça te dirait de partir en road-trip ? »

Je le dévisage. « Quoi ?

— Les gars envisagent une virée de groupe, répond-il avec sérieux. L'enclave possède déjà un camping-car aménagé du tonnerre, ils nous laisseraient l'emprunter si on voulait… » Il s'interrompt, sans doute alerté par mon expression de totale incrédulité ; cette conversation est vraiment étonnante. Non seulement il vient de tenter à haute voix d'élaborer des *projets concrets* pour l'avenir, partant du principe que nous allons survivre jusque-là – un horrible tabou sauf parmi les enclavés les plus riches, mais même eux ont le tact de ne pas aborder ce sujet en n'importe quelle compagnie –, mais il me propose carrément de passer de mon plein gré du temps avec ses copains new-yorkais.

Je sais que l'idée ne lui est pas venue toute seule. Chloe m'a un jour dit d'un air parfaitement neutre qu'Orion ne souhaitait rien d'autre qu'abattre des malés – c'est des grosses conneries, mais le genre de grosses conneries avec lesquelles tout le monde a dû le bassiner durant son enfance, au point de les lui ancrer dans la tête. Et le répartiteur de pouvoir qu'il porte ne fonctionne que dans un sens, il est donc *obligé* d'en éliminer s'il veut récupérer du mana – et c'est ce qu'on cherche tous à faire. Ils lui ont bourré le crâne pour qu'il ne pense qu'à chasser. Le seul autre désir que je l'ai entendu exprimer est pour moi, ce que je choisis d'interpréter comme « pour n'importe quelle personne prête à le traiter tel un humain normal et pas seulement tel un automate tueur de malés ».

Voilà les choses pour lesquelles il est prêt à exprimer des émotions : l'amitié, l'amour, l'humanité. Mais il se fiche de savoir où s'asseoir à la cafétéria, quelle chemise porter, quels cours suivre ou quels livres lire. Il fait son travail plus au moins consciencieusement, se montre poli, et préfère éviter les adorateurs de héros, même si ça le fait culpabiliser ; et si je lui disais « Viens, on va faire le poirier dans l'escalier du réfectoire », il hausserait sans doute les épaules avant de me répondre « Si tu veux ». Je le vois donc mal nourrir subitement le désir de partir en escapade loin de son enclave. Cette idée lui a été *inoculée*, dans le but évident de *me* rallier à la cause des New-Yorkais. Naguère, ils s'inquiétaient que quelqu'un d'autre puisse se servir de moi pour mettre le grappin sur Orion ; à présent, ils se servent de lui pour *me* mettre le grappin dessus.

« Lake, réponds-je d'un ton posé, va plutôt dire à Magnus que tu préférerais traverser l'Europe avec moi le sac sur le dos. On pourrait en faire le tour complet ! On partirait d'Édimbourg, avec des escales à Manchester et Londres, puis on visiterait Paris, Lisbonne, Barcelone,

Pise… » Je débite tous les noms de villes dotées d'une enclave qui me passent par la tête, et Orion finit par piger. Il se rembrunit alors et tourne les talons.

Je suis assez fière de moi, jusqu'au soir, quand Aadhya et moi allons nous chercher de quoi grignoter. On croise dans l'escalier Scott et Jermaine, de l'enclave new-yorkaise, et ils nous adressent un coucou de la main en lançant un joyeux : « Hé, El, ça roule ? Salut, Aad.

— Salut, les gars », répond-elle tel un être humain civilisé, tandis que je me fends d'un « 'lut » tout ce qu'il y a de plus glacial. Dès qu'ils sont hors de portée d'ouïe, elle se tourne vers moi et me demande : « Quoi, *encore* ? »

Je ne lui ai pas parlé du charmant projet de road-trip, parce que je ne tiens pas à briser moi-même cet horrible tabou, ni à manquer de tact par la même occasion. La famille d'Aadhya habite dans le New Jersey, et si elle n'a jamais directement affirmé convoiter une place dans l'enclave new-yorkaise, c'est ce à quoi tous les sorciers à cinq cents kilomètres à la ronde aspirent, puisqu'ils travaillent de toute façon plus ou moins pour cet endroit. « Ils ont des projets pour moi », expliqué-je laconiquement.

Elle soupire, mais dès que nous sommes de retour dans sa chambre pour déguster nos parfaits de fortune – yaourts à la fraise légèrement périmés, recouverts d'un mélange de noix et fruits secs et de crème fouettée en boîte (on a balancé à regret la conserve de saucisses de Vienne, car elle était non seulement cabossée, mais aussi percée, avec un soupçon de limon verdâtre au bord du trou) –, elle reprend : « El, ils sont pas si nazes. »

Je sais qu'elle ne parle pas des parfaits, qui ont presque un parfum d'ambroisie par rapport à ce à quoi on est habituées. « Mais si, répliqué-je, révoltée.

— Je ne prétends pas que ce sont des modèles de grâce et de noblesse, tempère-t-elle. Ils sont tous un peu glands, mais pas plus que n'importe quel enclavé. Bon, d'accord, Magnus essaie de se faire passer pour le boss du campus. Mais Jermaine est sympa ! Scott est sympa ! Chloe est presque *trop* sympa. Et tu accroches bien avec Orion, qui est pourtant du genre flippant…

— Pas du tout !

— Pardon, mais si, il l'est carrément. La moitié du temps, il ne me reconnaît même pas quand tu n'es pas avec moi. Il fait croire que si, quand je lui dis bonjour à l'atelier, mais chaque fois son cerveau entre en ébullition et il a l'air de se dire *qui c'est oh non je suis censé la connaître oh non je suis nul comme être humain*. Et je ne suis pas la seule, il fait ça avec tout le monde. Il pourrait sans doute te dresser la liste de tous les malés qu'il a zigouillés depuis son arrivée à l'école, mais nous, les êtres humains, nous retrouvons catalogués dans la catégorie générale des futures victimes à secourir potentielles. J'ignore pourquoi il arrive à te reconnaître, mais je pense que c'est parce que tu es une espèce de super maléficienne de la mort en devenir. *Flippant.* »

Je la dévisage avec indignation, mais elle souffle avant d'ajouter : « Et *toi*, tu as du mal à accepter que ceux qui ne sont pas prêts à sauter par-dessus trois paillasses pour sauver un parfait inconnu puissent exister, alors vous allez carrément bien ensemble. Mais désolée de te l'apprendre, vous avez quand même besoin de *manger* et de *dormir* quelque part, voire, pis encore, d'interagir parfois avec d'autres humains. Alors pourquoi tu mets le feu à tous les ponts qu'on construit vers toi ? »

Je pose mon pot de yaourt vide, remonte les genoux devant moi et enroule mes bras autour. « Je vais finir par croire que Magnus t'a missionnée. »

Elle lève les yeux au ciel. « Oh, il a bien essayé. Je lui ai répondu que moi, je n'étais pas dingue, et que j'accepterais une place à New York dans la seconde, s'il me la proposait, mais que ça ne l'aiderait pas à te recruter. Tout ce que je veux dire, c'est que… Dis-moi, El, qu'est-ce que tu comptes faire ? »

Aadhya ne me demande pas d'élaborer une stratégie ; elle aimerait juste savoir ce que je veux faire de ma vie. Elle attend que je lui offre une réponse, quelle qu'elle soit, mais comme je reste muette, elle enfonce le clou : « En tout cas, je sais ce que *moi*, je veux faire. Je n'ai pas besoin que Magnus me tende la main. J'ai vendu dix-sept bijoux enchantés, conçus avec les restes de la carapace d'alarmaignée et de la dent d'argonet que tu m'as données. Ce n'est pas juste de la camelote de terminale, ce sont des charmes de qualité, que leurs acquéreurs conserveront longtemps. Je finirai par recevoir mes propres invitations. Je sais aussi ce que Liu compte faire : elle va se lancer dans la traduction ou l'élevage de familiers, et sa famille aura construit son enclave d'ici vingt ans. Chloe va faire son Michel-Ange et peindre des fresques dans tout New York, alors qu'elle n'en a même pas besoin. Et je ne sais qu'une chose sur toi : que tu n'entreras pas dans une enclave. C'est tout. Et "non-enclavée" n'est pas un projet de vie. »

Elle n'a pas tort, mais je ne peux rien révéler. Ma magnifique illusion de constructrice itinérante d'enclaves dorées meurt dans ma bouche face à sa litanie d'idées excellentes, raisonnables et parfaitement réalisables. Je ne peux me résoudre à décrire cette chimère à Aadhya : j'imagine déjà son expression passer du doute, à l'incrédulité, puis à l'horreur teintée d'angoisse, comme quand on écoute un ami nous raconter avec gravité son projet d'escalader une haute montagne sans préparation suffisante, avec l'ambition, une fois arrivé au sommet, de se jeter dans le vide, de déployer des ailes et de s'en aller vivre dans les nuages.

Mon silence prolongé la fait soupirer. « Je comprends que tu n'aimes pas parler de ta mère, mais j'ai entendu beaucoup de choses sur son compte alors que je vis sur un autre continent. Les gens la décrivent comme une espèce de sainte. Alors, au cas où tu aies besoin de l'entendre : tu n'as *pas* à devenir ta mère pour être une humaine acceptable. Tu n'es pas non plus obligée de vivre en ermite dans une communauté.

— De toute façon, ils ne veulent pas de moi, réponds-je platement.

— Si j'en crois ce que tu m'as dit de cet endroit, je suppose qu'ils ont simplement peur que tu les fasses tous cramer, et ils n'ont pas complètement tort. Ce n'est pas grave, si tu veux aller vivre à New York avec ton petit ami bizarre.

— Si, c'est grave, répliqué-je. Ça l'est, *parce qu'ils ne veulent pas de moi*. Ils veulent d'une personne capable de jeter des sorts de mort sur leurs ennemis. Et si c'est ce que je leur offre, alors je ne serai plus moi-même, donc autant ne pas aller vivre avec un tas de glands. Et je suis sûre que tu penses la même chose, ajouté-je d'un ton lourd de sous-entendus, sans quoi tu aurais répondu à Magnus que tu essaierais de me convaincre, s'il te faisait une petite place dans l'enclave.

— Ouais, genre ça aurait marché.

— Ça t'aurait peut-être permis d'y entrer. En tout cas, il t'aurait au moins promis un entretien. »

Elle ricana. « Ce n'est pas si bête, remarque. Sauf que je ne veux pas te convaincre de rejoindre *New York*, je… » Elle s'interrompit. « El, Magnus n'est pas le seul, affirme-t-elle sans prendre de pincettes. Des tas de gens m'ont demandé ce que tu comptais faire. Tout le monde te connaît, maintenant. Et si tu ne rejoins *pas* une enclave… ils vont vraiment s'inquiéter de ce que tu mijotes. »

Et je n'ai pas besoin de lui faire part de mes projets ridicules pour comprendre sans l'ombre d'un doute qu'ils y croiraient encore moins qu'elle.

*
**

Pour arranger mon humeur, les notes des partiels doivent nous parvenir dans la semaine. Même si tu t'es donné beaucoup de mal, il y a toujours des raisons de t'inquiéter. Si tu vises le statut de major de promo, autre chose qu'une copie parfaite est une condamnation à l'enfer – et une copie parfaite te pousse à te demander si ta charge de travail est assez lourde pour que tes résultats contrebalancent celui des autres élèves ayant la même ambition que toi. Si tu te moques du classement, alors il faut te contenter du strict minimum en cours afin de te ménager un maximum de temps pour te consacrer à ce qui te permettra de sortir de la salle des diplômes, à savoir accroître ta collection de sorts, créer des outils ou des potions et, bien sûr, emmagasiner du mana. Si tu obtiens de trop bonnes notes, tu auras perdu de précieuses heures à réviser au lieu d'avancer sur ces autres choses. En revanche, si ta moyenne est trop piteuse, tu auras droit à des cours de rattrapage, ou pire encore.

Si tu te demandes comment nous sommes évalués alors qu'il n'y a pas de profs pour nous noter, sache que j'ai entendu des millions d'explications possibles. Des tas de gens – surtout des enclavés – affirment avec beaucoup d'assurance que nos devoirs sont exfiltrés de l'école et envoyés à des sorciers indépendants, recrutés pour l'occasion. Je n'y crois pas un instant, car cela coûterait une fortune, et parce que je n'ai jamais rencontré quiconque connaissant personnellement un de ces sorciers. D'autres prétendent que notre note est la résultante d'une équation complexe basée presque exclusivement sur le temps que tu as consacré à ton contrôle et sur tes notes précédentes. Si tu veux contrarier un candidat au statut de major, essaie de lui expliquer que le hasard joue un rôle là-dedans.

Personnellement, je suis encline à croire que nous effectuons la notation nous-mêmes, simplement parce que c'est plus efficace. Après tout, on sait généralement quelle note on mérite, quelle note on espère obtenir et quelle note on craint de se taper, et chaque fois qu'on a un aperçu de la copie d'un autre élève, on a une bonne idée du résultat auquel il doit s'attendre. Je suis prête à parier que l'école effectue plus ou moins la moyenne de ces prévisions, et ajuste le résultat en fonction de la quantité de volonté et de mana que chacun a mise dans son estimation. Ce qui expliquerait aussi que les enclavés très contents d'eux-mêmes trustent souvent les premières places, à quelques points seulement des majors en puissance, même s'ils ne travaillent presque pas et sont loin d'être aussi intelligents que ces derniers.

Aucune de ces possibilités ne me permet de deviner à quoi m'attendre, puisque je suis toute seule dans le séminaire auquel je consacre des quantités impressionnantes de temps, d'énergie, de passion et de mana ; en dehors de ça, je suis inscrite dans trois autres séminaires en petit comité que j'ai copieusement négligés.

On pourrait croire que les notes n'ont guère d'importance en dernière année quand on n'espère pas devenir major, puisqu'on ne suit absolument aucun cours pendant toute la deuxième moitié de l'année. Après l'annonce des classements à la fin du premier semestre, les terminales bénéficient du reste de l'année pour se préparer à la course aux diplômes.

Il s'agit toutefois d'une concession accordée à contrecœur. À l'origine, la remise des diplômes n'était pas censée être une énorme boucherie remplie de malés. Le matériel de nettoyage qu'on a réparé en fin de semestre dernier visait à en réduire le nombre à un niveau acceptable avant que les terminales se retrouvent largués dans la salle des diplômes pour tenter de fuir vers le monde réel. Comme le matériel est tombé en panne quatre fois dans la première décennie, les enclaves ont fini par cesser d'essayer de le réparer, et les terminales ont en majorité arrêté d'aller en cours, car il arrive un moment où apprendre à maîtriser les sorts et l'équipement que l'on possède devient plus important qu'en acquérir de nouveaux. Lorsqu'un millier de malés affamés hurlent à la mort en te tombant dessus de tous côtés, mieux vaut que les réactions appropriées soient parfaitement intégrées par ta mémoire musculaire.

Ainsi, les puissances qui régissaient l'école à l'époque – Londres avait alors supplanté Manchester, avec l'aide conséquente d'Édimbourg, Paris et Munich ; les avis de Saint-Pétersbourg, Vienne et Lisbonne étaient pris en considération ; on accordait de temps à autre une oreille compatissante à New York et Kyoto – ont décidé d'admettre cette réalité et d'en faire une échéance. Ainsi, jusqu'à l'échéance, l'école s'efforce de rendre les notes importantes. Les pénalités se révèlent particulièrement méchantes pour notre dernier semestre. Les examens finaux sont les plus difficiles, mais ceux du milieu de période suffisent généralement à éliminer au moins une dizaine de terminales.

Je ne suis pas trop inquiète pour le séminaire de proto-indo-européen, parce que j'ai triché sur ce devoir-là, ce qui te vaut toujours une bonne note. Cela ne dérange absolument pas l'école de savoir qu'il subsiste de dangereuses lacunes dans tes connaissances. Le seul risque provient du fait que j'aie malgré tout travaillé sur le sujet, au lieu de me contenter de recopier la rédaction du frère de Jamaal ; cela va sans doute faire baisser ma note, mais pas au point d'obtenir moins de la moyenne.

Pour ma dernière poésie en Myrddin, j'ai rendu une traduction minable bâclée en deux heures, pour laquelle j'ai vaguement tenté de deviner les nombreux mots que je ne connaissais pas. Ça ne m'a pas apporté le moindre sort que je sois capable d'articuler, à moins d'être prête à courir le risque de me faire sauter le caisson. En revanche, le super sort de déconstruction que j'ai utilisé sur le monstre des coussins de Chloe m'a valu une note parfaite, qui devrait suffire à remonter ma moyenne vers des eaux relativement sûres.

Aadhya m'a aidée pour mon cours d'algèbre, et je lui ai traduit des tas de textes en contrepartie. Les artificiens n'ont pas de cours de langue en terminale ; à la place, ils doivent concevoir un projet dans l'une de leurs langues secondaires. La conception de projet, c'est vraiment l'éclate pour un artificien : on leur impose des tas de données spécifiques, et ils doivent rédiger chaque étape permettant la réalisation d'un objet, que la Scholomance se charge de leur fabriquer. En suivant rigoureusement les instructions. Tu dois ensuite essayer ta création et voir ce que ça donne. Je te laisse deviner ce qui arrive si tes instructions étaient fausses ou insuffisamment détaillées.

Devoir le faire dans une langue étrangère rend la chose encore plus passionnante. En l'occurrence, Aadhya a choisi le bengali et l'hindi, qu'elle maîtrise vraiment bien, sauf que l'école a rusé en les lui demandant en ourdou, ce qui arrive parfois quand elle se sent d'humeur taquine. Aadhya ne maîtrise pas très bien cette écriture, et de subtiles différences de sens peuvent avoir de grosses conséquences dans ces circonstances. Mieux vaut être sûr de toi, car fabriquer un pistolet qui tire dans le mauvais sens peut s'avérer dangereux, par exemple.

Il faut aussi concevoir un truc qui peut être utile pour la remise des diplômes, mais elle a eu le choix entre un siphon à mana, un perce-carapace et une jardinière. Le siphon à mana est un outil de maléficien et la dernière chose dont un de mes alliés pourrait avoir besoin. Un perce-carapace aurait pu s'avérer dément contre des constructions, sauf que la dernière ligne des spécifications précisait que celui-ci servirait à obtenir des carapaces de miercelle réutilisables. Les miercelles sont des malés construits se reproduisant seuls, qui ressemblent à des guêpes grosses comme mon pouce. Leur carapace est en métal imprégné de magie et peut se révéler utile, sauf qu'un perce-carapace d'une taille suffisante pour aller au combat l'aurait réduite en miettes.

« Tu devrais pouvoir le vendre à un enclavé ? lui ai-je suggéré.

— Pas avant qu'on soit dehors », m'a-t-elle répondu en m'adressant la grimace que ma proposition méritait : elle avait raison, personne dans l'école n'irait acheter un outil d'artificier de qualité modeste. Ça n'a rien à voir avec le contrôleur de phase de mes sutras, si utile et cher à l'extérieur qu'il peut se troquer à bon prix en prévision des avantages substantiels qu'il fournira à la famille après coup. Et puis, restait à savoir comment la Scholomance le lui ferait tester. J'imagine qu'elle aurait eu la générosité de lui fournir une ruche entière de miercelles vivantes sur lesquelles s'entraîner.

Elle s'est donc rabattue sur la jardinière, un bac éclairé à la lumière artificielle et prodiguant un arrosage automatique, pouvant servir de potager vertical moyennant fort peu de mana ; l'idéal pour installer une serre dans un espace réduit dépourvu de lumière naturelle. Comme ç'aurait pu être super dans une chambre du dortoir, les consignes précisaient qu'elle devait mesurer au moins cinq mètres de long, soit plus qu'une chambre double. Quand j'ai fini de traduire ce passage, je me suis rendu compte à mon grand désarroi que ce genre de jardinière trouverait parfaitement sa place au sein de l'une des petites enclaves de la Pierre d'or que je rêvais tant de monter. C'est sans doute à cause de moi qu'Aadhya s'est retrouvée coincée avec ça : quand tu passes trop de temps avec tes alliés, leurs intentions peuvent exercer une influence sur ton propre travail.

« Désolée, lui ai-je dit d'un ton sinistre en lui tendant la traduction.

— Oh la la, ça va me prendre une *éternité* pour mélanger ces couches de calcédoine avec le sable, s'est-elle lamentée. Et je n'ai toujours pas terminé le luth. »

Elle y consacre pourtant tout son temps libre depuis le semestre dernier, mais il lui en faudrait beaucoup plus. Aadhya a une affinité pour les matériaux exotiques, surtout ceux récupérés sur les malés. Comme tu peux l'imaginer, ils sont chargés de pouvoir, mais la plupart des artificiens sont incapables de les manipuler : soit ils ne fonctionnent pas, soit l'artifice débloque de quelque manière passionnément mauvaise. Aadhya parvient presque toujours à les intégrer à ses projets, mais le luth est dix fois plus complexe que tout ce qu'elle a pu entreprendre. La patte d'alarmaignée que je lui ai donnée sert de corps à l'instrument, elle a utilisé la dent d'argonet pour le chevalet et les frettes, et les cheveux que Liu a coupés en début d'année font office de cordes. Après tout ça, elle a gravé des runes de pouvoir sur tout l'objet, puis les a recouvertes de feuilles d'or, que sa famille lui a fait parvenir le jour de l'incorporation. Assembler l'ensemble aurait représenté un défi de taille pour un artificien professionnel nanti d'un râtelier plein d'outils sélectionnés avec soin, et nos espoirs d'être diplômées reposent en grande partie dessus.

En terminale, on passe une moitié de notre temps à essayer de rester vivants, une deuxième moitié à étudier ses leçons et une troisième à élaborer une stratégie permettant de traverser la salle des diplômes le jour de la remise. Si tu ne parviens pas à résoudre cette équation, tu meurs. La plupart des équipes consacrent beaucoup de temps à identifier la meilleure approche – vas-tu compter sur la vitesse et les changements de direction pour te faufiler au milieu de la horde ? Bâtir un bouclier frontal colossal et essayer de te frayer un chemin jusqu'aux portes ? Te réduire à la taille d'un moucheron et essayer de bondir d'une équipe à l'autre pour les laisser te porter dehors ? La liste est infinie.

Nous nous sommes mises d'accord pour une stratégie de base très simple : les autres devront empêcher les malés de m'interrompre pendant que je lancerai mes sorts, et je massacrerai tout ce qui se trouvera entre nous et la sortie. Simple, basique. Sauf que pas vraiment, car la plupart des sorts ne peuvent pas *tout* éliminer. Même la Main de la Mort ne fonctionne pas sur toutes les bestioles : elle s'avère parfaitement inutile contre toute la catégorie des maléficarias psychiques, puisque ceux-ci n'existent pour ainsi dire pas. Ce qui ne les empêche pas de pouvoir te tuer.

Et même une part des réserves de mana de l'enclave de New York ne suffira pas à alimenter plusieurs de mes sorts majeurs. Six autres terminales new-yorkais se trouveront dans la salle des diplômes en même temps que Chloe, et tous voudront conserver des quantités astronomiques de mana pour leur équipe et eux ; même s'ils ne me ferment pas le robinet d'ici là, ils devront forcément rationner la quantité dont je pourrai disposer pour le grand événement.

Ainsi donc, tous nos préparatifs se heurtent à un écueil : comment rassembler assez de mana pour que je parvienne à zigouiller des malés *sans interruption* jusqu'à la liberté. Nos deux pièces maîtresses pour y parvenir sont le luth en alarmaignée d'Aadhya et le sort familial de Liu. L'arrière-grand-mère de celle-ci lui a discrètement transmis un puissant sort chanté destiné à l'amplification de mana, même si elle ne pouvait pas le lancer seule – elle a une affinité pour les animaux, et deux ou trois des sorciers les plus puissants de sa famille devaient s'y mettre ensemble pour le faire fonctionner. Après maints exercices de chinois, j'ai réussi à retenir les mots. Avant de pénétrer dans la salle, nous prévoyons donc que Liu joue la mélodie sur le luth pendant que je chante l'incantation, et qu'elle continue de pincer ses cordes ensuite. L'avantage d'un instrument magique, c'est que le sort continuera de fonctionner après, et que toute notre équipe bénéficiera de cette amplification de mana. Liu prendra donc place au milieu de notre groupe pour alimenter le sort, Chloe et Adadhya la flanqueront pour nous couvrir toutes deux, et j'ouvrirai la marche.

C'est du moins la théorie. Malheureusement, le luth ne fonctionne pas comme espéré. Nous avons fait une tentative il y a quelques semaines, tout en tâchant de mettre sur pied dans l'urgence le pot à miel pour Orion. À cette occasion, Liu a écrit un sort de joueur de flûte de Hamelin revisité pour les malés, avec l'ambition d'organiser un petit défilé dans les couloirs un soir ; je devais chanter et elle jouer, tandis qu'Orion éliminerait les malés les uns après les autres quand ils apparaîtraient pour se jeter sur nous.

Je te laisse imaginer à quel point j'étais enthousiaste à l'idée de me promener dans l'école en appelant *petit, petit, petit*. J'ai passé ma vie entière à tenter de *ne pas* attirer les malés. Mais il fallait qu'on essaie le luth, et Orion n'est pas allé jusqu'à nous implorer de lui présenter des créatures à buter, mais il en avait clairement *l'envie*, alors dès qu'Aadhya a terminé l'incrustation, on a décidé de tenter le coup.

Après avoir englouti nos dîners, on s'est précipités dans une salle de séminaire désertée au niveau des ateliers, pour être certains que tout le monde se trouvait encore dans les étages et ne risquait pas de nous surprendre à essayer un truc aussi idiot. Orion nous tournait autour, plein d'espoir, et cette fois on avait bien attaché nos souris en bandoulière pour ne courir aucun risque de fuite. Ça semblait être une bonne idée, car elles se sont toutes mises à pousser des glapissements depuis leur boîte quand Liu a commencé à jouer et que j'ai entonné la mélodie.

Avec le recul, je sais qu'elles essayaient de nous prévenir. Liu a joué les premières notes, j'ai chanté trois mots, et les malés ont surgi de toutes parts. Des *bébés* malés. Des larves d'agglo sont sorties des canalisations, des nymphes de voleurs-nocturnes sont tombées du plafond, de fines lamelles ressemblant à des mouchoirs plats – sans doute de futurs digesteurs – se sont décollées des murs, des ersatz globuleux de la taille d'un petit orteil ainsi que mille et une autres créatures flasques et méconnaissables ont émergé de tous les recoins possibles de la pièce pour converger vers nous en une vague d'une lenteur atroce enflant sur toutes les surfaces.

« Ça fonctionne ! » s'est exclamé Orion, ravi.

N'étant pas complètement folles, nous nous sommes toutes précipitées vers la porte en écrabouillant des malés sous nos pieds tandis que d'autres venaient les remplacer, rampant par les moindres interstices dans le bardage métallique, exsudant des coins, dégringolant du plafond ou pleuvant à torrents par la prise d'air ou les conduites. Orion a réussi à sortir de justesse avant qu'on claque la porte et la barricade farouchement devant la masse solide de créatures. Chloe s'est empressée de colmater les fuites à l'aide d'une seringue entière de gel anti-malés, tandis que Liu et moi inversions l'invocation et qu'Aadhya ôtait les cordes du luth. On est restées tétanisées à fixer la porte, prêtes à prendre la fuite, et une fois convaincues qu'elle ne bougerait plus, on s'est toutes ébrouées avant d'échanger des chiquenaudes pour chasser les larves de nos cheveux, de nos vêtements, voire de notre peau, puis de les écrabouiller au sol avec violence. On a l'habitude de faire dégager des larves de malés – c'est toujours gratifiant d'éliminer les bébés quand on en a l'occasion –, mais il y a une sacrée différence entre un minuscule digesteur tentant très fort de grignoter un millimètre carré de ta peau et un *millier* d'entre eux grouillant partout sur ton corps, tes vêtements et tes cheveux.

Pendant tout ce temps, Orion est resté planté dans le couloir derrière nous, et a fini par nous lancer d'un ton plaintif et désespéré « Mais vous avez à peine essayé ! » et autres réprimandes ridicules, jusqu'à ce qu'on se retourne vers lui à l'unisson pour lui hurler de se la fermer jusqu'à la fin des temps. Il a quand même eu l'outrecuidance de marmonner quelque chose – dans sa barbe, il n'est pas complètement suicidaire – au sujet des filles.

Personnellement, j'étais soulagée qu'on n'ait pas besoin de trouver une autre manière d'alimenter Orion en malés, car après cette première expérience, on a tous préféré en rester là. Sauf lui. Il a même poussé le bouchon jusqu'à demander à d'autres humains d'essayer de dégotter des informations sur les pots à miel. Il a déjeuné avec une demi-douzaine d'élèves de l'enclave de Seattle, la mine désespérée, puis il est venu nous voir à la bibliothèque pour nous annoncer avec empressement : « Hé, j'ai trouvé comment fabriquer des appâts pour pot à miel. Le principal ingrédient est du sang de sorcier. Il suffirait d'organiser une collecte où tout le monde donnerait… » Il s'est interrompu, sans doute en voyant nos réactions. Puis il s'est assis, l'air morose. C'est la dernière fois qu'on a évoqué les pots à miel.

En revanche, on avait toujours besoin du luth. Et au lieu de bosser là-dessus ou sur quoi que ce soit d'autre d'utile, Aadhya devait s'échiner à concevoir précautionneusement une jardinière, moi à traduire ses instructions en urdu – tout aussi précautionneusement –, et lorsque la Scholomance nous livre enfin le produit pour l'essayer, on ne trouve rien de plus intéressant à en faire que d'y planter des fanes de carotte récupérées à la cantine. Ça nous permet de faire pousser des racines de la taille du chapeau haut de forme d'un gnome, qu'on donne à manger à nos souris. Précieux déguste la sienne avec raffinement, la tenant entre ses pattes avant pour la grignoter d'un bout à l'autre, avant de nous rendre les fanes pour qu'on les replante.

Au moins la jardinière rapportera-t-elle sans doute une note raisonnable à Aadhya. Je ne suis pas certaine de pouvoir en dire autant avec mon algèbre : tous mes manuels sont en langue originale, et surtout en chinois et arabe, que je commence tout juste à apprendre. La plupart du temps, Aadhya parvient à deviner quelles équations sont décrites, ce qui me permet de résoudre le problème, mais bûcher mon sujet d'examen – *Comparez et opposez l'explication de l'évaluation polynomiale de Sharaf al-Tusi avec celle de Qin Jiushao en citant des exemples d'application* – est une expérience que je souhaiterais oublier au plus tôt. Je n'ai rien compris d'autre que les noms, ce qui m'a permis d'effectuer des recherches sur les auteurs à la bibliothèque, de découvrir qu'Horner a réinventé le même procédé, et de plutôt l'apprendre en anglais. Ce qui m'a fait me sentir très intelligente.

Je retiens donc mon souffle en me rendant en classe pendant toute cette semaine. On ne sait pas *exactement* quand on aura nos notes. Sans grande surprise, j'obtiens d'abord la moins risquée d'entre toutes : un B + pour mon séminaire de proto-indo-européen. Notre cours se tient désormais au deuxième étage, mais dans une salle encore plus petite, mitoyenne de la réserve d'alchimie, on entend donc constamment des élèves aller et venir et des portes claquer. Liesel me toise avec ressentiment chaque heure passée dans cette pièce, et les malés attaquent régulièrement la réserve d'alchimie à cause de ma présence de l'autre côté, ce qui a beaucoup fait pour améliorer ma réputation, comme tu peux l'imaginer. À ce oment de l'année, tant de malés émergent des boiseries que certains s'en prennent même à d'autres que moi une fois de temps en temps. Cela dit, je reste leur mets de choix sur la carte des menus.

Mes notes suivantes me parviennent au compte-goutte durant les jours qui suivent : un autre B + pour mon séminaire sur Myrddin ; tout juste la moyenne en atelier – j'ai dû fabriquer une dague sacrificielle en obsidienne, à visées clairement déplaisantes, mais j'ai choisi cet objet parce que c'était le plus rapide à réaliser, ce qui m'a permis d'achever la réalisation du coffret pour mes sutras ; j'ai aussi obtenu la moyenne en alchimie, où j'ai dû brasser une cuve entière d'acide vaseux capable de traverser la chair et l'os en trois secondes.

Le lundi matin suivant, j'obtiens enfin mes résultats en algèbre : un D. Je m'essuie métaphoriquement le front de soulagement : au moins, ce n'est pas un échec absolu. Je n'ai désormais plus qu'à attendre ma dernière note, celle de mon étude indépendante. J'aimerais vraiment avoir déjà reçu la mauvaise nouvelle, alors je tente de la provoquer pendant toute la semaine qui suit la fin des examens : je garde la tête baissée et scrute mon bureau sans discontinuer, puis je me détourne trente bonnes secondes en plein milieu de l'heure, afin qu'elle n'ait qu'une seule occasion d'apparaître. Généralement, ça permet d'obtenir ses résultats en avance. En l'occurrence, je ne les reçois pas avant la toute fin de semaine.

Sauf que, ce jour-là, je travaille sur le dernier morceau de la première œuvre majeure des *Sutras*, et que je suis tellement absorbée par mon boulot que j'en oublie de faire ma pause déconcentration en milieu d'heure. Mon bureau rivé au sol est un monstre de fer forgé – je m'érafle les genoux dessous au moins une fois tous les quinze jours –, dont le seul avantage est de m'offrir assez d'espace pour m'étaler. Mes sutras sont toujours posés juste devant moi, enveloppés dans le harnais de cuir qu'Aadhya m'a fabriqué ; il recouvre chaque couverture, et ses larges rubans délicats restent noués autour des feuillets, à l'exception de ceux sur lesquels je bosse en ce moment. Une sangle d'une trentaine de centimètres est reliée à mon poignet droit, de sorte que je pourrais me relever d'un bond sans abandonner mon trésor un instant, tout en conservant mes deux mains libres pour jeter un sort. Mes dictionnaires sont ouverts au-dessus, et je me sers d'un carnet de dix centimètres pour prendre mes notes ; je maintiens celui-ci au bord du bureau, afin qu'il ne touche jamais les pages du sutra.

Ce n'est même pas que le livre soit si fragile : il est composé d'un papier très épais et ne semble pas avoir pris plus de deux mois depuis que les dorures ont séché. Sans doute parce qu'il a échappé à son propriétaire d'origine moins de deux mois après le séchage des dorures ; comme je ne veux pas voir la même chose m'arriver, je le dorlote donc autant que possible. Ça mérite bien d'avoir les poignets endoloris à la fin de chaque cours. Chaque fois que je manque de place sur mon calepin minuscule – souvent, donc –, je déchire la feuille que je viens de remplir et la glisse dans un classeur posé sur le côté. Puis, chaque soir, dans ma chambre, je les recopie au propre dans un plus grand cahier prévu à cet effet.

Aujourd'hui, j'ai déjà noirci une trentaine de pages de notes serrées. La sonnerie va bientôt retentir, et je suis encore à travailler quand mon classeur entier sursaute furieusement et dégringole de ma table, répandant des feuilles volantes partout. Je pousse un hurlement de protestation et tente de le récupérer, trop tard ; je m'empresse alors de ranger mes affaires, convaincue que quelque chose va me sauter dessus d'un instant à l'autre. Je me rends compte que ce n'était que l'arrivée de ma note quand j'ai fini de tout ramasser. J'ouvre mon classeur pour y placer mes feuillets quand j'avise le rectangle de papier vert glissé dans la petite poche. Les mots LECT. AV. SANSK. sont inscrits dessus. Je sors ma fiche de notes et lance un regard noir au A+ suivi d'un astérisque renvoyant à FÉLICITATIONS en bas de la feuille, juste histoire de remuer le couteau dans la plaie : *Pense à tout ce temps mal employé.* J'ai presque l'impression d'entendre la Scholomance ricaner par le système d'aération. Malgré cette petite mesquinerie, je pousse un soupir de soulagement : ça aurait pu être largement pire.

Ça l'a été pour bien d'autres élèves. À l'heure du déjeuner, Cora s'approche de notre table, les traits contractés par la douleur, le bras enroulé dans un magnifique bandeau jaune sur lequel est brodé un sort de protection ; le tissu est imprégné de sang, formant des taches sombres s'agrandissant. « J'ai loupé mon examen d'atelier », explique-t-elle d'une voix chevrotante. Elle sert son plateau contre sa hanche de son bras valide, mais le contenu est sommaire. Pourtant, elle ne sollicite pas d'aide. Elle n'a peut-être pas les moyens de payer, n'ayant pas encore conclu d'alliance.

Nkoyo, Jowani et elle sont amis, et ils se soutiennent encore pour ce qui est du choix des tables ou de s'accompagner en classe, mais la raison pour laquelle cette entente fonctionnait est précisément celle qui les empêche de constituer une équipe viable : ils suivent tous trois la filière d'incantation et étudient les mêmes langues. Par ailleurs, Nkoyo est sûre de recevoir des propositions intéressantes. En fait, elle en a déjà eu une, puisque pas plus tard que ce matin, elle a bien veillé à spécifier qu'elle irait peut-être s'asseoir avec quelqu'un d'autre demain, au petit déjeuner. Des tas d'alliances se nouent après les résultats du premier trimestre. Toutefois, Jowani et Cora vont devoir attendre la fin du semestre, quand les enclavés auront conclu les accords qu'ils souhaitent et que les laissés-pour-compte devront se débrouiller entre eux.

Le pire, c'est que ce ne sont même pas des élèves plus mauvais que les autres. Pour autant que je le sache, ils sont tous trois en milieu de tableau. Mais Nkoyo est une star, et pas eux. C'est toujours elle qui s'est fait des amis et des relations, et quand on imagine ces trois-là, on la considère toujours comme la cheffe de bande. Ils se reposent sur ses aptitudes sociales depuis le début, et ça leur a réussi – jusqu'à aujourd'hui, quand tout le monde pense encore *Nkoyo*, mais plus Cora ni Jowani.

Dans la plupart des promos, ils auraient eu environ dix pour cent de chances. En règle générale, cinquante pour cent des terminales sortent diplômés, mais ça ne signifie pas que la répartition est équitable. Les élèves appartenant à une alliance d'enclavés s'en sortent presque toujours, avec peut-être une ou deux pertes par équipes – rarement les enclavés eux-mêmes –, et ils représentent environ quarante pour cent du total. Ainsi, ceux qui y restent appartiennent presque tous aux soixante pour cent qui ne sont pas soutenus par un enclavé au moins. Bien sûr, cela te confère toujours de meilleures chances qu'en dehors de l'école, ce qui explique que les élèves continuent de s'inscrire.

Si nos réparations du mécanisme de nettoyage dans la salle des diplômes tiennent bon, au moins pour cette année, ils s'en tireront peut-être. Mais ça n'améliorera pas les chances qu'a Cora d'atteindre le deuxième semestre, avec le bras en écharpe qu'elle a récolté en estimant mal la quantité d'efforts à fournir. En la voyant dans cet état, aucun enclavé ne va lui proposer de rejoindre son équipe. Elle s'assied précautionneusement, s'efforçant de ne pas faire de gestes brusques, mais une fois sur sa chaise, elle doit malgré tout fermer les yeux pendant de longues minutes et inspirer très profondément avant d'essayer d'ouvrir sa briquette de lait d'une main tremblante.

Nkoyo se porte à son secours sans un mot. Cora boit une gorgée sans lui accorder un regard. Nkoyo n'a pas cherché à en tirer profit. Elle les a aidés à survivre jusqu'à ce jour, elle n'y est pour rien si ça n'a pas tenu jusqu'au dernier jour, s'ils ne sont pas assez bons, si elle a dû les larguer pour avoir une chance de survivre elle-même, comme les réservoirs supplémentaires que la fusée largue une fois que le module orbital a échappé à la gravité. Elle ne peut rien faire de plus pour eux, et ils ont pris leur décision en venant ici. Toutefois, Cora s'obstine à ne pas la regarder en face, et Nkoyo ne lui fait aucune réflexion, et aucun de nous à table ne donne l'impression de regarder le bras ensanglanté de Cora, alors que nous ne voyons que ça.

Je ne m'attendais pas à prendre la parole, c'est pourtant ce que je fais. « Je peux soigner ton bras si tout le monde à table me file un coup de main », proposé-je. Les autres s'arrêtent de manger et m'observent, soit en coin soit d'un air incrédule. Je n'ai pas tourné sept fois la langue dans ma bouche avant de l'ouvrir, mais la seule chose à faire dans ce genre de situation est d'enfoncer le clou. « C'est une formule circulaire. Personne n'aura à dépenser de mana supplémentaire, il suffit qu'on arrive à maintenir le cercle, mais tous ceux qui sont déjà présents doivent participer. »

C'est une façon simplifiée de définir le fonctionnement du sort en question. Il consiste en réalité à rassembler un groupe de personnes prêtes à offrir de leur temps et de leur énergie au bénéfice de quelqu'un d'autre, sans contrepartie directe. Le hic, c'est que quand on le propose à tout un groupe et qu'un seul membre décline ou ne peut participer, le sort échoue. C'est un truc de ma mère, au cas où tu n'aies pas encore deviné.

Personne ne répond pendant un long moment. Ce n'est pas comme ça que ça fonctionne, ici. On ne fait jamais rien sans négocier une récompense, qui se doit d'être tangible, à moins qu'un lien plus substantiel soit déjà existant : une alliance, un couple, quelque chose dans le genre. C'est aussi pour ça que je sais que le sort fonctionnera si tout le monde accepte : les actes désintéressés ont beaucoup plus de valeur ici que dehors. Même Cora me dévisage d'un air perplexe. On n'est même pas amies : elle accepte désormais de s'installer à ma table, parce que Chloe Rasmussen de l'enclave de New York est mon alliée, et qu'Orion Lake lui-même nous rejoindra dès qu'il aura quitté la file avec son plateau ; sinon, c'est à peine si elle tolérait ma présence pendant toutes les années où Nkoyo me laissait me greffer à leur groupe pour nous rendre ensemble au labo, le matin. Elle est plutôt du genre distant, et s'est toujours montrée un peu jalouse en présence de Nkoyo, mais ça ne s'arrête pas là : elle maîtrise la magie spirituelle – une tradition familiale en vigueur depuis longtemps – et pensait clairement – c'est sans doute encore le cas – que mon pouvoir s'accompagne d'un lustre désagréable.

Nkoyo reste muette. Elle contemple son plateau sans jamais redresser le front, les lèvres pincées entre les dents, les mains serrées de part et d'autre ; elle attend que quelqu'un d'autre réagisse. Je suis sur le point de regretter qu'Orion ne nous ait pas encore rejoints quand Chloe lance un « Je marche » et offre sa main à Aadhya, assise entre nous.

Aadhya fait définitivement partie des sceptiques : ce n'est pas de ma requête qu'elle doute, mais de moi. Je l'imagine tout à fait penser *À quoi tu joues, El ? Tu as développé le syndrome du martyre ?* Cependant, après une longue œillade appuyée, elle pousse un soupir et accepte. « Ouais, moi aussi. » Elle saisit alors la main de Chloe et me tend l'autre. Je la prends et sens aussitôt la ligne vivante du cercle se constituer. Je me tourne vers Nadia, l'amie d'Ibrahim. Elle interroge ce dernier d'un regard, mais finit par rejoindre notre chaîne, Ibrahim avec. Celui-ci offre alors sa paume à Yaakov, de l'autre côté de la table.

J'ai déjà participé à un certain nombre de cercles avec maman. Elle ne m'a pas sollicitée très souvent, et presque uniquement en cas de blessures magiques, quand un maléficien avait jeté un sort à quelqu'un ou en conséquence d'un sort que la victime avait jeté, voire d'une attaque de maléficaria. Guérir ce genre d'affections est beaucoup plus simple avec l'aide d'un autre sorcier – même une simple gamine – plutôt qu'en comptant seulement sur une bande de communs, certes enthousiastes mais incapables de détenir le moindre mana. Elle n'a toutefois pas souvent réclamé mon aide, car la plupart des sorciers venus la trouver se sentaient mal à l'aise en ma présence. Déjà qu'ils étaient vulnérables, mais lorsqu'ils me regardaient, ils avaient tout d'un lapin contemplant un loup – un loup à moitié affamé à qui il arrivait même de mordre la main qui le nourrissait parce qu'elle le tenait aussi en laisse. Je n'avais jamais très envie de les aider. Ils étaient malades, faibles, maudits, empoisonnés et désespérés, mais ils faisaient toujours partie de la meute qui me haïssait, qui me laissait seule, même quand je me sentais effrayée et désespérée. Ainsi maman ne faisait appel à mes services que quand elle avait réellement besoin du pouvoir qui émanerait de moi si j'acceptais de lui prêter main-forte, car elle savait que je finirais par refuser autrement. Je me suis donc acquittée de cette tâche, quoique à contrecœur, en partie pour faire plaisir à ma mère, et en partie pour essayer de me prouver que je n'étais pas celle qu'ils pensaient percevoir en moi.

Toutefois, je n'en ai encore jamais lancé moi-même dans cette configuration. L'idée est assez simple : le mana que tout le monde injecte circule dans le cercle, et comme tout le monde partage un même but, il s'intensifie. Il n'y a plus qu'à le laisser s'écouler jusqu'à ce qu'il y en ait en quantité suffisante. Cependant, ce n'est pas parce que le principe est basique que la réalisation l'est aussi.

En réalité, je ne me rends compte que trop tard que cela se révélera encore plus difficile *parce que* tout le monde à table est un sorcier. Avec le sort de maman, on peut guérir les blessures internes grâce à un cercle de gens ordinaires, car l'effort à fournir pour rester en cercle suffit à produire le mana nécessaire, et un seul sorcier doit savoir « attraper » le pouvoir et le canaliser assez longtemps pour le déverser dans le sort. Une bande de sorciers presque adultes est capable d'accumuler beaucoup de mana très vite, et je sens déjà chacun essayer de tirer dessus. Ce n'est même pas volontaire : si l'un d'eux tentait d'accaparer l'ensemble, le cercle se disloquerait. Néanmoins, nous pensons tous activement à une forme de magie ou une autre à tout moment de la journée, et même l'essentiel de la nuit ; nous avons tous des sorts en cours d'apprentissage, des projets d'artifice en passe d'être réalisés, des potions en train de mijoter au labo et *la remise des diplômes* en tâche de fond permanente ; pourtant, avec tout ce mana disponible, je leur demande de penser à soigner le bras de Cora au lieu de sauver leur propre peau.

C'est dur pour eux, et ça l'est pour moi. Je dois me concentrer intensément sur le sort de guérison tandis que le cercle se forme autour de la table et que chacun commence à douter. Jowani et Nkoyo le ferment à l'autre extrémité, joignant les mains dans le dos de Cora ; lorsqu'ils le font, le débit de mana s'écoule. Tout le monde sursaute ou glapit. J'aurais dû les prévenir, mais je ne peux désormais plus rien dire qui ne relève pas du sort. De toute façon, je ne peux m'autoriser la moindre distraction. Tout le monde tient bon, et le mana généré par cette décision afflue, peu à peu renforcé par le fait que nous soyons tous focalisés sur un même objectif, un objectif qui ne nous concerne pas, si bien qu'aucun espoir ni aucune peur ne vient obscurcir l'intention. L'effet de surprise a même des conséquences positives, car chacun s'accroche pour ne pas briser le cercle.

Bref, ça aide à accumuler le mana. Mais j'ai de plus en plus l'impression d'avoir accepté de monter un cheval particulièrement rétif s'efforçant de me désarçonner tandis que je m'accroche désespérément aux bords de la selle. Le mana est une vague qui enfle en traversant le cercle, croissant au fur et à mesure ; j'essaie de lancer le sort dès la première fois qu'il m'atteint, mais il circule si vite que je le manque, ce qui signifie que c'est une déferlante encore plus violente et turbulente qui s'approchera la deuxième fois. Une telle quantité de pouvoir nous traversant attise énormément l'imagination de chacun. Au second passage, je dois produire un effort mental colossal pour le draguer hors du cercle et le canaliser dans le sort.

Au moins, les mots sont faciles à mémoriser : maman n'aime pas les incantations complexes ou détaillées. Elles ne sont pas utiles, lorsqu'on vise directement un emploi noble et désintéressé. « Que le bras de Cora guérisse, que le bras de Cora se rétablisse, que le bras de Cora aille bien. » J'ai l'impression de haleter ces paroles tout en pataugeant en eau profonde, la tête renversée en arrière pour maintenir ma bouche au-dessus de la surface, puis le mana déferle en rugissant à travers moi.

Le sort fait sauter le bandage de Cora avec le claquement sec produit par une taie d'oreiller que l'on défroisse. Elle pousse une sorte de gloussement et se saisit le coude ; subitement, son bras est aussi lisse et intact que s'il ne s'était rien passé du tout. Elle ouvre et referme la main à plusieurs reprises, puis éclate en sanglots et pose la tête sur la table en se la protégeant des bras, comme pour nous cacher qu'elle pleure. Le foulard jaune qui pend à son coude s'agite une dernière fois tel un étendard ; même le sang qui le souillait a disparu.

Quand quelqu'un craque de la sorte, la règle tacite consiste à faire mine de rien et à poursuivre la conversation jusqu'à ce qu'il recouvre son sang-froid. Toutefois, les circonstances n'ont rien d'ordinaire, et ce n'est pas comme si une conversation battait son plein initialement. Yaakov murmure une prière en hébreu et incline la tête, mais il est le seul à être croyant, alors on le laisse profiter de son moment de recueillement et on échange entre nous des regards gênés en évitant de dévisager Cora, ce qui nous démange pourtant. Jowani, assis à sa gauche, perd la bataille et s'autorise à jeter un coup d'œil dans sa direction.

« Qu'est-ce que vous avez fait ? » demande Orion. Son irruption me fait sursauter. Il s'approche de la place qu'Aadhya a laissée vacante à son intention, juste à côté de moi, et considère Cora comme on rêve tous de pouvoir le faire. « C'était quoi, ça ? Vous avez…

— On a fait un cercle de guérison, répliqué-je d'un ton dédaigneux, ce qui me demande un certain effort. Tu ferais mieux de te dépêcher de manger, Lake, ça va bientôt sonner. Tu as eu tes notes d'alchimie, au fait ? »

Il pose son plateau et s'assied près de moi comme au ralenti, sans jamais lâcher Cora des yeux. Il ne s'est pas rasé depuis une semaine, mais avait déjà l'air négligé avant ça ; ses cheveux ont repoussé à une longueur qui l'oblige au moins à se passer les doigts dedans pour les démêler – on n'est pas très exigeants –, sauf qu'il ne se donne même pas cette peine. Il porte le même tee-shirt Thor depuis quatre jours et sent encore plus que d'habitude ; des traces de suie et de poudre d'asphodèle bleue et pailletée salissent sa joue. Je suis déterminée à ne rien dire, car ce ne seront pas mes oignons tant que l'odeur ne sera pas devenue si insupportable que je pourrai justifier ma complainte par le fait que nous partagions une table – avec l'espoir que quelqu'un me devancera alors. Les chances sont toutefois minces : la plupart des élèves de l'école sont plus susceptibles de mettre son odeur en flacon et de la vendre comme de l'Eau de Lake. Je le soupçonne d'avoir passé ces dernières semaines à chasser les malés tout juste à l'état larvaire qui commencent à se faufiler hors de la tuyauterie.

Je lui décoche un coup de coude, et il finit par sortir de sa rêverie pour me dévisager. « Manger. Notes d'alchimie. Alors ? »

Il considère son plateau : oh, comme c'est étrange, de la nourriture ! Des choses à manger pour rester en vie ! C'est à peu près tout ce qu'on peut attendre de la cuisine de la Scholomance. Il se met à bouloter aussi vite que possible aussitôt après avoir effectué l'impressionnante redécouverte de l'existence de son repas, et il marmonne d'un coin de bouche : « Non, sans doute aujourd'hui, ou vendredi. » Il ne quitte toutefois pas Cora des yeux, jusqu'à ce que je lui inflige une nouvelle bourrade pour lui reprocher son voyeurisme. Il prend alors conscience de sa grossièreté et s'intéresse au contenu de son assiette.

« Tu as forcément dû voir un cercle en action un jour, vu que tu habites à New York, commenté-je.

— Ça ne donnait pas la même impression », répond-il. Puis il a l'audace de me demander : « Est-ce qu'il y avait du malia impliqué ?

— C'est une blague, j'espère ? répliqué-je. Non, oryctérope, c'est l'un des sorts de guérison de ma mère. On n'obtient absolument rien en retour. »

Ce n'est pas tout à fait vrai, du moins selon maman : elle est convaincue qu'on gagne toujours plus qu'on ne donne lorsqu'on offre son travail gracieusement, sauf qu'on ignore quand la récompense arrivera ; on peut d'autant moins l'anticiper qu'on ne sait pas non plus quelle forme elle adoptera. En d'autres termes, ladite récompense est parfaitement indémontrable et inutile. D'un autre côté, aucun spécialiste du capital-risque ne m'a jamais proposé personnellement de monter dans son jet privé, alors qu'est-ce que j'en sais ?

« Hein ? s'exclame Orion d'un ton vaguement dubitatif, comme s'il n'était pas certain de me croire.

— C'est tout l'opposé du malia », insisté-je. Il arrive qu'un maléficien repenti vienne solliciter l'aide de maman, une personne comme celle que Liu était bien partie pour devenir : pas les monstres tirant du plaisir de leurs activités, mais ceux qui n'ont encore accompli que la moitié du chemin – souvent dans l'unique espoir de survivre à la puberté –, mais changent subitement d'avis et souhaitent faire machine arrière. Elle ne leur purifie pas l'esprit ni rien de ce genre, mais s'ils le lui demandent avec sincérité, elle les laisse intégrer son cercle, et quand ils ont passé autant d'années à faire le bien avec elle qu'ils n'en ont consacré aux maléfices, ils en ressortent rétablis, et elle les encourage à partir pour aller fonder leur propre cercle ailleurs.

« C'est peut-être pour ça que ça te semble bizarre, lance Aadhya à Orion. Est-ce que tu vois une aura ?

— Grmbl », répond-il avec une tonne et demie de spaghettis pendant de sa bouche. Il les aspire d'un coup sec et avale. « C'est plutôt que… pendant une minute, elle a eu des contours vraiment bien définis. Comme toi, parfois », ajoute-t-il à mon intention. Il se met alors à rougir et se replonge dans son assiette.

Je lui jette un regard noir, insensible au compliment. « Et qu'est-ce qui te faisait croire que c'était lié au *malia* ?

— Euh, se défend-il faiblement. C'est… Peut-être que c'est simplement du pouvoir ? rame-t-il désespérément.

— Est-ce que les *malés* ont les contours bien définis ?

— Non ? » Comme je continue de le toiser sans ciller, il finit par fléchir. « Certains ? Parfois ? »

Je rumine l'information tout en finissant mon repas. Apparemment, j'ai donc parfois l'air d'une malé, à ses yeux ? Même si Orion ne voit rien de mal au fait d'être un humain maléficien : il n'avait même pas remarqué que notre voisin suceur d'essence vitale, Jack, en était un, jusqu'à ce que ce charmant jeune homme tente d'éparpiller mes intestins sur le sol de ma chambre. Alors d'accord, des tas de magiciens emploient à l'occasion un peu de malia dérobé à des plantes, des insectes ou à un travail de broderie laissé sans surveillance, Orion peut donc avoir du mal à différencier les maléficiens purs et durs au milieu de tout ça. Nous les manas stricts, qui n'utilisons que le pouvoir qu'on a fait naître nous-mêmes ou qu'on nous a offert librement, sommes minoritaires. Mais quand même : apparemment, j'ai encore plus l'air d'un monstre qu'un méchant magicien. Hourra.

Et double hourra : Orion trouve ça attirant. J'ai bien l'impression qu'Aadhya a vu juste au sujet de ce qu'Orion voyait en moi. Je ne suis pas une espèce de romantique insipide tenant à être aimée pour sa magnifique personnalité. Ma personnalité s'avère être exceptionnellement grincheuse, et je n'aime bien souvent pas me retrouver coincée avec elle ; et de toute façon, l'une des multiples raisons qui me poussent à éviter Orion ces derniers temps est cette puissante impression qu'il vaudrait mieux pour tout le monde que je ne le revoie pas torse nu de sitôt, alors c'est un peu la poêle qui se moque du chaudron. Cependant, la perspective de plaire *parce que* j'ai l'air d'une œuvre terrifiante de sorcellerie noire, et non *en dépit de* ça, ne me réjouit guère.

Je rumine tellement que je ne saisis le reste du sous-entendu d'Orion qu'alors que je me traîne dans l'escalier vers ma session en bibliothèque du mercredi. Je m'immobilise juste avant le palier – où tout mon troupeau de bizuts attend de me voir ouvrir la route pour éliminer la menace que je suis censée leur épargner aujourd'hui – en me rendant compte que si Orion n'a pas encore reçu ses résultats de séminaire de terminale, ce n'est pas parce qu'il va décrocher un A+, puisqu'il semble désespéré au point d'oublier de changer de tee-shirt. C'est parce qu'il va *échouer*.

Et quand on échoue en alchimie, on ne se fait pas attaquer par des malés : on entre en contact très intime avec sa dernière potion, et être une machine à tuer des monstres ne t'est absolument d'aucun secours quand tu te retrouves plongé dans une cuve d'acide servant à graver des runes mystiques dans de l'acier, ce qui constituait l'énoncé du partiel d'Orion.

Je contemple les huit troisièmes qui m'observent nerveusement depuis le haut de l'escalier et je leur lance : « Allez, sortie scolaire, aujourd'hui. » Je tourne alors les talons et redescends les marches trois à trois, juste assez lentement pour ne pas risquer de les voir dégringoler cul par-dessus tête. Je dois malgré tout retenir Zheng pour lui épargner de trébucher sur le palier de l'étage d'alchimie. Une fois qu'il a recouvré l'équilibre, je m'élance dans le couloir à la tête de ma horde courant à toute la vitesse de ses jambes considérablement plus courtes. Ne sachant pas dans quelle salle Orion se trouve, j'ouvre toutes les portes que je croise et appelle « Lake ? », jusqu'à ce que quelqu'un me réponde : « Il est en 293 ! » Je me retourne alors et repars dans l'autre sens, au beau milieu de ma meute de bizuts. Ils font à leur tour volte-face, telle une volée suivant une oie confuse. Sur le seuil, je pars de l'autre côté, ouvre à la volée la porte de la 293 et, sans même ralentir, je plaque Orion au sol pour l'éloigner de sa paillasse, juste alors que la sonnerie annonce le début du cours et que l'équipement complexe de son poste de travail se met à cliqueter en crachant de la fumée.

La vaste cuve en cuivre déborde si énergiquement d'écume que le couvercle se soulève et tombe au sol avec fracas, libérant une impressionnante colonne de mousse violette en perpétuelle expansion qui ruisselle sur la table, puis par terre, provoquant d'énormes nuages sifflants de fumée noire dans son sillage. Cela provoque nombre de hurlements, ainsi qu'une débandade chez les autres élèves. Ceux-ci ne font qu'aggraver la situation, leurs propres expériences n'étant plus maîtrisées maintenant qu'elles ont été abandonnées en hâte. On se remet debout tant bien que mal, mais on n'y voit plus rien. J'étreins de toutes mes forces le poignet d'Orion et nous aurais entraînés tous deux dans la mauvaise direction si les bizuts ne s'étaient pas mis à m'appeler : « El ! El ! » Zheng, Jingxi et Sunita – je me donne beaucoup de mal pour ne pas apprendre leurs prénoms, mais tout ne se déroule pas comme prévu – forment même une ligne dans la salle et lancent des sorts de lumière pour nous ouvrir un chemin.

On tousse encore horriblement quand on émerge enfin dans le couloir, et je suis incapable de prononcer un mot jusqu'à ce que Sudarat nous offre à chacun une gorgée d'eau depuis sa flasque enchantée, ce qui ne m'empêche pas d'assener un taquet à l'arrière du crâne inutilement épais d'Orion, puis d'agiter mes cinq doigts devant ses yeux pour le menacer d'un second assaut. Il se rembrunit légèrement et m'abaisse le poignet.

5

Quattria

« Je devrais faire ça au labo, se plaint Orion.

— Tu n'as pas besoin d'avoir l'équipement sous les yeux pour recopier une simple recette, Lake. Tu n'as même pas besoin de te croire intelligent. » Je lui réplique ça parce que je sais que tout ce qu'il veut c'est arpenter les couloirs et fourrer son nez crochu dans toutes les salles de l'étage d'alchimie, jusqu'à découvrir un rôcturne ou une strigue sans méfiance pour les massacrer. « Je n'arrive pas à comprendre comment tu as pu survivre ici trois ans un quart sans jamais apprendre quand faire attention à ton travail. »

Il pousse un profond grognement et pose la tête sur son bureau, mon ancien box d'étude dans un recoin de la bibliothèque. J'ai pris beaucoup de plaisir à me servir du mana new-yorkais pour dégager le piège que Magnus m'a laissé l'année dernière ; c'est même l'une des premières choses que j'ai faites quand Chloe m'a offert le répartiteur. Traîner Orion jusqu'à la bibliothèque et le pousser dans ce renfoncement obscur est mon ultime tentative pour essayer de le faire plancher sur son devoir de rattrapage en alchimie, qui va à coup sûr le désintégrer – ainsi que plusieurs autres témoins innocents et peut-être *moi-même* – avant la fin du mois s'il ne s'y colle pas sérieusement. J'ai commencé par le forcer à me montrer les progrès réalisés chaque soir au dîner, et puisqu'il n'y en a eu aucun au cours des dix jours qui se sont écoulés depuis la dernière fois qu'il a failli nous faire désintégrer tous les deux, je l'ai tiré du lit dès la première heure en ce super samedi matin pour l'accompagner ici sitôt après le petit déjeuner.

Mais, même dans ce sanctuaire n'offrant aucune distraction, il a passé les dernières dix minutes à fixer les consignes d'un air abattu, sans même essayer de les lire. « Alors, qu'est-ce qui t'arrive ? tenté-je de savoir après plus d'une heure de lourds soupirs. Tu n'étais pas complètement incompétent jusqu'à présent. Tu as chopé une terminalite, ou quoi ? » Un mal souvent fatal à la Scholomance.

« Je suis *fatigué*, c'est tout. Les malés n'arrêtent pas de se planquer, ils sont pas assez nombreux, je manque de mana sans arrêt… *Non*, je n'en veux pas ! ajoute-t-il en me giflant la main quand je fais une nouvelle fois mine de décrocher mon répartiteur. Si je pouvais trouver des malés pour emmagasiner du pouvoir, je n'aurais pas besoin d'en puiser dans le pot commun !

— C'est sur *ton devoir d'alchimie* que tu dois utiliser du mana, alors arrête de faire ta tête de lard, prends-en un peu, et finissons-en ! »

Il serre les dents avant de répondre d'un ton boudeur. « D'accord, mais transmets-m'en juste un peu, sans me confier le répartiteur. »

Ça n'a pas le moindre sens, puisqu'on en perd forcément une petite quantité à chaque transfert. Pas des tonnes, mais c'est un gaspillage inutile d'une ressource durement gagnée par autrui. « C'est une sorte de perversion de ta part ? lui demandé-je d'un ton suspicieux.

— Non ! Tu sais que je ne peux pas avoir accès au réservoir.

— C'est vrai, parce que tu n'as aucune discipline et que tu vas en puiser des océans si tu te laisses distraire. » Il ne faut pas trop compter sur moi pour le chouchouter. « Et alors ? Reste concentré cinq petites secondes. »

Son devoir d'alchimie semble subitement doté d'un fascinant pouvoir d'attraction, à en juger par l'intensité du regard qu'il rive dessus. « Ce n'est pas… Ça ne fonctionne pas comme ça.

— Quoi, si tu y as accès, tu vas tout assécher involontairement ? » le raillé-je. Sauf qu'à sa manière de rougir, j'ai l'impression que c'est précisément le souci. « Tu parles d'expérience ou… ?

— J'ai pu m'entraîner avec un répartiteur six mois avant l'incorporation, comme tout le monde, m'explique Orion d'un ton neutre. J'ai épuisé tout le réservoir actif de l'enclave en une demi-heure. Même ma mère n'a pas pu me faire lâcher prise. » J'en reste bouche bée de stupéfaction. Il ne me regarde pas, se contente de hausser fugacement les épaules. « Elle pense que ça a un lien avec le fait que je puisse me servir sur les malés. Que c'est le même genre de canal, que je ne sais pas faire la différence. »

Je l'observe à présent avec fascination. « Comment se fait-il que tu n'aies pas… explosé ? » Ça devait être comme remplir une bombe à eau à la lampe à incendie. Je dispose d'une capacité de mana qu'on peut qualifier de raisonnable, à savoir une centaine de fois plus importante que la moyenne, mais même cela ne suffirait pas à absorber une fraction visible du réservoir actif de l'enclave new-yorkaise. Il lève les bras avec impatience, comme s'il ne s'était jamais donné la peine d'y réfléchir.

« Et tu l'as dépensé en quoi ? Une telle quantité aurait dû te tenir dix ans, même en lançant des sorts d'arcane majeur tous les jours.

— Je *ne voulais pas* prendre ce mana ! Je l'ai réinjecté ! Dès que mon père m'a fabriqué ce répartiteur à sens unique. » Il me montre le bracelet étroit à son poignet. Il semble au bout du rouleau, et je comprends alors : bien sûr que les branleurs de son enclave ont dû le faire passer pour un maléficien, ou pire. L'une des façons les plus simples de démanteler une enclave est d'y faire pénétrer un traître pour y dérober une bonne quantité de mana en réserve pour la retourner contre sa rivale. C'est déjà arrivé quelques fois, et ça fait toujours beaucoup parler parmi les sorciers, au moins chez les enfants qui ne vivent pas dans une enclave. D'ailleurs, c'est peut-être comme ça que Bangkok a été éliminée.

« Combien de temps il a mis pour te fabriquer ça ? » me renseigné-je. Ses épaules se voûtent.

« Une semaine », murmure-t-il. J'imagine que tous les sorciers adultes de New York ont dû adorer voir un gamin de treize ans se promener avec assez de mana pour réduire en cendres leur enclave et qu'ils ont dû s'assurer qu'il aime ça autant qu'eux.

J'ai subitement envie de leur jeter des pierres, mais aussi de le prendre dans mes bras pour le réconforter ; ces deux réactions étant à l'évidence impossibles, je me contente de lui frapper l'épaule et de lancer d'un ton enjoué : « On va remédier à ça, d'accord ? »

Je puise une bonne quantité de mana grâce au répartiteur. Jusqu'à présent, je n'ai pioché dans le réservoir qu'en situation de crise ; ça fait bizarre de le faire volontairement, sans être menacée par rien. Ce n'est pas comme puiser dans les cristaux que maman m'a offerts le mana que j'y ai moi-même emmagasiné : ce pouvoir-ci a une autre saveur, plus brute, comme si je pouvais encore sentir le travail et la douleur subis pour le remplir. Ou peut-être que je ressens ça parce que je ne peux m'empêcher de penser au travail et à la douleur que je devrais à nouveau ressentir pour le remplir. Il est plus simple d'en prélever sans à-coups dans le réservoir commun, ce réservoir que je n'ai pas dû remplir moi-même, et je me désespère d'y être déjà habituée. Orion n'est pas le seul à être avide de mana : j'en aurais volontiers bu jusqu'à emplir chaque recoin de mon corps.

Au lieu de quoi, je me contente d'une quantité modérée, celle que j'injecte généralement pour faire infuser mes propres recettes d'alchimie ; je pose la paume sur son torse et la lui transmets d'une poussée. Il laisse échapper un hoquet et ferme les paupières, me couvrant la main de la sienne pour la maintenir en place un moment. Je sens sa poitrine se gonfler, son cœur s'emballer et sa peau brûler à travers le fin tissu de son tee-shirt – au moins celui-ci est-il propre, puisque je l'ai forcé à se doucher et se changer ce matin. On a toutefois gravi quatre étages depuis, je perçois donc légèrement son odeur, sauf qu'elle est agréable, et lorsqu'il rouvre les yeux et me contemple en maintenant ma main sur lui, tandis que le mana s'écoule entre nous, j'acquiers la conviction que quelque chose va se passer et que je ne l'empêcherai pas. J'ai beau être presque certaine que c'est une mauvaise idée, c'est le genre de mauvaise idée qui procure beaucoup de plaisir sur le moment. Orion retire alors brusquement sa main en braillant : « Ouille ! » Du sang goutte de son pouce. Précieux est sorti de sa boîte, a remonté mon bras sans que je m'en rende compte et l'a *mordu*.

Je le regarde avec incrédulité tandis qu'Orion couine en sortant un pansement de son sac à dos pour couvrir la marque des incisives profondément enfoncées. La souris va s'asseoir au bord de la table pour se laver le museau et les moustaches avec une satisfaction criante. « Je n'ai pas besoin d'être chaperonnée, et encore moins par une *souris*, lui sifflé-je. Ce n'est pas vous qui faites vos premiers bébés à un mois ? » Elle agite le nez avec dédain.

Orion ne me décoche plus un regard de la matinée, ce qui relève de l'exploit sachant que nous sommes assis côte à côte. Naturellement, j'en fais autant de mon côté. Je ne suis absolument pas tentée de céder. Même sur l'instant, ce que nous nous apprêtions à faire avait tout de la mauvaise idée, je suis donc soulagée que l'instant soit passé. Je n'avais encore jamais vécu ça avec personne, et ça ne me plaît pas du tout. Pourquoi mon cerveau vient-il me souffler une idée aussi manifestement idiote qu'embrasser Orion Lake au lieu de faire mes devoirs ? Ça ressemble furieusement à une contamination par un ver cérébral, telle que décrite dans le manuel des maléficarias de seconde année : des pensées étrangères, mystérieuses et inhabituelles, surgissant à des moments imprévisibles et indésirables. Si seulement j'étais infectée par un ver cérébral. Mais non, ce n'est qu'Orion avec son tee-shirt trop petit datant de son année de seconde, le seul encore propre qu'il lui reste cette semaine, et son bras posé à environ dix centimètres du mien.

Je passe les trois heures à contempler mon dernier poème pour le séminaire de Myrddin, qui refuse étrangement de se traduire tout seul. À ce rythme, je vais moi aussi devoir passer par le rattrapage. Pour ne rien arranger, lorsque la sonnerie retentit pour annoncer l'heure du déjeuner, Orion se renverse contre son dossier, pousse un soupir et déclare : « Et voilà, terminé. » Il vient de remplir sa feuille entière. Il lui reste tout de même à faire infuser sa potion, mais ce n'est pas si terrible : il s'agit d'une concoction développeuse de réflexes qui le rendra encore plus dangereux pour les malés. Un examen de rattrapage exagérément avantageux. Les miens consistent toujours à créer des poisons qui tuent instantanément, tuent avec d'atroces mutilations, voire tuent instantanément *et* avec d'atroces mutilations.

« Bien, réponds-je avec amertume en rassemblant mes affaires. Tu as encore besoin d'aide, Lake, ou tu crois que tu vas pouvoir mesurer les bonnes quantités sans supervision ?

— Ça va aller », me rassure-t-il avec un regard noir. Puis il se rappelle que quelque chose a failli se produire et ne semble pas trouver l'idée si catastrophique, car il se radoucit et bredouille « Sauf si tu veux venir avec moi ? », ce qui est parfaitement absurde. *Tu veux descendre au labo pour m'aider sur mon examen de rattrapage ?* est sans doute le pire plan drague de l'histoire, et je n'ai même pas besoin d'y réfléchir.

D'autant que j'ai promis à Aadhya de l'aider à accorder le luth cet après-midi, et que je ne pourrais de toute façon pas accepter. « Ne sois pas ridicule », rétorqué-je froidement en attrapant mes deux derniers livres. Il se recroqueville timidement, et je m'enfonce dans l'allée pour regagner la salle de lecture et l'escalier, me félicitant silencieusement d'avoir piétiné ses aspirations.

Malheureusement, au moment de débarrasser nos plateaux, Aadhya me lance : « Tu es toujours d'accord pour accorder le luth ? » Orion me décoche alors un regard signifiant : *Ah, tu aurais donc dit oui si tu n'avais pas été occupée, pas vrai ?* Je refuse de croiser son regard. Il se fait déjà bien assez d'idées, et moi aussi. Je me précipite donc dans une classe vide avec Aadhya, et dès que nous nous retrouvons seules, elle m'attrape par le bras, hausse les sourcils et m'adresse un « Aloooors ?

— Quoi ? »

Elle me bouscule. « Vous êtes en couple, maintenant ?

— Non !

— Oh, arrête, sérieusement. Regarde-moi dans les yeux et dis-moi que vous ne vous êtes pas embrassés au moins une fois là-haut.

— Jamais ! » m'exclamé-je en toute honnêteté et non sans soulagement.

Au cours du dîner, je nourris à contrecœur Précieux de trois grains de raisin rouge, issus d'une coupelle de fruits autrement remplie de ce qui ressemble à du melon d'hiver fatigué et de morceaux d'ananas pas mûrs qui piquent la langue. « Ne prends pas ça pour un encouragement », le rabroué-je tout de même. Il accepte sa pitance avec suffisance et mange un grain après l'autre avant de revenir se coucher dans sa boîte, la panse bien rebondie.

*
**

Il n'y a presque jamais de vacances à la Scholomance. Il s'agirait de toute façon d'une chimère inutile, mais ce n'est pas la raison pour laquelle elles ne sont pas au programme : en réalité, nous – et l'école – ne pouvons pas nous les permettre. Nous devons tous *travailler*, en permanence, rien que pour garder la lumière. Il n'y a donc guère que le jour de la remise des diplômes et de l'incorporation, le 2 juillet, alors que le changement de semestre s'effectue autour du 1er janvier. C'est aussi à cette date que le classement des terminales est affiché et que le grand nettoyage d'hiver a lieu. Ça laisse donc une journée de rab au premier semestre, chose que les Américains ont jugée si inconcevable qu'il a fallu y remédier. Ainsi donc, chaque automne, après la fin des rattrapages du premier trimestre, nous avons droit à la journée loisirs.

C'est réellement un moment charnière de notre année, car ça marque le début de la saison du carnage. À cette période, tous les malés entrés en hibernation ou en phase de reproduction après la remise des diplômes sont réveillés et cherchent à monter dans les étages ; certains de leurs adorables nouveau-nés y sont même déjà parvenus par eux-mêmes, et la compétition régnant entre eux devient plus acharnée. Un bizut sur sept environ meurt entre la journée loisirs et le Nouvel An ; j'ai maintes fois prévenu les miens – dont les noms sont désormais *tous* gravés dans mon esprit malgré tous mes efforts – à ce sujet. Ce n'est jamais une bonne idée de s'attacher à des troisièmes, et le faire si tôt dans l'année est une invitation à la déprime, mais depuis qu'ils nous ont évité, à Orion et à moi, de suffoquer à mort en tentant de nous échapper à l'aveuglette, toute la mystique de la terminale froide et distante savamment entretenue par mes soins s'est envolée, et ils se sont mis à me *parler*. Même mes reparties les plus cinglantes ne les découragent plus suffisamment.

J'imagine que, dans une école normale, le but principal de la journée loisirs est de créer un esprit de camaraderie en laissant les élèves se défouler, faire de l'exercice en plein air et se féliciter mutuellement pour leurs réussites. Ici, nous n'avons pas accès au plein air et ne possédons aucun esprit de camaraderie, nous nous contentons donc de nous rassembler au gymnase pour nous féliciter mutuellement d'avoir survécu aussi longtemps. La participation est obligatoire ; de toute façon, la cafétéria est fermée toute la journée, et le seul autre endroit où trouver de quoi manger est le buffet installé sur d'antiques comptoirs de fast-food déployés pour l'occasion. J'ignore où ils sont remisés le reste de l'année. On ne peut les débloquer qu'en y insérant des jetons, qu'on obtient uniquement en participant aux activités, aussi diverses et formidables que des courses de relais ou de la balle aux prisonniers. Pour ajouter à l'atmosphère festive, un ou deux élèves se font généralement bouffer en descendant, puisque certains malés sont capables de se souvenir des dates et savent qu'un buffet sera aussi déployé pour *eux* dans les escaliers et les couloirs.

À l'ouverture de la Scholomance, en 1880, plusieurs sorts multicouches complexes permettaient de donner l'impression que le gymnase se trouvait en pleine nature, au milieu des arbres et sous un ciel alternant les périodes de jour et de nuit. Un chef-d'œuvre réalisé par une équipe de pointe d'artificiens de Kyoto. Même à l'époque, Kyoto était trop puissante pour que Manchester puisse se permettre de l'éjecter complètement de la fabrication de l'école, l'enclave britannique avait donc consenti à confier le gymnase aux Japonais. Kyoto s'est vengée en le rendant si spectaculaire que ceux qui venaient visiter l'établissement ne parlaient que de ça en repartant. Plusieurs articles enthousiastes sont accrochés aux murs avec les plans d'architecte, accompagnés de photos d'époque censées représenter le gymnase, mais semblant sortir tout droit d'un guide touristique consacré à la campagne japonaise.

Personne n'a vu ces illusions fonctionner depuis plus d'un siècle. Après que Patience et Force-d'Âme, nos gueules-béantes domestiques, ont élu domicile dans la salle des diplômes et que les étudiants ont pris en charge la maintenance, tout s'est effondré. Les plantes sont mortes depuis si longtemps qu'il ne subsiste même plus de terre, seulement des jardinières vides en fer forgé, et les couloirs se sont ternis sur les fresques lointaines représentant collines et montagnes, si bien qu'elles évoquent désormais un décor d'outre-tombe. Il y a une semaine au printemps durant laquelle une diffusion de fragments blanchâtres et translucides survient mystérieusement – le seul vestige de la floraison des cerisiers. De temps à autre, des arbres nus et austères apparaissent, et une petite pagode clignote brièvement. Je ne pense pas que quiconque ait jamais été assez fou pour y pénétrer, mais si c'est le cas, il n'en est jamais revenu pour raconter son expérience.

Cependant, les soleillettes fonctionnent toujours, et il nous reste une vaste salle dans laquelle courir et se dégourdir, avec une hauteur sous plafond immense qui te laisse largement le temps de voir tomber les malés. La plupart des élèves adorent cet endroit. J'ai évité d'y mettre les pieds pendant à peu près toute ma carrière à la Scholomance. Les malés s'y rendent sans arrêt. C'est à l'étage le plus bas, c'est donc la première étape pour ceux d'entre eux qui réussissent à franchir les sorts nous isolant de la salle des diplômes. Pas le meilleur coin de savane pour un zèbre solitaire. Et si je me décidais à participer ne serait-ce qu'à un jeu du chat, je pouvais être certaine qu'en quelques minutes tous les autres optaient subitement pour un autre jeu impliquant de choisir les équipes, et je me retrouvais toujours en surplus. J'ai bien tenté de me mettre à courir, mais ça n'a fait de moi qu'une cible un peu plus attrayante, et les autres élèves n'arrangeaient rien. Ils déplaçaient volontairement leur terrain de jeu ou un élément d'équipement, si bien que je me retrouvais à devoir trottiner au milieu d'une étroite allée près du mur, ou à traverser un morceau de décor grisâtre alambiqué, idéal pour une embuscade de malés. Ce n'était pas par pure méchanceté – certes, ils ne m'aimaient pas, mais ils savaient surtout que si une créature m'attrapait *moi*, elle n'attraperait pas l'un d'entre eux.

Pour toutes ces raisons, je ne vais jamais au gymnase. Je préfère faire de l'exercice seule dans ma chambre pour accumuler du mana, d'autant que c'est toujours bénéfique si je me rappelle d'abord *pourquoi* je m'exerce seule dans ma chambre et m'appesantis sur ma condition de paria. C'est le genre de truc qui ne te donne vraiment pas envie de faire du sport, plutôt de te vautrer sur ton lit pour vider des pots de crème glacée, sauf qu'on ne trouve pas de crème glacée à la Scholomance, ce qui ne fait qu'aggraver ta détresse ; et si, malgré ton manque de motivation et ta déprime, tu parviens quand même à faire de l'exercice, *ta-dam*, du mana supplémentaire.

J'ai cependant participé à chaque journée loisirs. Je ne peux pas me permettre de ne pas manger pendant vingt-quatre heures, surtout qu'on nous sert là l'un de nos meilleurs repas de l'année. Au moins, ce jour-là, les activités sont prédéfinies, et il suffit de faire la queue pour participer à chacune, je ne peux donc pas me retrouver complètement laissée pour compte. Et grâce à tout l'exercice que j'effectue seule dans ma chambre, je récolte généralement ma juste part de jetons. Ainsi qu'un fardeau de ressentiment plus lourd encore, puisque les équipes persistent à ne pas me choisir alors que je suis manifestement un bon élément.

Même cette année, en descendant au gymnase, je me suis par habitude préparée psychologiquement à ce qu'Aadhya et Liu me laissent tomber. Je n'irais pas jusqu'à dire que je m'attends à ce que cela arrive – ce serait au contraire une horrible surprise –, mais une partie de mon esprit l'a tout de même anticipé et a élaboré le genre de stratégie dont j'ai toujours eu besoin pour la journée loisirs. Je commence par grimper à la corde, puisque c'est l'atelier par lequel tout le monde évite de commencer, étant donné qu'il reste peut-être quelques malés planqués sur les dalles du plafond ou camouflés contre le gris miteux qui faisait jadis office de ciel. Ainsi, il n'y a pas beaucoup de queue et on obtient rapidement des jetons. Tant qu'on est là-haut, on peut en profiter pour observer alentour et voir quelles activités sont les moins fréquentées, car quand on n'a pas d'alliés pour surveiller ses arrières, mieux vaut prendre d'abord quelques risques et récolter assez de jetons pour passer le reste de la journée à manger et à faire mine d'encourager les autres avant que chacun reprenne le chemin de sa chambre.

Je suis donc fin prête à me retrouver abandonnée sur la touche. En revanche, je n'avais pas anticipé Magnus. Oh, j'aurais réagi en un clin d'œil s'il avait tenté de m'inoculer un poison de contact ou envoyé une construction avide ronger la corde à laquelle je grimpais. Je n'ai cependant pas du tout vu venir ce qu'il m'a réservé.

Une bousculade a lieu tandis qu'Aadhya, Liu, Chloe et moi faisons la queue pour la course de relais, et un groupe de grands terminales coupent la file d'attente, nous séparant, Chloe et moi, de nos deux alliées. Les esprits s'échauffent, chacun tentant de conserver sa place ou d'en chiper une meilleure. On finit éjectées de la file, à contempler Aadhya et Liu, debout derrière une masse de gens. On poireaute déjà depuis vingt minutes, et la ligne s'est considérablement rallongée depuis. Si Aadhya et Liu cèdent leur place pour venir nous rejoindre, la perte de temps engendrée nous privera d'une activité ou deux. Cela dit, tout le monde est surexcité, et personne n'acceptera de nous rendre notre position d'origine sans se battre.

« Chloe ! appelle Magnus depuis la file d'attente du tir à la corde. Jaclyn et Sung sont juste derrière vos alliées, laissez-leur vos places et venez nous rejoindre ! » Aadhya lève déjà les deux pouces à notre intention depuis l'autre côté de la mer de têtes, et Chloe m'attrape par la main et m'entraîne en courant jusqu'à l'endroit où Magnus et Jermaine écartent du bras deux premières qui n'ont pas le cran de réagir quand on leur passe devant.

Je suis si étonnée par le fait que Magnus se donne la peine de nous aider que j'empoigne la grosse corde avant de comprendre que tout ceci n'est qu'un guet-apens : j'ai remarqué son alliée Sung au cœur de la bousculade, et je suis sûre que deux autres élèves au moins fricotaient avec New York. Je tends le cou pour scruter l'autre queue : Aadhya et Liu sont encore à cinq bonnes minutes du départ de la course de relais, ce qui signifie que, quand on en aura terminé ici, Chloe et moi n'aurons qu'à rester plantées comme des cibles vivantes en les attendant. Il serait beaucoup plus logique qu'elles restent avec Jaclyn et Sung pendant qu'on s'adonne à une autre activité – avec *Magnus*, qui semble subitement *vouloir de ma compagnie*. Ou plutôt, vouloir m'éloigner d'Aadhya et Liu, pour s'assurer de m'embarquer parmi les New-Yorkais.

« Tebow, au cas où on ne te l'ait jamais dit, sache que tu n'es qu'un chiffon détrempé », lancé-je à Magnus après l'épreuve – notre camp l'a emporté, peut-être parce que j'ai tiré avec une grande fureur vengeresse. Il s'arrête, bouche bée, avant même d'entamer le grand discours de félicitations qu'il a prévu ; il semble donc que personne ne l'en ait jamais informé, alors que la ressemblance me paraît évidente : les deux sont froids, inutiles, et restent collés à toi quand tu cherches à les dégager. « Navrée, Rasmussen, mais il est hors de question que je passe toute la journée avec ce branleur », informé-je Chloe avant de rallier la longue queue de la course à l'œuf. Même si j'imagine peu d'activités humaines plus ridicules, c'est l'une des épreuves les plus prisées, puisque même si les cuillères s'avèrent être des ersatz ou si un œuf éclot pour donner naissance à une créature désagréable en plein milieu du parcours, ça n'est généralement pas très grave quand ils ne sont pas plus gros que ça.

Chloe vient me rejoindre un instant plus tard ; son air désespéré m'agace, parce qu'il me rappelle celui que maman arbore occasionnellement quand elle essaie de rétablir la paix entre moi et l'un des habitants de la commune que j'aurais agacé récemment. Au moins Chloe ne cherche-t-elle pas à me convaincre que je devrais essayer de considérer les choses du point de vue de Magnus, en appeler à sa compréhension en lui offrant la mienne et ainsi de suite. Elle est encore en train de réfléchir à ce qu'elle a envie de me dire – je ne comprends pas pourquoi les Américains ne peuvent pas se contenter de parler de la météo, comme tout être humain normalement constitué – quand Mistoffeles sort soudain la tête de sa boîte et émet quelques couinements inquiets ; je remarque alors que huit élèves de l'enclave de Shanghai se sont distraitement détachés de la file voisine de la nôtre pour se rapprocher comme si de rien n'était. L'un d'eux marmonne déjà une incantation désagréable qu'il est sur le point de nous jeter à la figure.

Chloe coule un regard effrayé vers Aadhya et Liu – si absorbées dans leur course de relais qu'elles se désintéressent complètement de nous –, puis cherche autour d'elle un autre New-Yorkais, sauf qu'Orion n'est nulle part en vue, sans doute trop occupé à traquer les malés dans les escaliers et les couloirs ; bien sûr, Magnus le Magnifique s'est réuni avec ses potes à l'autre bout du gymnase pour discuter de mon refus d'accepter leur accueil à bras ouverts.

« Un chiffon détrempé *crasseux* », ajouté-je en tentant d'évacuer suffisamment ma rage pour réfléchir à la situation. Ce n'est pas un problème d'effectif : je peux affronter mille ennemis aussi facilement que sept, tant qu'on entend par *affronter* « tuer d'une horrible manière ». Je n'ai pas la moindre idée de la manière dont je pourrais régler le problème autrement. Je connais un sort au poil pour s'emparer de l'esprit d'un groupe de personnes, sauf qu'il n'y a aucune restriction quant à la taille de la foule concernée : il faut le jeter dans un espace physique déterminé par quelque chose de tangible – comme des murs –, et il englobe tout ce qui se trouve à l'intérieur. En l'occurrence, nous nous trouvons dans un gymnase qui rassemble tous les élèves de l'école. Par ailleurs, le sort ne précise pas dans le détail les séquelles qu'il peut y avoir sur les cerveaux visés.

Je pourrais aussi attendre qu'il me lance son sort, puis le retourner contre lui. Difficile de définir comment cela fonctionne, et d'ailleurs ça ne fonctionne pas pour la plupart des gens ; le manuel d'incantations de première année nous informe clairement qu'il vaut mieux jeter un sort défensif ou préparer son propre sort offensif avant que le sorcier adverse ne lance le sien. Mais je suis douée pour renvoyer les sorts, à condition qu'ils soient suffisamment dangereux ou destructeurs, et j'ai le sentiment que celui-ci va cocher toutes les cases.

Auquel cas, j'aurai le plaisir d'assister de près à *sa* desquamation, à l'explosion par la bouche de *ses* intestins ou à la fonte de *son* cerveau dégoulinant par les oreilles. On ne pourra même rien me reprocher – pas en face, en tout cas –, puisque j'aurai agi en état de pure légitime défense.

J'aimerais vraiment pouvoir me mettre en colère contre eux à cet instant. La plupart du temps, je n'ai aucun mal à envisager un recours d'une violence extrême – pouvant aller jusqu'au meurtre quand je suis très fâchée, et j'ai tendance à me fâcher pour un rien quand j'ai affaire à un enclavé. Je ne peux néanmoins pas leur en vouloir, pas de cette manière, pas avec cette rage légitime si efficace, car je sais toujours quelle est la bonne chose à faire, la conduite intelligente à tenir, et provoquer un combat à mort avec une sorcière capable de tuer d'un geste de la main s'en éloigne. Si j'étais assez dangereuse pour que mon élimination soit justifiée, le plus malin pour un enclavé brillant et égoïste serait de me laisser tranquille et de ne surtout pas croiser mon chemin. Il devrait faire profil bas, décrocher son diplôme sans risque comme ils le feront tous, puis rentrer chez lui pour parler de moi à ses parents. Nous ne sommes que des adolescents : ils ont bien le droit de laisser des adultes s'occuper de mon cas.

Et pourtant, ils sont là, à mettre en péril leur petite vie sûre et protégée – ils doivent bien se douter que je vais en éliminer au moins *un*, et je ne vois aucun de leurs alliés tocards prêt à encaisser pour eux le coup fatal. Le garçon qui s'apprête à lancer est un enclavé : j'ai déjà remarqué son visage au labo de langue : rond, couvert de boutons, et orné d'une petite moustache qu'il tente vaillamment de faire pousser depuis deux ans. On n'a jamais appris les mêmes langues, je ne connais donc pas son nom. Cependant, il n'est peut-être pas étranger à Liu, dont la mère et le père ont travaillé pour l'enclave à plusieurs reprises. Leurs parents se connaissent sans doute.

Je connais mieux la fille derrière lui, Wang Yuyan, parce que tous ceux qui suivent un cursus littéraire savent qui elle est : elle apprend douze langues, ce qu'aucun autre enclavé ne fait. Soit elle est très ambitieuse, soit elle adore découvrir différents dialectes, soit c'est une immense masochiste, j'hésite encore. On n'est pas non plus intimes, on n'a jamais eu de conversation profonde ; cependant, on était dans le même cours de sanskrit en seconde, et elle a un jour eu besoin d'un de mes dictionnaires – lorsqu'on essaie de saisir le sens d'un terme obscur, mieux vaut le chercher dans trois ou quatre ouvrages différents, jusqu'à tomber sur une langue qu'on maîtrise parfaitement –, et elle m'a demandé de façon très polie de chercher un mot, en me proposant d'en chercher un pour moi.

Ça n'a l'air de rien, mais à titre de comparaison, quand j'étais en troisième, un enclavé de Sydney a contemplé l'excellent dico français-anglais que j'avais déniché à la bibliothèque plus tôt dans la semaine et m'a dit « File-moi ça, tu seras gentille », sans même me le demander. Et comme je lui ai répliqué précisément où il pouvait se le carrer, il a chargé deux de ses acolytes de me faire tomber à la fin de l'heure, tandis qu'un troisième larron s'emparait de mon sac et le secouait dans le couloir pour le vider en hurlant « Fournitures gratuites ! », sous les rires et les quolibets de tous.

Je me suis relevée, avec la lèvre ensanglantée et une bosse au front. Il assistait au spectacle avec deux autres de ses amis, tous hilares. Quand je me suis retournée pour lui faire face, j'ai réfléchi dans une rage folle à tout ce que je pourrais lui infliger, alors il a ravalé son sourire et s'est enfui dans l'autre direction. Depuis ce jour, il s'est toujours comporté comme si je n'existais pas. Ah, quel bonheur d'être une monstrueuse sorcière noire à l'état embryonnaire.

Toutefois, il ne se serait pas arrêté de lui-même. La plupart des enclavés sont comme lui. Ou comme Magnus, à cause de qui nous nous retrouvons à présent exposées. C'est aussi à cause de lui que les Shanghaiens se mettent en formation pour m'éliminer, car ils n'imaginent que trop bien ce qu'une personne comme lui pourrait accomplir avec le pouvoir que je détiens.

Une personne comme lui, et sans doute comme au moins la moitié des enclavés qui nous entourent, mais pas Yuyan. C'est une chose que je sais sur elle, tout comme le sort qu'elle est en train de préparer, car j'ai entendu des élèves parler de la formule fantastique qu'elle a dégottée dans l'un de ses séminaires de langues et qui te permet de te mettre en soutien du sort de quelqu'un d'autre et de *pousser* ; en d'autres termes, ce que le garçon moustachu s'apprête à nous balancer sera renforcé. Ce qui signifie que, quand je le lui renverrai, elle le prendra en pleine poire elle aussi. Et même si elle le mérite, je ne veux pas lui infliger ça, pas plus qu'à ces autres élèves prêts à nous tuer pour la simple raison que je les terrifie, ce qui semble leur donner le *droit* de s'attaquer à moi.

Néanmoins, j'ai encore moins envie de les laisser nous tuer, Chloe et moi, alors je m'arme de courage pour renvoyer le sort malgré tout. C'est alors que Chloe sort un minuscule spray en plastique de sa poche et asperge l'air autour de nous d'un produit bleu et scintillant. De l'autre côté des paillettes, le reste de la salle semble tourner au ralenti, comme si on était les deux seules à ne pas patauger dans la boue – ce qui signifie bien sûr qu'elle nous a accélérées toutes deux ; plus facile.

« Tu en as assez pour qu'on s'enfuie ? » l'interrogé-je, mais elle secoue la tête en me montrant son vaporisateur : le réservoir est gros comme une chenille sous-alimentée, et il reste à peine quelques gouttes de produit dans le fond.

« Je n'ai pas eu d'autre idée, s'excuse-t-elle. J'ai aussi un spray aveuglant, mais si je l'utilise sur les deux incantateurs, Hu Zixuan va nous attaquer, et je suis sûre qu'il a un réviseur. On a entendu dire qu'il bossait dessus depuis son arrivée ici, et il aura fini de le charger quand ils tomberont… »

Elle me désigne un garçon à l'arrière du groupe de l'autre côté. Je n'ai jusqu'alors guère fait attention à lui, car il est tellement minus qu'on dirait au mieux un seconde ; je pensais qu'il était juste là pour fournir du mana. Toutefois, dès que Chloe me le montre, je me rends compte que c'est tout le contraire : les cinq élèves déployés en éventail devant lui font écran et *lui* transmettent du pouvoir. Zixuan tient une petite baguette vert pâle qui disparaît presque entièrement dans sa main ; elle est reliée à un fin câble doré, qui s'enfonce dans l'autre partie de l'artefact dans sa poche : je vois une lumière pulser au ralenti le long de la ligne.

« D'accord, dis-je avec détermination. Commence par aveugler les incantateurs. C'est définitif ?

— Tu tiens vraiment à ce que je t'explique comment ça fonctionne *maintenant* ? C'est un provocateur de migraines, et ils en souffriront peut-être jusqu'à leur mort, mais ils sont sur le point de nous *faire frire* !

— Je sais, c'est bon ! » m'empressé-je de répliquer. Une tentative d'assassinat m'octroie effectivement le droit de leur provoquer des migraines. « Prends celui avec la moustache : Yuyan n'est là que pour une amplification. Si tu le dégommes, elle ne servira plus à rien.

— Et le réviseur ? s'inquiète Chloe.

— Ça, je gère », affirmé-je. J'espère qu'il ne s'agit pas d'un mensonge, mais nous n'avons de toute façon plus le temps. Chloe me décoche un dernier regard désespéré, semblant vouloir jauger ma sincérité, puis elle dégaine son spray aveuglant. La brume bleue se dépose alors et ma gorge me fait autant souffrir que si j'avais hurlé à pleins poumons. Les élèves près de nous dans la file ont un mouvement de recul, c'est donc peut-être que nous avons tenu notre conciliabule en braillant. Chloe se rue déjà sur le moustachu avec ce qu'il lui reste de vitesse surnaturelle ; il écarquille de grands yeux inquiets, mais reste droit dans ses bottes. Ce brave salopard savait qu'il allait essuyer la première riposte, ce qui ne l'empêche pas de crier en se recroquevillant quand il reçoit une giclée dans les yeux.

Je me tourne vers l'autre groupe juste à l'instant où il se sépare ; Zixuan, qui a l'air d'un hibou, avec ses énormes lunettes d'hypermétrope, lève la tige de jade à hauteur de ses lèvres et entonne une simple phrase. Je ne comprends pas sa requête, puisqu'il parle en shanghaïen, mais ça ne m'empêche pas d'en deviner le sens : il doit s'agir d'un ordre genre *s'il te plaît déforme cet étage pour qu'il n'inclue plus cette fille.*

Je n'ai jusqu'à présent vu de réviseur qu'en illustration. Des sorciers s'en servent en permanence, mais seulement pour les principaux projets d'enclave. C'est un dispositif générique permettant aux artificiens de créer des artifices extrêmement complexes et ardus – des choses que personne ne pourrait mémoriser –, en partant d'un élément complété sur lequel on vient peu à peu greffer d'autres choses. Les premiers ont d'ailleurs été utilisés lors de la construction de la Scholomance.

C'est une façon assez maligne de s'en prendre à moi : me faire tomber dans le néant sous le gymnase me rayerait sans doute de la liste des problèmes, et je ne peux pas m'en protéger en sortant une espèce de bouclier ni même en renvoyant le sort, car celui-ci n'est pas spécifiquement dirigé contre moi, mais contre l'école. Par ailleurs, il ordonne une modification assez minime pour être efficace. Je ne peux pas non plus détruire l'artifice sur lequel il l'utilise, du moins pas sans nous précipiter *tous* dans le néant.

Par chance, je sais déjà quoi faire dans pareille situation, car j'ai dû consacrer deux mois durant mon année de troisième à traduire du français un récit charmant et édifiant, traitant d'une horrible maléficienne parvenant à survivre pendant une décennie dans toute sa splendeur sanguinolente, au détriment des nombreux enfants sorciers des environs. Ses protections étaient si puissantes qu'elle était tout bonnement invincible au combat et tuait donc tous ceux qui tentaient de mettre un terme à son règne, avant de planter leur tête sur le parapet de sa tour élaborée et protégée de nombreux enchantements. Elle a fini par se faire éliminer par un jeune artificien qu'elle avait enlevé, un garçon doté d'une affinité pour la maçonnerie. Au lieu d'essayer de l'attaquer, il a lancé un sort sur la pierre de sa tour, l'emmurant avec ses six couches de bouclier dans un espace si étriqué qu'elle ne pouvait plus bouger et est morte étouffée.

L'école m'a alors chargée d'une longue dissertation – en français – dans laquelle je devais expliquer ce que j'aurais fait en pareille situation. Elle a carrément rejeté ma première tentative, rédigée sans trop me casser la nénette, dans laquelle je proposais de m'enfuir *sans* tuer d'autres enfants. J'ai donc dû passer une semaine à la bibliothèque à effectuer des recherches pour assurer au rattrapage.

J'ai fini par trouver la réponse suivante : face à un artificien s'apprêtant à transformer l'environnement autour de toi, tue-le d'abord. Si cette solution ne te plaît pas, ta meilleure chance de survie consiste à essayer d'intercepter le pouvoir du sort, puis de supplanter l'altération par la tienne.

Chloe n'a toutefois pas tort de s'inquiéter de me voir essayer ça, car quand deux sorciers se disputent un même artifice – en l'occurrence, l'école elle-même –, le meilleur artificien des deux est généralement celui qui l'emporte.

Si Zixuan a su *créer* son propre réviseur – on ne peut pas en apporter un lors de l'incorporation, car ils doivent être alimentés en permanence par un fin filet de mana, sous peine de s'épuiser –, c'est qu'il est particulièrement brillant. Or, l'artifice n'est pas une matière dans laquelle j'excelle. Pour simplifier, cela consiste à livrer à l'univers une histoire longue et complexe, puis de l'agrémenter de détails plaisants pour le convaincre, à force de cajoleries, de t'exaucer. Je suis plutôt du genre à ordonner à l'univers de se plier à mes désirs.

Toutefois, un certain nombre de cajoleries ont déjà été prononcées ici il y a plus d'une centaine d'années, par un groupe d'artificiens bien plus talentueux que n'importe quel élève de terminale. Ainsi, lorsque la vague de pouvoir verte s'abat sur moi, prête à faire disparaître le sol sous mes pieds, j'y plonge la tête la première, ouvre grand les bras pour l'accueillir et déclare « Répare plutôt ça, tu veux bien ? », avant de la soulever vers le plafond du gymnase, avec une pression de mana supplémentaire pour lui prêter main-forte.

Le pouvoir s'élève en bouillonnant depuis mes bras vers le ciel gris marbré, puis il dégouline le long du dôme avec l'efficacité d'un nettoyeur haute pression. Des gouttes vertes se mettent à pleuvoir, les élèves hurlent et détalent en tous sens pour échapper à l'averse. Je n'ai que vaguement conscience de leur présence, me retrouvant avec le souffle coupé, comme si je me tenais sous une cascade ; je dois continuer de regarder droit dans le flot en plissant désespérément les paupières, à peine capable de voir, de sentir ou d'entendre autre chose que cette fureur de pouvoir. Zixuan et ses camarades ont mis la dose de mana derrière son œuvre : si je cesse de rediriger le sort ne serait-ce qu'un instant, les instructions d'origine reprendront le dessus.

Je ne me rends même pas compte que les cris et la débandade s'interrompent autour de moi ; je demeure au milieu du torrent, et vais devoir y rester jusqu'à ce que les derniers ruisselets achèvent de s'écouler. Je m'effondre alors, haletante, et Chloe se tient devant moi, les mains plaquées sur sa bouche, à pleurnicher de stupeur – elle chiale comme un veau avec la bouche à l'envers, tel un clown en représentation. Je ne vois plus ni Zixuan, ni les autres Shanghaïens, ni quiconque de ma connaissance. Les élèves se sont éparpillés dans le gymnase, comme si une main géante les avait rassemblés dans un sac, avant de les secouer pour les redistribuer au hasard, sauf dans la petite zone qui m'entoure.

Presque tous mes camarades sanglotent, surtout les plus âgés, ou sont recroquevillés par terre comme s'ils voulaient adopter la position fœtale sans pouvoir se résoudre à baisser la tête. Nous nous trouvons tous sous le bleu éclatant d'un magnifique ciel d'automne ; des feuilles mortes flottent dans l'air et jonchent le sol sous nos pieds ; des rayons de soleil pommellent la terre en se faufilant au travers de la ramure d'érables sombres, projetant un mélange d'écarlate, de jaune et de vert sur les contours de la salle soudain transformée en clairière ; le distant gargouillis d'un ruisseau glissant sur des rochers résonne telle une promesse ; de larges pierres grises forment des îlots au milieu d'un tapis de mousse et de feuilles. Dans la brume lointaine, une colline s'élève un peu au-dessus de la canopée ; un balcon en bois et le toit d'un pavillon émergent timidement d'une autre cascade de couleurs.

Je reste plantée comme une idiote pendant une minute ou deux, puis un oiseau gazouille quelque part, et je me mets à chouiner moi aussi. C'est horrible. Peut-être la chose la plus horrible qui me soit arrivée de toute ma scolarité ici. Pas tout à fait aussi horrible que la gueule-béante, mais la comparaison est difficile, tant les horreurs sont de natures différentes. J'ignore à quoi ils pensaient en construisant ça, mais j'ai ma petite idée. Ils voulaient sans doute une pièce agréable pour les visites, histoire d'impressionner les autres sorciers et que chacun pense que ses enfants auraient beaucoup de chance de venir faire de l'exercice dans un aussi bel endroit, que ça compenserait le fait de se retrouver piégés dans cet établissement pendant quatre ans sans jamais voir le soleil, sentir la caresse du vent ou apercevoir une feuille verte, à boire une eau au goût de métal, à manger une nourriture régurgitée par d'énormes bouilloires remplies de diverses vitamines et d'enchantements à peine présents pour te convaincre qu'il s'agit d'autre chose, à savoir que tu n'en ressortiras probablement jamais, alors que ça ne compense absolument pas toutes ces choses.

Des troupeaux d'élèves commencent à fuir le gymnase. Les seuls à rester sont ces imbéciles de bizuts, qui admirent le décor en laissant échapper d'absurdes commentaires comme « Waouh ! », « Regardez, il y a un nid ! » ou « C'est trop beau ! », qui donnent envie aux personnes s'étant trouvées plus de cinq minutes ici durant l'année la plus sûre de l'histoire de les découper en morceaux. J'aurais volontiers fui moi aussi, sauf que mes jambes sont aussi instables qu'au jour de ma naissance ; je me laisse donc tomber sur une roche pittoresque et sanglote jusqu'à ce qu'Orion m'attrape par les épaules et m'interpelle. « El ! El, qu'est-ce qui s'est passé, qu'est-ce qui ne va pas ? » J'agite la main comme une folle, et il observe autour de lui avec une surprise mesurée. « Je ne comprends pas, tu as réparé le gymnase ? Pourquoi ça te fait pleurer ? J'ai abandonné la traque d'une quattria pour ça ! » ajoute-t-il d'un ton légèrement accusateur.

Ça m'aide un peu. J'inspire un grand coup et déclare platement, malgré la morve et les larmes : « Lake, je viens encore une fois de te sauver la vie.

— Oh, arrête… Je peux me défendre contre une quattria ! s'offusque-t-il.

— Mais pas contre *moi* », craché-je en me relevant d'un bond. Mue par la fureur, je parviens à franchir les portes et à quitter le mensonge grotesque de ce bosquet.

Je remonte le couloir à grands pas, essuyant mon nez sur le bas de mon tee-shirt – de *son* tee-shirt, en réalité, celui de New York, qu'il m'a donné et que j'ai commis la bêtise de porter aujourd'hui telle une déclaration d'intention. C'est d'ailleurs peut-être pour ça que les Shanghaiens s'en sont pris à moi : parce qu'ils redoutaient ce que l'enclave new-yorkaise pourrait infliger à la leur, ainsi qu'à leur famille, avec mon aide. Ils ont toutes les raisons d'avoir peur. Je n'ai aucune limite.

Certains élèves pleurent en petits groupes épars dans les couloirs. J'entre dans le labyrinthe pour gagner ma salle de séminaire, où je sais que je me retrouverai seule – à l'exception des maléficarias susceptibles de me tomber dessus, que je serai presque heureuse d'accueillir. J'enfile l'étroit couloir menant à la classe, referme la porte derrière moi et pose la tête sur l'ignoble et imposant bureau. Un léger murmure de feuilles d'automne pénètre dans la pièce par le conduit d'aération, et je pleure pendant deux bonnes heures sans que rien n'entreprenne de me tuer.

6

Teinture enchantée & Flamme mortelle

Personne ne me cherche des noises pendant les dernières semaines du semestre, sauf en me tournant autour avec méfiance, comme si j'étais une bombe susceptible d'exploser à tout moment. Des courants d'air frais charriant l'odeur des feuilles mortes et des premières gelées émanent désormais parfois des ventilations, nous rappelant par contraste à quel point l'atmosphère que nous respirons habituellement est viciée. Ma charmante classe de la bibliothèque y a droit régulièrement. Mes bizuts s'en emplissent les poumons, tandis que je m'efforce de ne pas vomir. Il arrive que des gamins fondent en larmes au milieu du réfectoire quand ils reçoivent un souffle dans la figure. Chaque fois, on me regarde de travers, avant de se raviser très vite.

Les Shanghaiens ont tous pris un kilomètre de distance ; les New-Yorkais aussi, d'ailleurs. Au cours du mois écoulé, certains ont brièvement essayé de me proposer d'échanger des bouquins, de me faire passer un bocal au labo ou de me prêter un marteau à l'atelier. Ça m'a énervée chaque fois, car j'ai très bien compris qu'ils le faisaient uniquement parce que j'étais soudain devenue une personne importante, quelqu'un qui compte. À présent, ils ne me demandent plus rien, et s'il m'arrive de laisser échapper « Je pourrais avoir les téguments de psyllium ? », je peux être certaine que quatre élèves vont se lever d'un bond pour me les fournir aussitôt, souvent en les renversant dans leur précipitation ; s'ensuit alors une frénésie collective d'excuses et de babillages, le temps qu'ils procèdent au nettoyage.

J'ai bien essayé de les rassurer avec des « Je ne vais pas vous mordre », sauf que je le dis toujours en fulminant, si bien qu'ils comprennent qu'une simple morsure serait bien bénigne par comparaison avec le sort que je leur réserve. Et bien sûr, ils le croient. J'ai déjà accompli des choses si horribles qu'elles défient l'imagination : par exemple, j'ai rendu la Scholomance *pire* qu'elle ne l'était. Rien de tel pour infliger un traumatisme collectif. Même les nouveaux sont affectés : trois d'entre eux sont *morts* au gymnase au cours des quinze derniers jours. J'ai défendu aux miens de s'en approcher, mais d'autres, moins avisés, ne cessent de trouver des excuses pour s'y rendre et participer à des jeux aussi hilarants que évite-le-malé-surprise ou fais-toi-bouffer-sur-le-palier. Le bilan serait même plus lourd si Orion ne s'était pas mis à patrouiller là-bas pour traquer les malés qui s'en servent comme terrain de chasse. Je ne sais pas trop si on peut considérer qu'il utilise les bizuts comme appâts, puisqu'ils s'y rendent de leur propre initiative.

Par principe, à l'école, on se méfie tous les uns des autres. Les maléficiens en herbe figurent tout en haut de la liste des menaces potentielles de chacun ; suivent les enclavés, les élèves plus âgés, ceux qui ont les meilleurs résultats, le plus d'amis. N'importe qui peut devenir un ennemi mortel en fonction des circonstances – si un malé prévoit de bouffer au moins l'un d'entre nous, par exemple. Mais on sait comment avoir peur les uns des autres, ce qu'on pourrait s'infliger mutuellement dans les limites du raisonnable. Personne n'aurait imaginé que, si quelqu'un essayait d'avoir ma peau au gymnase, je réagirais en reconstruisant la fantaisie des lieux et en créant une nouvelle torture pour l'ensemble de l'école, moi y compris. Je ne l'aurais pas imaginé moi-même.

Et donc, je ne suis plus seulement une camarade dangereusement puissante, qu'il faut flatter, surveiller et rallier : je suis devenue une force de la nature terrible et imprévisible, capable de tout, et les autres élèves se retrouvent enfermés ici avec moi. Comme si je faisais désormais partie intégrante de l'école elle-même.

Pour accroître le doute, les malés cessent soudainement de s'en prendre à moi. J'ignore pourquoi. Je passe quelques semaines à paniquer à ce sujet, jusqu'à ce qu'Aadhya trouve une solution. « Bon, voilà ce qu'on va faire, explique-t-elle en traçant un schéma de la forme filetée de l'école. Il faut du mana pour maintenir tous les sorts. En début d'année, quand les malés n'étaient pas très nombreux, l'école a réalisé un chouette tour : elle a suspendu certains sorts de protection, en te visant *toi* particulièrement, et concentré son mana pour renforcer d'autres défenses. Les malés suivent le chemin où ils rencontrent le moins de résistance, et voilà : te voilà la cible principale. Mais maintenant, ils sont trop nombreux et pénètrent par où ils peuvent, comme d'habitude.

— Et aucun maléficaria ne cherchera à s'en prendre à toi s'il a le choix, conclut Liu comme si c'était l'évidence.

— Ouais, génial, commenté-je. Même les malés m'estiment toxique. Aïe ! Lâche-moi, sale petit… ! » Précieux vient de me mordre le lobe. Je l'éloigne d'une gifle, mais il décampe sur mes omoplates saillantes et s'accroche à mon autre oreille, une menace relativement convaincante étant donné la douleur lancinante que subit encore la première. « Pas de récompense pour toi », lui lancé-je froidement en le ramassant – prudemment – pour le remettre dans sa boîte. « Pardon », ajouté-je dans un murmure à l'intention de mes deux amies. Je n'ai vraiment pas lieu de me plaindre de ne pas être au goût des créatures qui peuplent la Scholomance. Je me rappelle parfaitement ce que j'éprouvais quand Orion *me* disait que les malés ne s'attaquaient jamais à lui.

Bien sûr, ce n'est pas parce que les malés ne semblent plus représenter une menace que je me sens plus apaisée. Je continue de sursauter au moindre bruit, et il m'est plus d'une fois arrivé de me retenir de justesse d'anéantir l'imbécile solitaire qui croise mon chemin au moment où je ne l'attends pas. Il y a toujours quelques tocards pitoyables à qui personne n'a conseillé d'éviter de fréquenter les allées de la bibliothèque quand je m'y trouve ou de s'asseoir trop près de moi. Je les comprends d'autant mieux que j'étais à leur place il y a peu. En réalité, je serais presque heureuse de me faire attaquer.

Orion encore plus. Il n'a toujours pas digéré le fait d'avoir délaissé une quattria adulte pour me porter secours. Elle semble un peu plus grosse chaque fois qu'il évoque cette occasion manquée. Personne ne l'a revue depuis – en tout cas, parmi ceux qui ont survécu à la journée loisirs. Quatre élèves sont portés disparus depuis l'exode hors du gymnase, il ne fait donc guère de doute que la quattria se soit repue de quatre élèves paniqués, un par bouche, avant de retourner se tapir pour digérer pendant les quatre prochaines années, avant de se séparer en quatre quattrias distinctes.

D'une certaine manière, on peut estimer que j'ai sacrifié ces quatre-là en voulant épargner les Shanghaïens qui m'ont attaquée. Est-ce moins grave parce que je n'ai pas souhaité leur mort ? Ou suis-je une imbécile qui se pense trop bien pour regarder en face les gens qu'elle tue ?

Je sais ce que maman me répondrait : ce n'est pas moi qui les ai tués, mais la quattria – ou, mieux encore, l'alchimiste ayant fait fusionner quatre bébés animaux innocents. Les alchimistes conçoivent des quattrias car, si on prive celles-ci de nourriture solide pendant un mois environ, avant de nourrir chacune des bouches d'un réactant différent, on a de bonnes chances d'obtenir une fusion alchimique très utile en retour, qu'il est parfois impossible de fabriquer autrement. Cependant, les quattrias n'aiment pas qu'on les affame, tu l'imagines bien, alors elles s'échappent assez régulièrement, puis elles se mettent à dévorer d'autres créatures dotées de mana, car c'est la façon la plus efficace pour elles de gagner assez de pouvoir pour survivre.

C'est toujours pratique de rejeter la faute sur les absents, mais ça ne me remonte pas franchement le moral. Certes, un crétin d'alchimiste a assemblé une quattria il y a un siècle, tout est donc sa faute, mais il est mort depuis belle lurette, et sa création vient de dévorer quatre personnes.

Pendant ce temps, Orion racle les recoins en quête de malés pitoyables que même un bizut pourrait occire. Il a tout de même attrapé un hurleur polyphonique bien dodu dans la salle de bains des filles de secondes, une quinzaine de jours après la journée loisirs ; j'ai cru comprendre que des tas de non-maléficarias ont hurlé quand il l'a poursuivi dans les douches communes pendant l'heure de pointe de la soirée, même si personne ne s'en est réellement plaint, étant donné que l'alternative consistait à cohabiter avec une bestiole pleine de tentacules et sentant bien plus mauvais qu'un garçon pas lavé – ce qu'il n'était d'ailleurs plus à la fin du combat.

La semaine suivante, un gélidite a discrètement grossi au-dessus des portes du gros labo d'alchimie pendant l'heure de travaux pratiques, les verrouillant complètement avant de se mettre à ramper vers l'intérieur de la pièce. Par chance pour les personnes concernées – à savoir la trentaine d'élèves dans la salle –, Orion était en train de s'adonner à contrecœur à ses devoirs – déjà en retard – dans un des petits labos voisins, et il a aussitôt mis son travail entre parenthèses pour reprendre du service. Normalement, on ne peut éliminer un gélidite qu'en perçant son cœur solide à l'aide d'une flèche enflammée enchantée pour l'occasion, mais Orion s'est contenté d'en arracher de gros morceaux à l'aide d'une chaise en métal et de les incinérer avec des boules de feu avant qu'ils puissent refusionner avec le reste. Au bout d'un moment, il a réussi à éliminer une masse suffisante pour pouvoir enfoncer le dernier pied de la chaise dans le cœur de la bestiole, puis il a fait chauffer le métal jusqu'à ce qu'il fonde et se répande à l'intérieur.

« Dis donc, Lake, ça ne fait pas partie des moyens de destruction recommandés par le manuel, si ? » demandé-je au dîner ce soir-là, quand il exhibe ce qu'il reste du gélidite – un simple globe métallique –, sous prétexte qu'il aimerait savoir si cette chose est vraiment morte ou pas. Je ne suis pas dupe : il se cherche juste une excuse pour justifier d'avoir laissé une semaine d'expériences se dissoudre sur sa paillasse, alors qu'il lui aurait suffi de trente secondes pour suspendre la réaction *avant* sa charge héroïque.

Tu te demandes peut-être en quoi ça me concerne, ce à quoi je te répondrai que j'ai dû le secourir *une fois de plus* deux jours auparavant : en arrivant en cours, il s'est attaqué directement à sa teinture enchantée en retard, sans même se rendre compte que les quatre autres élèves de terminale partageant son laboratoire avaient séché ce jour-là. Bien sûr, la ventilation de la salle s'était éteinte sans bruit, ce qui ne l'a pas empêché de provoquer allègrement d'autres fumées toxiques à inhaler, tout en rêvassant aux pythagoriens ou aux polyvores qu'il pourrait être en train d'éliminer.

Si j'ai compris à temps qu'il était en danger, c'est parce qu'une des élèves de sa classe a remarqué que ses *autres* camarades étaient tous en train de travailler à la bibliothèque et a voulu marquer des points auprès de l'enclave new-yorkaise en s'empressant d'aller raconter à Magnus qu'Orion se trouvait seul dans cette section du laboratoire. Elle aurait pu venir me voir directement, vu que j'étais installée à la table centrale de la salle de lecture, cernée de sept épais dictionnaires revanchards. Neuf chaises demeuraient complètement vacantes à la meilleure table de la salle de lecture, tout ça parce que Chloe et Nkoyo étaient les seules à oser s'asseoir près de moi. Magnus lui-même n'avait pas trouvé le cran de se rapprocher : il avait chargé l'un de ses sbires d'alerter Chloe, qui m'avait à son tour rapporté l'information.

Le temps que je descende au labo, Orion hallucinait si fort qu'il m'a prise pour une pythagorienne et a essayé de me jeter un sort d'immobilisation. S'il y était parvenu, nous serions sans doute tous les deux morts en hallucinant ensemble – comme c'est romantique. J'ai toutefois réussi à le bloquer pour le lui renvoyer dans la tête, et il a basculé en arrière avec fracas, emportant trois tabourets dans son sillage. Au moins, il ne se trouvait plus dans mes pattes et j'ai pu vaporiser son chaudron rempli d'une teinture de plus en plus toxique, en même temps qu'un bon morceau de sa paillasse. C'était un peu abusé de ma part, mais j'étais contrariée. Je ne l'étais pas moins après avoir traîné son corps tétanisé dans le couloir. J'ai déchargé ma bile en le sermonnant pendant cinq bonnes minutes, profitant du fait qu'il ne pouvait pas fuir, mais il planait encore tel un cerf-volant et m'a contemplée d'un air vitreux le temps de me laisser finir, avant de déclarer d'une voix sirupeuse : « El ? C'est bien toi ? » Puis, quand le sort d'immobilisation s'est dissipé, il s'est assis et m'a dégueulé une vomissure violacée sur les chaussures.

Il n'a donc aucun droit de s'attirer des ennuis évitables à cause de son travail en classe, et il le sait pertinemment ; il n'a qu'à balancer son ballon de plage rutilant à la poubelle. Il se tortille pour échapper à mon regard courroucé et implore silencieusement Chloe, qui a été éduquée pour être gentille avec lui. « Eh bien, je dirais qu'il est mort, mais tu pourrais essayer de lire dans ses entrailles, suggère-t-elle obligeamment.

— Oui, tu pourrais, si tu n'avais pas dix semaines de travail en retard, lui rappelé-je en serrant les dents.

— Mais non ! s'offusque Orion. Ça ne fait que *quatre* semaines… » Il s'interrompt trop tard, et me jette un regard furieux quand tout le monde à table, y compris Chloe, pousse les petits cris horrifiés de circonstance. Je croise les bras avec une moue satisfaite. Ce soir-là, il se fait remonter les bretelles par Magnus et Jermaine, qui le coincent dans la salle de bains des garçons pour lui parler sans détour de l'obligation de rattraper son retard et lui rappeler qu'il est dangereux de se laisser distraire de son travail sans véritable raison alors qu'il est si facile de l'accomplir. Je ne suis pas là pour assister à la scène, mais c'est inutile : ce sont des enclavés.

Quand je les vois entrer après lui, je m'empresse de me brosser les dents et patiente dans le couloir jusqu'à ce qu'Orion reparaisse, dûment châtié. Je lui emboîte le pas et déclare : « Alors, Lake, tu vas laisser tes potes d'enclave refourguer tes devoirs à un pauvre couillon désireux de leur plaire ? »

Il réagit d'un air outragé : comme c'est moi qui lui ai attiré ces ennuis, ne pourrais-je pas au moins avoir la décence de détourner la tête le temps que Magnus fasse par miracle disparaître son travail ? Puisque j'en suis manifestement incapable, il soupire et marmonne à contrecœur : « Non. »

Je hoche la tête et lui demande avec douceur : « Et donc, tu vas continuer de m'en faire payer les *conséquences* ? »

La bonne réponse à cette question n'est pas très difficile à trouver, mais il se fend d'une grimace avant de l'articuler du bout des lèvres. « *Non.*

— Tant mieux. » Ne cherchant pas à dissimuler ma satisfaction, je m'arrête devant la porte de sa chambre et attends de le voir s'enfermer à l'intérieur avec son travail en retard.

Il considère le battant, puis se retourne vers moi. « El… tu penses que le nettoyage va de nouveau avoir lieu dans la salle des diplômes… ?

— Au moment du Nouvel An, tu veux dire ? » La purge de fin de semestre n'est pas aussi complète que celle de fin d'année. Les services d'entretien de l'école ont dû être méchamment revus à la baisse depuis qu'ils ont été confiés à des élèves et non à des équipes de sorciers professionnels adultes. C'est notamment vrai du nettoyage de milieu d'année : environ un quart seulement des murs de flammes mortelles se déclenchent, afin d'éviter une usure trop prématurée du matériel, ce qui laisse un certain nombre d'échappatoires disponibles aux malés, n'éliminant que les plus stupides d'entre eux.

Bien sûr, la plupart des plus intelligents se replient vers la salle des diplômes. Ainsi, si les machines s'y déclenchent de nouveau, on risque de se retrouver avec le niveau de malés inexistant qu'on avait en début d'année.

« Ouais », répond-il d'un air abattu. Pauvre de lui : le plus grand héros depuis des générations privé de monstres à combattre. Précieux pousse un couinement dédaigneux depuis sa boîte ; heureusement pour Orion, celui-ci ne se trouve pas à portée de dents. Au moins n'essaie-t-il pas de s'en plaindre à quelqu'un d'autre que moi, la seule autre personne à avoir une bonne raison de ne pas aimer cette perspective. Si le nombre de malés redescendait effectivement aussi bas, l'école pourrait sans doute de nouveau canaliser toutes les attaques sur moi.

Je ne vais cependant pas compatir à voix haute : *moi*, je me trouve à portée de dents, et j'ai déjà été mordue deux fois cette semaine. « Ça ne fera pas la moindre différence si tu te retrouves transformé en bouillie avant ça, sous prétexte que tu ne t'es pas assez remué pour rendre quelques devoirs, souligné-je. Il te reste environ treize secondes avant la nouvelle année, et tu n'auras alors plus jamais de devoirs à faire, à moins que tu te fasses recaler. Tu as encore besoin d'un coup de main ?

— Non, ça va aller. » Il doit toutefois fournir un effort pour détourner les yeux du répartiteur de pouvoir que je lui agite sous le nez. « J'en ai assez, c'est juste que… j'ai dû m'habituer, j'imagine. » Il hausse une épaule pour chasser sa détresse, mais garde les yeux rivés au sol. Au bout de quelques secondes, il finit par lâcher le morceau : « Ce n'est pas comme s'il y avait des tonnes de malés à New York. »

Je suis incapable de me retenir : « Mais personne ne te retient là-bas ! »

Un rappel des plus sympathiques pour un garçon à qui sa mère, son père et son lit manquent tout autant qu'à moi. Je viens toutefois d'être frappée par une vision idyllique de nous deux arpentant le monde ensemble, recevant de partout un accueil chaleureux ; je l'aiderais à éradiquer les nids d'infestation, il surveillerait mes arrières tandis que je bâtirais des enclaves de la pierre d'or grâce au pouvoir des malés qu'il tuerait ainsi.

Disons que je lui offre un avenir différent, et que je ne suis pas moins en droit de le lui soumettre que lui de me demander de rallier New York, sauf que ce n'est pas l'impression que ça me donne. J'aurais aimé, pourtant ; j'aurais argumenté à en perdre haleine si on m'avait défendu de le faire. Sauf qu'il n'y a aucun adversaire avec qui débattre et que, au fond de moi, je ne crois pas réellement avoir le droit de demander à Orion Lake de renoncer à un avenir sûr et aisé au sein de la plus puissante enclave du monde pour se reconvertir dans un rôle de garde du corps itinérant me suivant partout à la trace.

Et même si je parvenais à réprimer ce sentiment particulièrement envahissant, ma proposition revient tout de même à le faire renoncer à sa famille et à toutes ses connaissances. Il ne prétend pas qu'il ne veut pas rentrer chez lui, il avoue seulement rechigner à l'idée de passer le reste de son existence à implorer Magnus

Tebow chaque fois qu'il a besoin d'une coupe de mana. Je n'aimerais pas avoir à lui réclamer quoi que ce soit. Je me sens tel un monstre d'égoïsme dès que ces mots franchissent mes lèvres.

« Tu pourrais juste t'installer quelque part et proposer tes services pour éliminer les pires malés du monde, suggéré-je comme si je n'avais pas eu d'autre idée derrière la tête. Orion Lake : Chasseur de Maléficarias à louer, aucun malé n'est trop gros, certains sont trop petits. »

Il réprime un son se voulant être un rire mais s'achevant en soupir. « Est-ce que je suis un pauvre type ? me demande-t-il de but en blanc. Tout le monde se comporte toujours comme si… » Il se fend d'un geste agacé de la main en direction de son fan-club. « Mais je sais que c'est juste… »

Il s'exprime à peu près aussi clairement que n'importe quel garçon de dix-sept ans, mais je le comprends à la perfection. On l'a conditionné à croire qu'il n'était bon qu'à jouer les héros en permanence. Naturellement, dès qu'il ose réfléchir à ce qu'*il* aimerait, il se sent comme un monstre. Et puisqu'on m'a toujours considérée comme un monstre depuis mon plus jeune âge, je suis bien placée pour savoir que la seule chose raisonnable à faire quand le doute s'immisce dans ton esprit est de le réprimer avec violence. « Tu m'as prise pour ta confidente ? répliqué-je en m'armant de courage. Va faire tes devoirs pour que je n'aie pas à te ramasser à la petite cuillère, tu feras ta crise existentielle un autre jour.

— Merci, El, tu es une vraie amie, dit-il d'une voix dégoulinante d'affection.

— Je sais. » Je retourne alors dans ma chambre pour ne pas m'occuper de mes devoirs. Au lieu de quoi, je consacre ma soirée à lire les *Sutras de la pierre d'or* et à en traduire des bribes, tout en griffonnant des images grossières de petites enclaves dans mes notes. Précieux, qui se promène sur mon bureau, déplace mes stylos et grignote des graines de tournesol dans sa gamelle, vient parfois jeter un coup d'œil à mon travail. Il n'approuve pas mon bonhomme bâton armé d'une épée qui élimine des malés ; quand je tourne la tête, il en profite pour se glisser sous mon bras et déposer une petite crotte pile à l'endroit où je m'apprête à reposer ma main, si bien que je l'étale sur mon dessin.

« Il ne servirait à rien dans une enclave », marmonné-je tout en gaspillant la moitié de ma cruche pour laver ma main souillée au-dessus de la rigole de la chambre. « Je suis sûre qu'il préférerait parcourir le monde pour chasser des malés avec moi. »

Mais je sais qu'il à raison : caresser une telle idée est d'une stupidité incroyable. Il y a de très fortes chances qu'au moins une des rares personnes à qui je tiens n'ait plus qu'une poignée de mois à vivre, et mon propre avenir n'est pas assuré si je me laisse ainsi distraire. J'ai reproché à Orion de négliger son travail, mais au moins sa quête a-t-elle une raison immédiate : il en tire du mana, et chaque malé tué dans les couloirs ne risquera pas de nous tomber sur la tête à la remise des diplômes. Pour ma part, je n'ai aucune chance de bâtir la moindre enclave avant d'être sortie d'ici avec mes proches, alors autant arrêter de perdre mon temps avec cette lubie dans l'immédiat.

*
**

Vas-y, demande-moi combien de temps j'ai perdu dessus jusqu'à la fin du trimestre. Ou plutôt non, ne me demande rien, je n'ai pas envie de faire le sinistre décompte de ces heures gaspillées. L'école se charge d'enfoncer le clou pour le Nouvel An. De toute façon, la journée n'aurait pu plus mal commencer : la nuit dernière, je me suis endormie en lisant les *Sutras* – je parviens désormais à me faire une vague idée d'une page rien qu'en la lisant plusieurs fois à voix haute –, et à mon réveil, l'ouvrage est encore ouvert sur mon lit. Je commets l'erreur d'y jeter un coup d'œil et de reprendre ma lecture. Ça me paraît plus simple qu'hier soir ; c'est incroyable. Une demi-heure et deux paragraphes plus tard, je prends conscience de mon erreur et me précipite, sans passer par la case salle de bains, aux trousses des derniers traînards. Je me retrouve tout au bout de la file d'attente des terminales au réfectoire. En guise de petit déjeuner, je dois me contenter d'un malheureux bol de restes séchés récupérés sur le bord d'un plateau de porridge.

« Pour une fois, tu aurais eu une bonne raison de me mordre », réprimandé-je Précieux en soulevant mon plateau tristement léger. Il continue de grignoter le quignon de pain que j'ai réussi à chiper pour lui, poussant simplement un couinement de protestation quand je fais un bond d'un kilomètre en entendant la porte de la cafétéria claquer derrière moi. Je suis littéralement la dernière terminale à m'être servie.

Et encore, ce n'est qu'un début. Sudarat patiente le long du mur avec les autres bizuts en attendant leur heure de passage ; quand je la croise, elle me lance un « Félicitations, El » qui me paraît sincère.

« Quoi ? » réponds-je. Elle me désigne les classements, affichés en lettres d'or sur le grand panneau d'affichage. Je ne me suis pas encore donné la peine de les regarder, puisque peu m'importe de découvrir laquelle des vingt bêtes féroces qui se battaient pour les honneurs a fini par décrocher la place de major ; je sais de toute façon que je figure même loin de la centième place.

Au moins, je ne me trompe pas sur ce point : je suis loin de la centième place. Mon nom est affiché au-dessus de tous les autres – juste à côté de la mention PRIX ALGERNON DANDRIDGE SINNET DE LA PLUS GRANDE RÉUSSITE EN INCANTATION SANSKRITE. Je ne savais même pas qu'il existait des récompenses de ce genre : je n'ai jamais vu personne en remporter une.

Et avant que tu me poses la question, oui, c'est une vraie récompense. Je me dirige vers la table de mes alliés, qui voient désormais en grandes lettres dorées combien de temps j'ai bêtement perdu à travailler ; quand je pose mon plateau, il n'atterrit pas droit. Bien sûr, je m'exclame « Attention, gluon sous mon plateau ! » avant de reculer d'un bond en même temps que tous les autres, sauf Orion.

Celui-ci tend rapidement le doigt pour faire disparaître l'ensemble à l'aide d'une de ses boules de feu ridiculement efficaces, transformant mon porridge déjà immangeable en de la cendre carbonisée. Puis il fronce les sourcils et déclare « Non, il n'y a rien », avant de dissiper la fumée pour me montrer que ce qui rend mon plateau instable est ma récompense, cachée dessous : une petite médaille ronde façonnée dans un métal gris terne, accrochée à un ruban à rayures bleues et vertes surmonté d'un galon, sans doute destinée à être épinglée à un revers avec toutes mes autres décorations militaires. Elle est à peine roussie.

« Oh, c'est génial, El, félicitations », me dit Chloe avec un sérieux manifeste. Elle n'est pourtant plus en troisième.

Je tends la breloque à Aadhya sans même me donner la peine de répondre. « Ça vaut le coup d'être fondu ? »

Aadhya s'en saisit à deux mains et fait courir ses pouces sur la surface en murmurant une rapide incantation d'artificienne pour en tester la qualité. La petite silhouette en relief – peut-être Ganesh ? le nez ressemble en tout cas vaguement à une trompe – émet une lueur rosée pendant quelques instants. Elle secoue la tête en me la rendant. « C'est juste de l'étain.

— Félicitations, Galadriel », me lance Liesel avec une espèce de froideur – elle a décroché le titre de major – en passant devant notre table quelques minutes plus tard. Mais ce qu'elle veut vraiment dire par là, c'est *Va te faire foutre*. C'est légitime : si j'avais passé autant de temps qu'elle à cajoler les enclavés et à faire leurs devoirs, j'aurais voulu tuer n'importe quel élève dont le nom eût été affiché au-dessus du mien, quelle que soit la matière. Je ne risque toutefois pas d'éprouver la moindre compassion pour elle : elle vient de déjeuner avec Magnus, et a marqué ses premiers points avec lui en déblatérant sur moi. Je présume qu'elle a jeté son dévolu sur New York depuis longtemps. Jamais je n'aurais courtisé Magnus dans ce but, mais elle fait clairement preuve d'une plus grande tolérance que moi à l'égard des chiffons détrempés.

Beaucoup plus grande, en réalité. Je sors tard de la cafétéria, car Zheng se précipite vers moi tandis que Min lui garde sa place dans la queue des bizuts ; il m'explique que lui et les autres élèves du séminaire de la bibliothèque vont essayer de me choper quelque chose à grignoter. C'est rare qu'on parvienne à avoir du rab quand on est en troisième – on en a même rarement assez pour soi –, surtout maintenant que le taux de survie à la Scholomance a explosé grâce à sieur Orion Lake. Mais à eux huit, ils parviennent à m'offrir un petit pain et une briquette de lait, qui m'éviteront au moins d'être de mauvais poil et d'avoir la tête qui tourne pendant tout le temps qu'on va passer ensemble.

Ça valait le coup de les attendre, sauf que lorsque je termine, les premiers avertissements retentissent déjà délicatement *ding dong ça va bientôt cramer*, histoire de rappeler à qui l'aurait oublié que le nettoyage va avoir lieu incessamment. Je me précipite à la salle de bains pour me brosser les dents et me débarbouiller, histoire de ne pas me sentir cradingue pendant des heures, et je m'arrête nette sur le seuil, atterrée : Liesel est là, tranquille, à se mettre du maquillage.

L'usage des cosmétiques à la Scholomance est à peu près aussi fréquent que lors de ma première année à l'école primaire. Même s'il y a peu de risques de se planter dans la composition de son rouge à lèvres au labo d'alchimie et de se faire fondre la moitié de la figure, la plupart des élèves préfèrent ne pas les courir. Si tu es assez doué pour être sûr de toi, tu es de toute façon assez doué pour décrocher une place dans une alliance par un autre biais. Sortir avec quelqu'un ne constitue pas une garantie plus grande qu'une simple amitié. Pourtant, Liesel est là à se couvrir les lèvres de gloss rose éclatant, avant d'en égayer ses joues de major de promo. Elle a déjà défait les tresses courtes et serrées qu'elle arbore toujours, et ses ondulations blondes tombent en cascade sur ses épaules. Elle a enfilé un corsage blanc immaculé et même repassé, suffisamment déboutonné pour laisser apparaître un décolleté satisfaisant ; un pendentif doré orne son cou. Elle aurait fait bonne figure pour un rencard à l'extérieur ; ici, par rapport à notre état habituel, elle risque de donner l'illusion d'une couverture de *Vogue* ayant pris vie pour éblouir les simples mortels.

Je dois bien avouer que je réagis de façon atroce. « Oh non, pas *Tebow* », laissé-je échapper depuis la porte.

Elle pince ses lèvres brillantes. « Lake a l'air bien occupé », rétorque-t-elle sans desserrer les dents. Étant donné les circonstances, je ne trouve rien à lui répondre ; elle a tout à fait le droit d'en avoir après moi. Et peut-être qu'elle a vraiment envie de se taper Magnus, qui mesure après tout un bon mètre quatre-vingts et n'aurait pas dépareillé dans un magazine de mode – disons au moins dans un catalogue, ou sur le dépliant d'un magasin discount.

Oui, *possible*, mais mon imagination a des limites que je suis incapable de franchir. Je ne parviens même pas à me contenter d'un *Tant pis pour elle* et je lui dis : « Écoute, ça ne me regarde pas, mais… » Le simple fait de prononcer ces mots aurait dû me dissuader de poursuivre, pourtant : « Mais il faut que tu saches qu'ils m'ont déjà offert une place garantie. »

À ma décharge, ce type d'information pourrait avoir beaucoup de valeur à ses yeux. Même si Magnus Tebow incarne son idéal de charisme et de virilité, elle a décroché son titre de major après trois ans et demi de travail violent et acharné et n'a potentiellement pas envie de s'offrir à un garçon incapable de lui promettre une place dans son enclave. Celle de New York compte trop de postulants motivés, la plupart d'entre eux étant des magiciens aguerris ayant quitté l'école depuis longtemps et accompli des travaux considérables. Impossible qu'ils autorisent leurs gamins à offrir plus d'une place garantie à n'importe quel élève de dix-huit ans, et Chloe m'a toujours lourdement fait comprendre que la place qu'on m'avait proposée me resterait *réservée*. Et même si je persiste à la décliner, rien n'indique que Liesel pourra en hériter.

Bien sûr, cela en dirait long sur ses capacités mentales si elle n'avait pas la jugeote de s'assurer d'obtenir ce qu'elle convoite *avant* d'achever de déboutonner son corsage, alors, même si je lui livre des informations précieuses, il n'est pas impossible qu'elle en prenne ombrage. Sans surprise, c'est ce qu'elle fait. « Comme c'est aimable à toi », réplique-t-elle, encore plus furieuse, en faisant claquer ses lèvres luisantes. D'un grand geste de la main, elle fait tomber dans sa trousse de toilette tous les tubes et les pots disposés sur le comptoir et sort de la salle de bains sans un regard en arrière.

« Bien joué », lancé-je à mon reflet tout en me brossant les dents. Me voilà en retard, car la première sonnerie a déjà retenti. Je frotte aussi vite que je peux avant de me précipiter dans le couloir, où je glisse aussitôt et me heurte l'arrière du crâne contre le sol. Liesel a déversé le reste de son gloss durement élaboré pour former une flaque juste devant la porte, un sacrifice suffisant pour lancer un sort de *Fais tomber la prochaine personne qui passe par-là* finement conçu. J'ai compris ce qui m'arrivait avant même d'achever ma chute : à l'instant où j'ai posé le pied sur la flaque poisseuse, j'ai perçu le sortilège malveillant, mais il était déjà trop tard pour réagir.

Je parviens cependant à pivoter un peu avant de me rétamer, ce qui limite la casse ou aggrave les choses, je ne sais pas trop. En tout cas, je ne suis ni morte ni inconsciente, du moins je ne le pense pas, même si j'ai sacrément mal. Ma tête entière résonne telle une cloche d'église martelée avec un peu trop d'enthousiasme ; mon coude et mes hanches auraient hurlé de douleur si hurler de douleur ne revenait pas à appeler *À table !* tous les malés à portée d'ouïe. Je me roule donc en boule telle une enfant, ferme la bouche pour réprimer un sanglot aigu, les deux mains jointes à l'endroit où mon crâne palpite. Des larmes ruissellent sur mon visage chiffonné.

Je reste immobile beaucoup trop longtemps. La deuxième sonnerie retentit quelque part derrière une lointaine chaîne de montagnes, et seule la certitude de me faire bientôt incinérer parvient à me faire remuer. Je me hisse à trois pattes, continuant de m'appuyer sur le crâne d'une main, et remonte le couloir tant bien que mal. Évidemment, je devrais me ressaisir et concocter un remède quelconque, mais j'ai une peur viscérale de voir mon cerveau s'échapper si je relâche ma tête.

Quelque part derrière et au-dessus de moi, j'entends une porte claquer bruyamment et des bruits de pas précipités le long de la passerelle métallique, puis de l'escalier en spirale descendant jusqu'au couloir. Je continue de progresser, quoique trop lentement. Je sais que ce n'est pas l'un de mes alliés, puis je sais que c'est Liesel, mais je continue d'avancer, parce que je suis provisoirement incapable d'autre chose. Elle finit par arriver à ma hauteur, m'attrape sous les aisselles et me remet debout. Elle est toujours rouge de colère en dépit du fard rosé, mais elle me lance d'un ton sévère : « Où est ta chambre ? » Puis elle m'aide à clopiner dans la bonne direction.

On en est à peu près à mi-chemin quand le dernier avertissement résonne ; trois chambres plus loin, la porte s'entrouvre, et Orion apparaît. Il se fige telle une biche surprise à voler des enjoliveurs sous un projecteur de voiture de police, puis constate que je suis prête à m'effondrer devant un mur de flammes mortelles et à me laisser mourir plutôt que de lui aboyer dessus. Ça ne m'empêche pas de faire de mon mieux pour combiner les deux activités quand il passe un de mes bras autour de son cou, mais il ne réagit pas au sifflement aigu que je lui adresse et aide Liesel à m'enfermer dans sa chambre quand un puissant craquement retentit derrière nous. Les premières cavalcades de malés paniqués se font alors entendre. Orion hésite sur le seuil de la pièce, le temps de jeter un dernier regard plein de nostalgie dans le couloir, puis il claque tristement le battant tandis que Liesel m'aide à m'allonger.

« Qu'est-ce qui s'est passé ? demande Orion en se rapprochant.

— Elle est tombée en sortant de la salle de bains », répond brièvement Liesel.

Je n'entre pas dans les détails. Savoir qu'elle était assez furieuse pour vouloir commettre un meurtre mais qu'elle n'a pu se résoudre à aller au bout me la rend plutôt sympathique. « Passe-moi un verre d'eau », murmuré-je, et quand Orion me l'apporte, je prends quelques grandes inspirations pour me retenir de vomir, m'assieds et jette sur l'eau le plus simple des sorts de guérison de ma mère. Je sors alors un petit flacon en plastique que je garde en permanence sous la main pour des situations d'urgence comme celle-ci, je le vide d'un trait, puis avale le verre d'eau aussi vite que je peux. Je parviens à ne rien rendre pendant quinze bonnes secondes, puis je me penche sur la canalisation de la chambre et vomis énergiquement. Je roule alors de côté avec un gémissement de protestation, mais celui-ci est conscient, ce n'est pas un geignement de mourante ; je me sens déjà mieux.

« C'est quoi, ce truc ? » Liesel a ramassé mon flacon pour en renifler prudemment le goulot.

« Un mélange de tabasco et de caramel », réponds-je. Ça ne fait pas partie du sort de ma mère, c'est un ajout à moi – je suis sûre qu'elle en serait outrée, mais il me semble que se forcer à avaler cette horrible mixture aide à faire fonctionner le sort plus vite. Je pense même que ça doit s'expliquer scientifiquement – les médicaments qui ont le plus mauvais goût sont toujours les plus efficaces –, mais si ça se trouve ça vient juste du mana généré par le fait d'ingurgiter volontairement un machin aussi immonde. Ça ne fonctionne d'ailleurs pas qu'avec le tabasco et le caramel, il suffit que les ingrédients ne se marient pas bien tout en demeurant comestibles, histoire de ne pas gâcher le sort en mourant empoisonnée.

Bref, je ne suis plus aussi sonnée et je n'ai plus envie de hurler de douleur, ce qui ne m'empêche pas de m'apitoyer sur mon sort. Je remonte péniblement sur le lit d'Orion et y reste allongée un moment, le temps de récupérer. Liesel s'adresse à Orion comme une personne normale et civilisée, mais n'obtient que des marmonnements distraits en retour. « S'il essaie d'ouvrir la porte, assomme-le d'un coup de chaise, lui conseillé-je.

— Je ne vais pas ouvrir la porte, affirme Orion, boudeur.

— La ferme, taré, c'est carrément ce que tu comptes faire, répliqué-je. Et si le mur près de la chambre d'Aadhya s'était mis en route, cette fois ?

— Eh ben… je serais revenu ici », finit-il par répondre, comme s'il était si simple de se retrouver coincé entre deux murs de flammes mortelles se rapprochant l'un de l'autre, provoquant chacun une déroute de malés désespérés, sans la moindre issue entre les deux. Personne n'ouvrirait sa porte pendant un nettoyage, même en entendant Orion Lake – ou même sa propre mère – appeler à l'aide depuis le couloir. Quiconque serait assez stupide pour le faire n'aurait de toute façon pas passé la première année, puisqu'il se serait fatalement fait dévorer par le mainate-attrapeur ayant frappé à sa chambre. « Je ne comptais pas sortir d'ici. »

J'ouvre les yeux pour lui jeter un regard noir. « Ça veut juste dire que tu n'avais pas de plan en tête, pas que tu allais rester. »

Il se rembrunit et se dirige à pas pesants vers son bureau, pour faire mine de griffonner dans son calepin. Liesel laisse échapper un léger ricanement et s'assied sur le lit, près de mon ventre. Je la lorgne d'un air mauvais. « Quoi ? »

Elle me considère avec insistance, mais je ne pige toujours pas jusqu'à ce qu'elle me dise : « Et *ta* chambre ? » Je comprends alors qu'elle s'imagine qu'Orion avait prévu de se promener dans le couloir pour passer la journée avec moi. Je suis sur le point de lui expliquer qu'il n'est pas assez crétin pour sortir en plein nettoyage dans le simple but de se faire aboyer dessus pour avoir été assez crétin pour sortir en plein nettoyage, mais je prends alors conscience qu'elle a à moitié raison : s'il s'était retrouvé coincé entre deux murs de flammes avant d'atteindre l'escalier principal, il serait effectivement venu tambouriner contre ma porte pour trouver refuge. Et oui, je suis tellement stupide que je lui aurais ouvert, quitte à garder à portée de main un fond d'acide dans un bocal. Ce qui signifie donc que passer la journée avec moi était *son plan de secours*.

J'en obtiens rapidement confirmation : il est assis dos à nous, mais il s'est récemment rasé la tête sur mes conseils insistants – ne parlons plus de l'état de sa chevelure avant qu'il se décide –, et le sommet de ses oreilles nous apparaît, bien visible et rouge écarlate.

« Lake, si tu as caressé une seule seconde le fantasme épouvantable de t'envoyer en l'air à un moment donné en te figurant que je pourrais être impliquée, je tiens à ce que tu effaces de ta mémoire le simple souvenir de cette pensée, déclaré-je avec toute la gravité et le sérieux dont je suis capable.

— El ! » glapit-il de protestation, en se retournant pour adresser à Liesel un regard mortifié. Il n'a eu que ce qu'il mérite.

Bref, je m'éclate beaucoup à passer la journée dans la chambre d'Orion, avec lui et la fille qui a essayé de me tuer. En fait, Liesel n'est pas si terrible. On finit par jouer aux cartes toutes les deux ; elle a fabriqué elle-même son jeu de tarot, et elle m'enseigne la canasta en se servant des arcanes majeurs comme jokers. Elle trouve un peu louche que je n'arrête pas de piocher la Tour et la Mort, mais je n'y suis pour rien : c'est elle qui les a infusées d'un pouvoir divinatoire.

Orion fait une ou deux parties avec nous, mais il n'arrête pas de se laisser distraire et de se diriger vers la porte pour écouter les crépitements du mur de flammes allant et venant dans le couloir. Pour le Nouvel An, ils passent plusieurs fois, ce qui – en théorie, pas en pratique – sert à compenser leur nombre réduit. On entend plusieurs hurlements de malés agonisants, et un bruit de course dans la canalisation le fait se dresser sur ses pieds avec espoir – et renverser toutes les cartes au passage –, mais la bestiole ne remonte pas, même lorsque ce barjot va jusqu'à retirer la bonde pour aller scruter à l'intérieur.

Liesel s'écarte alors de lui avec un mélange d'horreur et de dégoût. J'en profite pour reformer la pioche avant qu'elle se rende compte que la Tour *et* la Mort ont atterri à découvert dans mon giron, en même temps que le huit d'Épées, qui dans son jeu représente une femme assise en tailleur, un foulard autour des yeux, à moitié prisonnière d'un fourré formant un cercle hérissé de huit imposantes épines d'argent braquées sur elle. Comme c'est encourageant.

« Et si tu leur remplissais une coupelle de lait ? » suggéré-je à Orion d'un ton narquois. Cette technique fonctionnait à l'époque, quand il existait plus de malés mineurs n'ayant pas besoin de beaucoup de mana pour survivre, et plus de communs sincèrement convaincus de leur existence – et donc vulnérables. Si on servait volontairement un bol de lait à l'intention des lutins ou autres créatures, ils apparaissaient et venaient se repaître du peu de mana produit par cette attention, puis ils désertaient la maison pour ne pas l'assécher. Toutefois, la plupart de ces malés ne sont plus là, aujourd'hui : ils ont été dévorés par d'autres, plus puissants, qui considèrent les communs comme l'équivalent d'un sachet de chips ouvert et couvert de taches suspectes, abandonné sur le bord de la route avec deux pauvres morceaux de patate rassis à l'intérieur.

Orion ne fait même pas mine d'avoir l'air confus. Il se contente de soupirer, puis il replace la bonde et revient jouer, faute de meilleur moyen de tuer le temps ; il ne remarque même pas que je ne lui ai pas distribué de cartes pour la nouvelle manche. Liesel et moi enchaînons les parties, jusqu'à ce que je retourne la Tour pour la sixième fois ; elle me l'arrache alors des mains pour l'agiter sous mon nez. « Tu triches !

— Pourquoi je ferais ça ? riposté-je. Tu n'as qu'à la sortir du jeu, si ça t'agace tant que ça.

— C'est ce que j'ai fait ! » rétorque-t-elle en me mettant la boîte sous les yeux pour me la montrer entièrement vide. Après l'avoir contemplée quelques secondes, elle finit par y ranger toutes les autres cartes avant de la fourrer dans sa poche sans un mot.

Un silence gêné s'installe alors. Je repousse le linge sale d'Orion pour me ménager un rectangle de sol assez large pour m'adonner à une série de pompes, malgré la tête qui m'élance encore un peu. Entre la fatigue, la douleur et la faim, l'exercice est extrêmement productif, mais je suis à court de jus avant d'être à court de temps, et je me laisse retomber sur le lit d'Orion ; la fatigue, la douleur et la faim sont encore plus présentes, sauf que je suis en plus couverte de sueur, à présent. Liesel travaille au bureau d'Orion, et je me rends compte qu'elle est en train de faire les devoirs de celui-ci quand il le découvre lui-même et dit « Eh, tu n'es pas obligée de... » du ton le moins enthousiaste qui soit.

« Je n'ai rien de mieux à faire, le rassure Liesel. Tu me rembourseras plus tard.

— Il est déjà en train de protéger la chambre, non ? » demandé-je.

Liesel hausse les épaules. « Il est là aussi, ça ne compte pas. » Je pense que si, malgré tout, puisqu'il n'a aucune envie d'être ici et serait parti comme une balle si on ne s'était pas trouvées là, mais je ne vais pas non plus plaider la cause d'Orion. Elle ajoute à son intention : « Il me faudrait des écailles d'amphisbène.

— Oui, bien sûr, pas de problème », répond-il avec enthousiasme. Je lui jette un regard mauvais, mais je n'ai aucun argument valable à opposer : c'est une rétribution tout à fait raisonnable pour quelqu'un qui fait tes devoirs, et même si on pourrait croire qu'il lui incombe d'aller chasser un amphisbène sans raison – ce qui n'est pas mon cas –, ça ne l'empêche pas de récupérer autre chose en même temps qu'il ramasse les écailles.

De toute façon, il ne chasserait probablement pas d'amphisbène sans raison : ils sont à peine plus dangereux pour nous que les agglos, qu'ils dévorent. Le pire, avec eux, c'est que, toutes les décennies environ, suffisamment de leurs prédateurs sont éliminés par une purge ; ils en profitent alors pour pondre une rasade de minuscules œufs caoutchouteux dans des endroits douillets et humides – autour des canalisations d'eau chaude, par exemple. Quand ils éclosent, peu après la nouvelle année, les bébés émergent alors en masse par les robinets et les douches, sifflant et mordant de leurs deux têtes. Tu pourrais à juste titre estimer que c'est quand même relativement cauchemardesque, sauf que leur venin n'est à ce stade pas assez puissant pour t'infliger plus d'une simple piqûre, et qu'il ne devient réellement efficace que lorsqu'ils sont de toute façon trop gros pour passer par ces orifices. Tu peux alors les entendre coincés dans les tuyaux, à siffler pendant que tu prends ta douche, et tu n'as plus qu'à espérer très fort que la pomme de douche ne se détache pas tant que tu es dessous.

À bien y réfléchir, on est presque sûrs d'en subir une infestation cette année. Il faudra que je fasse passer le mot, et que je consacre quelques heures de crochet à concevoir des filets à fixer autour des pommes de douche. Liesel doit l'avoir senti venir depuis un moment et a dû élaborer une stratégie nécessitant ce qui s'apprête à devenir une ressource abondante. Malin de sa part. D'autant plus malin qu'elle profite d'une occasion en or de charger Orion de la récolte, pendant qu'elle s'occupe de ses devoirs en retard, qu'elle aura sans doute bâclés en deux heures.

Je boude sur le lit, pleine d'un ressentiment absolument injustifié, tandis qu'elle remplit à toute allure la pile de documents, sans plus d'efforts qu'il m'en faut pour rester vautrée là. La seule chose qui la ralentit un tant soit peu est qu'Orion a renversé de la nourriture et/ou des entrailles de maléficarias sur certaines questions, ce qui la force à reconstituer les mots devenus illisibles. En réalité, j'ai très largement surestimé la durée de l'exercice : il lui faut trente-huit minutes pour tout remplir, en comptant le temps qu'elle met à trier les documents par ordre de date butoir avant de les remiser dans des classeurs, puis d'en profiter pour ranger absolument tout le reste.

Je dirige mon agacement contre Orion quand il récupère les classeurs et se contente de les poser sans enthousiasme sur le bord de sa table en déclarant : « Super, merci. Combien d'écailles il te faut ? » C'est loin d'être assez chaleureux à mon goût, et pourtant je ne suis même pas américaine.

« Ce que Lake essaie de te dire, c'est qu'il t'est pitoyablement reconnaissant de ne pas devoir passer les six prochains mois à éviter des cuves d'acide sous prétexte qu'il a eu la flemme de faire ses devoirs », interviens-je avec humeur.

Liesel hausse les épaules avec la lassitude d'un ancien combattant – elle doit avoir l'habitude, depuis le temps qu'elle se farcit les devoirs des enclavés – et dit à Orion : « Tu peux m'avoir une trentaine de peaux ? Il faut que les bestioles aient au moins quinze jours.

— Bien sûr », répond-il allègrement, et si je ne grince pas littéralement des dents, c'est parce que personne ne le fait jamais, mais ce n'est pas l'envie qui manque. Et encore une fois, sans que rien ne le justifie. Liesel a bien négocié son truc, et Orion aussi ; d'une certaine manière, c'est même bien pour *moi*, parce que je n'aurai plus à secourir cette tête de pioche sans arrêt, ni à me soucier qu'il ait négligé un exercice assez important pour qu'il revienne le mordre, ainsi que les devoirs bâclés le font généralement. Il n'aura même pas besoin de mettre en pratique son alchimie, ni pour avoir son année ni pour quelque autre raison : d'après ce que j'ai pu voir, il n'a aucune affinité particulière avec cette matière. Je ne sais même pas pourquoi il a choisi de suivre ce cursus. Les labos new-yorkais doivent être blindés de petits génies, je ne peux pas croire qu'il vise son diplôme dans le seul espoir de devenir un alchimiste modestement compétent pour le restant de ses jours.

Ce qui m'agace encore plus, c'est de ne pas avoir une seule bonne raison d'être agacée. Je ne saurais même pas comment expliquer ma réaction. Si j'essayais de mettre des mots sur ce que je ressens, ce serait forcément quelque chose de désagréable, de vaguement jaloux et de pleurnichard comme *Pourquoi tu arrives toujours à conclure des marchés qui te dispensent systématiquement de ce que tu n'aimes pas ?*, sous-entendu *Ça ne m'arrive jamais*, ce qui n'est même plus vrai maintenant que je porte ce répartiteur de pouvoir au poignet.

Je m'abstiens donc de verbaliser mes pensées, et reste seulement blottie sur son lit dans de désagréables relents de sueur froide et de ressentiment, tandis qu'ils discutent des détails de leur accord. Orion ne semble même plus si distrait : même si les malés se faisaient de nouveau purger, Liesel vient d'effacer son ardoise pour y inscrire seulement *chasser*, *manger* et *dormir*, les deux dernières actions étant laissées à sa discrétion. Elle lui propose même de l'aider à confectionner un appât à amphisbènes.

Une chose est certaine, en tout cas, c'est que je ne suis pas jalouse. Je ne suis tellement pas jalouse que je ne pense même pas à ma jalousie jusqu'à ce que Liesel *me* décoche un regard exaspéré ; je me rends alors compte qu'elle aimerait beaucoup me rendre jalouse, et qu'elle ne lésinerait pas sur les moyens si elle voyait la moindre possibilité d'y parvenir. Comment lui en vouloir ? Elle a tellement envie de cette place assurée dans l'enclave de New York qu'elle a sérieusement envisagé de se taper Magnus Tebow et de commettre un meurtre pour l'obtenir ; même moi je placerais Orion au-dessus de l'un ou l'autre de ces procédés. S'il avait seulement lorgné ne serait-ce qu'un instant son décolleté, elle aurait été ridicule de ne pas faire en sorte qu'il recommence.

Mais ça n'est pas arrivé, et lorsque j'en prends conscience, je me mets à paniquer un peu, parce qu'il n'a pas la moindre raison de s'en priver. Je ne suis moi-même que peu attirée dans cette direction, ce qui ne m'a pas empêchée de reluquer le décolleté à deux fois, ainsi que ces boucles dorées et vigoureuses et ces lèvres roses et brillantes. Si tu ne bouffes que du bouillon insipide pendant des années et qu'on te propose soudain une part de gâteau au chocolat, peu importe que tu aimes ça ou non : tu y réfléchiras au moins à deux fois avant de répondre *non merci*.

Orion n'a absolument aucune raison de répondre *non merci*. Je suis à peu près sûre qu'il aime ce genre de gâteau, ou qu'il est au moins tenté d'essayer, et je lui ai bien fait comprendre qu'il n'avait aucune chance d'en avoir dans mon assiette. Il aurait au moins dû se lécher les babines, sans forcément se jeter sur la nourriture, mais il s'en désintéresse tout à fait. D'autant qu'il n'est pas assez bon acteur pour jouer l'indifférence.

Ce qui, fort logiquement, irrite Liesel. C'est comme les devoirs : autant d'efforts méritent au moins une forme de reconnaissance. Ainsi, quand la sonnerie annonçant la fin de la purge retentit, elle déclare avec raideur « Je retourne dans ma chambre, maintenant », et quitte les lieux sans même me laisser le temps de prendre le train en marche et de partir avec elle.

« Je vais y aller aussi », m'empressé-je d'ajouter en basculant mes jambes par-dessus le rebord du lit, mais Orion se précipite vers moi et me lance un « Tu es sûre que ça va ? » mélancolique. Il a même le culot de jeter un rapide coup d'œil sur *ma* poitrine, pourtant dissimulée sous un tee-shirt de la veille maculé de suie et de taches d'alchimie, qui disparaît lui-même derrière les pointes mal taillées de mes cheveux.

« Ça va, affirmé-je sèchement.

— Je te raccompagne. »

Je pourrais le laisser faire : Précieux m'attend là-bas. Pourtant, je réplique : « Je n'ai pas besoin d'aide pour me rendre neuf portes plus loin, Lake. » Mon ventre se met alors à gargouiller, ce qui lui donne une idée : « Tu as vomi ton petit déjeuner, il faut bien que tu manges quelque chose. » Il bondit alors pour m'attraper une barre de céréales dont la date de péremption est passée de huit années à peine, sans doute une offrande d'une adoratrice quelconque. Ce n'est certes pas du gâteau au chocolat, mais selon les critères de la Scholomance, ça s'apparente à de la haute cuisine. Je m'en saisis bêtement et reste bêtement assise sur son lit le temps de la manger – tellement bêtement que j'ai la désagréable impression de le faire volontairement –, alors bien sûr il en profite pour s'installer à côté de moi. Il passe un bras hésitant autour de mes épaules quand il me croit distraite, et je fais mine d'être distraite. Puis il me dit « El » d'une petite voix pleine d'espoir, et je me conseille intérieurement de le pousser du lit.

Je n'en fais rien. En fait, à ma grande honte, c'est même moi qui l'embrasse la première, et c'est la fin de tout, car je meurs de faim, et *j'adore* le gâteau, et après en avoir croqué une bouchée je ne peux plus m'arrêter. Je glisse alors les mains sous son tee-shirt et caresse son dos brûlant, et c'est si agréable d'être aussi proche de quelqu'un, sauf qu'il ne s'agit pas de n'importe qui, mais d'*Orion*, et qu'il frissonne avant de m'enlacer ; je sens combien il est fort, et les muscles bâtis à force d'années passées à combattre les pires créatures tapies dans le noir roulent sous sa peau. Sa bouche est chaude et délicieuse, je ne saurais même pas décrire à quel point c'est agréable, à quel point cela rend tout meilleur. Je suis comme l'un de ces imbéciles de bizuts admirant la fantaisie que j'ai créée dans le gymnase, sauf que celle-ci est bien réelle et que je peux m'en emparer ici et maintenant, et même la conserver après la remise des diplômes et pour l'*éternité*, et le reste de mon rêve peut se réaliser aussi – une vie de construction, de création et de travail utile, où chaque prophétie annonciatrice de destruction pourra bien aller se faire foutre ; cet instant pourrait être le début du reste de mon existence, et j'en ai tellement *envie* que je ne peux pas m'arrêter, ne peux pas avoir envie d'arrêter.

Alors je n'arrête pas. Je continue de l'embrasser, de le caresser et de respirer à l'unisson avec lui, nos fronts joints formant une bulle d'intimité chaleureuse à l'intérieur de laquelle nous pouvons reprendre nos souffles saccadés. La main d'Orion est prisonnière de mes cheveux, il l'y promène comme s'il voulait sentir chaque mèche glisser entre ses doigts, il raffermit et relâche alternativement son étreinte, sa respiration n'est plus que halètements rauques et étranglés, et c'est si agréable que je pouffe un peu dans cet espace d'intimité formé entre nous et attrape le bas de sa chemise.

Pris d'un violent frisson, il recule subitement et me repousse à bout de bras avant de lancer d'une voix brisée et douloureusement enrouée : « Non, on ne peut pas faire ça. »

J'ai été humiliée de toutes sortes de façons atroces au fil de mon existence, mais c'est sans doute la pire d'entre toutes. Ce n'est pas parce qu'il n'en a pas envie : ça, j'aurais pu gérer. Le truc, c'est qu'il en a autant envie que moi, mais qu'il a réussi à s'interrompre *et pas moi* ; je me suis comportée comme une barbare indisciplinée s'emparant d'une pierre précieuse tout en sachant pertinemment que cela va provoquer un désastre sans précédent. Il arrive même à se lever du lit et semble léviter jusqu'à l'autre bout de la chambre.

« Tu as bien raison », dis-je avant de m'élancer dans le couloir encore légèrement roussi.

Précieux m'attend de l'autre côté de ma porte quand je l'ouvre si brusquement que la pauvre souris est prise d'un sursaut qui la fait bondir jusqu'à ma taille. Je la rattrape en vol et lui lance, furieuse : « Tu veux bien arrêter ? Il ne s'est rien passé, et pas grâce à toi ! »

Je claque violemment la porte derrière moi et m'affale sur mon lit. Précieux grimpe le long de mon bras pour atteindre mon épaule, et s'y juche sans un bruit jusqu'à ce que je finisse par admettre « Pas grâce à moi non plus » d'un ton aussi aigre qu'une courge pourrie. Il se rapproche alors de mon oreille et frotte la pointe de son petit museau contre mon lobe en me glissant quelques couinements de réconfort. Je m'essuie les joues pour sécher quelques larmes irrépressibles.

7

Alliance

Orion n'a même pas la décence de m'éviter pour le reste de la journée. En fait, il passe même l'heure du déjeuner à me gratifier de regards nostalgiques et désespérés, comme si c'était moi qui l'avais allumé avant de le planter cruellement. Nul ne m'en souffle un mot, mais je vois bien que c'est ce qu'ils supposent tous. Quand je m'en plains à Aadhya plus tard dans l'après-midi, elle me rétorque – quel manque de compassion absolu – que personne ne perd de temps à s'interroger sur ma vie amoureuse, mais qu'est-ce qu'elle en sait ?

« Tu devrais être contente qu'il t'ait protégée de tes instincts, en tout cas ! » ajoute-t-elle.

Je la toise d'un œil torve. « Tu peux me rappeler *qui* me réclamait tous les détails salaces ?

— Ça ne veut pas dire que je ne t'aurais pas balancé un seau d'eau froide sur la tête si j'avais été dans les parages. Qu'est-ce qui t'est passé par la tête ? Tu sais à quand remontent tes dernières règles, au moins ? »

Je ne trouve aucun argument à lui opposer, d'autant que non, je ne sais absolument pas à quand remontent mes dernières règles ni quand devraient tomber les prochaines. Fort heureusement, c'est un truc pour lequel la magie est très efficace : dès les premiers signes, tu te prépares une infusion de dégage-de-là – une recette alchimique toute simple que n'importe quelle sorcière sait concocter les yeux fermés –, et voilà. Certaines d'entre nous doivent quand même faire gaffe au calendrier, car les leurs débutent par quelques pertes de sang, et mieux vaut qu'aucun malé ne les flaire. Pour ma part, les symptômes initiaux consistent en de bonnes vieilles crampes d'estomac insupportables que je ne peux pas louper, je sais alors qu'il me reste cinq grosses heures devant moi.

Fort malheureusement, la magie ne peut rien pour éviter les grossesses. Le truc, c'est que si tu te lances volontairement dans une activité dont tu sais, malgré ta trouille, qu'elle risque fort de te mettre enceinte, l'intention magique n'est pas très claire. Les sorts protecteurs sont à peu près aussi infaillibles que la technique du retrait. La science est bien plus fiable, mais il faut dans ce cas sacrifier une partie de tes bagages autorisés pour apporter préservatifs ou pilules – puis t'en servir correctement –, ou te faire poser un implant ou un stérilet avant l'incorporation, en croisant les doigts pour que tout se passe bien durant les quatre années que tu espères passer à la Scholomance, en attendant ta prochaine visite chez le gynéco. Je n'en vois pas l'intérêt. Ou plutôt, je n'en voyais pas l'intérêt il y a de ça quatre ans, quand j'étais à peu près sûre que personne n'allait m'adresser la parole et encore moins vouloir sortir avec moi.

« C'est juste que… » Je cesse d'argumenter, me laisse lourdement tomber sur le sol de sa chambre et reprends : « C'était tellement *agréable*. » Et ça peut paraître ridicule, mais je ne peux empêcher ma voix de chevroter. Rien n'est agréable, ici. On peut obtenir des victoires désespérées ou être témoin de miracles éblouissants, mais jamais rien d'*agréable*.

Aadhya pousse un profond soupir. « Ouais, ben oublie. Je refuse de me laisser dévorer par une gueule-béante parce qu'on t'a mise en cloque. » Je me redresse, bouche bée d'indignation, mais elle me dévisage de son air sévère, et je comprends qu'elle a *raison* ; bien sûr, qu'elle a raison. J'ai déjà couru bien assez de risques sans en ajouter un de cette nature, car à ce rythme-là, je vais finir par remporter un truc encore moins utile qu'une médaille en étain.

On ne sait pas ce qu'on va trouver dans la salle des diplômes, et d'une certaine manière c'est encore pire que de savoir qu'on va avoir affaire à la même horde de malés sanguinaires que les terminales doivent affronter chaque année depuis plus d'un siècle. On ne peut même pas se fier à ce qui se passait à l'époque où les systèmes de nettoyage fonctionnaient à plein, car l'école était alors flambant neuve, et les rares malés présents étaient les premiers pionniers à avoir réussi à se faufiler entre les sortilèges de protection. À présent, des infestations et des colonies séculaires sont tapies dans les recoins les plus obscurs, des maléficarias ancestraux sont profondément enracinés dans les fondations, des générations d'entre eux qui n'ont jamais vécu en dehors des rouages de l'école. Peut-être que la purge a laissé assez de survivants pour provoquer une soudaine explosion démographique dans les moindres espaces disponibles – comme la vague d'amphisbènes qui s'apprête à nous tomber dessus –, et qu'on va être largués au beau milieu d'une horde de malés affamés et tout juste éclos, si nombreux et petits que la plupart de nos stratégies ne pourront pas être adoptées, comme avec cette horrible masse qu'on a par mégarde attirée avec le pot à miel de Liu, mais en dix mille fois pire.

Ou alors, ils sont tous morts. Peut-être qu'ils se sont entredévorés jusqu'en bas de la chaîne alimentaire, et qu'il ne reste plus un seul maléficaria à part Patience et Force-d'Âme, postés de part et d'autre des portes de l'école, qui n'ont plus rien d'autre que nous au menu.

Si c'est ce qu'on s'apprête à découvrir en bas… j'avoue que je ne sais pas comment je réagirai. Il y a une chose évidente et raisonnable à faire : alerter le reste de la promo que, si on doit se retrouver tous unis contre les gueules-béantes, ils devront former un gigantesque cercle pour m'alimenter en mana, pendant que je ferai de mon mieux pour les éliminer. Mais ce n'est pas parce que c'est évident et raisonnable que je compte le faire. J'ai déjà tué une gueule-béante de la seule manière qu'il est possible de le faire – depuis l'intérieur –, et le simple fait d'envisager d'avoir à recommencer fait naître en moi une sorte de hurlement incohérent venant occuper la place de mon cerveau, comme si j'étais debout à côté d'un camion de pompier, toutes sirènes hurlantes, pendant qu'on essayait de me parler : je verrais la bouche remuer sans bruit, car le reste du monde serait trop assourdissant.

J'arriverais peut-être à surmonter ça le moment venu, si je voyais les gueules-béantes approcher et que je n'avais pas d'autre solution. Peut-être. Je n'en suis pas du tout certaine, car je ne dispose que de six petits mois pour affûter mes réflexes comme des rasoirs. Ce n'est pas la même situation, loin de là. Devoir retourner à l'intérieur… Je ne suis pas sûre que quiconque prendrait cette décision deux fois dans une vie. Peu de gens ont d'ailleurs dû avoir le loisir de se poser la question. Si j'arrive à survivre à cette école, il faudra que je rencontre le Dominus de Shanghai, la seule autre personne vivante à avoir accompli cet exploit. On pourrait comparer nos impressions. Ou se regarder dans les yeux et se mettre à hurler de concert, ce qui me semblerait plus approprié.

Évidemment, il est très probable que ça ne fonctionnerait pas de toute façon. La gueule-béante que j'ai tuée était petite, peut-être née d'une des deux grosses – je ne sais pas trop comment elles se reproduisent ; à ma connaissance, personne n'a consacré beaucoup de temps de recherche à la sexualité des gueules-béantes.

Quoi qu'il en soit, elle a réussi à franchir les défenses et à grimper dans les étages. J'ignore combien d'élèves se trouvaient à l'intérieur, combien de vies elle avait prises ; je n'ai pas tenu le compte du nombre de morts que j'ai provoquées. Tout ce que je sais, c'est qu'elle était loin d'être aussi énorme que Force-d'Âme, et encore moins que Patience, qui règnent sur leur terrain de chasse presque depuis l'ouverture de la salle des diplômes. Même moi, je ne pense pas être capable de causer autant de victimes. Le seul moyen de les faire disparaître serait de faire disparaître l'école.

Tout ça pour dire qu'il nous faut malgré tout une meilleure stratégie pour la remise des diplômes que *Voyons si El est à la hauteur de sa réputation*, et qu'au lieu d'essayer d'en élaborer une, je suis en train de me lamenter sur le fait qu'il serait *agréable* d'accomplir un truc vraiment stupide, comme aller plus loin avec Orion. Aadhya a tous les droits de me mettre le nez dans mon caca.

« Pardon », murmuré-je. Elle se contente d'acquiescer, réaction plus aimable que celle à laquelle je m'attendais. Elle ajoute alors, d'un ton très pragmatique : « Je crois avoir mis au point un bon emploi du temps pour l'entraînement. » Elle déroule alors devant moi un planning complet.

Après le Nouvel An, la moitié du gymnase est réservée exclusivement aux terminales ; chaque semaine, une nouvelle course d'obstacles y est déployée, afin qu'on puisse prendre l'habitude de traverser en courant des forêts de lames affûtées tentant de nous occire. C'est d'un réalisme suprême, plein de constructions artificielles se faisant passer pour des malés, mais aussi de véritables malés venus obligeamment gonfler les rangs. Le petit nombre de victimes est une preuve irréfutable de l'enseignement de qualité prodigué par la Scholomance. Et dis-toi que j'affirme cela la main sur le cœur. Mais en vérité, on a désormais tous trouvé notre rythme de croisière, à présent. Il n'y a dans ce monde rien de plus dangereux qu'un sorcier au pic de sa puissance. C'est pour ça que les malés doivent nous traquer quand on est jeunes. C'est nous qui serons demain au sommet de la chaîne alimentaire, pas les gueules-béantes qui, après tout, passent leur temps plantées près des portes à marmonner dans leur coin, et tâtonnent parfois autour d'elles pour se nourrir. Une fois dehors, nous sculpterons nos rêves sur la face du monde, tels de joyeux vandales couvrant les pyramides de graffitis, sans plus nous retourner. Mais seulement quand on sera dehors.

En temps normal, avoir le gymnase réservé est un privilège utile d'une grande valeur. Même si cela n'emballe pas grand monde cette année, on n'a pas d'autre moyen de s'entraîner. Le premier objectif de la remise des diplômes est de passer le plus vite possible de l'escalier aux portes, sans se faire intercepter en chemin. Cela représente une distance d'environ cent cinquante mètres, soit un aller-retour de gymnase, et à part jeter des sorts à droite et à gauche, tu dois aussi *courir*.

« Les matins ? » protesté-je, car Aadhya nous prévoit trois rendez-vous à huit heures, ce qui implique de devoir nous tirer du lit au premier carillon pour aller déjeuner avant de descendre ; on serait ainsi les premières à traverser les couloirs, sans oublier – et c'est primordial – les premières à affronter le parcours chaque semaine, sans la moindre idée de ce qui nous attend.

« J'ai parlé à Ibrahim et Nkoyo tout à l'heure, pendant la purge, m'expliqua Aadhya. On a conclu un marché : ils entreront juste après nous avec leurs équipes respectives. Ainsi, on affronte le danger de face, mais ils nous évitent d'être prises à revers. On s'entraînera ensemble tous les matins. »

Ce genre d'arrangement constitue généralement la pire des stratégies pour le groupe de tête, au point qu'ils le mentionnent directement dans le manuel des futurs diplômés qu'on recevra d'ici trois mois. Comme ça arrive bien trop tard pour nous être d'une quelconque utilité, on se sert tous des exemplaires qu'on a achetés en seconde aux terminales de l'époque, qui avaient récupéré les leurs deux ans plus tôt, *et cætera*. Les conseils évoluent peu d'une année sur l'autre, mais l'un des points récurrents est que prendre la tête est loin d'être compensé par l'avantage que te procure le fait d'être couvert par d'autres équipes : dès que tu te retrouves en passe d'être submergé, celles-ci risquent de déserter les flancs et de cesser de te protéger, ce qui fait que tu n'as plus la moindre chance de te rétablir ; les autres profiteront de l'ouverture créée par le carnage et verront leurs propres chances de succès augmenter considérablement au détriment des tiennes.

Ce n'est pas super de prendre la tête, même au sein d'une alliance, sauf qu'au moins, dans une alliance, on a besoin des points forts de chacun, et que ce n'est donc jamais une bonne idée de laisser tomber les autres. Sauf quand on arrive tout près des portes ; là, des tas d'alliances se délitent. Et cela, mesdames et messieurs, explique pourquoi les enclavés ne passent *jamais* devant.

Toutefois, ce n'est pas une erreur stratégique de la part d'Aadhya, car il existe une situation particulière dans laquelle trouver quelqu'un pour te couvrir est on ne peut plus logique : lorsqu'ils n'ont aucun intérêt à te laisser tomber. Par exemple, s'ils ne disposent que de couteaux alors que tu es armé d'une mitraillette-lance-flammes. Elle est donc en train de confirmer que oui, toute notre stratégie reposera sur ma capacité à me montrer à la hauteur de ma réputation. « D'accord », déclaré-je d'un air sombre. Qu'est-ce que j'aurais pu dire d'autre ? *Non, ne comptez pas sur moi ? Non, je ne vais pas faire de mon mieux pour vous amener jusqu'aux portes, malgré tout ce que vous avez fait pour moi ?* C'était évident qu'elle allait ériger sa stratégie autour de moi. C'est tout aussi évident qu'il m'incombe de la laisser faire.

« El, reprend Aadhya, tu sais qu'on accepterait Orion ? » Tu trouves peut-être que c'est une déclaration hilarante de ridicule – oui, dans notre grandeur d'âme, on veut bien accueillir le héros invincible dans notre équipe –, mais je sais ce qu'elle pense vraiment. Elle est en train de me rappeler qu'*Orion ne fait pas partie de notre alliance*, contrairement à moi, ce qui signifie que je n'aurais pas le droit de laisser tomber mes amies pour lui porter secours, même si je le voyais se faire entraîner dans les entrailles d'une gueule-béante en hurlant comme papa hurle dans la tête de maman depuis le jour où elle a franchi les portes en rampant alors qu'elle était enceinte de moi. Si c'est là le sort monstrueux contre lequel elle a essayé de me mettre en garde, c'est qu'elle sait, elle sait mieux que personne à quel point il peut être horrible de vivre quand l'être aimé hurle dans ta tête jusqu'à la fin des temps.

« Je lui proposerai », dis-je sans relever la tête, faisant mine de lire alors que je serre les paupières pour empêcher mes larmes de couler sur le planning savamment élaboré d'Aadhya. Elle pose une main chaude sur mon épaule, puis me passe à moitié le bras autour du cou, et je me laisse aller contre elle un instant avant de secouer sèchement la tête et de prendre une grande inspiration, parce que je n'ai pas envie d'emprunter cette voie. Quel intérêt ? De toute façon, je ne peux rien y faire non plus.

Je lui pose effectivement la question le soir venu, pendant qu'on se dirige vers le réfectoire, parce que je suis bien obligée de le faire, au cas où. Il a le toupet de me répondre d'un ton rassurant : « El, tu vas très bien t'en sortir. Il y a quantité de mana dans le réservoir, et je vais pouvoir en ajouter maintenant que les malés refont surface. Et puis tu as Chloe, et…

— Boucle-la, âne bâté », l'interromps-je dans un grognement. Il a un mouvement de recul, hésitant un instant entre la stupéfaction et l'indignation, puis reprend d'un ton confus : « Attends, tu te fais du souci pour… ? » Il se tait alors et me contemple bouche bée, comme si l'idée qu'un autre être vivant puisse simplement exprimer la moindre inquiétude pour *sa* santé et *son* bien-être n'avait encore jamais effleuré la coquille de son cerveau de mollusque. Je finis de gravir l'escalier en courant pour éviter de décocher un coup de poing dans son nez aquilin, que je me suis surprise à comparer, pas plus tard que ce matin en rêvassant à table, à celui de Marlon Brando jeune, ce qui te donne une idée des profondeurs dans lesquelles tu peux sombrer si ta mère pense, à l'instar de la mienne, que le summum du divertissement pour une enfant est une comédie musicale d'un autre âge.

Aadhya, Liu et Chloe sont parties devant, mais je les rattrape avant qu'elles atteignent la queue du réfectoire. « Merci de m'avoir gardé une place », lancé-je en attrapant un plateau, sans rien leur révéler du tour pris par la conversation. Chloe se mord la lèvre, Liu paraît navrée, mais heureusement Aadhya embraie avec un « Qu'est-ce que vous pensez de proposer à Jowani ? » qui nous pousse à discuter de ses mérites.

Je pourrais t'en dresser la liste. Il possède un sort de périmètre aux petits oignons, du genre que tu jettes une fois et qui dure pendant une demi-heure ; le sien est remarquable, parce qu'il repère l'intention plutôt que la présence physique, ce qui signifie qu'il peut t'alerter de l'approche de malés incorporels. Il nous fournirait une attache personnelle solide avec notre petit trio d'alliances, parce que Cora s'est ralliée à Ibrahim, Nadia et Yaakov. Sans compter que les garçons n'ont pas leur pareil pour soulever les charges lourdes. Pour l'instant, c'est moi les muscles de l'équipe. La différence ne semblait pas aussi criante en début d'année, mais depuis quelque temps, on a l'impression que tous les garçons de terminale prennent du volume dès qu'on a le dos tourné, et qu'ils semblent à présent capables de déplacer une caisse pleine de métal d'un bout à l'autre de l'atelier en la calant sous leur bras.

Tu trouves peut-être que ce sont des avantages bien légers, et d'une certaine manière, c'est le cas. N'importe qui à l'école peut trouver le moyen de se rendre utile – c'est précisément ce qu'on fait tous durant nos quatre années à la Scholomance. Et maintenant que tout le monde sait que je suis *très* utile, on pourrait facilement faire notre choix parmi les meilleurs élèves. En fait, je soupçonne même au moins deux candidats au titre de major d'avoir tenté des ouvertures auprès d'Aadhya : je les ai vus s'arrêter devant sa chambre.

Aucune d'entre nous ne fait valoir d'objection. Nous convenons toutes que Jowani pourrait nous être utile et qu'il constituerait un bon apport stratégique à l'ensemble. Toutefois, on n'entre pas dans les détails. Aucune d'entre nous ne veut avouer à voix haute qu'on n'a juste pas envie de le laisser livré à lui-même. Depuis l'incident du bras de Cora, on mange tous en groupe presque tous les jours, et à chaque début de petit déjeuner, il sort un minuscule bouquin plein de pages incroyablement fines – une pour chaque jour des quatre années, ai-je fini par comprendre au bout de quelque temps – et récite un court poème ou un extrait de texte copié par son père dans son recueil. Il y en a dans une grosse dizaine de langues, et tous sont remplis d'amour et d'espoir : *garde courage*. L'entendre les lire m'apaise même quand je me suis levée du mauvais pied.

Jusqu'alors, je ne l'avais jamais entendu émettre plus que des monosyllabes. J'avais toujours supposé qu'il ne m'aimait pas, mais il s'avère que ça n'avait absolument rien à voir avec moi. Il bégaie, mais ça ne l'affecte pas quand il récite de la poésie, et heureusement pas non plus quand il lance des sorts. En revanche, ça l'empêche de prendre part à une conversation, à moins qu'il te connaisse vraiment bien. Voilà pourquoi il s'est accroché aux basques sociales de Nkoyo même après qu'elle a rejoint une alliance, et pourquoi il a tant de mal à en trouver une lui-même. Et s'il reste seul, il n'en réchappera pas.

Ce n'est pas le genre de confidences que l'on peut se faire à la Scholomance. Jamais. Ibrahim, Yaakov et Nadia n'ont pas choisi Cora parce qu'ils se rappellent le cercle formé autour d'elle, ce flux de mana nous parcourant tous tel un cours d'eau pour guérir son bras, un don qui ne nous a rien coûté d'autre que la volonté d'offrir. Ils l'ont choisie parce que Nadia et elle savent toutes deux danser les sorts – un certain nombre de sorts sont plus puissants lorsque l'on danse pendant l'incantation – et sont en train d'élaborer une danse des épées magique en se servant de lames conçues par Yaakov ; Ibrahim a négocié un sort de phase majeur auprès d'un ami enclavé, qui le lui a proposé à bas prix après avoir constitué sa propre alliance, comme pour s'excuser de ne pas l'avoir invité. Ils forment une robuste équipe de combat, et au moins deux ou trois enclavés ont proposé de les rejoindre. Voilà pourquoi. On ne choisit pas les gens parce qu'on les apprécie ni parce qu'on veut les voir survivre.

Toutefois, on parvient à trouver assez de bonnes raisons pour accueillir Jowani, et quand on arrive à notre table, Aadhya l'attire à l'écart pour lui poser la question ; une fois nos trois alliances bien consolidées, tout le monde accepte de participer à une course d'obstacles dès demain matin. Même Orion. À l'évidence, il ne cherche pas de meilleure stratégie pour atteindre les portes que *Tuer des bidules tant qu'il y en a*, mais il nous a entendus discuter des mérites ou de l'absence de mérite à passer en premier, du fait qu'on ne devra pas se laisser surprendre par la présence éventuelle d'un *vrai* maléficaria venu se planquer dans le gymnase pendant la nuit. Ça a fini par lui faire lever le nez pour demander : « Hé, ça vous embête si je vous accompagne ? » Tu seras étonné d'apprendre que personne n'y a vu d'objection.

On descend donc en groupe après le petit déjeuner le matin suivant. Pour ma part, je ne suis pas retournée au gymnase depuis la journée loisirs. Je me suis armée de courage, mais pas assez. L'endroit est encore pire qu'avant. Des têtes de piaf de bizuts – ça ne peut être que des bizuts – ont replanté, dans les grandes jardinières le long des murs, des graines trouvées dans les réserves d'alchimie ; les enchantements leur ont permis de se transformer en haies, si bien qu'on ne voit même plus où les murs touchent le sol, ce qui renforce encore l'illusion d'être dehors. Les grands arbres au loin se sont dépouillés de leurs feuilles, et une couche de neige vaporeuse recouvre leurs branches sombres et humides, égayées çà et là par le plumage rouge d'un oiseau minuscule ; chaque délicat brin d'herbe crisse de gelée. Nos souffles forment des panaches de vapeur.

« *Quoi ?!* » s'exclame Jowani. Il ne développe pas davantage, et je pense que cela résume assez bien ce que nous ressentons tous.

Enfin, pas *tous*. « C'est tellement joli, El », commente Orion d'un ton rêveur. Il ouvre les bras en grand et lève le visage vers les flocons artistiques que le ciel laisse tomber pour nous accueillir. « Je peine à croire qu'on n'est pas dehors. » Je crois qu'il dit ça comme un compliment.

Il nous faut plisser les paupières pour distinguer les frontières de la course d'obstacles : une basse clôture en bois longe la ligne médiane, isolant la zone d'entraînement du reste de la salle. En dehors de ça, l'illusion a intégré pleinement les épreuves à l'environnement : des buissons hérissés d'épines, des arbres aux membres avides, une colline à la pente prononcée couverte de neige... Une légère brume grise surplombe une large étendue d'eau noire, dont la surface gelée menace de se briser en tessons déchiquetés. Diverses façons horribles de traverser s'offrent à nous : une planche fine et branlante ; des roches espacées et glissantes dépassant de la glace ; un pont de pierre d'allure plus rassurante, qui constitue sans doute le passage le plus dangereux. Quand on observe l'intérieur des portes du gymnase, elles ressemblent à deux énormes vantaux de fer ménagés dans la muraille d'une tour mystérieuse et charmante.

On a déjà mal commencé. Le meilleur moyen d'aborder la course d'obstacles consiste à se jeter dessus instantanément, dès qu'on l'aperçoit, sans prendre le temps de l'examiner. C'est quand tu en ressors, claudiquant et contusionné – à condition que tu en ressortes –, que tu passes en revue tout ce que tu as fait de travers, avant d'essayer d'autres approches pendant le reste de la semaine ; et quand la nouvelle course apparaît le lundi suivant, tu recommences. Avec un peu de chance, tu t'en sortiras un peu mieux chaque première fois, sans planification. De toute façon, tu n'as pas le temps de planifier quoi que ce soit le jour de la remise des diplômes. Mais à notre décharge : *Quoi ?!*

« Allons-y, avant que la prochaine équipe arrive », décidé-je. Je me rends alors compte que c'est *moi* que tout le monde attend, ce qui est à la fois évident et terrifiant. Je contemple cette adorable étendue de nature sauvage magnifiée par l'hiver. Les malés présents sont tous planqués, à l'exception des légères lumières dansant de l'autre côté de la rivière, des couleurs chatoyant dans la brume, comme si des feux follets y avaient élu domicile, sauf que ces derniers sont des constructions essentiellement décoratives sans véritable valeur ajoutée pour l'entraînement. Il pourrait aussi s'agir d'une variété quelconque de mangeurs d'âmes, sauf que de vrais mangeurs d'âmes si proches les uns des autres auraient fusionné en un unique mangeur d'âmes affamé, ce qui n'aurait guère d'utilité non plus – pour des raisons bien plus dangereuses et désagréables, et donc plus probables. Les faux malés que la course produit ressemblent beaucoup à ceux qu'on nous expose lors des études maléficariennes : ce n'est pas parce qu'ils ne sont pas réels qu'ils ne peuvent pas te tuer, d'autant que les vrais se mêlent parfois à la masse et font semblant d'être faux le temps de s'emparer de toi. Quoi qu'il en soit, on ne se rend pas service en attendant de découvrir à quoi on a affaire. Je prends une grande inspiration et adresse un signe de tête à Liu, qui se met à jouer du luth ; j'entonne alors le sort d'amplification de mana d'une voix un peu aiguë et fonce vers le parcours.

La neige explose tout autour de nous avant qu'on ait achevé notre première foulée, et des lames de faux déchiquetées cherchent à nous étriper ; après ça, je ne saurais plus te dire dans quel ordre les choses nous assaillent. On a dû traverser la rivière dans les deux sens, mais je ne sais plus si je l'ai transformée en lave à l'aller ou au retour. En tout cas, on n'a pas véritablement atteint le mur, puisque l'illusion du gymnase se donnait beaucoup de mal pour nous convaincre qu'il n'y en avait pas : ainsi, quand on s'en est rapprochés, des voix spectrales et chevrotantes sont nées dans une soudaine tempête de neige pour nous hurler de faire demi-tour.

À la réflexion, c'est bien à l'aller que j'ai transformé l'eau en lave, car, au retour, le parcours tentait encore de dissiper mon sort, si bien que la rivière crachait des nuages de fumée brûlante à travers des fêlures dans la glace. Yaakov a été touché à la jambe. Il a poussé un cri féroce qui devait correspondre à une litanie de jurons bien sentis, et ne s'est tu qu'une fois arrivé à la porte ; lui qui était habituellement gentil, propre sur lui et d'une politesse délicate… Ç'aurait été hilarant en n'importe quelle autre circonstance. Pas ici, toutefois, car ça signifiait qu'il devait avoir envie de se rouler par terre de douleur, ce qu'il ne pouvait pas s'autoriser sous peine de mourir. Dès l'instant où il s'est retrouvé dans le couloir, il est tombé malgré tout et a tenté de sortir un bandage pour panser sa peau cloquée, tout en hoquetant de nouvelles imprécations, des larmes plein les yeux. Ses mains tremblaient tant qu'il était incapable de dérouler la gaze.

« Tu ne peux pas continuer de crier comme ça ! » le rabroue Ibrahim en venant s'accroupir près de lui. Il s'essuie le front de l'avant-bras – pas très efficace, tous deux étant couverts de sang – et prend le bandage des mains de Yaakov pour l'appliquer lui-même.

« Non », déclare Liu en haletant. Elle-même est à genoux, enroulée autour du long manche du luth. « Non, ce n'est pas grave, précise-t-elle. Ça s'est joint à la musique. Je pense qu'on devrait tous hurler, ou chanter. » Elle est en meilleur état que la plupart d'entre nous : elle n'a cessé de jouer depuis l'abri ménagé au cœur de notre alliance.

Chloe grelotte, les yeux tellement écarquillés qu'elle semble presque en état de choc ; elle-même tente maladroitement de démêler des pansements à l'aide de Jowani. Tout son côté droit – le côté exposé – a été perforé par un coup de branche d'arbre ; le sang et la peau apparaissent au travers des déchirures dans ses vêtements, depuis l'épaule jusqu'à la cuisse ; les bords effilochés sont couverts d'une teinte sombre. Aadhya fermait la marche ; elle reste debout, les bras enroulés autour d'elle, les mains toujours serrées sur les bâtons de combat qu'elle s'est confectionnés pour la course. Je ne repère aucune blessure, mais elle a l'air malade. Je suis sur le point de m'enquérir de sa santé quand elle prend une grande inspiration et se dirige vers Liu pour examiner le luth et s'assurer qu'il est toujours bien accordé.

Le groupe de Nkoyo a été victime d'une giclée de tessons de glace aussi tranchants que des rasoirs ; ils sont encore plus couverts de sang que nous, à l'exception de l'enclavé de la bande – un certain Khamis, de

Zanzibar –, bien calé dans l'endroit le mieux protégé, au cœur de son équipe. C'est un alchimiste seulement armé d'une cartouchière remplie de vaporisateurs ; il actionne justement l'un d'eux sur le bras entaillé de Nkoyo : la plaie disparaît en même temps que l'hémoglobine, tandis qu'elle essuie les larmes qui lui coulent sur le visage.

On est tous tremblants et flippés après avoir réchappé à la mort une bonne dizaine de fois en moins de cinq minutes ; le pire est de savoir que ça n'était rien, absolument rien, en regard de ce qui nous attend le jour J. C'était la première course d'obstacles au lendemain du Nouvel An, le matériel aussi est en plein échauffement ; on sait qu'on se trouve au pied d'une pente de plus en plus raide. La plupart d'entre nous avons l'habitude de nous faire surprendre par des malés, mais il y a une différence considérable entre une attaque et un flot ininterrompu d'affrontements. La moitié de notre groupe qui ne pleure pas meurt d'envie de le faire.

Quand je dis *nous*, je veux dire *eux*. Moi, ça va. Non : j'ai l'impression de m'être réveillée d'un long sommeil et d'avoir enchaîné avec une bonne séance d'entraînement en plein air. J'aurais bien besoin de faire quelques étirements avant d'avaler un bon repas. Rester assise en classe pendant des heures, entourée de bizuts duveteux poussant de petits pépiements, à attendre qu'un malé me saute dessus ? Un cauchemar. Invoquer une rivière de magma pour vaporiser instantanément vingt-sept attaques élaborées avec soin ? Rien.

« Hé, on s'en est bien sortis », commente Orion d'un ton encourageant. Il vient nous rejoindre d'un pas sautillant, le cadavre rabougri d'une bestiole épineuse pendant entre ses doigts : d'une manière ou d'une autre, il a quand même réussi à flairer le seul malé réel planqué parmi les autres. D'habitude, chacune de ses paroles suscite une avalanche d'adulation, mais on a tous passé assez de temps à table avec lui pour que le lustre se ternisse un peu, et vu les circonstances actuelles, tous le dévisagent avec haine. Je pense que je lui épargne certains sévices physiques en l'interrompant avant qu'il creuse un peu plus sa tombe (« Enfin, vous vous en êtes tous sortis… ») et je lance : « Lake, c'est quoi ce truc mort que tu promènes ?

— Oh, c'est… J'en sais rien, en fait », admet-il en le soulevant. On dirait un peu un corps de doberman avec des pattes de teckel et d'étroits piques en cône coiffés de trous minuscules. Je n'ai jamais rien vu de pareil. Les malés sont toujours en train de muter – ou d'être modifiés –, et de nouvelles espèces apparaissent sans cesse. « Ces tubes laissaient échapper une espèce de gaz. Je ne voulais pas le laisser là : il était couvert de neige et les émanations se mêlaient au brouillard. J'avais peur que quelqu'un marche dessus. » Quelle délicate attention de sa part.

D'autres terminales commencent à émerger prudemment du réfectoire. Alors qu'on s'éloigne du gymnase pour panser nos plaies, tant d'un point de vue littéral que métaphorique, j'entends quelqu'un demander à Aadhya : « Hé, vous faites l'ouverture ? » Elle hausse les épaules et lui répond « C'est une option », ce qui signifie que nous sommes ouverts à toutes les propositions : au moins une ou deux équipes seraient ravies de nous soudoyer pour qu'on franchisse les portes en premier, afin de pouvoir descendre elles-mêmes tôt le matin tout en sachant que quelqu'un d'autre aura déjà déblayé le terrain. Comme on a de toute façon prévu de le faire, autant en retirer un certain bénéfice.

Elle négocie l'arrangement pendant le déjeuner, avec trois alliances prêtes à partager le créneau avec nous ; elle obtient en retour une promesse d'assistance de leur part, ce qui signifie que nous n'aurons pas à gaspiller nos biens de premiers secours. C'est une bonne affaire pour nous, car nous venir en aide pendant qu'on récupère signifie qu'ils vont devoir attendre au lieu de se lancer à leur tour avant que quelqu'un d'autre n'arrive. Ils auraient dû patienter de toute façon : la course d'obstacles met un bon moment à se réinitialiser après notre passage.

En temps normal, ce processus prend le temps qu'il faut aux portes pour se refermer et se rouvrir. Les parcours ne sont pas réels. Si un millier de magiciens balançaient ici leurs sorts les plus puissants trois fois par semaine, le gymnase serait en ruine presque instantanément ; par ailleurs, si on activait effectivement nos meilleurs pouvoirs, on n'aurait plus assez de mana pour la remise des diplômes, nos artifices s'useraient, nos réserves de potions s'épuiseraient et ainsi de suite. Ainsi donc, la magie de la course d'obstacles atténue tout : quand on jette un sort à l'intérieur, l'impression est la même qu'en vrai, sauf qu'on ne jette en réalité qu'un demi-pour cent d'un sort, et le parcours simule la réaction comme si les effets étaient maximaux. Tu penses avaler une grande goulée de potion, mais elle est ultra diluée ; tu penses te servir d'un artifice quelconque, mais il est enveloppé dans un sort de protection voyageur. Et quand tu ressors de là, *wouf*, tout redevient normal – sauf les blessures que tu as récoltées, qui sont on ne peut plus réelles, afin de mieux t'encourager à t'améliorer rapidement. Alors seulement la prochaine fournée de terminales impatients peut entrer.

Tout cela fonctionne car nous participons volontairement à la course : le consentement est le seul moyen, pour un autre magicien, d'avoir à ce point accès à ton mana et à ton esprit. Enfin, à part la violence. La violence fonctionne toujours.

Malgré tout, il reste apparemment un effort substantiel à produire pour nettoyer ne serait-ce qu'un demi-pour cent d'une rivière de lave. Le sort dont je me suis servie ce matin provient d'un maléficien trop ambitieux du royaume d'Avanti, qui a un jour décidé que sa forteresse maléfique serait bien plus impressionnante si les douves qui l'entouraient étaient remplies de magma. Comme il avait raison ! Les équipes qui passent après nous sont obligées de se tourner les pouces sur le seuil pendant dix bonnes minutes avant que les portes s'ouvrent à nouveau sur cette charmante scène d'assassinat hivernale.

On passe le reste de la journée comme tous les jours à venir à partir de maintenant : rassemblés autour d'une table de la bibliothèque, à passer en revue chacun de nos mouvements pour tenter de déterminer les erreurs commises. Une fois encore, je n'ai presque aucune idée de ce que j'ai bien pu faire ; les autres non plus, d'ailleurs. Cela rend notre tout premier retour d'expérience particulièrement difficile. Comme chacun garde en mémoire le moment où l'eau s'est transformée en lave bouillonnante, on perd beaucoup de temps à déterminer si on doit en faire la clé de voûte de notre stratégie : si je pouvais créer une telle rivière au milieu de la salle des diplômes, avant de jeter un sort de refroidissement juste devant nos pieds, on n'aurait plus qu'à sprinter jusqu'aux portes. Ça a l'air parfait, simple et direct, sauf que des tas de malés ne sont pas dérangés par des températures aussi extrêmes, et que tous les autres élèves nous suivraient sur cette autoroute du paradis, ce qui attirerait beaucoup trop l'attention des créatures. Les malés se feraient mutuellement tomber dans le magma à force de bousculades, et la deuxième vague n'aurait plus qu'à escalader les corps carbonisés de la première pour nous atteindre. Par ailleurs, non seulement les gueules-béantes se foutent des températures, mais elles se déploieraient quelque part sur le chemin et n'auraient plus qu'à se servir à notre passage. D'autant qu'on n'aurait pas la possibilité de *s'arrêter* : peu de sorts de refroidissement agissent assez longtemps pour te permettre de rester debout sur de la lave plus qu'un instant.

« Et si tu le lançais dans la salle, mais de l'autre côté, derrière nous ? suggère Khamis. Ça protégerait au moins nos arrières.

— Mais ça bloquerait aussi les autres élèves », réponds-je d'un ton égal.

Il estime clairement que c'est leur problème et pas le nôtre, mais c'est un type intelligent : il ne me l'avoue pas en face. Je suis toutefois à peu près certaine qu'il en parle un peu plus tard à Nkoyo, en lui lançant un truc comme : *Tu veux bien raisonner ta débile de copine ?* Je le vois l'entraîner à l'écart pour lui parler tandis qu'on descend dîner, et elle est toute en résignation contenue quand elle se joint à la file d'attente ; son regard ne pétille pas autant que d'habitude.

Ça me fait penser à ce type qui est un jour venu dans la communauté avec sa petite amie et s'est mis à traiter tout le monde avec condescendance, posant des questions avec une politesse excessive et un léger sourire en coin : *Et vous croyez vraiment tous à ces trucs ?* J'avais l'habitude de ce genre de sourire : c'est le même que celui que je dissimulais au fond de moi chaque fois qu'on essayait de m'expliquer, avec le plus grand sérieux du monde, que je pourrais réellement purifier mes chakras si je voulais bien mettre ces perles ou ce bracelet en cuivre magnétique. Mes interlocuteurs se crispaient toujours quand je leur répliquais que porter une breloque crachée par une machine à partir d'un minerai extrait par de la main-d'œuvre sous-payée ne risquait pas d'améliorer l'équilibre de mon mana. Malgré tout, j'ai détesté ce connard dès son apparition. La seule raison de sa présence, d'après ce que j'ai pu observer, était de faire payer à sa copine le fait d'être venue pratiquer un week-end de yoga dans les bois avec des personnes assez sympathiques pour lui demander comment elle se sentait – même si elles le faisaient en débitant des sornettes sur ses chakras.

Son air éteint de l'époque ressemblait beaucoup à celui qu'arbore Nkoyo aujourd'hui, ce qui me contrarie comme ça m'a contrariée à l'époque. À la communauté, je suis même allée trouver ce type pour lui suggérer de dégager et de ne jamais revenir. Il a éclaté de rire avant de me sourire, mais je suis restée plantée devant lui, car ça faisait généralement l'affaire, même quand j'avais onze ans. Et un quart d'heure plus tard, il a en effet mis les voiles. Sauf qu'il a forcé sa copine à le suivre.

Je ne commets donc pas la même erreur avec Khamis. Je m'assure simplement de faire la queue avec Nkoyo pour lui glisser : « N'hésite pas à dire à l'autre con que je t'ai envoyée chier quand tu m'as suggéré l'idée. » Elle me jette alors un coup d'œil amusé, et l'étincelle reparaît dans ses prunelles. Je devrais me sentir fière de moi – je suis sûre que maman me dirait que j'ai mûri. Toutefois, j'ai bien peur de ne ressentir qu'un désir encore plus prononcé de balancer Khamis dans un puits de service.

Quand on retente la course d'obstacles deux jours plus tard – on a tous le droit d'y aller un jour sur deux ; quiconque s'y essaie à un rythme plus élevé commence à avoir de mauvaises surprises, comme un sort défaillant à un croisement décisif –, je ne transforme pas toute la rivière en lave. En revanche, je fais apparaître juste assez de magma au fond pour faire bouillir le tout, ce qui permet de refroidir la lave au passage. Les divers pièges et malés simulés tapis dans le cours d'eau se retrouvent alors figés dans la roche nouvellement formée, ou deviennent au moins complètement visibles, si bien qu'il nous suffit de traverser là où ça nous chante.

« El, c'était une super idée », me félicite Liu après coup. Cette fois, on a réussi à accomplir l'aller-retour sans perdre trop de sang, ce qui peut donner l'impression qu'elle enfonce une porte ouverte, sauf qu'elle le pense de façon plus générale. « C'était une super idée parce que ça nous a offert des opportunités. Il n'y a rien d'aussi précieux qu'avoir le choix. »

Je connais cette réflexion. C'est un point important du manuel de terminale : *En règle générale, quelle que soit la situation spécifique dans laquelle vous vous trouvez, vous devez toujours veiller à ne pas limiter, voire à multiplier, vos possibilités.* Je ne l'avais pas encore bien intégré, mais c'est maintenant chose faite. Avoir le choix permet de choisir un truc qui fonctionne pour toi, qui correspond à ce dont tu disposes, à ce que tu as préparé. Avoir le choix te permet de choisir de sortir d'ici.

Liu se retourne vers les portes. « Plus que six mois. » Je hoche la tête. On monte à la bibliothèque pour se remettre au travail.

8

Dentsouple

J'aimerais pouvoir dire que Khamis s'est arrangé avec le temps, mais non. La deuxième semaine de la course d'obstacles, on fait les choses dans les règles : j'entonne le sort amplificateur de mana avant même que les portes soient complètement ouvertes, et je fonce vers le parcours sans prendre le temps de repérer les lieux. Je plonge directement dans une congère qui me monte jusqu'aux genoux ; on est dans un décor de montagnes glacial, à l'exception des impressionnants rochers qui sortent du sol tels des piliers ; des bourrasques d'un vent porteur de neige nous cinglent le visage presque aussi fort que le blizzard de la dernière fois. Ça reste magnifique, mais c'est le genre de beauté que tu ne vois normalement qu'après avoir passé une semaine à crapahuter dans la neige avec un sac à dos plus haut que ton buste.

J'effectue quelques pas pesants, puis mon pied se dérobe sous mon poids et je bascule en arrière. Sans le porte-bouclier d'Aadhya – après que je lui ai fait part de ma petite altercation avec Liesel, elle les a tous bidouillés pour qu'ils protègent des chutes accidentelles et des impacts volontaires –, je me serais sans doute rétamée correctement, cette fois. En l'occurrence, je m'effondre simplement, et les congères qui me flanquent dégringolent sur ma tête pour tenter activement de m'ensevelir. Jowani m'attrape pour me relever – je suis contente qu'il nous ait rejoints – juste au moment où les rochers s'assemblent pour former des trolls immenses, un peu comme des Transformers en pierre ; ils font pleuvoir sur nous des pluies de cailloux.

On en sort tous avec quantité de bleus et de contusions ; Chloe – touchée par l'une des météorites – hérite en plus d'une clavicule cassée, d'une épaule fêlée et d'une sacrée claudication. Nos aides la rafistolent un peu, tandis qu'à l'intérieur du gymnase les rochers se reconstruisent à partir des gravats et de la poussière que j'ai laissés dans mon sillage ; toutefois, elle va avoir besoin de plus de soins que notre accord ne le stipule. « On va te ramener dans ta chambre, décide Liu. On travaillera là-bas. » Chloe se contente d'acquiescer sans un mot, la tête basse et les lèvres pincées. Khamis vient alors la trouver pour lui dire : « C'est *toi* qui fournis le mana. La prochaine fois, c'est *toi* qui devrais te mettre au milieu. »

J'ai passé la semaine à me féliciter pour mon sang-froid, mais il commence à se tarir, et je suis sur le point de l'informer que Liu apporte au moins autant de mana que Chloe en jouant le sort d'amplification sur son luth pendant toute la durée de notre course ; je m'apprête aussi à lui énoncer clairement ce que je pense de lui, tout en lui fournissant quelques suggestions imagées quant à l'endroit où il peut se carrer ses réflexions, mais je n'ai pas le temps d'ouvrir la bouche qu'Aadhya me devance : « Sérieux ? Un grand garçon comme toi aurait peur de quelques égratignures ? » Il se tourne vers elle ; elle se contente d'agiter le doigt devant lui avec un mépris affiché. « Si tu veux encaisser ton premier coup quand ce sera pour de vrai, mon pote, fais-toi plaisir, continue de te planquer au milieu. Chloe aura franchi les portes bien avant *toi*, aucun doute là-dessus. »

Chloe darde sur elle ses yeux brillants. Pour être honnête, je ne pense pas qu'elle y avait réfléchi en ces termes – et moi non plus –, mais Aadhya a raison : les enclavés n'essuient pas de coups, pas comme nous, pas au quotidien. Ils aperçoivent à la rigueur un malé une fois par mois, alors qu'ils ont du mana jusqu'au bout des doigts, des tas de soutiens et des cibles plus accessibles pour leur servir de boucliers humains. De quoi s'entraîner, pas de quoi être blessé. Je ne sais même pas si Chloe avait déjà été visée avant. En tout cas, pas autant que moi, ni même autant que Liu, Aadhya, Jowani ou n'importe quel élève lambda, qui ont tous subi au moins une demi-douzaine d'assauts. Parfois, peu importe que tu possèdes tout le mana et le matériel du monde. Il suffit de manquer de veine. Si tu prends un vilain coup, tu risques de tomber, et si tu ne te relèves pas assez vite, il sera vite trop tard pour le faire. Et on ne peut apprendre à se relever qu'en étant déjà tombé.

Chloe déglutit et répond à Khamis : « Merci de veiller sur moi. Je me sens bien, avec mon équipe. »

Ça ne lui plaît pas, sans doute en partie parce qu'il a assez de jugeote pour se rendre compte qu'Aadhya n'a pas complètement tort et qu'il risque gros, mais il encaisse le coup. Ça ne l'empêche pas de ricaner et de toiser Aadhya d'un air indiquant clairement qu'il aimerait bien voir un de ses sbires la bousculer dans un couloir. Il finit cependant par tourner les talons pour rejoindre son alliance.

Cela dit, qu'elle ait raison ou non, je n'avais encore jamais vu Aadhya s'en prendre à un enclavé. Elle ne leur fait pas de la lèche comme un Ibrahim, par exemple ; simplement, elle est trop sensée pour faire quoi que ce soit d'aussi… stupide. Contrairement à d'autres, en l'occurrence moi. « Waouh, commenté-je à mi-voix tandis que nous descendons.

— Ouais, comme si j'avais eu le choix », se rembrunit-elle en me décochant un regard appuyé. J'aimerais lui répondre que j'ai honte de l'avoir forcée à prendre position de la sorte afin d'éviter que j'étripe Khamis, mais je suis trop heureuse d'avoir vu quelqu'un le remettre à sa place. Aadhya pousse un soupir. « Rends-moi service : contiens-toi au moins jusqu'à la fin du mois.

— Et après ? m'étonné-je.

— Après il ne pourra plus se barrer *avec Nkoyo*, allô ! »

C'est mon tour de soupirer. « Ah oui, t'as raison. » Parfois, quand tes amis disent des choses exactes, ça te fait plaisir ; d'autres fois, c'est juste insupportable.

Mais bon, elle a raison, alors je me contiens à plusieurs reprises au cours des semaines suivantes, le temps que les dernières alliances se bouclent et qu'on ait investi assez de mana et de temps dans notre collaboration pour qu'il ne cherche plus un autre arrangement, entraînant Nkoyo et ses proches dans son sillage. Ce couillon adopte même une position en partie exposée lors de nos *secondes* tentatives, tâchant de s'exposer à une quantité raisonnable de douleur.

Je compte les minutes nous séparant du début de notre cinquième semaine, quand j'aurai enfin l'occasion de l'engueuler correctement. Jusqu'à présent, tous les parcours se sont déroulés dans des versions hivernales de l'enfer : une dense futaie, profonde et silencieuse ; un vaste lac gelé s'étendant à perte de vue… Aujourd'hui, c'est une grande prairie enneigée ornée de quelques arbustes placides et de minuscules fleurs bleues émergeant de la couverture blanche – et absolument rien ne s'en prend à nous. On sprinte jusqu'au mur d'arbres à l'extrémité, et on revient comme pour une course ordinaire, mais juste au moment où j'atteins les portes, un grondement sourd se fait entendre ; le champ de neige s'ouvre alors une dizaine de mètres derrière nous, et un millier de vrilles épineuses jaillissent du trou.

Presque tout le monde a déjà franchi l'obstacle ; seuls Yaakov et Nkoyo demeurent en retrait. Le premier parvient à se jeter en criant par-dessus le rempart hérissé, qui n'a pas encore atteint sa pleine hauteur ; il retombe de l'autre côté, mais les lianes s'accrochent à ses jambes pour le ramener vers elles. Cora et Nadia sont juste à côté et peuvent sectionner les végétaux de leurs épées, tandis qu'Ibrahim et Jamaal attrapent Yaakov par les bras pour le traîner en sécurité.

Nkoyo, en revanche, était une foulée plus loin, et ce léger retard suffit pour que la muraille infranchissable se déploie totalement entre les portes et elle. J'essaie de jeter un sort de putréfaction aux racines, ce qui aurait dû les éradiquer en même temps que l'essentiel du paysage, mais rien ne se produit. Je baisse alors les yeux et me rends compte que je n'ai pas seulement *atteint* les portes, mais que je les ai *dépassées* : je suis debout dans le couloir, à l'extérieur du gymnase. Je ne peux pas plus aider Nkoyo que je ne le pourrai dans la salle des diplômes si je parviens à en franchir les portes pour regagner le pays de Galles.

La différence, c'est que si je franchis les portes de la salle des diplômes, je ne me retrouverai pas plantée sur place à *regarder* mon amie se faire tailler en pièces. Nkoyo lance des sorts de flétrissement, des sorts rapides de tourbillonnement, mais elle ne peut viser qu'une vrille à la fois et sera bientôt à court de mana et d'haleine. Elle ne parvient pas à se ménager une ouverture assez large pour bondir au travers sans se faire attraper, et les tiges n'arrêtent pas d'affluer. L'une d'elles plonge même hors de la masse végétale, s'enroule autour de son cou et l'étrangle, si bien qu'elle ne peut plus prononcer la moindre incantation ; du sang dégouline sur sa gorge et ses bras lacérés par les épines, tandis qu'elle se débat désespérément.

Je ne sais pas trop comment agir, mais il est hors de question que je reste figée sur place. Il va falloir que je tente quelque chose de réel, quelque chose de permanent – un truc aussi radical que le sort que j'ai fait subir au gymnase pour la journée loisirs. Le mana frétille au bout de mes doigts, les mots remontent dans ma trachée, ma langue s'enroule autour des syllabes : un sort de destruction et de lacération totale, un sort visant à mettre en pièces la course d'obstacles, à faire s'écrouler tout le gymnase si nécessaire…

Puis cette raclure absolue de Khamis *retourne la chercher*. Il vide une bouteille de liquide vert sur plusieurs nids de vrilles grouillantes, et elles explosent en flammes dans un rugissement éphémère, révélant une large ouverture devant Nkoyo. Il bondit au travers, la saisit par les épaules et les genoux, et la balance corps et bien de l'autre côté – il est *vraiment* costaud –, avant de sauter à sa suite et de la pousser devant lui jusqu'aux portes, titubant quand les dernières plantes tentent de lui saisir et de lui griffer les jambes, laissant des sillons de sang chaud sur la neige ramollie avant que les portes claquent dans son dos.

Car non, personne ne voudrait perdre un membre de son alliance si peu de temps avant la remise des diplômes, d'autant que c'est plus l'équipe de Nkoyo que la sienne : il a simplement accepté de fournir les ressources et une palanquée de mana, tandis qu'elle sélectionnait parmi son vaste réseau les membres tout heureux de se rallier à elle. Cependant, cette tâche est désormais accomplie, et elle est loin de faire une incantatrice irremplaçable. En réalité, il reste assez de tocards esseulés pour qu'il en sélectionne deux pour lui succéder ; à cette période de l'année, les solitaires sont trop heureux d'accepter n'importe quel rôle, même exposé à l'arrière-garde, quitte à ne bénéficier que d'une infime partie des ressources.

Pourtant, il a pris beaucoup de risques pour la secourir. Maman me dit toujours qu'on ne peut pas anticiper notre manière de réagir en temps de crise, mais je pensais seulement qu'elle voulait dire par là qu'il fallait pardonner à ceux qui se comportent comme des fouines quand les circonstances sont mauvaises, pas qu'un biscuit rance comme Khamis risquait subitement de se sentir pousser une âme de héros.

Après un instant de stupéfaction collective, nous nous rassemblons tous autour des deux rescapés, dans un tohu-bohu de félicitations. Même les terminales venus attendre leur tour se joignent à la fête, ravis de nous prêter assistance, offrant pansements, mouchoirs et baumes de qualité. On aime tous les échappées belles, les échappées fantastiques, toutes les échappées, en fait ; on a tellement envie de croire en elles, même après toutes ces années passées ici. Nkoyo se laisse tomber à genoux devant les portes, ses yeux clos mouillés de larmes épaisses qui ruissellent le long de ses joues ; ses autres alliées, Janice et Fareeda, soulèvent délicatement ses bras ballants pour les bander. Khamis est assis près d'elle, les yeux rivés sur son pantalon et ses chaussures déchirés et souillés de sang. Il paraît aussi choqué que nous d'avoir trouvé le courage d'agir.

J'ai fini par m'éloigner de l'attroupement sans vraiment m'en rendre compte ; je me suis écartée des portes pour faire de la place aux élèves venus aider, et qui se bousculent tous devant la voûte métallique de la grande entrée du gymnase. Seul Ibrahim traîne un peu plus loin dans le couloir avec Yaakov, front contre front. Le premier, les joues mouillées de larmes, tient en coupe le visage du second. Il se penche subitement pour lui déposer un baiser fugace et désespéré, qui suffit à faire perdre ses nerfs à Yaakov ; celui-ci ferme les paupières et se met lui aussi à pleurer.

Je reste adossée au mur opposé du couloir, à l'écart de tous ; le sort de destruction que je m'apprêtais à jeter vit encore dans ma bouche, le mana que j'ai rassemblé à cet effet bouillonne toujours en moi. Voilà un mois qu'on s'entraîne à la course d'obstacles, et on est déjà bien meilleurs, bien plus rapides. Nous avons *besoin* du gymnase, *besoin* de ces parcours. Si j'avais tout détruit pour secourir Nkoyo, j'aurais une nouvelle fois mis en péril la vie d'élèves que je ne connais pas, comme je l'ai déjà fait en favorisant les Shanghaïens au détriment des élèves dévorés par la quattria.

Je n'avais aucun droit de le faire. Je n'ai d'ailleurs d'autre droit que celui d'accomplir mon devoir – sortir diplômée de cette école –, car nous sommes tous autorisés à tenter notre chance. Pour cela, tous les moyens sont bons, à une exception près : nous ne pouvons pas nous entretuer – et encore, même cette règle demeure discutable, pour peu qu'on agisse assez discrètement. Il est communément admis qu'on ne s'engage à secourir les autres que lorsqu'ils ont promis de t'aider en retour, et que même les promesses n'ont plus aucune valeur quand on se retrouve à distance raisonnable des portes. Personne ne reprocherait à quiconque d'être sorti au plus tôt, même en ayant abandonné toute son alliance dans son sillage. Personne ne s'attend à ce qu'on fasse demi-tour pour retourner chercher les copains, et personne ne promettrait de le faire.

De toute façon, si tu essayais, personne ne te croirait, parce que même si on ne sait jamais comment on peut réagir en temps de crise, on sait que ce n'est jamais comme ça. Faire demi-tour, ce n'est pas sauver qui que ce soit, mais mourir avec les autres. Au mieux, tu meurs *à leur place* ; tu te jettes dans la gueule-béante pour l'éternité, histoire qu'ils puissent franchir les portes à ta place. C'est tout ce qu'on peut raisonnablement espérer ; inutile, donc, d'en demander autant à quiconque. On peut espérer des autres qu'ils se montrent courageux ou gentils, qu'ils prennent soin d'autrui, qu'ils aident leurs camarades ; on peut leur demander un million de choses dures et douloureuses, mais pas quand elles sont aussi ouvertement inutiles. Tu ne peux pas exiger de quelqu'un qu'il échange volontairement sa vie contre la tienne, qu'il sacrifie tout ce qu'il a et aura jamais dans le seul but de t'offrir une chance infime, alors qu'au bout du bout – et les portes sont précisément situées au bout du bout – tu sais que tu ne vaux pas mieux que lui. Ce n'est même pas une question d'héroïsme, seulement une équation mal posée n'ayant pas de solution.

Sauf moi. Je serais capable de faire demi-tour. Sans plus de cran qu'à l'habitude, pas même autant que Khamis Mwinyi a dû en puiser au fond de lui sans prévenir personne, je pourrais revenir sur mes pas, faire signe à tous mes équipiers de passer et exploser tous les malés à ma portée, jusqu'à ce que mes amis soient tous en sécurité. Et quand on peut, on doit. C'est évident. Je ne pourrai pas regagner la sécurité, traverser les portes pour me retrouver dans les bois verts du pays de Galles, entre les bras chaleureux de maman, pendant que tous les gens que j'aime se font massacrer là-dedans. Je serai obligée de leur dégager un accès vers la sortie. Ils ne m'ont rien demandé, ils ne me le demanderont jamais, parce que cela irait à l'encontre des règles tacitement établies, mais je le ferai quand même, parce que j'en suis capable. Je suis capable de sauver Aadhya, Liu, Chloe et Jowani, et j'en ferai autant avec Nkoyo, Ibrahim, Yaakov et Nadia.

Puis, quand j'aurai accompli ça, j'envisagerai de sortir à mon tour. J'aurai sauvé ceux qui comptent pour moi, plus rien ne m'empêchera de tourner le dos à tous les autres. Je pourrai sortir et les laisser trouver seuls une issue ou mourir. Je ne leur dois rien. Je ne les aime pas. Ils n'ont jamais rien fait pour moi. Sauf Khamis, assis par terre, tremblant, les jambes ruisselant d'un sang qui forme une flaque sous son corps, du sang qui coule parce qu'il a réussi à secourir Nkoyo alors que je n'en ai pas été capable. Je sauverai aussi Khamis. Je resterai dans l'embrasure des portes assez longtemps pour le sauver aussi, alors que je n'ai aucune affection pour lui, car comment pourrait-il en être autrement maintenant ?

Je m'éloigne un peu plus de la grappe qui s'est constituée autour de Nkoyo et lui, de ces inconnus qui aident une personne à qui je tiens, par quelque petit moyen dont ils disposent. Je recule encore d'un pas dans le couloir, et d'un autre, puis je fais volte-face et m'élance ; trois inspirations plus tard, je suis en train de courir à toutes jambes, de courir comme si les portes se dressaient devant moi et que je pouvais les atteindre, m'échapper d'ici. D'autres terminales se dirigent vers le gymnase, à présent. Ils tournent nerveusement la tête en me voyant passer, se demandant ce que je fuis, sauf que je leur cours après, après la moindre personne susceptible de posséder une once d'humanité, de se révéler aussi unique que celles que j'aime. La moindre personne qui mériterait autant de vivre que mes alliés.

J'accélère encore, ce dont je suis capable car cela fait cinq semaines que je sprinte presque quotidiennement pour échapper à la mort, sauf que cette idée s'avère désastreuse puisque je finis par tomber sur Magnus. Il émerge juste de l'escalier pour aller s'entraîner avec sa propre alliance, un groupe de cinq garçons prenant toute la largeur du passage, ce qui m'empêche de les contourner et me force à m'immobiliser net. Il tend instinctivement la main pour m'aider à ne pas perdre l'équilibre et me lance « El ? Qu'est-ce qui s'est passé ? Est-ce que Chloe va bien ? », comme si même lui était capable de penser à un autre être humain, pour peu qu'il ait grandi avec. Ou pour peu qu'il puisse se permettre de s'attacher à elle parce qu'il sait qu'elle a de bonnes chances de ne pas mourir avant son dix-huitième anniversaire.

« Oh, je te déteste », réponds-je de manière puérile. Je suis sur le point d'éclater, en sanglots ou en je ne sais pas quoi, quand Orion débaroule littéralement dans l'escalier et nous renverse tous six, réalisant un strike parfait.

Un dentsouple monstrueux rugit, agitant ses tentacules de calmar autour de sa gueule de requin préhistorique ; à ses trousses, il saute à bas des marches tout en gargouillant, cherchant à l'attraper. Les garçons se mettent à hurler et tentent de s'enfuir, tâche qui se révèle plus que délicate vu que nos membres sont tout entremêlés.

Au moins, Magnus ne tente rien d'héroïque : il essaie juste de prendre ses jambes à son cou, comme les autres. Sauf qu'il n'y a plus personne : la créature est déjà sur nous, étreignant Orion et les coéquipiers de Magnus pour les attirer vers sa bouche avide ; d'autres tentacules veulent s'en prendre à nous, mais après que le dentsouple s'est emparé de Magnus, je m'assieds et lui hurle : « Ratatine et *crève*, sac de larves putride ! »

Ce ne sont pas les termes exacts du sort de putréfaction que j'ai essayé de jeter sur les vrilles, mais apparemment cela importe peu, car le monstre m'obéit sans la moindre hésitation ; sa peau rétrécit jusqu'à éclater le long des coutures, libérant au sol une horrible masse d'asticots immondes, enfouissant à moitié les garçons sous leur nombre – ceux-ci hurlent encore, peut-être même plus fort – avant de se désintégrer. Les gars s'en extirpent et détalent dans le couloir, s'ébrouant frénétiquement pour se débarrasser des asticots, qu'ils piétinent ensuite sous leurs pieds comme s'ils foulaient le raisin. À l'exception d'Orion, qui émerge de la marée grouillante, se secoue sans trahir la moindre horreur – il en a pourtant *plein les cheveux* – et observe les vestiges du malé se décomposer rapidement : les larves sont aspirées en masse dans la canalisation, ne laissant derrière elles que deux énormes mâchoires osseuses remplies de dents pointues, largement déployées telles celles d'un squelette du musée d'Histoire naturelle.

Il ne pousse pas le bouchon jusqu'à me faire un reproche, mais je le vois soupirer, un peu déçu. « Ne commence pas, Lake », le mets-je en garde. Je me sens mieux, peut-être parce que j'ai évacué le mana accumulé pour donner vie à un nouveau sort, ou peut-être parce que j'éprouve le même genre de calme qu'après une bonne crise de larmes, quand tu sais que rien n'a changé, que tout est toujours aussi horrible, mais que tu ne peux pas pleurer éternellement et que tu n'as plus qu'à relever la tête. « Dis-moi un truc, c'est quoi, le plan ? Tu en as un, au moins, ou tu comptes improviser jusqu'au bout ?

— Euh, le plan ? s'étonne-t-il.

— Pour la remise des diplômes, précisé-je en prenant bien soin d'articuler chaque syllabe, des fois qu'il en loupe une. Éliminer les malés. Avant qu'ils *dévorent* tout le monde. »

Il me fusille des yeux. « Je n'ai pas besoin d'un plan !

— En d'autres termes, tu ne veux pas te donner la peine de réfléchir plus loin que "se précipiter à l'intérieur et les tuer tous jusqu'à ce que l'un d'entre eux t'attrape" ? Eh bien, dommage pour toi, ce n'est pas comme ça qu'on va procéder.

— Et comment *on* va procéder ? s'enquiert-il, méfiant, après quelques secondes d'hésitation.

— Eh bien, regarde-toi, répliqué-je en désignant l'escalier encore grouillant d'un geste condescendant. Si je te laisse nettoyer la salle tout seul, tu risques de te faire un croche-patte et de te faire bouffer par une épouve en cinq minutes ; imagine la honte. »

Il n'est pas sûr de vouloir s'offusquer plus qu'il n'a envie de se faire plaisir, et il envisage un instant de formuler une protestation chevaleresque du genre *Non, tu ne peux rien faire d'aussi dangereux*, mais il se ravise et referme la bouche à temps. Puis il croise les bras et déclare froidement : « Alors, c'est quoi, *ton* plan ? Transformer tous les malés en asticots ? Ça ferait beaucoup rire tout le monde.

— Ils accepteraient volontiers et me remercieraient, s'ils savaient que c'était pour le mieux. »

En réalité, je n'ai rien de mieux à proposer que « me précipiter à l'intérieur et les tuer tous jusqu'à ce que l'un d'entre eux m'attrape ». Je ne sais pas du tout ce que je vais faire, seulement ce que je ne vais pas faire. Je ne vais pas traverser. Je ne traverserai pas tant qu'il restera un seul élève dans la salle.

9

Trempeur

Bien sûr, personne d'autre n'a même remarqué la noblesse de ma décision de les sauver tous, puisque je commence avec la première chose qui me vient, à savoir ne pas ressortir du gymnase avant les autres. Mais même cela passe inaperçu, car vu le ridicule du parcours actuel, c'était la seule chose raisonnable à faire. Les obstacles ne changent généralement pas de la semaine, mais on se disait qu'il pourrait y avoir une exception pour nos deuxième et troisième tentatives, vu le manque d'agressivité rencontré lors de la première. Rien. Pendant toute une semaine, et pour tous les participants, la course se résume à cela : un bon sprint, ponctué d'une attaque pas-vraiment-surprise à la fin.

Même si j'avais été résolue à abandonner tout le monde et à franchir les portes de la salle des diplômes à la première occasion, il aurait été idiot de laisser mes coéquipiers se faire descendre au gymnase pendant l'entraînement.

Ainsi, cela ne fait ciller personne quand je m'arrête à l'entrée, le mercredi et le vendredi, pour désintégrer la forêt de vrilles quand elles se tendent comme des fouets. On n'a même pas besoin de discuter stratégie ni rien : on a juste convenu, après le deuxième parcours, que

Nkoyo et Khamis devraient ne pas participer au troisième, histoire de rebâtir un peu de mana pendant leur convalescence. Il n'est même pas question de leur accorder une quelconque forme de repos, simplement de tirer le meilleur parti d'une mauvaise situation. Aucun de nous n'a envie de vacances : tout ce qu'on veut, c'est s'entraîner le plus possible, désespérés que nous sommes de sortir d'ici vivants. Personnellement, je le souhaite encore plus qu'avant.

J'ai essayé d'aller chasser dans l'école en compagnie d'Orion pour compenser la faiblesse des parcours, en vain. Nous n'avons pas essuyé le moindre assaut, et au moindre bruit suspect, il me délaissait aussitôt pour se précipiter dans la bonne direction. Dans le meilleur des cas, je finissais par le rattraper et le retrouvais, fier comme un coq, à se pavaner au-dessus de sa victime. Dans le pire des cas, je me suis retrouvée à passer une demi-heure à errer dans le labyrinthe de la salle de séminaire avant de le rejoindre. Enfin non, pardon : dans le pire des cas, j'ai passé une demi-heure à essayer de le retrouver, j'ai glissé dans la mare visqueuse formée par les vestiges de la créature qu'il venait d'occire, puis j'ai fini par lâcher l'affaire et par le retrouver en train de déjeuner au réfectoire, l'air toujours aussi satisfait. Il n'est pas allé jusqu'à prétendre que je l'avais bien cherché, mais son expression en disait long. C'est là que je me suis rendu compte que le seul monstre que je risquais de tuer, c'était lui, et que j'ai laissé tomber.

Le lundi, le parcours change enfin, et l'école nous fait clairement comprendre qu'elle est bien décidée à contrebalancer sa mansuétude de la semaine dernière. On ne peut pas faire dix mètres sans être assaillis par une nouvelle bestiole. Pour que tu prennes bien la mesure de l'expérience : vendredi dernier, l'ultime parcours nous a en tout et pour tout pris trois minutes, en comptant le temps qu'il m'a fallu pour réduire en poussière toutes les vrilles. En temps normal, il faut compter en moyenne une dizaine de minutes. Au jour de la remise des diplômes, si tu restes dans la salle plus d'un quart d'heure, c'est probablement que tu n'en sortiras jamais.

Ce lundi, donc, il me faut pas moins de vingt-sept minutes pour m'extraire du gymnase. Il y a foule dans le couloir : on a mis si longtemps que huit autres alliances sont déjà en bas, à attendre leur tour. Aucun de nos camarades ne semble très enthousiaste. D'habitude, on évite de se renseigner sur le contenu de la course, histoire d'effectuer la première tentative à l'aveugle, mais cette fois les élèves qui patientent interrogent vigoureusement tous ceux qui sortent, et entament des négociations de dernière minute avec les autres équipes pour une association de fortune.

Je ne pense pas que mon apparence soit très rassurante. J'émerge en charriant dans mon sillage des nues de fumée vert sombre parcourues d'éclairs phosphorescents, souvenirs faiblissants de l'ouragan que j'ai fait naître pour dissoudre l'armée traînante de créatures de boue gelée. Un vaste cercle de sphères flamboyantes d'un orange violacé orbite en outre autour de ma taille. Ces constructions magiques s'éteignent en crépitant quand je franchis les portes, mais elles subsistent juste assez longtemps pour proclamer un message du genre *Implorez votre déesse sombre*. Et de toute façon, je suis restée cinq bonnes minutes devant le seuil à balancer des orbes et des boules de feu sur des cibles stratégiques pour dégager l'accès aux portes. Tous les autres membres de nos trois équipes réunies titubent. Nkoyo se laisse même tomber dans le couloir et ferme les yeux, avant de poser la tête sur l'épaule de Khamis quand il se laisse glisser près d'elle. Les plus profonds sillons autour de sa gorge sont à peine guéris, et certaines de ses croûtes, arrachées, se sont remises à saigner.

« Bon alors, qui veut un récap ? » demandé-je en agitant la main pour dissiper les dernières fumerolles aussi nonchalamment que possible, c'est-à-dire pas très nonchalamment. Ça n'empêche pas certains élèves désespérés de venir me parler, ou au moins de se rapprocher suffisamment pour entendre ce que j'ai à dire aux plus courageux. Je consacre les dix minutes qui suivent à répondre à leurs interrogations, histoire d'aider chacun à élaborer la meilleure stratégie possible pour la course à venir. Puis les quatre alliances prêtes à tenter le coup se lancent, ensemble. Elles ont à peine parcouru une dizaine de mètres qu'elles font demi-tour pour battre en retraite. À ce moment-là, tous les autres désertent. Le nouveau parcours est aussi inutile que le précédent, mais pour la raison inverse : il est trop compliqué pour que quiconque en atteigne le bout. À part moi.

Le mercredi matin, on achève notre tentative en à peine quatorze minutes ; on trouve des tas de manières plus efficaces de me permettre de tout éliminer. Cette fois, personne n'attend dehors. On doit d'abord se soigner un peu, ce qui nous prend un moment, car on est tous éreintés. Sauf moi. Je me sens pleine d'énergie, avec un appétit d'ogre.

Au cours du déjeuner, je prends conscience que, si personne n'a décidé de s'y essayer, le parcours doit être encore libre. Habituellement, l'école s'en prend à toi si tu tentes une même course à plus de trois reprises, histoire d'éviter que quelques-uns accaparent le gymnase. En revanche, tu es autorisé à t'élancer aussi souvent que tu le souhaites si personne n'attend son tour. « Je vous rejoins à la bibliothèque dans un moment, annoncé-je abruptement pendant qu'on débarrasse nos plateaux. Viens, Lake. »

Orion ne cesse de geindre durant toute la descente d'escalier – tous les vrais malés ont déserté le gymnase, puisque personne ne veut affronter le parcours, alors il a du mal à saisir l'intérêt de notre excursion –, mais il finit par céder et m'accompagner. On effectue la traversée ensemble.

C'est encore pire que de partir chasser avec lui, mais d'une tout autre manière. Confronté à des hordes innombrables de faux malés, Orion les fait cramer de droite et de gauche avec une forme de lassitude boudeuse pour m'ouvrir la voie. Comme je n'ai à me soucier de personne d'autre, je me sens totalement libre et intrépide. Je le force à effectuer le même parcours trois fois à la suite, et comme il rechigne à s'élancer une quatrième fois, je lui saute dessus devant les portes du gymnase. On s'embrasse et tout se passe pour le mieux, jusqu'à ce qu'il pose accidentellement la main sur le côté de mon sein ; il se met alors à paniquer, recule d'un bond et bredouille un incohérent : « Je dois, c'est que, euh, je ne, tu as, on… » Puis il recule d'un pas et manque trébucher sur la dépouille du trempeur qu'il a éliminé lors de notre première course ; elle est encore humide et parfaitement capable de dissoudre la chair de ses pieds et de ses jambes s'il la touche. Je dois donc me jeter à sa rescousse et l'attirer de côté, mais il ne remarque même pas pourquoi ; il se libère alors et s'enfuit, me laissant plantée, seule, devant les portes.

Mais, cette fois, même l'humiliation ne suffit pas à m'abattre. Je remonte en respirant profondément, gorgée de mon propre pouvoir, désespérément heureuse malgré la stupidité sans bornes dont je viens de faire preuve. Je savais déjà que j'arriverais à sortir d'ici si je ne me souciais pas des autres. Je n'ai aucun intérêt à me délecter de la facilité avec laquelle j'y parviendrai, et encore moins à envisager que je pourrais prendre du bon temps avec Orion dans le même temps.

Comme pour souligner à quel point j'ai été ridicule, Précieux m'attend, perché sur une étagère à l'entrée de la bibliothèque, semblant impatient de me faire la morale.

On n'emmène pas nos souris sur les parcours d'obstacles, car elles ne sont pas de ces familiers qui peuvent t'aider en situation de combat, alors on s'entraîne plutôt avec des petites boules de fourrure planquées à des endroits sûrs de notre attirail. Je n'ai toutefois pas besoin d'être mordue à l'oreille pour mesurer la bêtise de mon comportement : j'ai déjà eu plusieurs étages à gravir pour y réfléchir. « Je sais », lui lancé-je laconiquement en l'attrapant ; il frotte à peine le museau contre la phalange de mon pouce avant de grimper dans sa boîte en bandoulière.

Une fois dans la salle de lecture, je m'arrête près d'une des équipes avec lesquelles Aadhya a conclu notre pacte d'assistance, et je leur annonce que s'ils veulent venir vendredi, je referai le parcours avec eux dans la foulée du nôtre. Ils me dévisagent comme un troupeau de gnous considéreraient un énorme crocodile venant de leur accorder de traverser le Nil sans heurts. « C'est vous qui voyez, ajouté-je avec humeur. Je ne suis pas contre un petit entraînement supplémentaire si ça vous dit, c'est tout. »

Ils ne se prononcent pas immédiatement, mais ont dû en discuter entre eux et se faire passer le mot, car, le vendredi, les deux autres équipes attendent à notre sortie. Elles ne me demandent pas directement de les accompagner comme si j'étais une vraie personne : elles se contentent de me regarder en coin. Je ravale ma fierté et dis simplement à Aadhya : « Je te rejoins en haut. » Puis, quand le reste de mon alliance a disparu au bout du couloir, je lance un « Allons-y » avant de retourner dans le gymnase.

Cette équipe-ci n'est pas aussi forte que la mienne – en tout cas, pas après nos six semaines d'entraînement aux parcours d'obstacles –, mais je parviens à faire sortir tout le monde en vie. Il a certes fallu que je pétrifie l'une de mes camarades pour lui éviter de se faire croquer en deux, mais je l'ai retransformée dans la foulée, alors je ne vois pas où est le problème.

À part moi, tout le monde avait hâte de voir le parcours changer, mais celui du lundi suivant est tout aussi terrible. Nos trois équipes d'assistance patientent devant les portes ouvertes quand on a terminé ; toutes sont livides d'épouvante. Je fais demi-tour pour les accompagner, et quand on a terminé, une autre alliance attend déjà : celle de Liesel. Après le Nouvel An, elle a manifestement rayé Magnus de sa liste et choisi de rallier Alfie, de l'enclave londonienne. Je ne sais pas ce qu'elle reproche à celle de Munich, qui compte dans ses rangs trois terminales bien bâtis – si c'est pour elle un critère de sélection –, mais il doit bien y avoir un truc, parce que c'était pourtant un choix plus évident pour une Allemande méchamment déterminée à obtenir un siège au conseil d'une enclave de top niveau avant d'atteindre les trente ans. Si rien ne cloche avec ses compatriotes, c'est peut-être Alfie qui a un truc en plus, mais je n'ai rien remarqué de notable en lui au cours des trois dernières années et quelques.

« Et, comment tu vas ? » me demande-t-il, exactement comme si on ne s'était pas vus depuis des lustres et qu'il était positivement surpris de me trouver ici.

Je ne prends pas la peine de lui répondre et m'adresse directement à Liesel : « Allez, on y va. » Elle hoche froidement la tête, et on entre. Une femme selon mon cœur.

En plus, elle est très douée. Pas autant qu'Orion, mais largement au-dessus de tous ceux avec qui j'ai eu l'occasion de courir, même si je m'efforce de ne pas le remarquer, par loyauté pour mes alliés. En fait, toute son équipe est bien meilleure. Même Alfie ne fait pas figure de maillon faible, loin de là ; il a évidemment adopté la place du milieu, mais pas pour se planquer : il se sert de cette position pour envoyer de tous les côtés des sorts défensifs compliqués, histoire de couvrir tous les autres, et il s'en sort à merveille. Il ne manque pas de réflexes et possède une collection encyclopédique de sorts défensifs, qu'il maîtrise sur le bout des ongles. Il parvient toujours à employer la bonne formule au bon moment au bon endroit, ce qui nous permet de nous reposer complètement sur lui et de nous consacrer à l'offensive. On atteint l'arrivée en onze minutes à peine ; il nous en a fallu vingt-deux, lors de notre première tentative avec l'équipe.

Tu vas me dire, vingt-deux minutes, c'est toujours mieux que jamais, ce qui aurait été le cas de Liesel et compagnie si je ne m'étais pas greffée à leur groupe. Ils ont tous tressailli quand on est arrivés dans la dernière ligne droite, lorsque le sol gelé s'est subitement replié autour de nous pour former des blocs vertigineux, hérissés de piquants acérés gros comme des fémurs de tyrannosaure et bouillonnant de vapeurs ectoplasmiques suggérant qu'ils étaient dotés d'une forme psychique et pas seulement physique. Alfie a alors décoché le meilleur bouclier de groupe que j'aie jamais vu, qui aurait certes pu tenir quelque temps, sauf qu'on n'avait nulle part où aller.

Jusqu'à ce que je scande le septième sort de soumission issu de *La Vigne abondante*, le premier livre de formules jamais écrit en marathi. Il a été élaboré par un groupe d'incantateurs poètes issus de la région de Pune, qui voulaient disposer d'un choix plus large de sorts dans leur langue vernaculaire – mieux tu maîtrises un langage et en comprends les nuances, meilleur sera ton sort. Ils se sont donc tous réunis pour une session d'écriture et de partage de formules. Celle-ci s'est si bien déroulée qu'ils ont fini par créer un véritable cercle, qui a perduré ; leurs sorts sont devenus de plus en plus puissants, jusqu'à ce que le recueil devienne si précieux qu'ils ont pu l'échanger contre des sorts créateurs d'enclave de la région de Jaipur.

Aussitôt après, leur groupe a implosé, pour cause de violentes querelles intestines. La plupart de ces sorciers sont morts, d'autres se sont rendus à Jaipur, et quelques-uns ont renoncé à la magie, se sont purgés de leur mana et sont partis vivre en ascètes en pleine nature, ce qui explique qu'il n'y ait toujours pas d'enclave à Pune. Mais *avant* ça, ils ont mis au point de sacrées formules, notamment une série de sorts de soumission de plus en plus complexes, dont les plus difficiles ne sont plus recherchés que par des maléficiens voulant dompter certains des malés les plus féroces pour en faire des familiers – ou par un cercle de sorciers bienveillants cherchant à se débarrasser de l'un de ces malés, mais tu imagines bien pourquoi l'école m'en a offert un exemplaire. J'avais déjà des trous aux semelles en milieu d'année de troisième, et je pensais avoir été assez précise en réclamant un sort permettant de les remodeler un peu, mais non. Tu serais surpris de savoir à quel point je n'ai pas eu besoin, au cours de ces quatre dernières années, d'un bénibel domestique se nourrissant exclusivement de charogne humaine, mais je manque sans doute d'imagination.

Cela dit, c'est tout à fait le genre de sort que tu es heureuse de posséder quand tu te retrouves confrontée à une entité possédée de la taille d'un glacier. Je finissais ce parcours pour la troisième fois, je commençais à avoir le coup de main, ça a donc été une expérience relativement indolore : j'ai juste lâché mon sort, ordonnant aux pics de glace de s'aplatir, et on a pu franchir les portes. N'empêche que Liesel et sa bande ont trouvé ça exaspérant. Le problème, c'est que personne d'autre que moi – pas même les élèves les plus brillants ou les plus travailleurs – n'aurait pu faire grand-chose dans la même situation. Même si l'un d'eux avait disposé de ce sort dans son répertoire, il faut généralement un cercle de douze sorciers psalmodiant pendant une heure pour le lancer. Son visage était tout contorsionné de rage quand on est ressortis. Je ne peux même pas lui reprocher d'être partie sans dire merci. Alfie a été mieux conditionné, il s'est donc fendu d'un « Merci, El, bien joué » avant de lui emboîter le pas, mais, pour lui, c'est comme une seconde nature.

À l'heure du déjeuner, la rumeur s'est déjà répandue et tout le monde commence à paniquer. Outre le danger véritable qu'il y a à mourir par manque d'entraînement, l'absence de logique de ce nouveau parcours est particulièrement inquiétante : il existe certes quelques malés gros comme des montagnes dans le monde, mais ils sont encore plus rares que les baleines bleues. Et si une baleine bleue devait faire son apparition au milieu de la salle des diplômes, on devrait certes redoubler d'imagination pour s'en défaire, mais surtout elle n'aurait pu apparaître là de sa propre initiative. Alors pourquoi ce genre d'adversaire se présente-t-il lors de la course d'obstacles ? Soit l'école agit par pure malveillance, sous prétexte qu'au moins *une* élève est capable de l'éliminer, auquel cas le parcours devient complètement inutile pour tous ceux qui ne m'ont pas dans leur équipe – ce qui est en soit assez grave –, soit il y a effectivement un machin de cette taille dans la salle des diplômes.

Personne n'imagine qu'il puisse y avoir une autre raison ; pour autant que les autres le sachent, rien n'a changé. Je suis la seule à savoir que quelque chose a changé : *moi.* Et les parcours subitement mortels constituent une réaction bien trop manifeste. Tu comptes sauver tout le monde, pauvre imbécile ? D'accord, mais on ne va pas te faciliter la tâche : plus personne ne pourra s'entraîner jusqu'à la fin du semestre, de sorte que tout le monde se mettra à paniquer dans la salle des diplômes. Bon courage pour les secourir dans ces conditions.

Je n'ai toutefois parlé de mon grand projet à personne, les autres continuent donc de baigner dans leur ignorance en propageant leurs inquiétudes. Cet après-midi-là, à la bibliothèque, deux nouvelles équipes sont assez désespérées pour venir solliciter mon aide. Le lendemain, Ibrahim va encore plus loin : il me coince pendant que je me dirige au radar vers la salle de bains et tourne autour du pot pendant cinq bonnes minutes avant que je comprenne qu'il essaie de déterminer si j'ai le moindre problème avec le fait qu'il ait embrassé Yaakov.

Il n'a transgressé aucune règle de la Scholomance en me le taisant jusqu'à présent. Tu *dois* révéler le moindre conflit d'intérêts à tes alliés potentiels avant de leur demander de se rallier à toi et à ton « plus un » – ce n'est clairement pas un accident si, dans son équipe, il ouvre la marche tandis que Yaakov la referme : ce sont les deux positions les plus dangereuses et les plus éloignées, si bien qu'il n'y a aucun risque qu'ils laissent tomber les autres pour se barrer ensemble. Cela dit, *je* ne fais pas partie de ses alliés. Mon nom n'est pas inscrit sur le mur auprès des leurs, il ne me doit donc absolument rien et mon opinion ne devrait pas lui importer. Pourtant, il tente de me sonder, comme si elle comptait malgré tout.

C'est horrible, et je ne peux même pas lui hurler dessus, parce que *oui*, ça compte dans le bon fonctionnement de l'association des losers de la Scholomance. Aadhya a conclu un marché tactique avec leur alliance, mais ce genre d'accord sous-entend toujours que l'une ou l'autre partie peut larguer l'autre à tout moment pour s'allier à quelqu'un d'autre si l'occasion se présente. Et l'occasion se présente effectivement pour nous, puisque je suis devenue une ressource extrêmement rare et précieuse. Si on avait l'opportunité de monter en gamme et de courir avec Liesel et Alfie, Ibrahim et son camp se retrouveraient aussi ennuyés que tous ceux qui ne me comptent pas dans leurs rangs.

Et ce n'est pas par accident que Yaakov et lui n'ont pas fait savoir qu'ils étaient plus qu'amis, durant toutes ces soirées passées à bosser ensemble dans la chambre de

Chloe. On a tous en permanence le nez dans le guidon, ici, mais l'un des sujets de conversation préférés reste tout de même les ragots sur les couples réels ou supposés, juste derrière les ragots concernant la constitution des alliances.

Il n'y a généralement pas grand-chose à dire sur les relations entre élèves, car, curieusement, se trouver en permanence au bord de l'inanition, de l'épuisement ou d'une terreur mortelle n'incite guère aux aventures romantiques, mais ça ne nous empêche pas de tirer le meilleur profit des quelques couples qui parviennent à trouver l'énergie nécessaire – sans surprise, la plupart d'entre eux sont composés à au moins cinquante pour cent d'un enclavé. On a tous remarqué que Jamaal se débrouillait pour aller chercher à grignoter en même temps qu'une fille du Caire – elle accompagnée d'un groupe de filles, lui d'une bande de garçons, conformément aux règles de l'art. On sait aussi que Jermaine, de New York, se retrouve coincé depuis l'année dernière dans une espèce de triangle amoureux, au sein duquel il rivalise avec un garçon d'Atlanta pour s'attitrer les faveurs de l'une des meilleures alchimistes, et les rumeurs sont allées bon train quand le couple s'est transformé en trio *et* en alliance, pendant le premier mois du semestre. Par ailleurs, tout le monde s'est amusé à nous casser les pieds, à Orion et à moi. Ibrahim et Yaakov avaient simplement décidé de garder cette information pour eux. Ils estimaient qu'il s'agissait d'un risque qu'ils n'étaient pas prêts à courir.

De nombreux enclavés, généralement issus des plus puissantes enclaves occidentales, aiment à prétendre que la société des sorciers est beaucoup plus éclairée que celle des communs. Vu du petit côté de leur lorgnette, c'est sans doute vrai. Quand tu passes des décennies à recruter les plus brillants magiciens du monde, car ce sont eux qui ont le plus de chances de sauver la vie de tes enfants et de rendre ton enclave encore plus riche et puissante, il est facile de considérer ton enclave internationale si diverse et tolérante et de t'en féliciter. Ça ne signifie pas pour autant qu'aucun de nous n'est sectaire, juste qu'on dispose de notre propre ligne de démarcation qui s'arrête à la porte des enclaves, et qu'elle est assez coupante pour te trancher la gorge.

Et il s'avère qu'Ibrahim ne se trouve pas du bon côté de cette ligne : ce n'est ni un enclavé ni l'un des élèves assez brillants pour rêver d'une alliance avec une enclave. Son principal talent, le seul qui lui ait permis de survivre jusqu'à présent et de fonder une alliance avec Jamaal – le garçon de Dubaï qui a rallié son équipe –, est sa qualité de lèche-bottes de première catégorie. Si tu aimes les flatteries, qu'on t'encourage et te réconforte quand tu as un coup de moins bien, qu'on te tape dans le dos en t'expliquant que tu es formidable et que tu as raison même quand tu es manifestement en tort, qu'on t'aide à surmonter d'éventuels accès de culpabilité ou crises de conscience, alors Ibrahim est fait pour toi – et des tas d'enclavés recherchent précisément ce type de profil.

Ce n'est d'ailleurs pas une approche particulièrement exceptionnelle : environ la moitié des indépendants jouent au moins en partie les laquais. Certains vont proposer leur cervelle ou leurs muscles, d'autres, plus désespérés, iront jusqu'à proposer plus ou moins explicitement de servir de boucliers humains. Ceux-là s'installent aux pires places à la cafétéria ou dans les salles de classe ; ils vont chercher les fournitures et déposer les devoirs ; ils raccompagnent les enclavés jusqu'à leur chambre et font le guet pour eux quand ils sont sous la douche, sans rien réclamer en contrepartie. Car, à l'exception des plus riches d'entre eux, presque tous les enclavés finiront par chercher des bouche-trous pour leur alliance, des postes ouverts aux élèves moyens, capables de lancer quatre ou cinq sorts de qualité en dix minutes et ayant accumulé une quantité raisonnable de mana en plus de leurs devoirs, à condition qu'ils aient eu la chance de rester valides et en bonne condition physique durant toute leur scolarité.

Le genre d'ouverture qu'Ibrahim espère depuis son premier jour à la Scholomance. Il n'a pas d'autre choix. Il est parfaitement compétent, mais il n'a rien d'exceptionnel, pas selon les critères de la salle des diplômes. Et quand tu suis le cursus de laquais, tu ne peux pas te permettre de faire passer en priorité certains détails aussi superficiels que tes convictions les plus intimes ou tes besoins émotionnels les plus profonds. Tu ne peux même pas faire passer ta propre vie avant tout le reste, puisque tu vas être le premier à descendre, la gorge nouée, au cas où une bestiole se planquerait dans l'escalier, histoire que ce soit toi qu'elle bouffe, et non l'enclavé sept marches plus haut ; et pourtant, vous faites tous deux mine de croire que c'est une grande preuve d'amitié de sa part que de t'offrir cette main tendue.

Voilà pourquoi il n'en a pas parlé plus tôt : il voulait se ménager la possibilité de se greffer à un enclavé un peu vieux jeu, de ceux qui s'intéressent aux affaires des autres. Et voilà qu'il me demande si *je* suis de ce bois-là – parce que sa vie en dépend.

J'ai envie de lui brailler dessus et de partir en tapant des pieds, mais j'en suis incapable. Il est à deux doigts de pleurer, comme tu le serais sans doute si tu te retrouvais à devoir implorer une fille avec laquelle tu as toujours été désagréable de bien vouloir sauver ta vie en même temps que celle de la personne à qui tu tiens. Il aurait été complètement dingue de ne pas me mentir pour me plaire si le contraire avait risqué de me dissuader de courir avec son alliance. D'ailleurs, s'il était vraiment intelligent, il saurait que je m'en fiche complètement, mais il m'en parlerait quand même, histoire de bien exposer sa servilité.

Toutefois, je sais qu'il n'est pas assez retors pour ça. Il est doué pour faire de la lèche, car il le fait avec sincérité. Je pense qu'il aime profondément les gens – un concept qui m'est totalement étranger – et que c'est un vrai idéaliste. Il a continué à faire de la lèche à Orion, même une fois qu'il est devenu évident que celui-ci ne cherchait pas de laquais. De plus, Ibrahim a été assez idiot pour tomber amoureux dans l'enceinte de l'école – et il doit forcément s'agir d'amour, car s'éprendre de Yaakov pour sceller une alliance aurait été la pire idée du monde, puisque ça les cantonne tous deux aux places les plus dangereuses.

Alors, je maugrée de mauvaise grâce : « Je ne suis pas une radasse, Haddad. Fais-toi plaisir. On se voit demain soir. » Et *alors* seulement, je pars en tapant des pieds.

Le même jour, au déjeuner, Magnus a le culot éhonté de charger Chloe de me transmettre une *invitation* à rejoindre son équipe, si j'ai besoin d'entraînement supplémentaire. Je suppose que, dans son esprit, c'est l'équivalent des supplications désespérées d'Ibrahim. Je grince les dents et cours avec eux dans l'après-midi. Ils sont tout aussi bons que l'équipe de Liesel, et ils auraient été tout aussi morts sans ma présence.

Quand je descends avec ma propre alliance le mercredi matin, une trentaine de personnes attendent déjà dans le couloir, et toutes semblent en colère – furieuses, même. Elles n'ont toujours pas compris que je compte les aider. Tout ce qu'elles savent, c'est que si elles veulent s'entraîner, elles doivent venir quémander auprès de moi une aide à laquelle elles n'auront pas droit le jour de la remise des diplômes, car bien sûr je ne vais pas les aider, et quand elles voient que trente autres élèves font déjà la queue pour réclamer, elles savent que je vais commencer à monnayer mon aide, et que je vais exiger des choses dont elles ne pourront pas se priver.

J'ignore si pourrais sauver la situation en leur affirmant que je compte sauver tout le monde. Je ne pense pas que ces élèves me croiraient. Néanmoins, je ne peux pas en être certaine, car je n'essaie même pas. Ils observent mes amis ; ils observent Aadhya et Liu, et ceux qui ont couru un risque avec moi ; soudain, ce sont eux les tocards qui observent les enclavés, sauf qu'encore un quart d'heure plus tôt, c'étaient *eux* les enclavés, ceux qui allaient survivre. Alfie, Liesel et la formidable équipe qu'ils ont mise sur pied ; Magnus et sa meute de loups. Ils n'ont pas passé ces quatre dernières années à apprendre jour après jour qu'un autre élève aurait le droit de vivre et pas eux.

Et je vois à leur tête que s'ils pouvaient s'emparer de moi, si j'étais un artifice quelconque qu'ils pouvaient se disputer ou dérober, ils le feraient ; ils mettraient à profit tous leurs avantages indus, ils s'en prendraient à mes amis, et à cet instant précis la plupart d'entre eux cherchent sans doute un moyen d'y parvenir, comme Magnus lors de la journée loisirs.

« Ben dis donc, il y a du monde pour la première course, aujourd'hui », commente Alfie avec la vivacité d'esprit d'un type disant *On dirait qu'il va pleuvoir* alors qu'il tombe déjà des trombes d'eau, que tu t'es réfugiée sous un auvent avec cinq personnes ayant déjà dégainé leur couteau et que tu t'apprêtes à discrètement sortir ton flingue.

Alors je ne réponds rien de rassurant comme *T'en fais pas, Orion et moi allons tous vous tirer d'affaire, les nullards*. Je ne promets même rien de sensé, comme d'y aller avec chaque équipe tour à tour. Chloe coule un regard dans ma direction, et je vois qu'elle se tient prête à répondre à ma place, à jouer les conciliateurs avec les enclavés. C'est ce qui me décide à dire : « Ça ne sert à rien d'attendre les autres. » Je me dirige alors vers les portes, les ouvre à la volée et entre avec assurance. J'entends une ruée confuse derrière moi, et tout le monde semble tirer la même conclusion en même temps : s'ils veulent être sûrs d'affronter le parcours d'obstacles avec moi, il faut qu'ils se lancent *maintenant*. Ils débarquent donc tous dans mon sillage.

En temps normal, s'y mettre à cinquante pour atteindre la sortie n'est pas une bonne idée, car si effectivement tu termines la course, tu ne t'entraînes pas suffisamment. Ce n'est toutefois pas problématique quand tu te retrouves assaillie de toutes parts. Je ne me rendrai compte qu'après coup que c'était l'entraînement idéal *pour moi*, ce qui se rapproche le plus des conditions réelles, quand on se retrouvera tous largués en même temps dans une mer de maléficarias. Mais dans le feu de l'action, je n'ai le temps de penser qu'à combattre, à lancer des sorts désespérés dans toutes les directions pour endiguer les attaques sur le point de submerger les défenses de l'un ou l'autre élève. C'est comme un de ces horribles jeux d'adresse où tu as dix-sept casseroles à surveiller en même temps, que tu passes frénétiquement de l'une à l'autre, mais que tu es toujours sur le point d'en louper une. Pareil, sauf que j'ai quarante-sept trucs sur le feu en même temps, et que si j'en oublie ne serait-ce qu'un seul, quelqu'un va mourir. C'est avec un intense soulagement qu'on essuie l'assaut final, quand je peux me permettre de libérer un unique sort atrocement puissant qui permet à tout le monde de franchir les portes pendant que je retiens le glacier infernal.

On sort en clopinant, plus ou moins intacts, mais tout à fait épuisés. Même moi, je suis à bout de forces ; j'ai mal aux côtes, mon cœur martèle de l'intérieur, comme s'il était en pleine dispute avec mes poumons et qu'ils rangeaient bruyamment la vaisselle en essayant de trouver le moyen de franchir ma cage thoracique. Ce qui est sans doute un mal pour un bien, quelque part, car l'entraînement a été efficace, mais je ne suis pas tout de suite d'humeur à mettre les choses en perspective. Plusieurs autres équipes sont descendues et attendent leur tour, mais en me voyant ressortir en titubant, elles font demi-tour sans même essayer de me convaincre de repartir pour un tour, j'imagine donc que mon état se voit sur ma figure.

Ça coupe court à toute conversation. Aadhya dit juste « J'ai besoin d'une douche », et je réponds simplement « Ouais », et les vingt-sept filles qui constituent notre groupe se dirigent simplement en traînant les pieds vers la salle de bains. Orion va bientôt pouvoir récolter les amphisbènes pour Liesel : les petits ont cessé de tomber avec l'eau il y a environ une semaine, et ils se mettent désormais à siffler et à frapper désespérément depuis l'intérieur des pommes de douche, comme si la tuyauterie était devenue dingue. À un moment, le mur s'est fissuré autour d'une conduite, et l'amphisbène qui y était coincé s'est mis à agiter ses membres dans tous les sens pour s'en extraire, mais ce n'était qu'un amphisbène, alors la fille concernée n'a même pas arrêté de se rincer les cheveux : elle a simplement attrapé un long stylet enchanté rangé dans sa trousse de toilette pour l'enfoncer dans l'ouverture. Le pommeau a cessé de s'agiter. Ça risque de provoquer une odeur désagréable si la bestiole se met à pourrir là, mais ses congénères la dévoreront sans doute avant que ça ne se produise.

Aucune d'entre nous n'a envie de parler. On se lave les unes après les autres dans un silence quasi parfait, à peine interrompu par d'occasionnels « Est-ce que quelqu'un aurait un peu de shampooing à échanger contre du dentifrice ? » ou autres propositions du même acabit. Puis on se rhabille et on se rassemble à la bibliothèque pour notre débriefing traditionnel, et une nouvelle fois personne ne s'adresse la parole avant que je m'asseye à notre table. Les garçons nous y attendent déjà – ils puent, ce qui se sent d'autant plus maintenant qu'on est toutes propres –, et j'ai à peine posé les fesses sur ma chaise que Khamis m'interpelle d'un ton péremptoire. « C'était quoi, ce délire ? » lâche-t-il subitement, comme s'il retenait ces paroles depuis un long moment et pouvait enfin les laisser jaillir, maintenant que je me trouve à portée de voix.

J'en reste bouche bée. Certes, je me plains toujours de faire fuir les gens, mais de là à imaginer que les autres puissent m'agresser sans crainte de me voir réagir… Je subis alors une deuxième vague d'indignation, plus profonde encore, quand je me rends compte que lui aussi a passé un mois à se retenir, à attendre que le semestre soit suffisamment avancé et qu'on ait trop bien calé notre stratégie pour que je ne puisse plus l'éjecter de notre alliance sans franchir les bornes de la décence.

« Tu as un problème, Mwinyi ? rétorqué-je. Tu t'es pris une écharde ?

— Si j'ai un *problème* ? répète-t-il. Je vais te le dire, mon problème. Aujourd'hui, Fareeda est tombée six fois – *six fois*. » Il désigne du pouce la malheureuse, justement en train de s'asseoir trois chaises plus loin. C'est une amie artificienne de Nkoyo que je ne connais pas très bien, et *elle* ne se pense à l'évidence pas en mesure de m'agresser impunément. Elle nous observe tour à tour en achevant de s'installer ; elle se fait toute petite, comme pour nous convaincre qu'elle se trouve en réalité sur un autre plan et qu'on commet une erreur en l'imaginant parmi nous. « Lundi, elle n'est tombée qu'une seule fois. Qu'est-ce que tu dis de ça ? »

Je connais un sort fabuleux, qui permet d'assécher les organes de ta victime sans lui ouvrir le bide. La formule d'origine a été développée il y a des millénaires à des fins de momification tout à fait respectables et est tombée en désuétude en même temps que cette pratique ; la version que j'ai obtenue est un dérivé anglais du dix-neuvième siècle, que le maléficien favori de l'ère victorienne, Ptolomey Ponsonby, a traduit à partir de la collection d'antiquités égyptiennes héritée de son père. À cet instant, j'ai un peu l'impression que quelqu'un est en train de me le jeter.

« Mais elle n'est pas restée à terre, si ? » parviens-je à articuler malgré mes entrailles ratatinées. Khamis n'a pas tort de s'inquiéter de voir Fareeda tomber souvent : elle occupe la position de tête de son équipe. Elle a passé tout le dernier semestre à concevoir un imposant bouclier avant, une stratégie individuelle qui se serait avérée désastreuse si elle ne lui avait pas permis de gagner sa place au sein de l'alliance d'un enclavé, quoique à une position extrêmement dangereuse.

« Nkoyo l'a relevée trois fois, James deux. Et moi-même une fois, précise Khamis. À quoi tu jouais ? Je vais te le dire : tu faisais un appel du pied flagrant à Magnus Tebow. Pourtant, je ne le vois pas à cette table. Tu crois qu'on va tous se mettre en danger pour que tu puisses aider tous tes copains new-yorkais ? »

Chloe est assise de l'autre côté d'Aadhya, ou divague sur le même plan astral que Fareeda – tout le monde ou presque s'efforce de les y rejoindre, ou de se transformer en marionnettes orphelines de leur ventriloque –, mais elle finit par laisser échapper un gloussement étranglé, avant de se couvrir la bouche en se détournant quand tout le monde la regarde.

« Tebow a tenté très fort de me tuer il y a environ sept mois, pile dans ce coin », répliqué-je. J'éprouve une espèce de reconnaissance idiote à l'égard de Khamis, qui semble m'offrir une issue toute trouvée. « Je ne lèverais pas le petit doigt pour lui faire franchir les portes au détriment d'une seule autre personne dans cette école.

— Ah, donc ce n'est pas ton ami, commente Khamis d'un ton dégoulinant de sarcasmes. Tu ne l'aimes pas, tu ne veux pas que New York t'intègre.

— El s'est déjà vu promettre une place », intervient Chloe, qui décide finalement qu'elle doit hausser le ton si Khamis se lance dans un réquisitoire contre son enclave.

Tout le monde à table tend instinctivement l'oreille : c'est le genre de ragot qui nous intéresse tous, car on peut généralement en tirer quelque profit, mais nul ne semble surpris. « Que j'ai refusée, précisé-je, les dents serrées. Je n'aime *pas* Magnus, ce n'est *pas* mon ami, et je ne rallierai *pas* New York. »

Cette fois, tout le monde semble surpris, et Chloe tressaille un peu. Khamis me contemple d'un air incrédule ; puis il se met en colère, très en colère, probablement convaincu que je lui balance un mensonge si flagrant que c'est une insulte d'imaginer qu'il puisse gober ça. Il se penche en avant et grommelle : « Dans ce cas, permets-moi de te reposer la question : c'était quoi, ce délire ? Pourquoi est-ce que tu aides Magnus Tebow, que tu n'aimes pas, qui n'est pas ton ami, dont tu ne veux pas rejoindre l'enclave, alors que tu es censée nous aider, *nous* ? »

Se mettre en colère contre moi n'est jamais une bonne idée, car cela me donne l'autorisation d'en faire autant. Je pose les mains à plat sur la table et me lève à moitié pour me rapprocher de lui ; ce n'est pas réfléchi, mais je n'ai pas besoin de réfléchir ce genre de choses. Les lumières de la salle faiblissent et clignotent – sauf autour de moi –, l'air se refroidit et un fin brouillard se forme quand je siffle d'un ton cinglant : « J'ai aidé Magnus parce qu'il en avait *besoin*. Tout comme j'ai empêché la tempête de pierres de te broyer le crâne quand *tu* en as eu besoin, tout comme j'aurais aidé Fareeda à se relever si elle n'y était pas parvenue. Et si c'est trop te demander que de l'aider à couvrir votre avant-garde pendant que je sauve la vie d'une autre personne, alors tu n'as qu'à essayer de t'en sortir sans moi, espèce de sale con égoïste. »

Khamis s'est reculé pour essuyer ma saillie ; le lustre vert iridescent des lumières se reflète sur ses pommettes et dans ses grandes prunelles sombres, mais il est quand même sous le choc. S'il était effectivement trouillard, il se la serait sans doute fermée pour me laisser me calmer, mais malheureusement pour nous deux, ce n'est pas dans son caractère, et il considère que je mens forcément, car personne ne réfléchit de cette manière dans cette école. Il inspire une bouffée d'air froid et répond dans un filet de voix : « C'est complètement dingue. Qu'est-ce que tu comptes faire ? Sauver tout le monde ? Tu ne peux pas sauver tout le monde. Même avec l'aide de Lake.

— Tu veux parier ? » Je suis aussi furieuse que désespérée, mais alors même que je lui grogne ces paroles, je sais que je suis en train de dérailler et que le carnage est à venir. J'ai à peine survécu à la course d'obstacles avec cinquante élèves – même pas –, mais nous sommes plus d'un millier en tout, la plus grande promotion de terminales de l'histoire de la Scholomance. Un contingent impressionnant, dû au fait qu'Orion Lake nous a tous sauvés à maintes et maintes reprises. Un millier de plats cuisant tous en même temps.

Khamis était présent au gymnase pour l'entraînement, alors après que j'ai prononcé ces paroles idiotes, il ne m'en veut plus de la même manière, car il a compris que je ne lui mens pas. C'est la même différence qu'entre être menacée d'une arme et de voir quelqu'un courir en rond en hurlant tout en vidant son chargeur à l'aveuglette. Il repousse sa chaise et se lève. « Tu veux faire sortir tout le monde ? Tu es réellement folle, en fait ! » Il ouvre grand les bras pour désigner toute la table. « Et qu'est-ce qui va nous arriver, pendant que tu t'occupes de sauver tous ces gens que tu n'aimes pas ? Tu vas tous nous faire tuer, tout ça pour faire ton héroïne. Tu crois pouvoir nous piquer notre mana et notre aide et faire ce que tu veux avec, c'est ça ?

— Khamis », l'interrompt Nkoyo d'un ton grave et pressant. Elle s'est levée, elle aussi, et a posé la main sur son bras. « La matinée a été difficile pour tout le monde. » Il la contemple, incrédule ; son expression se teinte d'indignation quand il considère tour à tour les autres personnes attablées – tous ces gens qui ne me disent jamais rien, de même qu'ils ne lui ont jamais rien dit pendant toutes ces années, alors qu'il leur piquait leur mana et leur aide pour en faire ce qu'il voulait, puisqu'il est de toute façon inutile de dire quoi que ce soit quand la seule réponse possible est *oui*. Ça ne fait qu'empirer le sentiment de malaise, et s'il l'ignore encore, c'est qu'il ne s'est jamais trouvé dans le camp des tocards, pauvre petit enclavé.

Sauf maintenant. Il fait désormais partie des losers, comme Magnus, comme Chloe, comme tous les autres enclavés de l'école, parce qu'ils ne peuvent plus franchir la course d'obstacles sans moi. Il est tout à fait envisageable qu'ils ne survivent pas seuls à la remise des diplômes. Alors, si j'offre à n'importe lequel d'entre eux une place à mes côtés, en échange de tout ce qu'ils peuvent avoir accumulé comme mana, labeur et relations, si je leur prends tout et m'en sers pour devenir une héroïne – même si ce n'est pas ce qu'ils veulent parce que le risque de se faire tuer est grand –, ils vont s'en satisfaire et me remercier s'ils possèdent un tant soit peu de jugeote. Merci, El. Merci pour tout.

Le silence s'éternise. Khamis ne dit plus rien, ne me regarde même plus. Il n'est pas plus stupide que trouillard, et il pige enfin, maintenant qu'il se retrouve le nez dedans. Moi aussi, d'ailleurs, mais ce n'est pas le même problème. Pour lui, il n'y a que de l'humiliation. Dommage qu'il ait fallu que quelqu'un en fasse toute une histoire, tout un pataquès. Si j'avais moi-même été une enclavée, j'aurais sans doute appris à gérer ce genre de crise avec grâce. À ma place, Alfie aurait probablement suggéré d'un ton contrit *Tu sais quoi ? Je crois qu'on a tous besoin d'une bonne tasse de thé*, et il aurait puisé dans son insondable réserve de mana pour transformer notre carafe d'eau en une grosse théière fumante, accompagnée d'un pot de crème et de sucre – le type de réconfort dont il doit avoir besoin quand il est irrité. Et tout le monde aurait accepté, pas seulement pour soigner ses plaies béantes, mais aussi parce que, quand on ne possède rien, on accepte ce qu'on nous offre.

Comme je ne suis pas une enclavée, je n'ai pas géré la situation avec grâce, et je n'ai même pas une tasse de thé à leur offrir pour apaiser leurs souffrances. Alors je tourne les talons et m'enfuis en courant dans les rayonnages.

10

L'Himalaya

Aadhya me rejoint un peu plus tard. Je ne sais pas quelle heure il peut être. Il n'y a aucune source de lumière naturelle dans l'école, l'environnement ne change jamais et je me suis réfugiée, seule, dans la petite salle de la bibliothèque où on n'entend pas les sonneries – cette classe où personne d'autre n'a cours, où la Scholomance a maintes et maintes fois essayé cette année, non pas de me tuer, mais de détourner mon attention pendant que des élèves que je ne connaissais pas mouraient. Comme si l'école savait de quoi elle devait s'inquiéter bien avant que je le détermine moi-même – de la même manière qu'elle a su que je pourrais tuer la gueule-béante et a voulu m'attirer de l'autre côté pour m'en dissuader.

Mes bizuts se retrouvent encore dans cette pièce chaque mercredi, mais Zheng a expliqué à Liu que les assauts avaient subitement cessé. Cela aurait toujours dû être l'endroit le plus sûr de l'établissement, la logique est enfin respectée. Il n'y a plus aucun intérêt à aiguiller les malés dans cette direction. L'école a tenté le coup, sans succès. Je n'ai pas retenu la leçon ; je ne l'ai pas laissée détourner mon attention.

« C'est sympa, ici », lance Aadhya depuis l'embrasure de la porte. Elle observe la salle et la découvre par les mêmes yeux que moi le premier jour : un havre de paix et de sécurité, jusqu'à ce que je signe mon emploi du temps et relève le gant que m'a jeté l'école. Elle entre et contourne le bureau pour venir s'asseoir en face de moi. « Les autres sont descendus déjeuner. Liu et Chloe vont nous mettre du rab de côté. Personne n'a déserté, au cas où tu te poserais la question.

— Pas vraiment », réponds-je en partant d'un petit rire d'impuissance. Je me couvre le visage des deux mains afin de ne pas avoir à affronter son regard, le regard de mon amie, la première que je me sois jamais faite en dehors d'Orion, qui ne compte pas. La première personne sensée à s'être dit qu'elle allait me laisser une chance de ne pas lui faire de mal.

Puis Aadhya déclare « J'avais une sœur », ce qui me fait relever la tête. Elle parle sans arrêt de sa famille. Elle m'a confié une lettre à leur attention – de même que j'en ai remis une pour maman à Liu, Chloe et elle, au cas où –, et je n'ai pas eu besoin de regarder l'enveloppe pour connaître l'adresse de cette grande maison dans les faubourgs du New Jersey, avec une piscine dans le jardin. J'ai entendu d'innombrables descriptions douloureusement appétissantes des concours de cuisine permanents et virulents entre ses grands-mères, Nani Aryahi et Daadi Chaitali, ainsi qu'une série de plaisanteries de mauvais goût issues de l'atelier de son grand-père, qui lui a appris à souder et à manier une scie. Je connais tout de sa mère, toujours brillante et tirée à quatre épingles, qui tisse à la main des étoffes enchantées, étoffes expédiées par la suite vers les enclaves de New York, d'Oakland ou d'Atlanta. Je n'ignore rien non plus de son technomancien de père, qui part travailler six jours par semaine dans l'enclave qui a bien voulu le recruter ce mois-ci. Je connais leur nom, leur couleur préférée, les pions de Monopoly qu'ils choisissent toujours. Mais jusqu'à présent, elle n'avait encore jamais évoqué une sœur.

« Elle s'appelait Udaya. Je n'avais pas trois ans quand elle est morte, alors je ne m'en souviens pas très bien. Personne chez moi ne parle jamais d'elle. Pendant un moment, j'ai cru que je l'avais inventée, jusqu'à mes dix ans, quand j'ai retrouvé au grenier un carton rempli de photos d'elle. » Elle ricane alors par le nez. « J'ai carrément flippé. »

Je comprends où elle veut en venir, je sais comment je suis censée réagir. Je devrais lui demander ce qui s'est passé, puis laisser Aadhya me parler de sa sœur morte ici, peut-être même pendant la remise des diplômes ; elle m'expliquera alors qu'elle comprend ce qui me pousse à vouloir sauver le plus de monde possible, puis que je devrais descendre et me sortir la tête du cul le temps de boire une bonne tasse de thé avec tout le monde ; Chloe se chargera probablement de le préparer pour moi, et on pourra tous se remettre à plancher sur notre stratégie cet après-midi, comme si rien n'avait changé. Et je sais pourquoi : parce que c'est la seule chose sensée et raisonnable qu'elle puisse faire, même si elle a simplement envie de me beugler dessus deux fois plus fort que ne l'a fait Khamis.

« Je ne peux pas faire ça. » Ma voix tremble autant que si j'étais en train de pleurer, ce qui n'est pas le cas, j'étais simplement assise toute seule. « Désolée. Impossible. »

Je cherche à ôter mon répartiteur de pouvoir, mais Aadhya me plaque le poignet sur la table pour m'en empêcher. « Encore ? Tout ce que je te demande, c'est d'arrêter de te faire des films, de la boucler et de m'écouter cinq petites minutes. Ça doit être dans tes cordes, non ? »

Je ne peux pas vraiment la contredire. De toute façon, elle serait en droit de me cogner pour me forcer à continuer, car quel intérêt peut-elle avoir à me laisser partir ? Liesel dispose des palanquées de mana d'Alfie, ainsi que de son cerveau et de son caractère impitoyable, et elle est entourée d'une équipe prête à tout pour dégager d'ici ; pourtant, tout ça n'a pas valu un clou quand l'Himalaya a attaqué. Les autres sont pourtant restés, pour la même raison que tout le monde reste toujours, qui se trouve être la cause même de notre inscription à tous dans cette école infernale : parce que nous n'avons pas le choix. Je ne serai jamais que ça : un moindre mal.

Aadhya plisse les yeux quelques instants, et lorsqu'elle a la certitude de m'avoir intimidée, elle retire sa main et se redresse. « Bon, d'accord, faisons comme si, après que je t'ai parlé d'Udaya, tu m'avais répondu *Que lui est-il arrivé ?*, comme une personne normale.

— Elle est morte ici, deviné-je d'une voix morne.

— On ne joue pas aux devinettes, mais non, me détrompe-t-elle. Mes parents étaient tout jeunes à sa naissance. Ils vivaient alors chez mes grands-parents paternels, et mon grand-père était incroyablement vieux jeu. Il a insisté pour que ma mère nous fasse l'école à domicile, et on n'a jamais eu droit d'aller nulle part, pas même au terrain de jeux au bout de la rue. On ne pouvait pas non plus jouer dans le jardin sans un adulte pour nous surveiller. Je me rappelle qu'il avait jeté un sort sur la porte de derrière pour qu'on se prenne une décharge si on essayait de la franchir sans supervision. Un jour, Udaya en a eu marre. À huit ans, elle a fait le mur pour se rendre au terrain de jeux. Un ver à tissu l'a chopée avant même qu'elle y arrive. Ils venaient parfois pondre autour de chez nous, afin que leurs bébés puissent se faufiler à travers nos sécurités pour venir mastiquer les tissages de ma mère. Celui-là a juste eu de la chance.

— Je suis désolée », affirmé-je en me sentant aussi ridicule que chaque fois qu'on affirme sincèrement qu'on est désolé.

Aadhya se contente de hausser les épaules. « Maman a demandé à ses parents de rester aux États-Unis après les funérailles. Ma tante était alors mariée à Calcutta, plus rien ne les retenait. Elle m'a emmenée vivre chez eux dans un studio et m'a inscrite à la maternelle pour les communs du quartier. Papa nous a rejointes un mois plus tard. Deux ans après, ils ont rassemblé tout l'argent qu'ils avaient mis de côté pour s'offrir un ticket d'entrée dans une enclave, et ont plutôt acheté une maison en face d'une super école, en s'assurant qu'elle soit toujours pleine de nourriture et de jouets pour que mes copines veuillent venir jouer avec moi, même si ça les empêchait de pratiquer leur magie en leur présence. Daadi est venue s'installer avec nous quand j'étais à la maternelle. Daduji était déjà mort. Personne ne me l'a jamais officiellement confirmé, mais je suis presque sûre qu'il s'est suicidé. »

Ça tient la route : il n'existe pas de nombreuses causes de décès pour les sorciers entre dix-huit et cent ans. Le cancer et la démence deviennent peu à peu si agressifs qu'ils empêchent le bon usage de la magie, et si tu habites en dehors d'une enclave, tu deviens bien vite le gnou le plus lent du troupeau, et les malés n'ont aucun mal à venir t'attraper ; mais avant ça, ils n'y parviennent pas.

« J'ai reproché à ma mère de me l'avoir caché, poursuit Aadhya. Elle m'a répondu qu'elle ne voulait pas me faire peur. Daduji nous adorait, il voulait tant nous protéger qu'il a fait son possible pour y parvenir, mais il a échoué. Maman voulait me protéger, elle aussi, mais elle tenait aussi à ce que je profite de la vie autant que possible tant que j'en avais l'occasion, parce qu'Udaya n'avait pas eu cette chance. »

En fait, ça n'a rien de stupéfiant. Simples probabilités. Quand on enfante deux sorciers, il y a de grands risques qu'on ne les voie pas grandir tous les deux. Peut-être même ni l'un ni l'autre. Udaya a simplement eu un peu moins de veine que la moyenne. Ou beaucoup moins, si on tient compte du fait qu'elle a passé chaque instant de sa vie enfermée dans une version améliorée de la Scholomance.

« Bref, voilà depuis quand je sais que je vais sans doute crever avant d'atteindre l'âge légal pour voter, conclut Aadhya. Or, je ne veux pas mourir, je veux sortir d'ici, mais je ne m'empêcherai pas d'être humaine avant d'y parvenir. Alors je ne vais pas faire comme si je ne m'en doutais pas. Je savais à quoi m'en tenir quand je t'ai suggéré de faire alliance, et j'ai toujours su que j'avais eu de la chance. Ce n'était pas grâce à un exploit personnel. Je n'étais qu'une paria comme toi, une étrangère comme toi, et je n'ai jamais été trop méchante avec toi, alors tu m'as laissée me rapprocher assez pour que je me rende compte que tu étais une vraie bombe et que je pouvais m'accrocher à toi.

— Aad », réponds-je, mais je ne sais qu'ajouter ensuite, et ne suis même pas certaine qu'elle m'ait entendue. Mon timbre est aussi léger et fragile que du verre brisé, et elle ne me regarde même pas : elle scrute le bureau en faisant aller et venir son pouce sur le graffiti indiquant LAISSEZ-MOI SORTIR LAISSEZ-MOI SORTIR LAISSEZ-MOI SORTIR. Elle fait la moue.

« Il faut bien que tout le monde ait droit à sa part de chance, non ? reprend-elle. Pourquoi pas moi ? Pourquoi je n'aurais pas droit de tirer le gros lot ? C'est ce que je me répétais, mais je n'y croyais pas, parce que j'avais eu *trop* de chance. Je savais que je devais faire quelque chose pour la mériter. Comme je savais que tu avais dû faire quelque chose pour mériter ce livre que tu as trouvé. Pourtant, je n'ai rien fait. Au début, je me disais toujours que tu allais me laisser tomber, puis je n'ai cessé d'attendre d'avoir quelque chose à faire, mais ce n'est jamais venu. Si je t'ai parlé d'Udaya, c'est parce que, dans un coin de ma tête, je me suis convaincue que ça devait être une forme d'échange. Comme je ne pouvais pas avoir ma sœur, je t'ai eue, toi. »

J'étrangle un atroce gargouillis, car je suis incapable de lui demander de se taire. Je n'ai aucune envie qu'elle se taise, même si j'ai les mains plaquées sur ma bouche et que des larmes ruissellent le long de mes doigts.

Aadhya continue de parler. « Je savais que c'étaient des conneries, mais ça me déculpabilisait de n'avoir rien eu à faire. Alors, pendant tout ce temps, j'ai laissé cette pensée infuser en moi, et c'était ridicule de ma part, parce que si tu es là pour remplacer ma sœur… je ne peux pas te laisser tomber et rester humaine. » Elle redresse alors le front, et il s'avère qu'elle pleure également ; des larmes gouttent de son menton, même si cela n'altère pas sa façon de parler. « Je ne partirai pas sans toi. »

J'ai vraiment envie de chialer comme un bébé, mais je trouve le moyen de me ressaisir pour l'interrompre. « Ce n'est pas ce que je veux ! Je ne te demande pas, ni à qui que ce soit, de rester avec moi.

— Évidemment. » Aadhya s'essuie la figure d'un revers de manche et renifle un rire. « Plutôt s'enfuir ou sombrer dans une angoisse existentielle que demander de l'*aide* ou quoi que ce soit d'aussi horrible.

— Si tu veux vraiment m'aider, franchis ces portes aussi vite que possible. C'est tout l'intérêt ! Quoi que puisse penser Khamis, je vais tous vous y aider…

— Pas toute seule, impossible, m'interrompt-elle. Khamis est une grosse saucisse, mais il n'a pas tort. Peu m'importe que tu enfiles ta plus belle cape de super héroïne, tu ne pourras pas transporter mille élèves sur ton dos.

— Alors qu'est-ce que tu comptes faire ? Si tu t'arrêtes sur le seuil pour te battre à mes côtés, tu ne seras qu'une cible de plus que je devrai protéger. Je ne compte pas rester les bras ballants en attendant que les autres meurent, mais ça ne signifie pas pour autant que je suis prête à te *sacrifier* pour eux. Sûrement pas.

— Euh, c'est pas non plus ce que je te demande. » Aadhya secoue la tête et se lève de sa chaise. « Arrête un peu. Je ne sais pas ce que je vais faire, mais je sais que je peux trouver autre chose que *Franchir les portes sans réfléchir* ou *Succomber de façon tragique et inutile à tes côtés*, car aucune de ces deux propositions ne me paraît si géniale. Mais puisque tu n'es pas bien plus avancée que moi dans ta réflexion, sors-toi la tête du trou dans laquelle tu l'as enfoncée et essaie d'envisager l'idée folle selon laquelle nous autres, pitoyables petites gens, pourrions t'aider à résoudre ce dilemme. Je sais que demander quoi que ce soit à qui que ce soit va à l'encontre de tous tes principes, et on n'a évidemment aucun intérêt à essayer de trouver comment tu pourrais t'y prendre pour sauver la vie de tout le monde, mais peut-être que certains d'entre nous s'ennuient à mourir et n'ont rien de mieux à faire ? »

*
**

N'empêche que ça craint. Même si Aadhya ne veut pas me laisser seule, Khamis ne partage pas forcément son avis, et la différence entre lui et tous les autres est qu'il est assez courageux ou inconscient pour le faire savoir. Bien sûr qu'ils ne veulent pas que je sauve d'autres vies si cela risque de mettre la leur en péril. Ça ne les rend pas ridiculement égoïstes pour autant ; ils sont *humains*, voilà tout. C'est même plutôt logique, puisque c'est avec eux que j'ai conclu un marché pour qu'ils surveillent mes arrières. Selon les termes de cet accord, je suis pour ma part censée couvrir les leurs. Certes, Aadhya m'a offert une issue en affirmant qu'elle n'a rien fait pour me mériter, mais ils en ont tous fait plus que les autres pour me mériter, pour autant que je mérite qu'on me mérite.

Le seul point qui m'aide un peu est qu'elle-même en ait fait plus que n'importe qui. Si elle ne réclame pas à ce que je la fasse passer avant les autres, alors personne n'a le droit de le réclamer. Ce qui ne nous donne pas non plus l'autorisation de les désigner volontaires pour sauver toute la promo. Je n'en ai pas l'autorisation, mais j'en ai le pouvoir, car leur seule alternative consiste à quitter notre alliance, voire à ouvrir l'une des bouches d'évacuation dans le sol pour y sauter, ce qui leur offrirait à peu près autant de chances de survie. Et nous le savons tous, ce qui signifie quelque part que je leur force la main, tout comme Khamis force les membres de son équipe à lui céder la place la moins risquée au centre de leur groupe.

En revanche, *ma* seule alternative consiste à leur dire de ne pas s'en faire, que je ne vais finalement pas sauver tout le monde, que je vais juste veiller à faire franchir les portes à notre équipe, et qu'alors seulement j'essaierai de venir en aide aux survivants. Qui ne seront pas très nombreux. Pas de cérémonie de remise des diplômes fastidieuse pour nous. Historiquement, à en croire le manuel des terminales, la moitié des morts surviennent avant que la première personne atteigne les portes, et il s'écoule environ dix minutes, année après année, entre l'instant où ce premier veinard gagne la sortie et celui où le dernier rescapé le rejoint. En résumé, je guiderais tendrement mon troupeau vers la sécurité tandis que des centaines d'élèves hurleraient en se faisant massacrer. Quand je me retournerais, une fois sur le seuil, la plupart des autres seraient déjà morts.

Aucune de ces deux solutions ne me convient, ce qui est bien malheureux, car il n'existe à ma connaissance pas de troisième voie. Ma façon d'essayer d'en élaborer une consiste à m'asseoir, raide comme une planche, dans la bibliothèque, sans oser regarder qui que ce soit en face, à contempler sans le manger le petit pain que

Chloe m'a rapporté. Je fais comme si mes douleurs aiguës au ventre étaient dues à la faim et laisse Aadhya annoncer à tout le monde : « OK, on va trouver une solution.

— Mais qu'est-ce que tu te casses la tête ? » réplique Khamis froidement. Assis, les bras croisés, il me lance des regards si noirs et appuyés que je les perçois alors qu'il n'entre même pas dans mon champ de vision. « On est peut-être censés vouloir sauver Magnus aussi, maintenant ? Je ne crois pas qu'il nous rendrait la pareille. »

Tout le monde s'agite avec gêne. Liu intervient : « Eh bien, il devrait.

— Quoi ? » s'étonne Khamis. Ce n'est toutefois pas à lui qu'elle s'adresse, mais à Chloe. « Et si on invitait Magnus et sa bande à se joindre à nous ? reprend Liu. Tu crois qu'ils accepteraient ? »

Chloe la dévisage. « Eh bien… » Elle se tourne alors brièvement vers moi. « Enfin, oui, bien sûr, mais… » Elle hésite, me considère une nouvelle fois, car bien évidemment je lui ai à maintes reprises fait savoir que je ne trouvais d'autre utilité à Magnus que de m'en servir pour essayer des objets tranchants ou des produits chimiques ; elle a donc de bonnes raisons de douter que je sois prête à l'accueillir. Cependant, je ne redresse pas la tête. Je ne me sens pas légitime pour m'opposer à une quelconque idée, puisque j'ai déjà rejeté celle consistant à les tirer de là vivants.

« C'est la seule solution. Tous ceux qui veulent effectuer le parcours avec El doivent se rallier à nous, devenir nos alliés, développe Liu. El et Orion ne peuvent pas être les seuls à nous protéger tous. Ils n'y arriveront pas. On doit s'aider mutuellement pour qu'ils puissent affronter les malés les plus dangereux ou secourir les élèves sur le point d'y rester. »

Personne d'autre ne participe activement à la conversation. Tous se demandent très certainement ce qu'ils vont bien pouvoir faire pour survivre pendant que je m'occuperai de tous les autres. Néanmoins, Yaakov semble avoir écouté les débats, car il donne l'impression d'y réfléchir sérieusement. Il finit même par déclarer : « Mais si ça continue, on va bientôt tous devoir tenter le parcours en même temps. » Ibrahim bat des cils, épaté de le voir prendre cette discussion au sérieux.

« Peut-être, et alors ? repart Aadhya. La plupart des années, c'est sûr qu'on essaie tous des entraînements séparés, mais ce n'est pas tellement notre problème du moment. Est-ce que l'un d'entre vous a trouvé que le parcours de ce matin était trop facile ? Même à cinquante élèves ? » À l'évidence, sa question est purement rhétorique, et elle ne se donne même pas la peine d'y répondre. « Admettons qu'El et Orion effectuent deux parcours par jour. Tous ceux qui voudront les accompagner pourront le faire un jour sur deux, comme en temps normal. Et même si tout le monde se joignait à nous, peu importe : le gymnase peut sans problème accueillir un petit millier d'élèves. Ce n'est pas un souci insurmontable. Nous savons déjà tous qu'on a besoin d'alliés. Si on ne s'alliait pas pour la remise des diplômes, si on essayait tous de traverser en solo, tout le monde ou presque y resterait. Là, on passe simplement au niveau supérieur. On sera *tous* alliés, parce que ça vaut la peine d'aider un élève lambda si, cinq minutes plus tard, El empêche l'éruption du volcan qui doit nous tomber sur la tête.

— C'est vrai, jusqu'au moment où on atteindra les portes tous ensemble, quand Patience et Force-d'Âme nous engloutiront tous d'un coup », signale ce salopard de Khamis. Aadhya se tourne alors vers moi pour me poser silencieusement la question que je m'efforce tant d'éviter. Mais après tout, ce n'est que justice : si je dois les faire sauter dans des cerceaux afin de devenir la seule véritable héroïne de la bande, autant le devenir pour de vrai, non ?

« Je les éliminerai, au besoin », affirmé-je. J'essaie simplement de prononcer ces paroles sans piquer une crise de nerfs, mais je donne juste l'impression d'une tentative d'humour à froid. La moitié de la table pense à une plaisanterie et rit doucement, comme pour demander à Khamis de se la fermer et de ne pas rendre les choses plus étranges qu'elles ne le sont déjà ; toutefois, Liu et Chloe comprennent aussitôt que je ne rigole pas du tout, et Khamis darde toujours sur moi un regard si mauvais qu'il devine sans doute que je suis à deux doigts de lui vomir à la figure. Comme tous trois me dévisagent, les gloussements se tarissent peu à peu et les autres échangent des coups d'œil en coin signifiant clairement *Est-ce qu'El a définitivement pété une durite ?* S'ensuit un moment de flottement, durant lequel ils se demandent si je dis ça en l'air ou si j'ai de bonnes raisons de m'en croire capable.

Tout le monde n'a pas encore tranché que Nkoyo déclare : « On devrait se répartir par langues. Tu maîtrises les quatre principales, pas vrai ? » me demande-t-elle – elle entend par là l'anglais, le chinois, l'hindi et l'espagnol. Je parviens à hocher sèchement la tête. Finalement, je peux m'estimer heureuse d'avoir suivi ce séminaire à la bibliothèque et les cours particuliers de Liu.

Celle-ci embraie : « On va l'écrire près des portes du gymnase. » Puis la conversation s'achève rapidement, et nous nous séparons pour faire circuler l'information.

Aadhya m'emboîte le pas – elle s'imagine sans doute que je vais encore aller bouder quelque part –, mais elle n'est pas assez rapide. Dès qu'on me croit – à tort – hors de portée d'ouïe, tout le monde se met à chuchoter, et je surprends Cora à dire : « Orion ne l'a jamais su, et elle était tellement malade ce jour-là. » Je me retourne alors vers Aadhya pour lui lancer d'un ton qui me semble très calme : « Désolée. » Je m'élance alors dans l'escalier pour me précipiter vers les toilettes les plus proches, devant la cafétéria, où je vomis ce qui me semble être ma paroi stomacale ; puis je reste accroupie à pleurer devant la lunette des toilettes, les mains plaquées devant la bouche. Ici, dès la première année, on apprend à pleurer les yeux ouverts et sans produire le moindre son. Sauf que, bien sûr, aucune créature ne risque de s'en prendre à moi de toute façon, car je suis même capable de tuer des gueules-béantes, pour autant que je dispose du mana nécessaire – or, il se trouve que je porte actuellement au poignet un répartiteur de pouvoir de l'enclave new-yorkaise. Un bracelet qui ne me sera apparemment jamais enlevé, malgré tous mes efforts pour refuser leurs avances. J'en déduis donc qu'aucun malé ne sera jamais plus assez stupide pour s'en prendre à moi.

Aadhya vient tout de même me rejoindre quelques minutes plus tard et m'attend devant ma cabine. Je finis par recouvrer mes esprits et sors pour me rincer le visage. Elle monte la garde le temps que je termine puis déclare : « Allez, on s'y met. »

*
**

Orion me tape dans le dos à l'heure du déjeuner – les élèves derrière moi dans la queue l'ont laissé passer sans qu'il ait à le leur demander – et me lance : « *Hé, Orion, j'ai une super idée : si tu arrêtais de chasser les* vrais malés *qui mangent les* vrais élèves *pour consacrer six jours par semaine à faire un faux parcours du combattant deux fois par jour ?* »

Je ne m'arrête pas un instant : hors de question que je laisse échapper ce riz au lait qui, pour une fois, est bien du riz au lait. Une colonie d'asticots visqueux croît à vue d'œil sur le gros plateau métallique, mais ils n'ont parcouru que la moitié du chemin quand je parviens à m'en remplir un bol. Ah, les avantages d'être en terminale.

Je chope aussi trois pommes, en dépit du lustre légèrement verdâtre qu'on aperçoit en les orientant à la lumière selon le bon angle : Chloe possède un super aérosol permettant de dissoudre la couche toxique. « Lake, je sais combien tu apprécies tes petites promenades, mais moins d'une dizaine d'élèves se sont fait bouffer cette année, alors que cinq cents risquent de se faire gloutonner au cours des dix premières minutes passées dans la salle des diplômes. Ne sois pas con. Tu pourras toujours aller jouer avec eux après tes exercices. » Il se rembrunit, mais les nombres annoncés plaident évidemment en ma faveur ; il cesse donc de discuter et se sert une louche de spaghettis bolognaises saupoudrés d'une bonne dose d'antidote râpé en guise de parmesan.

On s'accorde une heure après le repas pour laisser l'information se propager, puis on descend pour le premier parcours en hindi. Une vingtaine d'élèves nous attendent, deux équipes essentiellement constituées d'amis ou de partenaires en affaires d'Aadhya, dont une fille de l'enclave de Calcutta qui connaît ses cousins. Ma bizut Sunita a convaincu son frère aîné Rakesh de faire participer son équipe, qui compte un enclavé méfiant de Jaipur.

Les quelques autres sont des traînards, des élèves n'ayant encore rejoint aucune alliance. Il n'y a pas beaucoup d'hindiphones dans cette catégorie : les enclaves indiennes et pakistanaises peuvent à peine accueillir la moitié des élèves indépendants souhaitant les rejoindre, elles organisent donc des concours et des entretiens particulièrement exigeants avant même l'incorporation. En conséquence, même les plus mauvais d'entre ceux qui ont eu la chance relative d'être admis à la Scholomance sont généralement un cran au-dessus des tocards moyens de l'école. Toutefois, certains parents dépenseront des sommes folles pour inscrire malgré tout leur progéniture, même si leurs mômes n'ont pas le niveau. Parfois, ces élèves se révèlent particulièrement doués pour se faire des amis ; d'autres fois, ils s'améliorent avec la pression du résultat ; il arrive aussi que quelques-uns d'entre eux aient de la chance. Ce n'est pas le cas de ceux qui nous attendent.

Ils sont venus s'entraîner parce qu'ils n'ont de toute façon guère d'espoir et sont prêts à se raccrocher à n'importe quoi. Il est toujours utile pour eux de rencontrer des élèves déjà dans des alliances, car ces dernières peuvent parfois se retrouver avec des trous à combler. Pourtant, tous semblent sceptiques quand Aadhya leur serine qu'ils doivent s'entraider autant que possible, sous peine de ne plus être autorisés à participer aux séances collectives. Un certain Dinesh, défiguré par de vilaines cicatrices d'alchimie lui ayant fondu la moitié du visage – un accident qui lui coûterait sans doute cinq années de mana à réparer s'il parvenait à sortir d'ici – la dévisage tout du long, comme s'il avait affaire à une extraterrestre venue de plusieurs galaxies de distance.

Cependant, quand nous traversons la rivière pour la première fois, que des rilkes s'envolent de la boue à moitié gelée sur les berges et fondent, toutes griffes dehors, sur Dinesh et les deux traînards qui l'accompagnent, il n'hésite pas à déployer un bouclier au-dessus de leurs trois têtes au lieu de se protéger seul, ce qui me fait gagner les dix secondes nécessaires pour achever de désintégrer l'affamurle impressionnant qui émerge de sous la glace avec l'ambition de les dévorer tous trois, ainsi que les rilkes et plusieurs autres membres de notre groupe.

Tous semblent quand même sous le choc lorsqu'ils sortent du gymnase, mais l'un d'eux propose tout de même à Dinesh de boire à sa bouteille, et ils repartent ensemble dans le couloir. Je me trouve hors d'haleine, mais personne n'a été tué et je ne suis pas au bord de la crise de nerfs.

Orion ne paraît même pas essoufflé, juste maussade et las. « Tu comptes vraiment faire ça tous les jours, deux fois par jour ? » geint-il. Je dois avouer éprouver une forme de satisfaction mesquine le lendemain matin, pour la première course en espagnol, lorsque les glaciers psychopathes jaillissent quelques minutes plus tôt que les fois précédentes et le font *trébucher* parce qu'il a la tête ailleurs. Je dois employer un sort de télékinésie pour l'extraire de la crevasse bleue gigantesque et le propulser – sans doute plus vigoureusement que nécessaire – dans un banc de neige.

« Tu as peut-être bien besoin d'entraînement, Lake », lui lancé-je d'un ton mielleux en le voyant brosser la neige de ses vêtements une fois de retour dans le couloir. Je rayonne de le voir si agacé et fait tomber d'une chiquenaude les quelques flocons encore accrochés à son nez ; il oublie visiblement son irritation et meurt soudain d'envie de m'embrasser. Comme il y a plein de monde autour de nous, je l'en dissuade d'un regard noir.

La course en espagnol était presque trop simple pour être utile : le groupe était encore plus restreint qu'en hindi, avec une poignée de Portoricains et de Mexicains ayant eu vent de notre projet grâce à des amis alliés avec des enclavés new-yorkais, et une alliance dirigée par une amie d'Alfie issue de l'enclave de Lisbonne. Toutefois, cela nous permet de repérer plus facilement ceux qui n'essaient pas d'aider : je te laisse trois chances pour deviner qui, mais tu ne gagnes rien si tu trouves l'enclavée lisboète du premier coup. Elle s'indigne et s'offusque quand je lui annonce après coup qu'elle ne sera plus la bienvenue si elle recommence, et que si elle veut qu'on lui accorde une deuxième chance, elle va devoir dépenser le mana nécessaire à rafistoler toutes les blessures subies durant le parcours.

« C'est vraiment ce que tu penses ? glapit-elle, outrée. Que tu peux me donner des ordres, maintenant ? N'importe quoi. De toute façon, on n'a pas besoin de toi. Allez, venez, on part », ajoute-t-elle à l'intention de son équipe, sauf qu'on vient d'achever un parcours ayant mis en lumière le fait qu'ils ont *absolument* besoin de moi, et que son meilleur élément, Rodrigo Beira – arrivé sixième de notre promo, à un cheveu de la place de major –, n'a pas fini de reprendre son souffle qu'il se dirige vers l'une des Portoricaines au bras lacéré par des tessons de glace qui ne semblent pas décidés à fondre. L'enclavée regarde sa recrue lui désobéir, puis se tourne vers le reste de son alliance, qui évite soigneusement de croiser son regard. L'un après l'autre, ils se relèvent pour aller aider Rodrigo à soigner les blessés.

Si j'éprouve après ça une once de satisfaction bien méritée, l'après-midi se charge de me remettre à ma place : lorsque Orion et moi descendons avec Liu pour le premier parcours en chinois, personne ne nous attend. Nous patientons une vingtaine de minutes, que Liu consacre à se mordre la lèvre d'un air navré. Sinophones et anglophones ne se mélangent pas facilement, ici – on peut achever ses études en ne suivant des cours que dans l'une ou l'autre langue –, mais une équipe composée d'élèves de Singapour et d'Hanoï attendait devant la porte avant-hier, et Jung Ho, de l'alliance de Magnus – il donne des leçons dans un mélange de chinois et d'anglais – a promis de faire passer le mot, qui a pourtant sans doute déjà dû parcourir tout l'établissement.

Quand on finit par capituler, je comprends que quelqu'un d'autre a fait circuler un tout autre message : *N'approchez pas.*

« Je me suis un peu renseignée pendant le dîner », nous informe Liu ce soir-là. Elle est assise en tailleur sur son lit et pince doucement les cordes de son luth tandis que je m'attèle distraitement et paresseusement à une séance de crochet, chaque point plus laborieux que le précédent. Je lève la tête vers elle. « L'enclave de Shanghai a rassemblé ses terminales hier pour discuter des parcours. En apprenant que je posais des questions, Yuyan a envoyé quelqu'un pour me proposer de la rencontrer avec Zixuan à la bibliothèque. »

Je me redresse alors, laisse le crochet retomber sur mes genoux. « Et ?

— Ils voulaient m'interroger sur ta pratique de la magie. J'ai dit que je leur répondrais s'ils m'expliquaient en quoi ça les intéressait. » Je hoche la tête d'un air sombre : c'est une information sensible – le genre de négociation qu'on entreprend prudemment avec un ennemi potentiel. « Zixuan m'a demandé si tu avais du mal à accomplir des sorts *modestes.* »

Je la fixe des yeux. Si j'avais essayé de deviner ce qui l'intriguait tant, cette question n'aurait même pas figuré sur ma liste de suppositions. Je m'attendais à ce qu'il veuille savoir jusqu'où j'irais pour obtenir le pouvoir nécessaire à mes sorts, si toutefois il m'arrivait de tomber en rade de mana au jour de la remise des diplômes, ou à quel point j'étais douée pour soumettre les maléficarias géants. La plupart des sorciers se moquent complètement que je sache ou non faire bouillir une tasse d'eau pour leur thé, dès lors qu'ils m'ont vue embraser des lacs. « J'ai du mal à *obtenir* des sorts modestes.

— Tu as aussi du mal à les utiliser, insiste Liu. Je ne pensais pas que c'était si important jusqu'à ce que Zixuan me pousse à y réfléchir, mais c'est effectivement un truc que j'avais remarqué – tu te rappelles le mois d'août, quand on commençait tout juste à bosser sur le sort amplificateur et que j'ai d'abord essayé de t'enseigner cette formule d'accordement toute bête, pour que tu ne fasses pas de fausse note et évites de changer le sens de ta phrase ?

— Argh », réponds-je, ce qui est assez représentatif du plaisir que j'ai pris cet après-midi-là, fermement ancré dans ma mémoire. J'ai essayé dix fois de prononcer ce sort, mais dix fois j'ai eu l'impression d'avoir la langue coincée dans un étau. J'ai fini par capituler et annoncer à Liu que j'allais devoir mémoriser ces fichus accords sous peine de me faire sauter en morceaux.

Liu hoche la tête. « Pourtant, il est destiné aux tout petits enfants qui savent à peine parler, pour les aider à lancer l'"appel au secours". Je le maîtrise depuis que j'ai trois ans. » Le doute que j'éprouve doit se deviner à ma manière de la contempler, bouche bée, car elle ajoute : « Il t'arrive la même chose avec Précieux. »

Je porte instinctivement la main à ma boîte en bandoulière, à l'intérieur de laquelle il dort paisiblement. « Il a quelque chose qui ne va pas ? »

Liu secoue la tête. « Je ne dirais pas ça. Simplement, il a mis bien plus longtemps que les autres à se manifester, et il est déjà très différent de ses copains. Je l'ai vu essayer de *mordre* Orion à la bibliothèque, quand il s'apprêtait à te passer le bras autour du cou. Ce qui signifie qu'il exerce un avis indépendant de ta volonté, ce qui n'est pas censé se produire avec les souris. »

Je suis sur le point de lui répliquer que mon avis est parfaitement en phase avec celui de Précieux quand il s'agit de sentir le bras d'Orion autour de mon cou ou n'importe où ailleurs, mais Liu me décoche un regard appuyé, et je me retrouve incapable de formuler mon objection.

« Par ailleurs, j'ai aussi remarqué que tu n'utilises pratiquement *jamais* de sorts normaux, reprend-elle. Tu vas même préférer balayer manuellement plutôt que d'avoir recours à une formule.

— Mes sorts risquent d'envoyer tous les êtres vivants de la pièce dans la poubelle la plus proche », expliqué-je.

Elle acquiesce. « Exactement. Et ce sont les sorts pour lesquels tu excelles, ceux qui te viennent naturellement. Tu n'emploies donc jamais ta magie quand tu peux faire autrement.

— Mais comment *Zixuan* a pu deviner tout ça ? » m'étonné-je après un moment de réflexion. J'ai un peu de mal à me faire à cette idée. Je n'obtiens effectivement jamais de sorts ordinaires, et ceux que l'école me fournit sont presque toujours d'une complexité inutile – comme les sorts de nettoyage en vieil anglais que j'ai reçus l'année dernière, qui ne sont même pas bons à échanger parce qu'ils nécessitent deux fois plus de mana que les sorts de nettoyage modernes dont tout le monde dispose, et exigent un effort de concentration démesuré. J'ai toujours cru que l'école – ou même l'univers – en avait après moi, pas qu'il n'existait simplement pas de sorts à bas coût qui me conviennent. Je ne sais pas trop si c'est censé me remonter le moral ou non.

« Il' prétend qu'un réviseur fonctionne de la même manière, poursuit Liu. Il fait disparaître les détails pour te permettre d'agir à plus grande échelle, de maîtriser plus de pouvoir. En revanche, tu ne peux pas te servir d'un réviseur pour du travail de précision. Et donc, tu serais… une espèce de réviseuse vivante. C'est pour ça que tu as du mal avec les petits sorts, mais pas avec les énormes. Il l'a compris quand il t'a vue canaliser si facilement le pouvoir de *son* réviseur.

— Je n'ai pas trouvé ça si *facile* », maugréé-je, surtout pour chipoter. En fait, j'aimerais bien échanger deux mots avec lui : il semblerait qu'il en sache plus long que moi sur ma propre magie. « Mais dans ce cas, ils doivent savoir que je ne mens pas – que je suis *réellement* capable de leur faire franchir le parcours. Alors pourquoi ils ne sont pas venus ?

— Ils ne pensent pas que tu aurais réussi à cacher ton pouvoir à tout le monde, explique Liu. Ils s'imaginent que New York est au courant, que vous marchez main dans la main depuis toujours, mais que vous faites des cachoteries pour que les autres enclaves ne l'apprennent pas avant la remise des diplômes. »

Je me cogne le front contre les genoux en gémissant. Le problème est que je ne vois pas comment leur prouver le contraire. Leur point de vue semble on ne peut plus logique, surtout avec la barrière de la langue érigée entre nous. En quatre ans passés ici, je me suis retrouvée dans la même classe qu'au moins la moitié des anglophones, mais presque aucun spécialiste du chinois. J'en connais quelques-uns, comme Yuyan, qui maîtrise assez de langues pour qu'on ait eu l'occasion de se croiser à une ou deux reprises, ainsi que les quelques bilingues chinois qui suivent leurs cours en anglais pour leur module de langue obligatoire. Mais c'est à peu près tout. La plupart des élèves ne franchissent pas très souvent cette frontière invisible – ici, l'essentiel des conversations de groupe s'effectuent soit en anglais soit en chinois, on a donc tendance à traîner avec ceux qui préfèrent la même langue que nous. Liu a volontairement choisi de passer plus de temps avec les anglophones, parce qu'elle bosse sur un sort de traduction nécessitant de savoir écrire couramment des poèmes à la métrique complexe contenant des tas de longs mots obscurs dans une langue étrangère.

Quant à moi, je n'ai jamais trop eu l'occasion de me mélanger aux autres, parce que je ne faisais jamais partie des conversations de groupe. J'allais en classe sans parler à personne, je mangeais seule, j'étudiais seule, je m'exerçais seule, réfugiée dans la solitude de ma cellule exiguë, *exactement* ainsi que je l'aurais fait si j'avais volontairement voulu cacher mes talents. La véritable explication – à savoir que je n'ai jamais eu le choix parce que personne ne m'aimait – soulève la question de savoir pourquoi je ne les ai pas *forcés* à m'apprécier en leur révélant une partie dudit talent caché, ce qui m'aurait permis d'être sérieusement courtisée par tous et non de me retrouver dangereusement esseulée.

C'est une excellente question que j'ai passé trois ans à me poser sans relâche, me répétant qu'il faudrait que j'intègre une enclave dès que j'en aurais l'occasion, tout en fuyant systématiquement la moindre opportunité de le faire, tout en tâchant de me convaincre que je jouais sur du très long terme. Si j'avais accepté de m'avouer à moi-même que ma mère ne s'était pas forcément trompée en affirmant que je ne voudrais pas rejoindre une enclave, je me serais sans doute allongée pour me laisser mourir de désespoir plutôt que d'affronter… le reste de mon *existence*. Je n'ai accepté de l'admettre qu'après Orion, Aadhya et Liu – une fois que je n'étais plus complètement dépourvue d'amis.

« J'imagine qu'ils ne t'ont pas laissée les convaincre du contraire ? » demandé-je sans réel espoir. Rétrospectivement, je trouve ça tellement ridicule que je doute que Yuyan et Zixuan y croiraient. Peut-être que les élèves qui m'ont évitée volontairement goberaient ça, mais les Shanghaiens ignoraient jusqu'à l'existence de la tocarde que j'étais jusqu'à ce que je devienne incontournable. Puis Chloe et les New-Yorkais se seraient mis à me faire des ronds de jambe, à m'offrir des alliances et une place assurée au sein de leur enclave, uniquement parce qu'Orion traînait avec moi depuis quelques semaines ? Même moi, je les ai crus complètement fous. Il doit donc sembler beaucoup plus logique que j'aie secrètement fait partie de leur clan depuis toujours, ou au moins depuis un an.

Liu secoue la tête. « Ils sont restés polis, mais je suis sûre que s'ils voulaient me parler, c'était aussi pour essayer de déterminer si tu m'avais piégée ou si je tentais de tisser des liens avec New York. »

J'en ai le souffle coupé. Liu s'efforce d'y mettre les formes, mais elle est en train de m'expliquer que les Shanghaiens cherchent à savoir si elle – et par extension sa famille – est prête à couper l'herbe sous le pied des enclaves chinoises bien établies en s'associant avec New York pour fonder sa propre enclave. « Qu'est-ce qu'ils en ont déduit ? »

Liu hausse les épaules en écartant les mains. « Je leur ai répondu que je ne pouvais rien prouver, mais que tu étais mon amie, que tu souhaitais sincèrement voir sortir tout le monde et que tu ne rallierais pas New York. Du coup… ils s'imaginent que tu m'as piégée. » Elle pousse un léger soupir.

Je ne peux même pas dire qu'ils font preuve d'une paranoïa exacerbée. Les enclaves asiatiques sont engagées depuis des décennies dans une lutte lente mais de plus en plus acharnée contre New York et Londres, pour contraindre les enclaves « historiques » de leur accorder plus de places à la Scholomance. La filière chinoise du cursus général n'a été lancée ici qu'à la fin des années 1980. Avant cela, c'était l'anglais sinon rien, même alors qu'un bon quart des effectifs avaient pour première langue l'un ou l'autre dialecte chinois. Pour que cela évolue, il a fallu que les dix plus grosses enclaves asiatiques, menées par Shanghai, annoncent publiquement la création d'une commission exploratoire préalable à la construction d'une nouvelle école sous leur égide.

Naturellement, les enclaves n'avaient aucune envie de mettre cette menace à exécution. La population des sorciers connaissait une croissance régulière depuis l'ouverture de la Scholomance, mais ouvrir un second établissement et partager la population enclavée entre les deux auraient impliqué de *rivaliser* avec la Scholomance pour attirer les élèves indépendants. Les deux écoles auraient alors dû revoir les chances en notre faveur – au détriment des enclavés. Sans compter les coûts énormes engendrés par la fondation de l'établissement lui-même.

Ils ont fini par obtenir ce qu'ils désiraient réellement : davantage de places à répartir pour les enclavés, et des cours dans des langues plus faciles à appréhender pour leurs enfants. Cela n'avait rien de déraisonnable, mais il a fallu qu'ils *menacent* pour obtenir gain de cause, et la distribution est encore loin d'être équitable. Si je suis ici moi-même, c'est uniquement grâce à une place dont Londres n'aurait pas dû disposer en surplus, alors que des indés asiatiques en sont encore à subir ces concours éreintants pour avoir la chance de faire partie des cinquante pour cent d'heureux élus.

Toutefois, on ne peut pas faire un pas de plus vers l'égalité sans commencer à dépouiller les principales enclaves internationales des États-Unis ou d'Europe, qui ne veulent évidemment pas céder un pouce de terrain. La prochaine réaffectation aura lieu bientôt – et les combats font déjà rage. New York, Shanghai et leurs alliés respectifs se portent des coups de plus en plus tordus depuis quelques années, manœuvrant pour se placer avantageusement. Ce serait la stupéfaction d'apprendre qu'un membre de l'alliance new-yorkaise s'en est pris à Bangkok et a littéralement fait disparaître l'enclave, mais cela reste du domaine de l'envisageable. Chacun sait qu'il est fort possible qu'une guerre d'enclave totale soit en train de faire rage en ce moment même.

Je le sais également, même si je dois reconnaître qu'il ne s'agit pour moi que d'un vague bruit de fond. Pendant toutes ces années, je n'ai été qu'une tocarde pédalant dans la semoule ; les pas de deux géothaumaturgipolitiques entre les principales enclaves mondiales ne m'intéressaient pas plus que la paria que j'étais n'avait de valeur aux yeux des enclavés shanghaiens. Mais les choses ont changé, à présent, et plus j'y pense, plus la situation me semble désespérée. Il est évident que Yuyan et Zixuan ne peuvent pas me faire confiance : ils s'imaginent que je compte me rendre à New York dès l'obtention de mon diplôme, et que, une fois sur place, j'aiderai sans doute mes nouveaux alliés à éradiquer leurs rivaux asiatiques et leurs familles. Pourquoi ne pas m'en charger ici, si j'en ai l'occasion ?

« Mais quelle est l'alternative ? » m'agacé-je, après avoir ruminé longuement la question sans trouver de réponse satisfaisante. « Quoi qu'il arrive, ils ne peuvent pas franchir la course d'obstacles sans moi, et s'ils ne s'entraînent pas, ils mourront de toute façon. Manque de chance pour eux, ils n'ont pas d'autre choix. Alors, pourquoi ne pas tenter le coup ? Ou… pourquoi ne pas envoyer quelques-uns de leurs laquais pour tâter le terrain ? »

Liu secoue la tête. « La course se situe au *gymnase*. »

Je grommelle et m'allonge à même le sol, les yeux rivés sur le plafond. Le gymnase que j'ai *complètement remanié* lors de la dernière journée loisirs, en faisant un usage totalement absurde de mon pouvoir, sauf si ma volonté était, par exemple, de saboter la course d'obstacles de quelque obscure manière afin de contraindre les autres à s'en remettre à moi. Idéalement d'une façon qui me permettrait de conserver mon emprise sur eux après leur départ de l'école et leur retour dans leurs enclaves respectives. C'est d'ailleurs l'idée même qui régit le parcours d'obstacles : donner son consentement est nécessaire à son bon fonctionnement. Si un maléficien – *n'importe quel* maléficien – parvenait d'une manière ou d'une autre à s'en emparer, cela ferait un excellent dispositif pour transformer ses petits camarades en serviteurs insouciants.

« Je suis désolée, m'affirme Liu doucement. J'ai bien essayé de demander à quelques indépendants de venir, mais… ils ne me font pas vraiment confiance. » Elle fait aller et venir sa main sur ses cheveux ras, un tic nerveux qu'elle a adopté depuis qu'elle les a coupés. Elle ne s'est pas fait tellement plus d'amis que moi, au cours de ses trois premières années à la Scholomance. Sa famille n'avait pas besoin de la voir tisser un réseau de relations, juste de la voir survivre – et veiller à ce que ses cousins survivent à leur première année. Elle était censée y parvenir en usant de malia. Et quand ils ont affaire à une maléficienne débutante, les autres ont tendance à faire une fixation là-dessus et à devenir nerveux. « Par ailleurs, ils font confiance aux Shanghaiens. Après tout, la plupart d'entre eux n'auraient même pas pu s'inscrire ici sans l'intervention de l'enclave. »

Je débattrais volontiers de la pureté des motivations des enclavés, mais je ne suis pas la mieux placée pour en parler, avec cette position garantie qui me tend les bras et que ma mère m'a laissé le choix d'accepter. « Tu penses que ça aiderait, si on leur disait que je dispose effectivement d'un sort contrôleur d'esprits capable de fonctionner sur une foule entière ? réfléchis-je à haute voix.

— Non », tranche Liu avec fermeté. Puis elle ajoute : « C'est le cas ? »

Je fais la grimace en guise de réponse. Elle a bien sûr raison : ce n'est pas le genre d'assertion qui inspire confiance.

Néanmoins, si on ne trouve pas le moyen de les faire changer d'avis – si Zixuan, Yuyan et les autres Shanghaiens persistent à ne pas vouloir venir, s'ils ne s'entraînent pas sur le parcours d'obstacles sous prétexte qu'ils redoutent une embuscade géante visant à contrôler leurs esprits et à faire d'eux un troupeau de chevaux de Troie – ils risquent de tous mourir le jour de la remise des diplômes. Et s'ils meurent tous le jour de la remise des diplômes parce qu'ils n'ont pas pu s'entraîner, alors que tous ceux qui auront suivi l'exemple new-yorkais rentrent chez eux sur leurs deux jambes… cela pourrait bien devenir une embuscade géante, au moins dans les conséquences, si ce n'est dans l'intention – et je ne pense pas que leurs parents se soucieraient beaucoup de savoir quelles étaient mes véritables intentions.

*
**

Comme pour aggraver mon dilemme, le matin suivant, plus d'une centaine d'élèves se sont réunis pour la course en anglais. Autant d'élèves en un même endroit représente une tentation si grande qu'une horde de malés extrêmement réels et affamés nous bondissent dessus durant la course, jaillissant des congères et de derrière les tours de glace. Ce n'est pas très malin de leur part : on devine tous qu'ils sont on ne peut plus réels, car c'est la première fois de la semaine qu'ils apparaissent, Orion leur fonce donc droit dessus. Il les élimine tous sans sourcilier, à l'exception de l'immense digesteur de la taille d'une raie manta qui se décroche de la paroi d'un des glaciers durant l'assaut et tente de se laisser tomber sur lui. Je me charge de le désintégrer tout d'un bloc.

J'ai de l'attention à revendre, car les autres se sont déjà bien améliorés. Même s'il m'en coûte de l'admettre, je dois bien avouer que c'est grâce à Liesel ; elle patientait juste devant les portes en attendant que tout le monde se réunisse et, à mon arrivée, elle annonçait déjà d'un ton implacable : « On doit aborder le parcours différemment. Arrêtez de réfléchir à la manière dont vous pouvez aider votre voisin. Réfléchissez plutôt à l'aide la plus efficace que vous pourriez fournir, et cherchez à déterminer qui pourrait en avoir besoin. »

Ça semble complètement contre-intuitif, et rares sont ceux qui se sentent déjà prêts à laisser tomber complètement le principe d'alliances. Toutefois, à mi-parcours, il est si évident que c'est la meilleure approche que tout le monde s'y essaie. À l'arrivée, j'ai presque la sensation qu'Orion et moi avons couru seuls – je ressens la même euphorie, en mieux, alors que la traversée était mille fois plus difficile –, car notre plan *fonctionne*. L'entraide s'est généralisée, chacun s'est couvert mutuellement, et je n'ai eu à intervenir que lorsque la chance commençait à tourner.

L'après-midi, l'entraînement en hindi est lui aussi bien plus fréquenté : Ravi et trois autres enclavés de Jaipur se présentent avec leurs équipes – à l'évidence, la stratégie de Liesel a fait des émules. L'enclave de Bombay n'est toutefois toujours pas représentée, pas plus qu'aucune autre du Maharashtra. Ce n'est pas vraiment une surprise : en début d'année de troisième, quand tous les indépendants tentaient frénétiquement de se faire des amis, les autres élèves se donnaient beaucoup de mal pour m'éviter après notre première rencontre. En revanche, ceux de Bombay ramassaient littéralement leurs affaires et s'éloignaient sans un mot dès qu'ils entendaient prononcer mon nom.

J'ignore exactement ce qu'on leur a raconté à mon sujet. Je ne pense pas que la famille de mon père ait activement diffusé la prophétie. Dans le cas contraire, certains membres de ces enclaves que je suis censée assombrir et détruire se seraient bien plus activement intéressés à mon bien-être – ou plutôt à mon mal-être – avant ces derniers temps. Je présume donc qu'ils ont simplement appris que la famille était prête à nous accueillir, maman et moi, mais qu'on n'a tenu qu'une seule nuit à l'intérieur de l'enceinte.

Ça semble peut-être un peu léger pour m'ostraciser directement, mais la réputation des Sharma parmi les sorciers du Maharashtra est sensiblement la même que celle de ma mère au Royaume-Uni. Même s'ils ont aussi donné naissance à plusieurs guérisseurs de renoms, ils sont surtout réputés pour leur magie divinatoire – ce qui leur permet de préserver leur famille de plus en plus nombreuse. Mais il y a un hic : la magie divinatoire n'est généralement pas très efficace pour nombre de raisons, l'une d'elles étant que les êtres humains ne sont pas très doués pour prédire ce qui les rendra heureux. Je ne parle même pas de souhaiter quelque chose et d'en obtenir une version trafiquée, comme dans cette histoire ridicule avec la patte de singe ; non, je parle de trucs aussi banals que cette robe que tu vas voir dans une vitrine, acheter sur un coup de cœur, puis abandonner dans ton armoire sans la porter pendant des années en te jurant qu'un jour tu trouveras l'occasion de la mettre, et dont tu finis par te débarrasser avec un sentiment de soulagement.

Sauf que, dans la famille de mon père, certains voyants sont capables de te dire comment obtenir ce qui te rendra *vraiment* heureux. Le plus célèbre exemple vivant est sans doute ma maintes fois arrière-grand-mère Deepthi, que les Dominus aux abois des enclaves connaissant des difficultés stratégiques viennent payer des millions de livres pour un bref entretien. La légende raconte qu'alors qu'elle n'avait que trois ans, elle s'est désintéressée de ses jouets tandis que ses parents discutaient nonchalamment de ses perspectives de mariage, et qu'elle leur a très sérieusement affirmé de ne pas s'en soucier jusqu'à ce qu'elle sorte diplômée de la Scholomance. Ils ont trouvé ça relativement déconcertant, puisqu'on était alors en 1886, avant que l'équipement de nettoyage ne tombe en panne pour la première fois, lorsque l'école n'accueillait encore que de véritables enclavés. À l'époque, même les enclavés de Bombay devaient encore s'affronter pour se disputer les six sièges que Manchester avait bon gré mal gré consenti à leur céder. D'autant qu'il était tout à fait évident qu'on n'allait pas gaspiller une place inestimable à la Scholomance en l'offrant à une fille.

Elle avait sept ans quand Londres a pris le pouvoir, divisé les dortoirs, quadruplé le nombre d'inscrits et ouvert les admissions aux magiciens indépendants. À l'époque, sa famille avait déjà conscience que, si elle obtenait une place à l'école, ils l'y enverraient sans réfléchir et n'auraient plus qu'à lui trouver un mari prêt à venir s'installer avec eux. Aucune famille de sorciers ne laisserait partir une fille capable de déterminer aussi précisément des événements capitaux avec plusieurs années d'avance.

Elle ne s'était pas non plus trompée sur sa volonté de ne pas arranger son mariage par anticipation : lorsqu'elle a décroché son diplôme, ses parents ont reçu des propositions enthousiastes de tous les Indiens ayant croisé sa route à l'école au cours des quatre années écoulées, et auxquels elle avait donné divers conseils avisés tels que « Ne te rends pas au labo aujourd'hui », pile le jour où la place habituelle de l'élève concerné était réduite en cendres par l'explosion d'une canalisation, ou « Apprends le russe et lie-toi d'amitié avec ce garçon taiseux en maths avec toi », qui se révélera devenir major de promotion et l'inviter à rejoindre son alliance. Apparemment, un groupe de garçons aurait même proposé de l'épouser ensemble, comme les Pandava, ou quelque chose dans le genre. Elle a finalement choisi un jeune alchimiste issu d'une famille de sorciers indépendants en périphérie de Jaipur – déjà végétariens et de mana strict –, un garçon qui avait deux frères aînés et était prêt à s'installer chez son épouse. Ils ont eu ensemble cinq enfants en pleine santé, dont quatre ont survécu à la remise des diplômes, une proportion bien supérieure à la moyenne, et la lignée s'est perpétuée ainsi. Il semblerait que mon père ait été son arrière-arrière-petit-enfant préféré, parmi plusieurs dizaines d'autres cousins. Je ne comprends pas pourquoi elle ne l'a pas dissuadé de se rapprocher de cette Galloise blonde durant son année de terminale – encore qu'il est possible qu'elle l'ait fait, et qu'il l'ait écoutée avec le même enthousiasme que n'importe quel adolescent recevant ce genre de conseil. Je ne négligerais moi-même jamais pareille mise en garde, si toutefois on m'en adressait une.

En tout cas, si conseil il y a eu, il ne l'a pas assez bien écouté, car je suis vivante et lui mort. Et je ne suis pas une Sharma de Bombay, mais une Higgins du pays de

Galles, car trente secondes après notre rencontre, ma trisaïeule a annoncé le destin horrible qui m'attendait – ou plutôt, qui attendait tous les autres vivants. Si ça se trouve, je trouverai mon bonheur dans le fait de devenir une maléficienne monstrueusement méchante soumettant les enclaves à ses désirs les plus tordus. En tout cas, je ne peux pas nier que cette idée suscite en moi quelque attirance viscérale. Ainsi donc, maman a dû me trimbaler jusqu'à la communauté, parce que la famille de mon père était prête à éliminer le bébé Hitler que j'étais, afin de sauver ce monde que je suis vouée à couvrir de ténèbres, de morts et j'en passe.

Je tiens à souligner que je parle de cette même famille à ce point dévouée à la non-violence qu'elle a refusé une proposition inestimable leur permettant d'investir en masse l'enclave de Bombay, au prétexte que l'endroit n'était pas de mana strict et qu'elle n'était pas prête à déroger à cette règle en sacrifiant le moindre scarabée.

Tu imagines bien qu'être rejetée par une famille auréolée d'une telle réputation a dû me valoir quelques regards en coin. Même sans connaître tous les détails, il n'est pas déraisonnable d'imaginer que mon avenir réserve quelque chose d'extrêmement déplaisant. Sans même envisager quelque chose d'aussi extrême que la prophétie de mon arrière-arrière.

Ainsi donc, j'ai vite cessé d'aller me présenter aux élèves parlant le marathi. En fait, j'ai consacré l'essentiel de ces trois dernières années à me soucier en tâche de fond de ce qu'ils pouvaient raconter sur moi à nos camarades, ce qui m'a permis de combler toutes les heures durant lesquelles je n'avais pas à me soucier de soucis plus immédiats comme de savoir si j'allais trouver de quoi manger ce jour-là, ou si quelque chose allait trouver à me manger. Bien sûr, je n'ai désormais plus à m'inquiéter de tout ça. Ils pourraient tous se lever dans la cafétéria, entonner un sort d'amplification et répéter la prophétie mot pour mot que cela ne nuirait pas à la confiance que me portent les élèves qui effectuent le parcours d'obstacles avec moi. De toute façon, ceux-ci ne m'ont jamais fait confiance ; ils ne sont pas là parce qu'ils s'imaginent que je vais leur sauver la vie à tous. S'ils se joignent à moi, c'est uniquement parce que, même si j'étais cette atroce maléficienne, ils n'auraient de toute façon pas d'autre moyen de s'entraîner. J'imagine qu'ils sont tous en train de comploter secrètement avec leurs alliés et d'autres équipes pour déterminer ce qu'ils feront dans la salle des diplômes, notamment si je m'avère être cette atroce maléficienne.

C'est ce qui a rendu la déclaration de Liesel si importante : quand tous les autres élèves se consacrent à leurs points forts et à tes besoins les plus urgents, on arrive forcément au bout du parcours en se rendant compte qu'on n'aurait jamais accompli la même chose dans une alliance restreinte, même la meilleure d'entre toutes. C'est tellement mieux que, même si je m'avérais être cette atroce maléficienne et prévoyais de supprimer une proportion considérable de notre promo, mes camarades conserveraient de plus grandes chances de survie en s'en tenant à cette stratégie qu'en affrontant la salle des diplômes sans moi.

Les élèves d'hindi en ont pris conscience aussi bien que ceux du matin, et la nouvelle a continué de se répandre. Le samedi matin, ils sont prêts de quatre-vingts à vouloir participer à la course en espagnol ; l'après-midi, les cinq premiers sinophones se présentent enfin. Tous cinq sont des traînards.

Il n'existe pas un facteur donné te prédestinant à devenir traînard. Parfois, c'est juste un manque de chance – tu as subi trop d'assauts et as dû dilapider ton mana pour repousser les malés, et tu n'as désormais plus rien à verser dans le pot commun. Parfois, c'est un excès de malchance – tu possèdes une affinité pour un domaine véritablement inutile, comme l'écoulement de l'eau ; ça peut s'avérer utile dehors, tu pourrais gagner des fortunes en aidant des enclaves à canaliser leurs égouts, mais tu n'en auras jamais l'occasion puisque ça ne sert à rien ici. Parfois encore, c'est simplement que tu n'es pas très doué pour la magie ni pour les relations humaines – tu peux t'en tirer si tu maîtrises l'une ou l'autre compétence, sinon tu es vraiment dans la mouise.

Je me suis toujours efforcée de ne pas trop réfléchir à ce que tu dois ressentir quand tu te retrouves seule dans la salle des diplômes, avec la masse des élèves qui se précipite vers les portes avant toi, une marée humaine constituée de stratégies, d'amis et d'armes, de sorts protecteurs et de potions guérisseuses, tandis que les maléficarias venus de toutes parts commencent déjà à arracher tes camarades les uns après les autres, à les réduire en bouillie dans des mares de sang – tu te mets à courir, car courir est ton seul espoir, même s'il n'y a en réalité aucun espoir, et tu finis par mourir en voyant les autres franchir les portes. J'ai consacré trois années à ne jamais envisager cette perspective, car j'étais convaincue de me retrouver dans cette situation.

En l'occurrence, l'un de ces pauvres types est frappé de tremblements, qui l'interrompent parfois au moment de lancer un sort – sans doute la conséquence d'un empoisonnement ou d'un traumatisme quelconque. Ce n'est pas ça qui manque, à la Scholomance. Une autre parle chinois à peu près aussi bien que moi, ce qui est très mauvais signe étant donné que c'est sans doute la langue dans laquelle elle a suivi la plupart de ses cours pendant quatre ans. D'un point de vue purement statistique, ce n'est pas un bon calcul d'inscrire tes enfants dans cette école s'ils ne parlent pas déjà couramment le chinois ou l'anglais, car ça indique généralement qu'ils ne sont pas doués pour les langues. Peu importe leurs autres aptitudes de sorcellerie : ils auront trop de lacunes quand ils essaieront de suivre les enseignements généraux. Mieux vaut les garder à la maison, les protéger aussi bien que possible, leur apprendre les rudiments dans une langue qu'ils connaissent. Ça n'empêche pas certaines familles d'essayer malgré tout.

Sans grande surprise, aucun des cinq ne s'en sort particulièrement bien pendant la course. La sagesse populaire des sorciers est souvent brutale, mais elle se trompe rarement. Celui qui a la tremblote, Hideo, aurait pu faire un incantateur acceptable, sauf qu'il aurait pu mourir deux fois en interrompant ses propres invocations pendant le parcours. Mais comme Orion et moi n'en avons que cinq à surveiller, on parvient de l'autre côté sans trop de dégâts.

Une fois dans le couloir, je m'approche d'Hideo. « Je te filerai une potion qui te permettra de tenir le coup le temps de la course. » Ma mère dispose d'une recette qu'elle appelle « les eaux apaisantes ». Elle en prépare une fournée tous les mois, qu'elle distribue aux magiciens pris de spasmes musculaires quand ils ont abusé de leur pouvoir – si tu essaies de lancer un sort mais que tu ne disposes pas tout à fait du mana nécessaire, tu peux compenser en puisant dans ton propre corps, mais ça provoque souvent des effets secondaires assez violents. Je suis à peu près sûre que ça fonctionnerait sur ses tremblements.

Le hic, c'est que je suis incapable de la préparer moi-même. Je dois demander à Chloe de s'en charger pour moi. Je m'accorde toutefois une petite récompense en proposant à Orion de m'accompagner aux labos. Ses yeux pétillent d'enthousiasme, et il me décoche un regard chagriné en apprenant que Chloe vient elle aussi, ce qui est précisément la raison pour laquelle je l'ai invité. La prochaine fois, il ne manquera pas de me demander si nous ne serons que tous les deux, et je devrai alors soit lui avouer que non, soit reconnaître que je lui propose un rencard, ce qui n'arrivera jamais. C'est la meilleure astuce que j'aie pu imaginer pour me préserver de moi-même.

Il est d'autant plus agacé que ça fait trois heures qu'on essaie de concocter cette fichue potion. Chloe n'arrête pas de poser des questions aussi pertinentes que « Est-ce qu'il faut broyer les coquilles de pétoncle ou les piler en gros morceaux ? » ou « On remue dans le sens des aiguilles d'une montre ou le sens inverse ? ». Je dois alors imiter maman pour lui répondre, faire appel à ma mémoire corporelle pour deviner du mieux possible. De manière générale, je suis nulle en alchimie et nulle en guérison, le mélange des deux est donc presque toujours désastreux. La dernière fois que maman a essayé de m'apprendre, la goutte qu'on a utilisée pour tester le résultat a désintégré un morceau gros comme mon poing du sol de notre yourte.

« Ça ne doit pas être ça », grommelle Chloe en considérant le bouillon jaune qui fume furieusement dans la marmite ; et en effet, cela ne ressemble en rien aux eaux apaisantes.

« Non, je confirme, répliqué-je avec amertume. J'ai dû me tromper au moment d'ajouter le sel et le soufre. »

Elle soupire. « On va devoir recommencer.

— Oh non, sérieux », gémit littéralement Orion. À sa décharge, même si je n'irai pas prendre sa défense, c'est notre quatrième tentative.

« Arrête de te plaindre, le rabroué-je. Fais comme si tu te servais de nous comme appâts. Nous deux, seules dans ce labo… on est aussi susceptibles de se faire attaquer que n'importe qui dans cette école. » À en juger par le regard de biais que me lance Chloe, je crois qu'elle n'apprécie pas mon argument à sa juste valeur.

La cinquième tentative ressemble vaguement à l'espèce de bleu-vert froid de la potion de maman, à l'exception de l'épaisse veinure jaune marronnasse qui sinue au milieu. Je n'ai pas la moindre idée de l'erreur qu'on a pu commettre cette fois, mais Chloe plonge prudemment une mèche de ses cheveux à l'intérieur, la frotte entre ses doigts puis la renifle, avant d'oser y porter le bout de la langue. Elle fait la grimace, crache dans le lavabo et déclare : « C'est bon, je crois que j'ai pigé. » Elle nettoie alors la paillasse à l'aide d'un vif sort de ménage et se remet au travail. Elle va bien plus vite cette fois, et je ne remarque même pas ce qu'elle fait différemment, mais quand elle a terminé, la boue jaunâtre se dissipe jusqu'à disparaître complètement, et une simple goutte sur ma langue me suffit à affirmer qu'elle tient la bonne recette.

Cette goutte ne suffit toutefois pas à éteindre ma jalousie amère : je suis incapable de concocter des eaux apaisantes, la recette de ma mère, alors que Chloe y arrive. Il me faudrait en avaler une triple dose pour dissiper ce goût bilieux dans ma bouche.

Toutefois, elle en a préparé une énorme quantité, et il nous faut trente fioles pour tout mettre en bouteille. Ça permettra à Hideo de tenir jusqu'à la fin de l'année, tout en en conservant sous le coude pour quiconque perdra ses moyens le jour de la remise des diplômes : on subit généralement un nombre raisonnable de crises de panique. Orion descend la caisse jusqu'à la chambre de Chloe et m'adresse un dernier regard de reproche avant de partir chasser, puisque je me suis déjà fermement vautrée dans un pouf pour lui faire comprendre sans ambiguïté que je ne compte me rendre nulle part seule avec lui.

Chloe se mord la lèvre sans rien dire, mais elle continue de ne rien dire même après le départ d'Orion, ce qui ne lui ressemble guère. À l'évidence, elle se sifflerait volontiers une dose d'eaux apaisantes pour cesser de se poser l'éternelle question : *Est-ce qu'El risque de nous enlever Orion ?* Je n'ai moi-même pas envie d'y réfléchir, car le simple fait de me laisser contaminer par cette idée risque de me pousser à prendre nombre de décisions terribles. « Tu as toujours voulu faire de l'alchimie ? demandé-je plutôt, histoire de changer de sujet. Je croyais que tes deux parents étaient artificiens ?

— C'est le cas, confirme-t-elle. Mais ma grand-mère est alchimiste. Elle m'a d'abord appris à cuisiner, quand j'avais environ dix ans. Elle était très heureuse de me voir si enthousiaste : ma mère et mon oncle n'ont jamais voulu apprendre. Elle a été recrutée pour bosser sur la refonte de la cafétéria », ajoute-t-elle.

Car même si la bouffe d'ici est généralement infecte et régulièrement contaminée, on peut s'estimer heureux d'avoir une cantine. À l'origine, la Scholomance fournissait une pâte nutritive trois fois par jour – assez fine et aqueuse pour traverser les tuyaux ensorcelés les plus étroits –, et si tu voulais autre chose, tu n'avais qu'à la transformer toi-même, ce que tu ne pouvais pas te permettre.

D'ailleurs, il est pratiquement impossible de créer un plat à partir d'autre chose à l'aide de la magie, car ce n'est pas uniquement l'expérience gustative que tu recherches : il faut aussi que le résultat soit nutritif et facile à digérer. Si tu transformes une boîte de clous en sandwich, tu t'imagineras peut-être avoir mangé après coup, mais ce sera une erreur. Même chose si tu changes du gruau en pain, car ce ne sont pas les mêmes enzymes digestives qui entrent en jeu. Ça a *déjà* été réalisé, mais seulement dans des labos d'alchimie fondés par des enclaves, par le genre de sorcier qui va finir sa formation à la Scholomance avant de passer dix ans dans une université commune pour obtenir de grands diplômes en chimie ou en science alimentaire.

Tu peux partir d'un truc qui entrera techniquement dans la famille des aliments et y projeter une illusion sensorielle, mais cette illusion se dissipera dès que tu commenceras à mâcher. Le résultat est généralement plus désagréable que si tu t'étais contenté d'avaler ton produit de base. La seule solution effective est de transmuter avec précision les morceaux qui entreront en contact avec tes divers sens ; auquel cas, tu perds les nutriments contenus dans les bouts transformés, mais le reste descend sans trop de mal.

Cela dit, c'est beaucoup plus complexe et coûteux en mana que d'agiter la main pour transformer un bâton en stylo, car dans ce cas tu te moques complètement de savoir ce qui peut bien se produire au niveau moléculaire, tant que ça te permet d'écrire. Et même les enclavés ne pourraient pas se permettre de le faire régulièrement. À l'époque, la plupart des élèves ressortaient de l'école dans un état de malnutrition plus ou moins avancé, et tout le monde consacrait l'essentiel de ses bagages autorisés à apporter de la nourriture. C'était un facteur de décès si important que les huiles ont pris la décision de ménager une petite ouverture dans les sortilèges pour importer de faibles quantités d'aliments, de quoi se rassasier au distributeur environ trois fois par semaine.

En revanche, peu après la Deuxième Guerre mondiale, New York et un consortium d'enclaves américaines ont débarqué et joyeusement pris le contrôle de l'école – Londres n'était plus en état de rivaliser. Ils ont alors recruté une fournée de ces sorciers-chimistes, qui se sont enfermés dans leur labo pour mettre au point un processus de transmutation de nourriture permettant de modifier la pâte de façon infiniment plus économique que les meilleures solutions envisagées jusqu'alors.

Il semble que la grand-mère de Chloe ait fait partie de ces alchimistes ayant rendu tout cela possible – de quoi lui valoir une place au sein de l'enclave new-yorkaise pour services rendus. Je savais déjà que son père s'était allié à son oncle pour la remise des diplômes, et qu'il était entré dans l'enclave en épousant sa mère. Son père et sa grand-mère sont donc d'anciens indépendants ayant réussi à force de travail et de lutte acharnée ; sa famille ne siège pas au conseil ni rien de ce genre, puisque leur lignée reste encore assez récente. Pas étonnant qu'elle tienne tant à ne pas perdre le fils de la Domina.

Je ne peux toutefois rien dire pour la rassurer : je ne compte pas rallier New York ; je ne compte pas passer le même accord que sa grand-mère, même en en négociant la meilleure version possible. Ainsi, si Orion tient plus à moi qu'à l'enclave, il n'est pas du tout inenvisageable que je le leur enlève sans une once de culpabilité. Surtout vu la manière dont ils l'ont traité, en l'élevant pour devenir leur héros et non comme un gamin normal. J'ai passé l'essentiel de mon enfance à reprocher à ma mère de ne pas m'avoir emmenée dans une enclave. Je ne m'étais jamais demandé ce que n'importe quelle enclave ferait d'une fille comme moi, ce qu'elle attendrait de moi, ce qu'elle imposerait à une sorcière trop jeune pour résister.

Quoi qu'il advienne désormais, je ne leur céderai pas. Je ne céderai à personne : ni à Magnus, ni à Khamis, ni à Chloe, ni même à Orion s'il me le demandait en personne. Je ne céderai ni à New York ni à quelque autre enclave ; et surtout, je ne céderai pas à la Scholomance.

Je finis par laisser Chloe seule dans sa chambre pour me rendre au gymnase. Les portes sont fermées pour la journée : le parcours n'est pas disponible le dimanche. J'entends les grincements sourds et les grondements métalliques retentir tandis que le parcours se réagence pour essayer de nous tuer, au prétexte de nous aguerrir. Je reste devant les portes à écouter pendant de longues minutes. Sans que rien ne tente de s'en prendre à moi. « C'est ça, lancé-je à voix haute sur un ton de défi. N'essayez même pas. Vous ne l'emporterez pas. On va faire sortir tout le monde. *Je* vais faire sortir tout le monde. »

11

Enclavés

Les grandes déclarations dramatiques sont bien jolies, mais le lundi, ce sont deux cents élèves qui patientent pour la course en anglais, et Orion et moi commençons à saturer.

Le nouveau parcours est absolument atroce. Le gymnase est rempli de pruniers en fleurs, et un ruisseau gargouille délicatement en sinuant entre leurs racines ; quelques vestiges de glace s'accrochent encore aux berges, et une fine couche de givre pâle recouvre l'herbe. Des taches de soleil filtrent entre les feuilles, tandis que de petits oiseaux volettent au loin. Des pépiements adorables et accueillants s'élèvent parmi les branchages, du moins jusqu'à ce qu'on se rapproche suffisamment pour que les arbres tentent de nous assommer sauvagement à l'aide de leurs membres épineux qui lacèrent la plupart de nos boucliers ; les oisillons se muent alors en une volée de grièches qui foncent droit sur nous.

J'essaie d'atteindre tout l'essaim d'un sort tueur qui ne fonctionne pas : juste avant qu'il touche au but, le nuage de grièches se scinde en groupes qui nous assaillent séparément. Orion passe toute la durée du parcours à sprinter parmi les élèves, fendant la foule pour éliminer une créature après l'autre, mais j'en suis pour ma part incapable : lancer l'un de mes sorts tueurs sur une cible unique tandis qu'elle vole autour d'un élève en lui assenant des coups de bec serait le meilleur moyen de louper la grièche et de toucher mon camarade ainsi que ses trois voisins les plus proches.

Si nous parvenons à éviter le désastre, c'est uniquement parce que tout le monde s'entraide, jetant de nouveaux boucliers pour protéger les élèves acculés, éliminant les grièches les unes après les autres dès qu'elles arrivent à notre portée, neutralisant les nuages empoisonnés qui jaillissent de temps à autre des fleurs de prunier. Ce n'est d'ailleurs pas complètement inutile, car, à mi-parcours, les arbres font preuve d'une inventivité nouvelle : une dizaine d'entre eux soulèvent leurs racines et les entrelacent pour former une créature d'osier vivante. Celle-ci lance ses bras colossaux pour attraper les élèves par poignées et les fourrer dans le panier constitué par sa poitrine, puis il s'embrase en même temps que ses prisonniers, hurlant tandis qu'une seconde fournée d'arbres imite les premiers.

Les boucliers que nous ne cessons d'ériger sont vains face à ces monstres de rotin, que même Orion ne parvient pas à entamer. Ils ne sont même pas consumés par leurs propres flammes, qui doivent donc être psychiques plutôt que physiques. Ils continuent de brûler gaiement jusqu'à ce que je les sépare à l'aide d'un sort bien pratique pour bâtir une tour sombre rituelle. Celui-ci emploie tous les matériaux disponibles dans le secteur. Les élèves prisonniers sont subitement lâchés, et les arbres lacérés se rassemblent en une tour hexagonale bien nette, dont les murs solides sont hérissés de pieux retroussés disposés à intervalles réguliers, comme si la structure avait été conçue pour accueillir des corps empalés sur toute sa surface. Même occupé à esquiver les grièches, tout le monde s'en écarte largement.

Personne ne meurt, mais sept de nos camarades ressortent avec un os apparent ; une douzaine d'élèves souffrent de brûlures sévères ; deux autres ont perdu un œil. Des enclavés alchimistes acceptent à contrecœur de partager quelques gouttes de teinture restauratrice suffisant à réparer les dégâts une fois sortis du gymnase ; personne ne se plaindra s'il ne laisse qu'un œil le jour de la remise des diplômes, mais l'expérience en dit long sur les progrès qu'il nous reste à accomplir. La salle était remplie de petits malés rapides – ceux qui ont le plus de chances d'avoir survécu à la purge semestrielle.

De retour à la bibliothèque, Magnus entraîne Orion dans un coin de la salle de lecture pour une petite conversation animée, loin des oreilles indiscrètes – ce qui ne m'empêche pas de me lever pour aller les épier en douce. « Écoute, poteau, je suis désolé d'avoir à te dire ça, car je sais que vous essayez de déplacer des montagnes, mais… il faut qu'on ait un plan, pour le jour où vous n'y arriverez pas. » En d'autres termes, un plan leur permettant de laisser tomber les autres. Ce que chaque enclavé élabore.

« Si un jour ça arrive, il faudra laisser les mieux préparés se défendre seuls, Tebow », lancé-je derrière lui d'un ton aussi doucereux qu'une pomme empoisonnée. Il sursaute et ne peut se retenir de me jeter un regard noir.

En vérité, *tout le monde* y a déjà songé : tu dois savoir reconnaître quand un de tes alliés est en trop mauvaise posture et doit être abandonné. Je me suis moi-même préparée à ce projet pendant des années et des années, et le simple fait d'annoncer y renoncer ne présente pas en soi une solution au problème sous-jacent. On a surtout besoin d'un plan nous permettant de sauver tout le monde et, à l'évidence, on est encore loin du compte. Magnus n'a pas complètement tort.

Néanmoins, on incarne encore une solution meilleure que toutes les autres. La plupart des élèves continuent de se présenter au parcours pendant toute la semaine, à l'exception de la section en chinois, qui reste pratiquement déserte. L'un des anciens enclavés de Bangkok s'est présenté une fois avec prudence et, quelques jours plus tard, Hideo – les eaux apaisantes fonctionnent à merveille pour arrêter ses tremblements, au moins pendant une demi-heure, ce qui lui laisse largement le temps d'achever les parcours – amène un groupe de trois autres élèves, une alliance de losers qu'il a obtenu le droit de suivre dans la salle des diplômes, sans autre avantage – même les pires traînards peuvent obtenir ce genre de deal foireux. Je suppose qu'il leur a demandé de venir le voir à l'œuvre, une fois sa tremblote soignée, dans l'espoir qu'ils acceptent de l'intégrer pour de bon, et que la perspective d'accueillir un vrai quatrième membre les a poussés à accepter – ou alors, ils l'aiment tout simplement bien et espèrent sincèrement se laisser convaincre.

Apparemment, cela fonctionne, et leur enthousiasme est contagieux, car le lundi suivant – après que le gymnase a élaboré un parcours auquel il est une nouvelle fois impossible de survivre – tous les enclavés japonais se présentent au créneau en chinois, accompagnés de leurs alliés. En tout, cela constitue une foule assez substantielle. Les plus grosses enclaves japonaises exigent de chacun de leurs enfants qu'ils forment leur propre équipe, avec pas plus d'une ou deux recrues potentielles pour l'enclave, triées sur le volet parmi les indépendants japonais, les autres membres étant des sorciers étrangers dont ils soutiendront activement l'entrée dans une enclave rivale après la remise des diplômes, l'idée étant de nouer des relations avec le monde entier. En conséquence, des tas d'élèves apprennent le japonais dans l'espoir d'être choisis, puisque ce soutien constitue une aide non négligeable pour leur permettre d'intégrer l'enclave qu'ils ont le plus envie de rejoindre. De toute façon, la plupart des sorciers s'estiment heureux d'entrer dans n'importe quelle enclave, quitte à devoir abandonner leur famille à l'autre bout du monde.

Certains d'entre eux participaient jusqu'à maintenant aux sessions en anglais, mais puisque la plupart maîtrisent aussi le chinois, il semble bien plus logique de venir là où il y a le moins de monde. Simplement, ils ne voulaient pas risquer de se mettre les Shanghaiens à dos, ce qui peut se comprendre. Se présenter ainsi revient en somme à déclarer publiquement qu'ils sont convaincus de ne pas pouvoir survivre autrement, adressant une forme de motion de censure à la riposte que l'enclave de Shanghai tente de mettre sur pied.

En tout cas, ils n'essaient sûrement pas d'arriver au bout de la course d'obstacles, car, pour autant que je le sache, personne d'autre que moi n'est capable d'emprisonner mentalement un sortigator, l'invité vedette de la semaine. J'ai dû me bagarrer dix minutes avec cette bestiole pendant qu'elle beuglait, rugissait et projetait ses horribles membres gluants et dégoulinant d'acide dans tout le gymnase, creusant des trous énormes dans la vaste prairie printanière ; dans le même temps, dix-sept essaims d'insectes mangeurs de mana nous assaillaient sans relâche. Orion s'est fendu de trente-deux allers-retours dans le gymnase avec un sort de filet, qui n'arrêtait pas de se disloquer chaque fois qu'une minuscule goutte tombée d'un des bras du sortigator le touchait.

« Ça n'a peut-être pas d'importance », suggère Liu cet après-midi-là, tandis qu'on est tous vautrés autour de la table de la bibliothèque. Orion ronfle légèrement, la tête posée sur ses bras. Le reste du groupe essaie de trouver le moyen de ramener les Shanghaiens à la raison. « Personne ne refusera de l'aide le jour de la remise des diplômes, et les plus désespérés viennent déjà participer aux entraînements. Peut-être qu'on arrivera à les intégrer au dernier moment.

— Ouais, ce n'est pas comme s'ils allaient être inutiles, abonde Aadhya. Ils préparent un truc. Ils passent leur temps à l'atelier. Chaque fois que je vais chercher du matériel, Zixuan est en train de travailler sur un projet avec au moins une dizaine d'autres élèves.

— C'est n'importe quoi, ils ne seront jamais *prêts* », souligne Liesel. Si tu te demandes comment celle-ci en est venue à prendre part à nos conversations, sache qu'on se pose la même question, mais elle est imperméable aux sous-entendus désagréables relatifs à sa présence non désirée, en plus d'être atrocement intelligente, alors on n'a jamais réussi à l'évincer de nos réunions stratégiques ; en réalité, elle se rapproche chaque session un peu plus du haut de la table. « Ils sont plus de trois cents à ne participer à aucune course. Or, on n'arrive toujours pas à gérer correctement un groupe de deux cents personnes. C'est nous qui sommes nuls ? Ou pas assez entraînés ? En tout cas, on a eu du bol que personne ne meure cette semaine. Et ce n'est encore que le début ! S'ils ne s'y mettent pas avant la fin de l'année, je ne leur donne aucune chance. Oubliez ça tout de suite.

— J'en déduis que tu voudrais donc que j'abandonne trois cents personnes en chemin », rétorqué-je d'un ton tranchant.

Elle roule des yeux. « Oh, la grande héroïne est fâchée. S'ils veulent ton aide, ils n'ont qu'à venir. En attendant, ce qui m'inquiète le plus, ce n'est pas comment on va les sauver, mais comment on va faire quand ils se mettront dans nos pattes. Maintenant, vous voulez bien qu'on aborde un peu la question de l'ordre de passage ? On ne peut pas se précipiter bille en tête, sans la moindre organisation. Ce n'est pas la meilleure stratégie dans une collaboration. »

Elle sort alors quatre diagrammes aux nombreuses propositions en couleur et les déploie sur la table. « On doit systématiquement essayer chacune de ces approches pendant les six prochains parcours. D'abord, on commence par les élèves qui disposent des meilleurs boucliers, et on tente de créer un périmètre défensif facile à contrôler… »

Je te ferai grâce du reste. À l'évidence, elle a entièrement raison, on ne peut donc pas la dissuader de nous guider d'une main de fer dans la bonne direction, ce qui ne m'empêche pas d'avoir la sensation de me retrouver plaquée contre le mur par la plus féroce dame de cantine de l'école primaire.

Dans la semaine, sans prendre la peine d'en aviser quiconque, Liesel isole tous les élèves suivant le cursus de création littéraire et leur ordonne d'inventer des sortilèges mineurs susceptibles d'illuminer nos camarades en difficulté d'une aura allant de l'ambre au rouge vif, à mesure que leur situation empire – chose que personne n'aurait jusqu'alors souhaitée dans la salle des diplômes, puisque cela revient peu ou prou à guider les malés dans la bonne direction –, et de marquer automatiquement l'endroit où une créature a été aperçue afin d'avertir les suivants. Une fois de plus, nul n'aurait dépensé une goutte de mana dans ce but les années précédentes. J'ai découvert l'existence de ce programme intelligent le vendredi, quand tout le monde s'est mis à luire. Après la course, Liesel nous a fait la morale, à Orion et à moi, pour nous intimer de ne pas nous soucier de ceux qui n'apparaissent pas en rouge vif.

Je formulerais volontiers un certain nombre de réflexions liées à son autoritarisme, sauf que je suis allongée sur le sol, les paupières closes, à essayer de convaincre mon cœur et mes poumons que tout va pour le mieux, qu'ils peuvent se calmer et se remettre à fonctionner normalement ; quant à Orion, il est à quatre pattes pour tenter de reprendre son souffle, la chemise inondée de sueur. Trois cents élèves ont participé à la session anglophone.

Le point positif, c'est que tous en sont sortis vivants, et que personne ne s'est fait dissoudre la moitié d'un membre au passage, car s'élancer derrière un périmètre établi par les élèves dotés des meilleurs boucliers s'est avéré extrêmement efficace, à l'instar des nouveaux systèmes d'avertissement. Le temps de me traîner jusqu'à la cafétéria, de dévorer mon repas et de recouvrer assez d'énergie pour me sentir prête à argumenter avec Liesel, je me rends compte que le seul reproche que j'aurais à lui faire est de s'être emparée d'une autorité que personne ne lui a offerte. C'est un peu léger. D'autant qu'elle y est parvenue en se fondant sur une compétence effarante, et non sur d'improbables affinités.

De toute façon, le peu d'énergie que j'aurais pu mobiliser pour me disputer avec elle disparaît très vite. Cet après-midi-là, nous sommes cent cinquante pour la course en hindi, à laquelle les élèves du Maharashtra ont finalement consenti à participer. Ils veillent encore à garder leurs distances avec moi, mais au moins sont-ils venus. Le lendemain matin, la session hispanophone accueille aussi plus d'une centaine de participants. C'est un peu pitoyable, mais je suis soulagée que les sinophones soient si peu assidus : à présent, courir avec seulement quarante camarades ressemble à une promenade de santé. Il apparaît de plus en plus évident que, sans les inlassables améliorations imposées par Liesel, nous perdrions des vies de tous côtés.

Ce qui ne suffit pas à me réconcilier avec sa méthode. « Comment tu as réussi à te faire passer pour une gentille pendant toutes ces années ? » ronchonné-je en descendant à la cafétéria le lundi suivant. Lors de notre compte rendu à la bibliothèque après la session anglophone du matin, elle a sorti une longue liste des innombrables choses que j'avais faites de travers, des inefficacités qu'elle entend corriger. À l'évidence, elle a réussi à m'observer tout du long en achevant elle-même le parcours sans difficulté. Elle n'était pas encore arrivée au bout que la sonnerie indiquant l'heure du déjeuner a retenti.

Elle renifle d'une manière méprisante. « Ce n'est pas si compliqué d'avoir l'air sympa ! Il suffit de cibler les personnes plus populaires dans chacune de tes classes, d'apprendre ce qu'elles préfèrent chez elles, et de leur adresser au moins trois compliments pertinents chaque semaine. Tant qu'elles te trouvent agréable, les autres suivront leur exemple. »

Je n'avais même pas imaginé qu'il puisse exister une *réponse* à ma question, accompagnée sans doute d'une liste d'actions à cocher. Je dois avoir l'air atterré, car elle se rembrunit et ajoute d'un ton cassant : « Ou tu peux passer des années à faire la tête pour faire croire à toute l'école que tu es une maléficienne incompétente. As-tu conscience que tout serait beaucoup plus simple si tu nous avais accordé le temps nécessaire pour nous préparer ? Sans parler du fait qu'on ne rencontrerait pas toutes ces difficultés avec les Shanghaiens ! Tu devrais faire attention. Ils attendent trop longtemps. » Elle m'abandonne alors pour rejoindre Alfie et les autres Londoniens plus loin dans la queue. Ils se reculent tous pour lui ménager une place juste derrière lui, même Sarah et Brandon, bien qu'ils soient enclavés et pas elle.

« C'est un monstre », déclaré-je froidement à Aadhya et Liu tandis que nous attendons notre tour. Elles sont toutes les deux marquées de cernes profonds : en plus de participer à tous les parcours anglophones, Liu nous accompagne pour ceux en chinois, tentant de repousser les limites du sort amplificateur de mana pour couvrir autant de monde que possible ; Aad, pour sa part, court aussi avec les hindiphones. Sans compter qu'elles doivent supporter Liesel bien plus souvent que moi, puisqu'elles se chargent de tout coordonner, avec l'aide de Chloe. Je suis presque soulagée d'avoir à mettre ma vie en péril encore plus souvent qu'elles.

« Elle est major de promo », me rappelle Aadhya, ce qui est un excellent argument : le côté impitoyable et terrifiant est presque un prérequis. « Arrête de lui chercher des poux dans la tête. On a besoin de chaque idée émanant de son cerveau colossal. On se fatigue déjà tous bien assez comme ça. Même ceux qui ne participent qu'à un seul entraînement. »

Je suis moi-même tellement éreintée que je n'y ai pas fait très attention, mais lorsqu'elle embrasse d'un geste du bras toutes les tables déjà occupées du réfectoire, je comprends instantanément qu'elle a raison : ceux qui participent aux parcours avec nous sont plus ou moins vautrés sur leur plateau, ce qui leur aurait valu de se faire sauter dessus par au moins trois malés différents lors d'une année ordinaire. Je peux carrément énumérer les derniers objecteurs en recensant ceux qui ne s'endorment pas dans leur soupe de légumes. Des tas d'élèves ayant participé à la session anglophone du matin n'ont même pas encore entamé leur repas : ils somnolent à tour de rôle sur leur table.

« Pourquoi on est fatigués à ce point ? m'étonné-je. Tu penses que l'école trouve le moyen de ponctionner notre mana, d'une manière ou d'une autre ? »

Aadhya et Liu m'adressent toutes deux le même genre de regard assassin que ceux que j'ai pu diriger contre Orion dans le passé. « À chaque passage, on se fait tous beaucoup plus attaquer qu'avant, m'explique Liu de mauvaise grâce. Et je ne parle pas seulement des maléficarias les plus gros. À la même époque l'année dernière, la course d'obstacles ne présentait que dix points d'embuscade bien distincts. Les mêlées générales ne sont pas censées commencer avant juin.

— Oh, je vois », réponds-je, gênée, comme si j'avais simplement besoin qu'on me le rappelle.

Une fois au bout de la file, on remplit nos plateaux de bols de spaghettis – après avoir trié les sangsues à mana rouges qui se cachent au milieu, mais on a l'habitude – et de grosses portions de pêches tranchées, couvertes d'un sirop jaune hallucinogène que Chloe parviendra sans doute à neutraliser quand on l'aura rejointe à la table qu'elle est en train de préparer. Fait agaçant, un garçon de Venise, doté d'un harpon bien pratique pour éviter les vérépines qui rôdent autour, s'empare de la dernière part de gâteau éponge que l'on convoitait pour aller avec. Plus agaçant encore, il s'en est à peine saisi qu'il hésite un instant, se retourne vers moi et me l'*offre*, exactement comme le font les lèche-bottes cherchant à s'attirer les faveurs des enclavés. Aadhya me décoche un coup de coude avant que je puisse lui brailler dessus comme je rêve de le faire, je me contente donc de décliner d'un ton aussi peu aimable que possible : « Non. Merci. »

Une fois installées à table, Aadhya finit par déclarer : « Il faut pourtant bien qu'on y réfléchisse. » Je grignote mes pêches sans plaisir, et pas uniquement parce que le neutraliseur leur confère un léger goût métallique. « Et si l'école augmentait exprès la difficulté d'un cran ? Et si elle tenait tant à vous éliminer, Orion et toi, qu'elle était même prête à le faire pendant l'entraînement ?

— Eh bien… », commencé-je en cherchant les mots qui ne m'attireront pas d'autres regards assassins de la part de la tablée entière. C'est vrai que je suis fatiguée, mais pour être tout à fait honnête, c'est surtout histoire de râler. C'est *normal* d'être fatiguée pendant la période d'entraînement. Si tu ne l'es pas, c'est que tu ne travailles pas assez dur. Je suis fatiguée comme après une dure journée de boulot, pas au point de m'endormir dans ma soupe.

C'est toutefois le cas d'Orion, et j'ai déjà sauvé son bol à deux reprises au cours de ce repas, mais c'est parce qu'il se faufile en douce hors de sa chambre après le couvre-feu pour aller chasser des vrais malés. J'ai essayé de convaincre Précieux de veiller sur lui, mais cette satanée souris refuse. En revanche, elle insiste pour m'accompagner chaque fois que je me rends dans sa chambre pour le contraindre à se mettre au lit, à fermer les yeux et à éteindre la lumière avant la dernière sonnerie de la journée. Quand il accepte, il s'endort aussitôt et ne se réveille pas avant le matin ; sinon, il se retrouve au réfectoire dès l'aube, à s'empiffrer devant un plateau débordant de denrées, avant que quiconque soit même arrivé à la cafétéria. Au cas où tu te poserais la question, sortir après le couvre-feu est généralement synonyme de condamnation à mort – ce serait sans doute encore le cas pour n'importe quel autre élève en cette année étrange, mais il semble désormais acquis que les malés dépensent beaucoup d'énergie pour fuir Orion. La plupart du temps, il n'en zigouille que pendant le parcours d'obstacles, quand l'un d'eux est si occupé à essayer de dévorer un autre élève qu'il en oublie de rester planqué.

« À moins qu'elle veuille éliminer certains d'entre nous maintenant, pendant l'entraînement, pour éviter qu'on soit trop nombreux à sortir », suggère Liu. Une hypothèse tout à fait recevable, qui m'épargne la peine de leur expliquer joyeusement que je ne trouve pas ça si terrible.

« Qu'est-ce qu'on doit faire ? demande Ibrahim avec angoisse.

— Et si on commençait par une pause ? » propose Chloe. Ce doit être la solution la plus évidente pour quelqu'un qui a toujours connu le luxe de pouvoir *faire des pauses*. « On pourrait prendre le reste de la journée, et sécher les entraînements de demain et de mercredi matin. Personne ne louperait plus d'une séance. Ce ne serait pas la mort. »

Presque tout le monde semble adhérer à cette idée dès qu'elle est suggérée. Même Orion se redresse de façon théâtrale dès qu'il est suffisamment réveillé pour bien comprendre. J'imagine qu'il prévoit déjà une somptueuse partie de chasse d'une journée entière. Personnellement, j'en profite pour m'octroyer une grasse matinée jusqu'à huit heures, ultime limite pour récupérer les dernières miettes de petit déjeuner en me dépêchant. Je suis en train de ramasser mes cheveux en une courte queue-de-cheval quand on frappe à ma porte. Je me montre beaucoup plus prudente quand cela se produit depuis ma délicieuse rencontre avec Jack, l'année dernière, mais comme je dispose désormais d'une cuve de mana en réserve, je me contente de garder un joli petit sort de mort sur le bout de la langue et d'attraper ma poignée à bout de bras.

Orion se trouve sur le seuil, l'air un peu nerveux. Il tient un gros mug de thé, ainsi qu'un carton du labo d'alchimie rempli de trois pains au lait, d'un petit récipient plein de confiture d'abricot, de plaquettes de beurre commençant à s'entremêler de façon permanente, d'un bol de *candji* recouvert d'un œuf entier et d'une clémentine à moitié verte. Je le dévisage et il bredouille : « Tu… tu veux bien… déjeuner avec moi ? » Quand ces mots franchissent ses lèvres, il semble estimer que la situation n'est pas encore assez gênante, car il croit bon d'ajouter dans un gazouillis sonore : « Un genre de rencard ? »

Je pose aussitôt la main sur la porte de l'enclos de Précieux, où je m'en suis débarrassée avec quelques graines de tournesol, et je pousse le verrou juste à temps. Je fais mine de ne pas entendre les couinements furieux qui s'élèvent de la cage et bredouille un « Oui » sans laisser le temps à mon bon sens de s'interposer.

Je dois fournir un gros effort pour ne pas me raviser, alors que je suis Orion dans les couloirs. Je ne parviens même pas à me distraire en guettant les pièges ou les attaques ; aucune créature dotée d'un cerveau ne s'en prend plus à Orion depuis quelque temps. Il a gagné près de dix centimètres cette année, et ses épaules et ses bras menacent de faire craquer toutes les coutures de son tee-shirt ; il sort de la douche, et ses cheveux argentés ondulent autour de son cou. Je dois véritablement rassembler toute ma volonté pour ne pas me rappeler que je suis une horrible crétine. Je remarque soudain où nous avons abouti ; je m'arrête, sur le seuil du *gymnase*, oubliant tout le reste dans mon indignation consternée.

Orion ne ralentit même pas. Il franchit directement les portes et pénètre dans la moitié de la salle qui n'est pas réservée à la course d'obstacles. Les célèbres cerisiers sont apparus cette semaine et sont sur le point de déployer leur merveilleux tableau, de minuscules bourgeons rose et blanc parsemant leurs branches sombres.

Je peine à croire qu'il ait fait ça. J'entre d'un air ébahi, m'attendant à ce qu'il m'explique qu'il s'agit d'une sorte de plaisanterie, ce qui, en soi, serait de mauvais goût. Il reste planté sous un arbre particulièrement chargé et commence à déployer une couverture effilochée pour notre pique-nique ; pendant ce temps, je l'observe fixement en tâchant de déterminer s'il est vraiment fou ou si je l'apprécie suffisamment pour prétendre qu'il ne l'est pas. Comme je l'apprécie suffisamment pour boire cette atroce tasse d'eau chaude à peine teintée qu'il m'a apportée, c'est sans doute le cas, mais je ne suis pas certaine de l'apprécier au point de *pique-niquer avec lui dans le gymnase*.

Ce n'est sans doute pas une mauvaise chose si je suis trop consternée pour bouger, parce que cela me permet d'être encore debout quand Orion lève la tête et voit quelque chose arriver. J'ignore encore de quoi il s'agit : son visage adopte une expression ni positive ni négative, il est simplement concentré sur un point derrière moi. Je sais toutefois que ce truc me fonce dessus, et que je ne l'ai ni entendu ni repéré. Cela suffit à me mettre en garde.

Tout en faisant volte-face pour en avoir le cœur net, mes mains dessinent déjà le sort de protection qu'Alfie m'a donné il y a deux semaines. Je me suis forcée à le lui demander, sachant pertinemment ce qu'il répondrait :

« Bien sûr, El, avec plaisir. » Tu parles. Ce devait être l'un des meilleurs sorts que sa famille d'enclavés londoniens possédait, d'une valeur inestimable. Ici, il doit être encore plus couru que mes sutras, puisque n'importe quel terminale raisonnablement doué pourrait le lancer durant la remise des diplômes, alors que les sutras n'auront la moindre utilité que pour ceux qui sortent d'ici vivants.

Ce n'est pas réellement un bouclier, plutôt une évocation de refus – pour ne pas t'abreuver de termes techniques, une évocation revient peu ou proue à conférer à un machin intangible une réalité matérielle. L'évocation de refus produit – entre les mains d'Alfie – un chouette dôme translucide d'environ deux mètres de diamètre. Tant qu'il la maintient en place – seul, il peut tenir trois minutes, ce qui représente une petite éternité dans la salle des diplômes –, il peut « refuser » la présence de tout ce qu'il ne désire pas voir à l'intérieur, y compris les malés, la magie hostile, les débris volants, les pets bruyants et ainsi de suite. Et si nombre de sorts te permettent de t'isoler du reste du monde, la grande qualité de celui-ci tient au fait qu'il permette d'accueillir ce que tu désires, comme de l'oxygène non souillé de gaz toxique ou un sort de guérison émanant de tes alliés. J'ai vu Alfie l'employer pour la première fois durant notre parcours contre les glaciers infernaux. Il s'en est depuis servi à plusieurs reprises pour sauver la vie de l'un ou l'autre élève. Il n'est pas de ces enclavés qui rechignent à secourir les autres ; avec lui, ça marche dans les deux sens, à moins qu'il ait secrètement internalisé le concept de « noblesse oblige », car il s'est investi sans réserve dans le projet en venant en aide à tout le monde.

Pourtant, quand c'est moi qui lance l'évocation, j'obtiens une sphère de près de quatre mètres de diamètre, qui ne semble pas devoir décroître tant que je me donne la peine de l'alimenter ; par ailleurs, après avoir englobé quelque chose, je peux *déplacer* ma bulle et tout son contenu désirable, ce qui me permet de protéger une poignée d'élèves en difficulté pour les redéposer plus loin, sans charrier des malés par mégarde. Cela fait une grosse différence. Je pourrais prétendre que c'est pour cette raison que j'ai réclamé ce sort initialement – pour le bien de tous –, mais ce serait mentir. J'ignorais encore ce que je parviendrais à en faire. Je savais juste qu'il s'agissait d'un sort très haut de gamme, et je devinais qu'il pouvait encore être amélioré – le genre d'amélioration que je suis capable d'apporter.

Je déploie donc ce dôme bien lisse autour d'Orion et moi avant même d'avoir fini de me retourner, ce qui est plutôt une bonne inspiration de ma part, car on n'aurait pas voulu que les vingt-sept sorts de mort et artifices fatals – dont cinq sont alimentés par un cercle de pouvoir – dirigés contre nous nous atteignent. Je ne crois pas que j'aurais pu les bloquer ou les retourner à l'envoyeur d'une autre manière. Cependant, aucun d'entre eux ne parvient à franchir la zone d'exclusion du dôme. La plupart se dissolvent ; les plus élaborés glissent jusqu'à l'endroit où mon globe et le sol se rencontrent, puis se dissipent dans un nuage furieux de fumée bouillonnante d'une dizaine de couleurs différentes qui nous encercle en crépitant, mais finissent par disparaître les uns après les autres.

Entretemps, Orion est venu se placer près de moi et considère au travers de ma barrière chatoyante le visage des trente-deux élèves qui viennent de tenter de nous assassiner. Je reconnais Yuyan à l'avant, et Zixuan au sein du cercle… En réalité, il y a là tous les terminales shanghaiens et leurs alliés, ainsi qu'une dizaine d'autres gars qui doivent venir de Pékin, Hong Kong ou Canton.

La seule chose qui me surprenne est de m'être laissé surprendre. J'aurais dû me douter que ça allait arriver. Orion, en revanche, a d'abord eu l'air perplexe, comme s'il ne comprenait pas comment ils avaient pu commettre une méprise aussi grossière. Il faut qu'il constate leur déception en voyant leurs sorts se dissoudre pour saisir qu'il ne s'agissait pas d'une méprise.

J'imagine qu'ils le regrettent aussitôt, et moi aussi, car cela met Orion en rage, et je ne l'avais encore jamais vu en rage. Jamais à ce point. Et… j'ai bien conscience que je suis très mal placée pour le dire, mais cela ne me plaît pas. Alors que ce n'est même pas après moi qu'il en a. L'espace d'un terrible instant, j'ai la nette sensation que ce n'est plus pour le protéger que je maintiens le dôme, mais pour *les* protéger de lui.

« Lake ! » m'exclamé-je d'une voix que je voulais ferme, mais qui est prise d'un atroce tremblotement. Je n'ai pas pu m'en empêcher. Son visage est tout déformé, ses lèvres retroussées en un rictus carnassier, et une légère lueur surnaturelle habite ses prunelles – il vient de rassembler tant de mana qu'on distingue presque le pouvoir à l'œil nu, tel un poing qui se serre. Je l'imagine très clairement les faucher avec grâce, comme il le ferait d'une horde de malés, oubliant toute retenue jusqu'à ce que tous soient morts.

Par chance, il lance d'une voix râpeuse « Ils ont essayé de te *tuer* », et en dépit de mon horreur viscérale, cela suffit à faire naître en moi une étincelle d'indignation, de quoi embraser mes réserves toujours utiles d'irritabilité et de colère.

« Je ne crois pas avoir été en danger ! m'exclamé-je. Par contre, j'aimerais bien savoir ce que *tu* aurais fait. Tes os auraient sans doute été réduits en bouillie si je n'étais pas intervenue. Au fait, c'est la onzième fois que je te sauve la vie. »

Cela le détourne juste assez de la confrontation pour entamer sa fureur. « Onze ?

— Je te dresserai la liste plus tard, réponds-je en parvenant à donner une impression de sérénité. Maintenant, remballons tout ça, et allons prendre notre pique-nique à la bibliothèque, comme des *gens normaux*. Qu'est-ce que tu comptes faire, sinon ? »

Je n'aurais pas dû lui poser cette question, car Orion se retourne alors vers eux ; à l'évidence, *les tuer tous* semble toujours être une réponse parfaitement adaptée – au point qu'il est à deux doigts de se ruer sur eux, et que je ne sais plus comment l'en empêcher, sauf que la décision ne m'appartient soudain plus, car d'autres élèves se matérialisent subitement autour de nous, à commencer par Liesel et sa bande ; Alfie, le visage chiffonné de fatigue, brandit sa propre évocation de refus pour leur permettre de franchir les portes sans risque.

Ils ne sont d'ailleurs pas tout seuls : d'autres équipes investissent le gymnase, comme attirées par un sort d'arrachage ; après un coup d'œil incrédule, je me rends compte que celui-ci est attaché au porte-bouclier à ma ceinture. Ibrahim et son équipe font leur apparition ; même Khamis est venu, accompagné de Nkoyo.

Plus étonnant encore : Magnus et son alliance déboulent en même temps que Jermaine et la sienne ; viennent alors une équipe d'Atlanta, et une autre de Louisiane – en quelques minutes à peine, n'importe quel observateur extérieur en conclurait que les enclaves new-yorkaise et shanghaienne, avec leurs alliés respectifs, se font face et sont prêtes à basculer entre les mâchoires grandes ouvertes du piège de Thucydide. Voilà qui serait au moins aussi efficace qu'une horde de maléficarias pour éliminer des sorciers, d'autant plus que les survivants rentreraient ensuite chez eux pour annoncer à leurs parents que la guerre à laquelle tout le monde s'attendait à moitié a commencé ici, à l'intérieur de l'école.

Je ne vois pas du tout comment empêcher le massacre. Un coup d'œil vers Orion me convainc qu'il ne me sera pas d'une grande utilité : au contraire, il compte être le fer de lance de la riposte. Magnus a déjà ordonné aux New-Yorkais de se placer en formation derrière lui. Les seules à ne pas être présentes sont Aadhya, Liu et Chloe, sans doute parce que la personne à l'initiative de ce plan de protection – mes trois premières hypothèses désignent toutes Liesel – se doutait qu'elles m'en parleraient, la privant alors de la satisfaction de pouvoir *me secourir*.

Pour ne rien arranger, c'est l'instant que choisit l'école pour dérailler à son tour : on se fige tous en entendant les rouages de la course d'obstacles débrayer dans un grincement – comme à la fin de chaque semaine, avant que les lieux se réagencent, mais en deux fois plus fort, puisque nous nous trouvons aux premières loges. Le sol se met alors à trembler sous nos pieds, devenant *malléable*, prêt à adopter une nouvelle forme.

On est tous sur le qui-vive, en quête du moindre avantage potentiel, que chacun cherchera à attraper le premier. Comme dans les tours d'ouverture d'un jeu de stratégie dans lequel les participants tenteront d'établir leurs positions avant de se balancer des bombes. Les collines vertes enflent et se soulèvent à la manière de vagues, et tout le monde essaie de les remodeler en éléments de décor utilisables, comme des tranchées ou des fortifications. Cela me donne l'impression de surfer à même la plaque océanique, avec une bride de cheval pour seul moyen de manœuvrer.

Dès que cette métaphore me vient à l'esprit, je me rends compte que je dispose du sort idoine : le seul que j'aie jamais écrit moi-même. Le seul que j'aie jamais tenté d'écrire, car cet accès de créativité m'a simplement permis de donner vie à un supervolcan. J'en ai brûlé le parchemin aussitôt après, mais la formule est restée fermement gravée dans mon catalogue mental, au côté de tous les sorts les plus horribles de ma connaissance.

Je prends une grande inspiration pour rassembler le mana nécessaire et déploie les bras au moment de souffler pour entonner l'incantation initiale. Deux lignes de terre lumineuses se dessinent au sol de part et d'autre de mes pieds et s'enroulent en spirales, comme les bras d'une galaxie ; chaque endroit avec lequel elles entrent en contact m'apparaît clairement en esprit, soumis à la puissance de mon chant. Les autres continuent à essayer de garder la maîtrise des minuscules lopins qu'ils contrôlent, mais mon sort les leur arrache impitoyablement pour m'en transmettre la possession, jusqu'à ce que le gymnase tout entier se mette à trembler et bouillonner sous mon emprise mentale.

C'est à peu près à cet instant que les meilleurs incantateurs comprennent vers quoi mon sort se dirige – à savoir une éruption susceptible de provoquer une extinction de masse, et qui éliminerait sans doute possible tous les occupants de cette salle ainsi que des quatre étages situés directement au-dessus.

« Qu'est-ce que tu fous ? » me hurle Magnus, en panique – il fait partie des bons incantateurs. S'ensuit alors un point de bascule au cours duquel chacun cesse de s'inquiéter du camp adverse pour se soucier de moi.

Et ils ont bien raison, car j'arrive au bout de l'incantation initiale ; or, dès que j'aurai entamé la deuxième partie, plus rien ne pourra m'arrêter. Je m'interromps, le corps tout entier resserré autour de la puissance emmagasinée ; j'aplanis alors le gymnase des deux mains, si brusquement que la moitié des élèves dégringolent quand les collines disparaissent ou bondissent quand les tranchées se comblent. Ceux qui sont encore debout s'écartent de moi prudemment, les yeux écarquillés d'horreur. Je gronde alors à la cantonade : « Arrêtez. *Arrêtez.* Si je voulais votre mort, votre mort à tous, vous seriez morts ! *Rú guǒ wǒ xiǎng nǐ sǐ, nǐ men sǐ dǐng le !* » traduis-je ensuite dans mon chinois maladroit.

Ma déclaration est tellement évidente étant donné les circonstances – à cet instant, je dois me donner beaucoup de mal pour *ne pas* les tuer – que je fais ma petite impression. En tout cas, tout le monde semble sérieusement terrifié par le fait que je puisse les occire tous. Au moins ne pensent-ils plus à s'entretuer. Même Orion a oublié sa rage et me considère, bouche bée – avec un air énamouré assez insupportable, qui démontre une nouvelle fois son absence totale de bon sens et de jugeote.

Quand tout le monde semble assez calme à mon goût, je laisse ma maîtrise de notre environnement dangereusement malléable s'écouler de mes mains ; collines et vallées retrouvent alors leur place, et les arbres se déploient du sol de façon peu naturelle quand l'illusion reprend forme. Il me faut près d'un quart d'heure pour me dépêtrer du sort, mais personne ne tente rien pour m'interrompre ou me distraire ; quelques élèves vont même bloquer les portes du gymnase pour empêcher quiconque de faire irruption. Quand je termine enfin, je suis assaillie de tremblements et prise de nausée. J'aurais adoré aller m'allonger dans le noir pendant une petite éternité, mais j'avale plutôt une grande goulée d'air avant d'articuler d'une voix grinçante : « Tout ce que je souhaite, c'est vous faire rentrer chez vous. Je veux que *nous rentrions tous*. Vous pensez être capables de vous sortir la tête du cul pour m'y *aider* ? »

12

Trêve

Le jeudi, quatre cents élèves se présentent à la session en chinois. Après quoi, Orion et moi remontons tant bien que mal à la bibliothèque pour nous vautrer sur les canapés et y rester avachis, le temps que les autres fassent leur débriefing autour de nous. J'ai l'impression d'être une feuille d'essuie-tout maintes fois essorée et réutilisée.

Ce n'est pas uniquement dû au nombre : la plupart des nouveaux venus ne connaissaient aucune de nos stratégies encore mal maîtrisées, et l'entraînement *paie*. Ainsi, avoir séché pendant sept semaines leur a fait prendre un retard considérable par rapport à nous. S'il n'y a pas eu une tonne et demie de morts aujourd'hui, c'est parce que, en désespoir de cause, j'ai triché et utilisé l'invocation d'Alfie pour envoyer des paquets d'élèves et de malés dans l'autre moitié du gymnase, sans discrimination. Les créatures n'étant que des constructions, elles se sont alors dissoutes. Celles de la salle des diplômes ne se désintégreront pas de leur propre chef, cette manœuvre ne risque donc pas de fonctionner le jour J. Toutefois, il fallait bien que je fasse quelque chose pour que tout le monde se tire de là *vivant*.

Je n'accorde qu'une vague attention aux débats, car chacun s'accorde à dire que nos nouveaux compagnons doivent d'abord combler leur retard, ce qui semble couler de source. Yuyan – elle a rejoint le comité stratégique – suggère de les laisser courir quotidiennement pendant les quinze prochains jours et d'accorder à tous les autres – à l'exception d'Orion et moi, évidemment – un peu de repos supplémentaire. La motion est votée à l'unanimité, puis Aadhya ajoute pensivement : « En fait, il faudrait que tous les hispanophones et hindiphones rejoignent bientôt les séances en anglais ou chinois. Il faut qu'on tente les parcours à cinq cents… d'ici un mois ! » précise-t-elle en me voyant redresser la tête d'un air offusqué.

Je me réinstalle, provisoirement apaisée, mais Liesel pousse un profond soupir d'exaspération, trop appuyé pour être ignoré. Je darde un regard noir sur le tissu usé jusqu'à la trame juste devant mon nez et déclare en serrant les dents : « La semaine prochaine en anglais, la suivante en chinois. » Orion grogne légèrement sur le canapé perpendiculaire au mien, sans chercher à infléchir ma décision. Avril sera bientôt là. La remise des diplômes aura lieu dans moins de trois mois.

Je n'irai pas jusqu'à prétendre que j'apprécie la semaine qui suit, mais dès le mercredi, la performance des sinophones est presque acceptable ; après le parcours du vendredi, Zixuan va trouver Liu et Aadhya pour leur proposer d'utiliser son réviseur afin d'améliorer notre luth. Ils passent la soirée ensemble à l'atelier et, le samedi, quand Liu joue les premiers accords et que j'entonne le sort, la vague amplificatrice de mana déferle sur tous les élèves, rebondit contre les parois du gymnase et *revient* effectuer un second passage, quadruplant l'effet de chacun de nos sortilèges. Je n'ai pas besoin de tricher une seule fois, et j'achève la course presque en pleine forme.

« Il ne t'a pas forcée à le lui donner, au moins ? » murmuré-je à Liu après le parcours. Tout le monde est rassemblé autour de Zixuan pour le féliciter. Je viens d'incinérer un essaim de sauterelles-animas si énorme qu'il faisait disparaître toute l'étendue de ciel atrocement bleu ; comme elles n'arrêtaient pas de se reproduire, j'ai dû maintenir un orage psychique de la taille d'un ouragan au-dessus de tous les élèves pendant les quinze minutes du parcours, mais c'est presque devenu la routine, désormais. Ou alors, ma tempête était si perturbante que tout le monde s'efforce de l'oublier ; c'est l'un ou l'autre.

Liu et Aad se sont déjà mises d'accord pour le luth et ont convenu que la famille de Liu rémunérerait Aadhya pour sa conception, à condition que Liu et l'instrument réchappent à la remise des diplômes. Cela déterminera les tarifs d'artificienne d'Aadhya, qui se verra fournir quantité de ressources en graines pour créer son atelier ; par ailleurs, le luth sera bien plus utile au clan de Liu qu'à Aad et sa famille. Cependant, améliorer un artifice compte généralement pour les trois quarts de la valeur globale du *résultat*. Ainsi, Zixuan aurait tous les droits de se considérer propriétaire majoritaire de l'instrument, et comme c'est un enclavé shanghaien, il doit pouvoir racheter la part de Liu beaucoup plus facilement que l'inverse.

J'ai posé la question comme ça, sans sous-entendu, juste pour savoir quelle était la contrepartie. Bien sûr, l'amélioration profite à tous, mais quelqu'un va quitter l'école avec l'instrument, je trouverais donc ça bizarre qu'il n'y ait eu *aucune* négociation à ce sujet. Toutefois, Liu vire à l'écarlate et ne fait qu'aggraver cette manifestation en se plaquant les mains sur les joues comme pour en chasser l'afflux de sang, réaction peu efficace si le but était de faire en sorte que je cesse de la dévisager.

« Il a demandé à rencontrer ma famille quand on sortira de l'école », avoue-t-elle dans un filet de voix étranglé. Cela ne fait qu'accroître ma stupéfaction : c'est une sacrée déclaration. Non pas que les enclavés – ou les gens aussi proches de le devenir que la famille de Liu – arrangent officiellement rencontres et mariages, mais la famille se retrouve malgré tout souvent impliquée dans ce genre de décision. Tous les sorciers de la génération de ses parents et des deux précédentes se sont tués à la tâche pour trouver les ressources nécessaires à l'achat de sorts créateurs d'enclave. Et pas pour un petit truc d'enclave dorée démodé tiré de mes *Sutras* : ils se préparent à ériger des tours dans le néant, une nouvelle étoile moderne dans la constellation chinoise. Lorsqu'ils auront rassemblé tous les sorts de base, ils organiseront des enchères auprès des indépendants de diverses villes chinoises, et choisiront de s'installer là où l'offre sera la plus généreuse. Le mana et les ressources ainsi fournis leur permettront de construire la nouvelle enclave. Les plus gros contributeurs pourront y emménager directement ; les autres suivront dix ou vingt ans plus tard, quand les fondations seront solides et que l'endroit s'étendra.

Liu est née dans le cadre de ce projet, auquel elle a toujours été censée participer – ce qu'elle compte faire. Ainsi, tous ses rencards potentiels doivent aussi être évalués à l'aune de cette perspective. Ses proches ne comptent peut-être pas s'investir de trop près dans ce processus, mais ils seraient très certainement *ravis* qu'elle leur ramène un bon candidat. Et un artificien de Shanghai déjà assez doué pour concevoir un réviseur à l'école entre sans l'ombre d'un doute dans cette catégorie.

« Et donc c'est… une bonne chose ? » m'enquiers-je.

Liu me considère d'un air à moitié perplexe, comme si elle ne savait pas comment me répondre. Elle jette alors un coup d'œil vers lui avant de se retourner vers moi. « Il est… gentil ? et très mignon ? » Ça sonne comme des questions. Elle n'a, à ma connaissance, jamais eu le béguin pour personne. J'imagine qu'elle considérait ça aussi improbable que moi, pendant ses années dans la filière maléficienne. Les relations qu'entretiennent les maléficiens sont souvent du genre « Bonnie et Clyde » ou « Frankenstein et Igor » ; ça ne fait pas trop rêver. Elle semble à présent en train d'ouvrir un paquet qu'elle vient de recevoir et de jeter un coup d'œil sous le couvercle pour la première fois.

« Je vois », réponds-je solennellement. Je décide donc de rester dans le coin jusqu'à la fin. J'estime qu'il est de mon devoir, en tant qu'amie, d'observer la situation de près – et j'espère tenir l'occasion de me venger de tous les gloussements produits à *mes* dépens.

Liu nourrit peut-être encore des doutes au sujet de Zixuan, mais elle semble certaine de vouloir me voir partir et arrêter de la mettre mal à l'aise ; en tout cas, elle me chuchote à de nombreuses reprises que je peux y aller, si je veux. Je fais chaque fois mine de ne pas saisir le sous-entendu tandis que la foule se dissipe peu à peu autour de Zixuan. Celui-ci parvient finalement à se détacher poliment des derniers parasites, je daigne donc m'écarter de quelques pas tout en restant à portée d'ouïe. Cela me permet de l'entendre proposer à Liu de l'accompagner à la bibliothèque.

Elle se tourne alors vers moi et me lance : « Tu viens, El ?

— Passez devant », réponds-je en lui décochant un sourire aussi odieux que possible. Elle rougit de nouveau et me fait la grimace avant de recouvrer sa dignité et de se retourner vers lui. Je les regarde s'éloigner, satisfaite ; ça semble… tellement normal, un aperçu de notre avenir en dehors de cet horrible endroit.

J'imagine que tu pourrais en dire autant de ma propre relation compliquée, mais celle-ci me semble bien plus incertaine, dramatique et tendue du fait que j'en fasse partie. Sans compter qu'il est clairement moins vraisemblable de me voir dévoyer Orion et le convaincre d'épouser le projet chimérique consistant à bâtir de minuscules enclaves de par le monde, ce que *sa* famille trouverait beaucoup moins acceptable. J'assiste là à un événement humain heureux et ordinaire auquel je pourrais prendre goût, et qui vient clore de façon idéale cette course magique.

Pour la première fois, j'ai presque l'impression que notre plan pourrait fonctionner – si bien que, lorsqu'ils ont disparu, j'éclate d'un rire sonore et me retourne vers les portes du gymnase pour lancer en jubilant : « Alors, tu crois toujours pouvoir m'arrêter ? Aucune chance. Je vais tous les faire sortir, et tu ne me forceras pas à en abandonner en route. Tu n'en auras pas un seul. Je vais te battre. Je vais *gagner*, tu m'entends ?

— À qui est-ce que tu parles ? » me demande Sudarat.

Sa question me fait sursauter, ce qui est on ne peut plus mérité, car j'étais tellement transportée par ma tirade ridicule que je n'ai même pas remarqué sa présence. Quand j'arrive à apaiser mon cœur qui bat la chamade et à ravaler les seize sorts de mort qui me viennent immédiatement à la bouche, je réponds dans une grande démonstration de décontraction et de sérénité : « Personne, je réfléchissais à voix haute. Qu'est-ce que tu fais ici ? »

J'avise alors le petit ballot qu'elle transporte et le quignon de pain qui en émerge, et comprends, consternée, qu'elle partage le goût d'Orion pour les pique-niques au milieu du gymnase. « C'est une blague ? m'exclamé-je, révoltée. Je n'ai pas crié assez fort ? Tu vas te retourner le cerveau, si tu ne te fais pas tuer avant ça. Tu es pourtant ici depuis un certain temps, tu devrais commencer à comprendre : *ce n'est pas réel.* »

Elle reste plantée là à se faire sermonner, les épaules un peu voûtées, étreignant des deux mains sa besace. Puis elle me répond d'une toute petite voix : « Quand j'étais petite, ma mère me disait que, quand j'aurais mon diplôme, elle m'emmènerait voir le festival des cerisiers en fleurs à Kyoto. Mais je n'en aurai plus jamais l'occasion, à présent. »

Je me tais alors, cesse même plus ou moins de respirer. Elle hésite, mais constatant mon absence de réaction, elle reprend : « Dans mon école – à l'enclave –, on nous apprenait à reconnaître les élèves intelligents, les plus doués, les plus susceptibles de nous aider. Ainsi, je sais à quoi ressemblent les meilleurs. Et je n'en fais pas partie. Personne ne veut être mon ami. Les enclavés ont tous peur. Ils ne savent pas ce qui s'est passé à Bangkok. Je n'en sais rien non plus. Tout le monde pense que je mens, mais ce n'est pas vrai. J'ai emmené le chien de ma grand-mère en promenade et, quand je suis rentrée, la porte… la porte de l'enclave ne fonctionnait plus. Elle donnait juste sur un appartement vide. Et tout le monde avait disparu. » Elle déglutit bruyamment. « Ma tata qui travaillait à Shanghai est revenue s'occuper de moi. Elle m'a donné tout ce qu'elle a pu. Mais ça ne suffira pas à sauver une élève médiocre que personne n'aime. J'en ai conscience. »

Elle se tait. Je suis toujours incapable d'articuler un mot. Au bout d'un moment, elle doit en avoir marre de traîner dans le couloir avec une statue muette, car elle me passe devant poliment et ouvre les portes du gymnase. Elle s'y aventure de façon responsable : pas trop loin afin de conserver plusieurs échappatoires, mais suffisamment pour ne pas rester trop près de l'entrée. Elle s'installe au pied d'un arbre déployant sa ramure gigantesque de branches sombres croulant sous le poids des fleurs et sort de son sac une barquette de fraises ; elle doit avoir gaspillé des tonnes de mana pour enchanter les fruits miteux sortis du réfectoire. Elle les grignote en lisant un bouquin, ressemblant à une illustration sortie tout droit du manuel d'orientation des troisièmes, avec les minuscules pétales qui tombent autour d'elle telle de la neige rose. Elle profite de la vie tant qu'elle en a encore l'occasion.

Les portes se referment alors, me soufflant au visage un parfum délicat. « Non », leur dis-je bêtement, ce qui est évidemment d'une grande utilité. Puis j'éclate d'un rire moqueur et me raille d'une voix haut perchée. « Que je suis bête, c'est pas possible d'être bête à ce point. » Je ne peux pas me retenir plus longtemps. Je me cache le visage dans les mains et laisse échapper deux courts sanglots, avant de relever le front et de hurler à ces portes, ainsi qu'à l'école tout entière : « Pourquoi tu te donnes la peine d'essayer de m'arrêter ? Hein ? Pourquoi ? Ça ne sert à rien. Ça n'a jamais servi à rien. »

En guise de réponse, un immense fracas de verre et de bois fendu retentit derrière moi. Je fais aussitôt volte-face. Je me suis donné tellement de mal pour m'entraîner à mes Jeux olympiques de l'inutilité qu'il s'agit d'un réflexe purement involontaire : j'ai programmé mes muscles de manière à ce qu'ils court-circuitent mon cerveau et se mettent en branle seuls pour sauver ces mille et une vies incroyablement insignifiantes. Je fais donc volte-face, et mes mains se mettent machinalement en position de lancer un sort ; l'adrénaline déferle librement dans mon système sanguin avant même que je constate que ce vacarme est dû au plan d'architecte encadré dans le couloir qui s'est subitement décroché du mur. Une gerbe de tessons est répandue tout autour du point d'impact ; le cadre fracassé apparaît tout pâle, là où le bois couvert de dorure s'est brisé.

Je laisse retomber mes mains dès que j'ai conscience de les maintenir en l'air, puis j'inspire un grand coup pour juguler mes sanglots et mon inquiétude instinctive. « Alors, pourquoi ne pas laisser tomber après tout… C'est ça que tu es en train de me dire ? » Je ne suis qu'une fille se parlant à elle-même dans les couloirs, une crétine se prenant pour une héroïne sous prétexte qu'elle compte sauver mille autres élèves *avant* de franchir elle-même les portes en gambadant, abandonnant dans l'enceinte de l'école… combien ça fait ? Mille deux cents élèves morts chaque année depuis cent quarante ans… ça donne un nombre bien supérieur à celui des vies que je pourrais sauver en montant la garde devant les portes jusqu'à la fin de mes jours. Quel que soit le nombre de minutes qu'il me reste à vivre, je resterai à jamais une gamine ayant planté son doigt pour boucher un trou dans la digue ; et quand je finirai par tomber, le torrent déferlera malgré tout.

« C'est ça que tu voulais que je comprenne ? » aboyé-je en direction du carré de métal blanc marquant l'ancien emplacement du cadre sur le mur, telle une fenêtre ouverte au milieu d'une couche de crasse vieille de plus d'un siècle. « Tu aurais dû te dépêcher. À ce stade, j'ai autant de chances de réussir que d'échouer. » Je baisse alors les yeux et constate que le cadre ne renfermait pas un plan d'architecte, mais la une du *London Whisper* datée du 10 mai 1880. On y découvre une large photo d'un troupeau d'hommes en costume victorien, dont un blond à la moustache majestueuse qui se tient au premier plan, les mains sur les hanches et l'air satisfait. On en trouve des exemplaires dans tout le bâtiment. Je le lis depuis des années sans jamais vraiment en avoir analysé le sens – dans le cadre d'un cours d'histoire barbant ou dans la queue de la cafétéria, par exemple –, comme on lirait le verso d'une boîte de céréales le temps du petit déjeuner.

Pourtant, aujourd'hui, je le ramasse pour m'y intéresser de plus près. Les hommes se tiennent devant une petite salle au lambris familier, bordée d'étagères et remplie de petites chaises en fer forgé placées devant des bureaux en bois ; tout au bord du cliché, un épais parchemin ratifié de nombreuses signatures repose sur un imposant secrétaire à cylindre. C'est ma petite classe à moi, située tout au sommet de l'école.

L'article indique : *Les derniers sorts de contrainte de la Scholomance ont été disposés avec succès aujourd'hui dans ce qui doit être considéré comme le sort de cercle le plus extraordinaire jamais conçu par l'esprit humain ; vingt et un représentants des* plus éminentes enclaves mondiales ont en effet uni leur volonté et mis en commun les ressources de leurs divers domaines de compétences sous la direction visionnaire de Sir Alfred Cooper Browning de Manchester, *dans le seul but d'établir une institution par-delà toute querelle ou dispute, dont l'objectif fondamental sera d'offrir un havre protecteur à tous les enfants dotés du monde.*

Je le relis et le relis encore, si bien que je ne peux plus prétendre ne pas l'avoir compris. Je connaissais déjà naturellement tous les mots, j'aurais peut-être même pu les réciter par cœur. La même photo figure dans le manuel d'orientation des troisièmes qu'ils nous envoient avant l'incorporation, et le même agrandissement d'article est placardé dans une dizaine de salles de classe ainsi que dans nos manuels d'histoire. Ces mots sont même gravés sur la rampe de l'escalier et sur les moulures de la salle de lecture de la bibliothèque : *Offrir un havre protecteur à tous les enfants dotés du monde.* Sauf que personne ne les prend jamais au sérieux. Même Sir Alfred Cooper Browning et ses copains suffisants ne croyaient pas à ces sornettes à leur époque. Ils n'ont jamais accueilli d'enfants indépendants avant d'y être contraints, et lorsqu'ils ont fini par le faire, ils se sont débrouillés pour conférer aux petits enclavés tous les avantages possibles et imaginables ; je doute qu'un seul élève y ait cru durant une seule journée de sa scolarité. C'est de la foutaise pour tout le monde.

Sauf, apparemment, pour la Scholomance elle-même. Et il y a de quoi : vingt et un des sorciers les plus puissants de la planète ont constitué un cercle pour imprégner le squelette de cet endroit de ces termes – ces termes sans doute âprement discutés, destinés à exprimer un mensonge éhonté qu'ils accepteraient de prononcer ensemble. Ils ont érigé la Scholomance en lui affirmant sans ambages que son but fondamental serait *d'offrir un havre protecteur à tous les enfants dotés du monde.*

Et peut-être l'école n'y est-elle pas parvenue, mais souhaite encore le faire – une sorte de moindre mal.

Je ne peux pas prétendre avoir tout compris du premier coup, bien au contraire. J'ai juste un vague début d'idée, puis je laisse retomber l'article sur la pile de verre brisé et je repars dans le couloir. Je déambule sans but, un nuage informe de grésillements entre les oreilles ; dans cet état, la moindre bestiole pourrait m'éliminer. Toutefois, rien ne m'assaille, même si je continue d'errer dans les couloirs. Je ne sais pas où je suis, jusqu'à ce que la porte devant laquelle je passe s'ouvre à la volée, bruyamment ; je me rends alors compte que mes pas m'ont portée à l'entrée du couloir menant à ma petite salle de séminaire privée, celle dans laquelle j'ai été attaquée sans relâche pendant les deux premiers mois de l'année.

Que je considère cette fois sous un jour bien différent. Je m'immobilise et scrute le couloir. En fait, l'école n'essaie pas de me tuer, ni de me transformer en une atroce maléficienne. Elle ne veut pas me voir assécher tous mes petits camarades et aller répandre le mal sur la Terre. Alors qu'attend-elle de moi, au juste ?

Je me dirige vers la salle. La porte m'attend, béante. Je marque une pause sur le seuil, observe l'intérieur et, dans un claquement, l'un des panneaux de lambris près de l'évier s'affaisse, me révélant un étroit conduit doté d'une échelle à l'intérieur de la cloison. Je sais de quoi il s'agit : je m'y suis rendue en fin d'année dernière, pour une autre de ces expériences uniques que j'espère ne jamais revivre. C'est le puits d'entretien qui plonge jusqu'à la salle des diplômes.

Le message est limpide. Ma réflexion l'est beaucoup moins, ce qui explique que je n'hésite pas plus longtemps avant de m'aventurer à l'intérieur et de descendre dans les ténèbres. Je n'entends toutefois pas le moindre signe de maléficaria, pas de course rapide, de raclement, de sifflement ni de respiration, seulement les gargouillis et les claquements de l'école elle-même, l'immense assemblage d'artifices veillant en permanence à pomper l'air, l'eau, la bouillie du réfectoire ou les déchets divers, le grasseyement sourd du mana canalisé dans les sorts. La descente ne me prend pas longtemps : l'école veut me voir atteindre mon but rapidement, et mon cerveau est tellement vide qu'il n'insiste pas pour voir le parcours se prolonger sur une durée rationnelle. En quelques minutes à peine, j'atteins la salle de maintenance exiguë, tout en bas, l'endroit depuis lequel on s'est attelés à notre grande mission de réparation des machines de nettoyage.

Je fais naître une lumière. Elle se réfléchit sur le mur de métal nu et incurvé – légèrement cabossé depuis l'extérieur, comme si les malés avaient tapé dessus pour y pénétrer après notre brusque fuite. La salle des diplômes se trouve de l'autre côté, avec ce que l'école nous a réservé – *m'a* réservé – pour le jour J. Tout ce semestre, ces parcours horribles auxquels nous n'aurions jamais dû survivre, ces incitations incessantes à nous dépasser toujours, à élaborer de nouvelles stratégies, à travailler comme une seule et unique alliance démesurée… tout ça pour vaincre… ce qui se trouve de l'autre côté. Voilà notre but ultime.

Et apparemment, l'heure est venue pour moi de m'y confronter. Je n'ai pas de trappe d'accès dans ma musette, mais les panneaux métalliques de l'une des cloisons se descellent alors, leurs rivets tombant au sol les uns après les autres. Je reste immobile, à observer. Les deux éléments basculent avec un fracas assourdissant, l'un vers l'intérieur, l'autre vers l'extérieur.

Rien ne franchit l'ouverture.

Ce n'est pas particulièrement surprenant, j'ai fini par le comprendre. Je sais ce qui m'attend de l'autre côté, et ces créatures ne vont pas se donner la peine de se ruer sur une misérable élève. En réalité, je sais depuis toujours à quoi je vais avoir affaire, même si j'ai jusqu'à présent fait mine de l'ignorer. Point de glaciers maléfiques, d'essaims de sauterelles-animas ou de démon sortigator. L'école s'est efforcée de me traiter gentiment, avec des gants de velours, m'attirant peu à peu vers ma destination ; le temps commence toutefois à presser, et je dois me résoudre à l'affronter pour être prête le jour de la remise des diplômes. J'en ai fait la promesse, après tout. Je l'ai promis à Khamis, à Aadhya, à Liu, à Chloe et à tout le reste de l'école.

Je ne parviens pas à franchir le pas. Même si cela ne risque rien pour l'instant, si ridicule que puisse paraître ce terme, je ne veux pas aller voir. Je ne veux pas avoir à remonter pour annoncer à tout le monde ce à quoi nous allons nous retrouver confrontés. Je ne veux pas passer les trois prochains mois à y penser quotidiennement, à élaborer des plans, à mettre au point des *stratégies* pour revivre la chose la plus horrible qui me soit jamais arrivée. Je veux me rouler en boule dans un coin de ma chambre. Je veux me mettre à pleurer, pour que maman, Orion ou n'importe qui vienne me sauver. Sauf qu'il n'y a personne. Seulement moi. Et elles. Patience et Force-d'Âme, patientant près des portes, si affamées qu'elles ont déjà nettoyé les moindres recoins de la salle des diplômes.

Je sais que je dois descendre les observer, que je ne peux donc pas remonter à l'échelle – à condition seulement que l'école me laisse repartir –, mais je ne parviens pas à avancer non plus. Je reste immobile pendant un très long moment. Je pense qu'il s'écoule près d'une heure avant qu'un minuscule couinement anxieux émane du puits. Précieux pointe alors le bout de son nez, accroché au dernier barreau de l'échelle.

Je joins les mains pour le recueillir, puis le serre contre ma joue, et tout mon visage se chiffonne comme un vieux devoir jeté à la corbeille ; je laisse échapper quelques sanglots, inondant sa fourrure de larmes irrépressibles. Il se contente de me donner des coups de museau et endure patiemment le reste de la scène. Quand je parviens à recouvrer suffisamment mon sang-froid, il grimpe sur mon épaule, se glisse derrière mon oreille et pousse quelques couinements d'encouragement. J'inspire profondément par le nez et me force à m'engager dans la salle avant que le mur se referme.

L'endroit n'est pas complètement désert : une famille d'agglos adultes – dont les carapaces scintillent de bijoux infusés au mana, de morceaux d'artifice luisants et de minuscules fioles ou bocaux de potions ou d'onguents – dort paisiblement contre le mur du fond, près des machines de nettoyage qu'on a réparées l'année dernière. Tous se réveillent en entendant mes pas et détalent vers des recoins obscurs à toute allure – en l'espèce, à moins d'un demi-kilomètre par heure, la vitesse de pointe de ces bestioles.

Le sort est jonché d'écailles d'amphisbènes et de mues de jeunes digéreurs, à peine plus épaisses qu'un mouchoir. Aucune de ces créatures n'est en vue. Les plafonds sont couverts de lignes sombres estompées, vestiges des toiles d'alarmaignées centenaires incinérées durant la purge. En dehors de ça, il ne reste plus de ces bestioles que quelques masses durcies collées au plafond, des moignons de patte émergeant de loin en loin. Les autres malés n'ont laissé derrière eux que quelques déjections ou leurs squelettes ; certaines constructions se sont écroulées çà et là en tas de pièces mécaniques dépourvues de mana. Quelques larves, si petites que je ne parviens pas à les identifier, cherchent à me fuir quand je me tourne vers les portes en serrant les poings.

« Mais », dis-je à voix haute au bout d'un moment d'observation. Je reste bêtement plantée là, jusqu'à ce que Précieux me pousse du museau ; je traverse alors la salle des diplômes et atteins rapidement les impressionnants vantaux servant de portes à l'école. Deux énormes brûlures salissent le sol de part et d'autre, les contours noircis des gueules-béantes, évoquant un ruban de police déployé pour indiquer l'emplacement d'un cadavre emporté. Ces marques sont couvertes d'ondulations : on peut imaginer la flamme mortelle consumer plusieurs couches, même s'il devait encore en rester en quantité.

J'avais à moitié raison : la purge a fonctionné. Patience et Force-d'Âme n'ont pas été tuées, mais brûlées et aveuglées ; elles ont sans doute dû se débattre farouchement tandis que les terminales sortaient. Elles ont loupé leur festin annuel. Après quoi, elles se sont rétablies et ont tenté de remplir leur ventre creux en dévorant tous les malés subsistants. Mais ensuite, quand elles n'ont plus rien eu à se mettre sous la dent… elles ont disparu.

J'ignore où elles ont pu partir. Se sont-elles cachées quelque part à l'intérieur de l'école ? Sans doute pas dans les niveaux principaux, en tout cas – on aurait entendu les hurlements. Il existe de nombreuses poches d'espace mort dans la zone creuse entre le plafond de la salle des diplômes et le plancher de l'étage des ateliers, et celles-ci sont mal protégées ; Patience et Force-d'Âme ont donc pu s'y réfugier, mais elles n'auraient malgré tout rien trouvé à manger. Et de toute façon, les gueules-béantes ne se cachent généralement pas. Sont-elles tout bonnement parties ? Ce n'est pas impossible : les sortilèges empêchent les maléficarias d'entrer, pas de sortir, et si nos deux gardiennes sont parties arpenter le monde et fouiller les enclaves pour se repaître, on ne le découvrira qu'en sortant de l'école.

Ce qu'on devrait apparemment réussir à faire sans problème. On n'a plus besoin du moindre entraînement, du moindre parcours. On peut se tirer de là par une simple promenade.

Je contemple les portes gigantesques en bronze pur. On trouve régulièrement des croquis ou des peintures les représentant – comme les plans d'architecte, ils diffèrent tous légèrement les uns des autres. Toutefois, je n'imagine pas quiconque avoir pris le temps de les étudier plus d'une milliseconde depuis l'ouverture de l'école aux élèves. L'imposant sceau gravé au milieu rappelle la devise de l'établissement : *In Sapienta Umbraculum* – « Dans la Sagesse, le Refuge ». Les cercles gigognes tout autour sont porteurs d'un sort de protection dans diverses langues : le même sort répété en anglais, moyen anglais et vieil anglais, pour former une ronde. Et il n'y a pas non plus que de l'anglais : on retrouve des anneaux du même sort dans une dizaine d'autres langues, que je connais toutes assez bien pour en distinguer diverses versions : l'arabe moderne et classique, le français moderne, le vieux français et le latin…

Traduire un sort et *obtenir* un sort dans la langue cible est presque impossible. Ils ont dû avoir recours à un poète de génie – ou à une douzaine de poètes de génie pour chaque version de chaque langue ; et encore, ces sorts ne sont pas très complexes : tous ceux que je parviens à traduire sans dictionnaire se résument à une ou deux phrases tournant autour du thème *Ne laissez rien de maléfique franchir ces portes*. L'inscription en français indique *Recule, Malin, la sagesse de ce refuge veille* ; cet écho à la devise de la Scholomance qui n'a rien d'une coïncidence. L'équivalent de cette phrase se retrouve dans toutes les langues de ma connaissance.

Et il ne s'agit pas seulement d'inscriptions : les lettres ont été gravées dans la couche supérieure du bronze, et une substance alchimique brillante est acheminée derrière, de manière à les illuminer. Leur éclat n'est d'ailleurs pas régulier : la lumière traverse chaque inscription, à la vitesse et au rythme qu'il convient d'employer pour prononcer le sort concerné. Une façon de scander les incantations sans cesse, de les renouveler en permanence. Et tous les sorts différents se retrouvent synchronisés d'une manière ou d'une autre – je n'arrive pas exactement à en suivre l'ordre, mais je vois bien que plusieurs d'entre eux commencent ou s'achèvent au même moment, et que les suivants démarrent quand les précédents s'éteignent. Tel un canon multiple, dans lequel plusieurs dizaines de vers différents seraient entonnés simultanément.

Cela m'hypnotise. J'ai presque l'impression d'entendre les sorts résonner – d'ailleurs, je les entends vraiment : des bandes de minuscules perforations sont incrustées dans le métal, et alors que je les prenais initialement pour de simples décorations, je constate en regardant à travers qu'un autre artifice ouvre et ferme chaque trou de façon indépendante. Quand l'un d'eux se débouche, un souffle d'air le traverse, produisant un son semblable à une lettre ou une syllabe, et chacun de ces sons correspond à l'un des caractères illuminés au même instant. J'entends à peine les murmures à cause du cliquetis millimétré des machines qui contrôlent ces embouchures, du gargouillis étouffé du liquide circulant au travers, mais ils existent bel et bien.

Je n'avais encore jamais rien vu de pareil, même à l'intérieur de l'école. J'ai appris, à force de subir nos leçons d'histoire, que Sir Alfred avait convaincu les principales enclaves de construire l'école par étapes – le coût global étant aussi ruineux que tu peux l'imaginer. Initialement, il a simplement proposé la conception d'une enclave ordinaire pour accueillir tous les enfants, mais protégée par ces portes d'une puissance inégalée. Il a attendu que les vantaux soient fabriqués pour révéler aux autres ses plans plus avancés pour le reste de l'établissement, et, en voyant le résultat, ils auraient accepté de s'engager sur le reste. À les regarder de près, cela ne me surprend plus. J'ai vécu près de quatre ans dans cette enceinte, réchappant de peu à la mort à maintes et maintes reprises, et je parviens presque encore à y croire – à croire que ces portes peuvent empêcher le mal d'entrer, repousser les monstres et nous garder en sécurité.

D'ailleurs, force est de constater que cela a fonctionné, plus ou moins. Je n'imagine même pas combien de maléficarias nous auraient assaillis, sans elles. La Scholomance est un pot à miel, le pot à miel ultime : tous les enfants sorciers les plus tendres et chargés en mana du monde, rassemblés en un seul endroit. N'importe quel malé humant ne serait-ce qu'une bouffée de cet endroit doit être tenté d'y pénétrer. Et certains doivent y parvenir, malgré les portes. De temps à autre, une lettre ne s'allume pas, un souffle d'air ne siffle pas ; il existe sans doute des détails de cet ensemble magistral un peu plus faibles que les autres, des endroits où les sorts ne s'enclenchent pas pile au même instant, causant des failles dans les défenses qu'un malé suffisamment déterminé pourrait exploiter, comme un assaillant cherchant à déloger une brique d'un mur de forteresse. Et en effet, dès les premières années, ils ont été assez nombreux à s'être introduits ici pour transformer cette salle en abattoir. Les portes ne sont donc pas *impénétrables*.

Mais presque. Ainsi, quand la flamme mortelle a effectivement accompli son œuvre l'année dernière – et après que Patience et Force-d'Âme ont achevé de dévorer tout ce qu'il restait – et après qu'Orion a réglé son compte à toutes les créatures osant pointer leur nez aux niveaux des salles de classe –, la salle a bien été nettoyée. Petite lueur glorieuse dans cette année de déveine absolue : on va pouvoir descendre ici et sortir en toute sécurité, la première promo de l'histoire de la Scholomance à surmonter la remise des diplômes sans la moindre perte.

Après quoi… après quoi les malés reviendront tous. Chaque portail ouvert pour nous renvoyer chez nous causera une faille de plus dans les sortilèges ; pour chacun de ceux qui quitteront l'école, deux ou trois malés en profiteront pour s'y introduire. D'autres arriveront plus tard dans la journée, en même temps que les nouveaux bizuts. Les malés télépathes suivront les rêves inquiets des parents pour leur progéniture ; les gazeux et les éthérés flotteront par les conduits de ventilation, les amorphes se déverseront par la tuyauterie.

Et tôt ou tard, si Patience et Force-d'Âme ne reviennent pas, une nouvelle gueule-béante sourdra par l'une des ouvertures et viendra trôner fièrement devant les portes. Les machines de nettoyage tomberont de nouveau en panne. Le taux de mortalité remontera sans doute à son niveau initial, le temps que les troisièmes actuels nous succèdent, ou au mieux un an ou deux plus tard. Sudarat, Zheng et mes autres petits nouveaux ne bénéficieront pas d'un passage gratuit. Pas plus que ce gamin de Manchester, Aaron, qui m'a apporté sans contrepartie ce minuscule message de ma mère. Tous ces élèves que je connais à peine voire pas du tout, ceux que je n'ai jamais rencontrés ou qui ne sont pas encore nés.

C'est ce à quoi l'école me prépare depuis tout ce temps. M'appâter avec des miettes de pouvoir pour m'enseigner qu'il n'est pas inutile de se soucier des autres, que je peux m'autoriser à prendre soin de mes amis, de leurs alliés, et même de tous mes camarades de promotion ; et après m'avoir fait franchir ce premier obstacle, elle me montre que je n'ai finalement pas à m'en faire pour eux, pour me signifier que je dois bien désormais avoir la capacité de m'occuper de… *tous les autres*.

« Mais qu'est-ce que tu attends de moi ? » demandé-je en contemplant les portes. La Scholomance n'a sans doute aucun intérêt à sauver l'équivalent d'une année d'élèves, ni même de quatre. L'école a déjà avalé cent mille enfants durant ses impitoyables opérations de triage. Aucun humain ayant la sensibilité nécessaire pour essayer de l'empêcher ne l'aurait supporté. Mais l'école n'est ni humaine ni tendre. Elle ne nous aime pas. Elle veut simplement faire son boulot du mieux possible ; pourtant, les trois quarts de chaque promotion meurent inexorablement sous sa surveillance. Elle veut nous voir saisir cette opportunité inespérée de… « Te *réparer* ? » C'est la seule idée qui me vienne, mais ça ne m'indique pas comment procéder. J'observe les charniers déserts alentour : même les os ont été déblayés. « Comment ? »

Pas de réponse. Je n'obtiens pas d'autre conseil, sauf de la part de Précieux, qui me couine dans l'oreille et me pousse du museau pour me faire repartir dans l'autre sens. « Je ne comprends pas ! » hurlé-je en direction des portes. Elles continuent d'émettre leur tic-tac placide, l'œuvre d'une armée de génies ayant disposé de tout le temps et le mana nécessaires pour bâtir l'école la plus sûre et la plus intelligente du monde pour leurs enfants ; cela n'a toutefois pas suffi, alors je me demande ce que la Scholomance peut bien attendre de moi ?

Précieux couine derechef, vaguement exaspéré, et me pousse une fois de plus. Pleine de ressentiment, j'assène un coup de poing à la porte de gauche et le regrette aussitôt : elle bouge légèrement. Pas beaucoup, pas assez pour s'entrebâiller ni rien de ce genre, mais elle tremble sous mon poing, suffisamment pour que j'obtienne la conviction qu'en y mettant tout mon poids et toutes mes forces, je parviendrais à l'*ouvrir*. Elle n'est pas scellée de ce côté. Les contours extérieurs sont souillés d'une mousse vert et noir, et de rares bouffées d'air pénètrent depuis l'extérieur. C'est le seul endroit où l'école ne flotte pas dans le néant. Le monde réel est juste là, de l'autre côté. Si j'ouvrais cette porte, je pourrais *sortir*, gagner cet endroit tenu secret que les enclaves ont choisi comme point d'ancrage – un point tangible de la Terre, avec de vraies coordonnées GPS. Je trouverais sans doute, à une journée de marche à la ronde, une personne dotée d'un téléphone portable, qui m'autoriserait à joindre la ligne principale de la communauté pour parler à maman.

Ce serait une énorme bêtise, car alors je n'aurais pas mon *diplôme* – on n'entre pas par les portes, car si on faisait des portes physiques un unique point d'entrée, tous les malés du monde finiraient par s'amasser autour, et pas un seul bizut ne survivrait assez longtemps pour arriver à l'intérieur. D'après ce que je crois avoir vaguement compris du sort d'incorporation, nous ne sommes qu'empruntés ici avec le genre de sorts que les enclaves utilisent pour emprunter de l'espace au monde réel ; et lorsqu'on franchit les portes vers l'extérieur, il semble qu'on soit rachetés avec les intérêts, en franchissant un portail qui nous renvoie pile à l'endroit d'où on est partis. Si je sortais directement dans le monde réel au lieu de passer par le portail normal, ça reviendrait plus ou moins à me tirer de l'école sans avoir payé ma dette. Je n'ai aucune idée des conséquences potentielles que cela pourrait avoir, mais elles ne peuvent pas être agréables.

N'empêche que ce serait *possible*. C'est tout l'inverse de ce que je trouve horriblement insupportable avec le gymnase : ces portes débouchent sans doute dans les profondeurs de quelque endroit désagréable et sans doute suffisamment dangereux pour décourager tant les malés que les communs de s'en approcher ; l'odeur qui filtre par l'interstice entre les deux vantaux a la puanteur bourbeuse d'un égout stagnant – un emplacement fort vraisemblable –, mais rien de tout cela n'importe, car, au moins, c'est *réel*, je serais vraiment *dehors*, et j'ai tant envie d'y retourner que je pique un sprint vers le puits d'entretien sans un regard en arrière, histoire de ne pas me laisser tenter.

La remontée n'est *pas* abrégée. Au contraire, j'ai l'impression de payer pour compenser la vitesse du retour précédent. Sauf que, cette fois, Précieux est avec moi, petite boule de poils toute chaude sur mon épaule, quand il ne gambade pas quelques échelons en amont, sa fourrure blanche brillant malgré le peu de lumière que je projette avec mes mains. Je finis par ramper hors du conduit et m'allonger à même le sol de la salle de séminaire, les bras et les jambes en étoile, trop fatiguée pour gémir comme je rêve de le faire. Précieux s'assied sur mon ventre et se lave méticuleusement les moustaches tout en surveillant les environs, même si ce n'est absolument pas nécessaire. À l'évidence, l'*école* prend déjà un peu trop soin de moi. Elle n'a envoyé que la bonne quantité de malés pour me forcer à ravaler mon indigeste fierté en réclamant du mana à Chloe. Si elle ne s'en était pas du tout prise à moi, Aadhya, Liu et moi nous serions donné tant de mal à constituer un réservoir de mana acceptable que je n'aurais plus disposé du temps ni de l'énergie – et encore moins du mana – pour envisager de sauver tous les autres. Et même dans le cas contraire, personne ne m'aurait écoutée.

Je contemple le plafond souillé au-dessus de ma tête à mesure que cette idée s'imprègne dans mon esprit ; avec effort, je lève le bras qui porte le répartiteur pour contempler le bracelet. J'en ai désormais tellement l'habitude que je n'y pense même plus. Pourtant, je puise des océans de mana à chaque parcours, même en tenant compte du tarif réduit spécial gymnase. Magnus et les autres New-Yorkais ont sans doute tôt ou tard dû se tourner vers les autres enclavés pour leur demander de partager leur fardeau – en sous-entendant que je leur interdirais l'entraînement s'ils refusaient.

Personne ne m'aurait écoutée si j'étais allée leur proposer l'objectif invraisemblable de sortir tous ensemble. L'école les a *forcés* à être attentifs, *forcés* à tous venir à moi en imposant des parcours plus infranchissables les uns que les autres. Elle a forcé tout le monde à m'offrir ces océans de mana, à remettre leur vie entre mes mains. Personne n'a rien réclamé. Alors, dès l'instant où je les informerai qu'il n'y a rien du tout en bas, qu'on va tous pouvoir sortir sans problème…

« Ma-maaaaan », gémis-je faiblement, comme si elle était là pour se disputer avec moi. Sauf qu'elle n'est présente que dans ma tête, à me contempler avec toute l'inquiétude et le désespoir du monde visibles sur son visage. *Reste très loin d'Orion Lake.* C'est *ça*, qu'elle aurait vu ? A-t-elle eu un aperçu de ce qu'il adviendrait si Orion et moi faisions équipe pendant toute une année, de ce que je serais contrainte de subir en contrepartie ? Parce que, bien entendu, je me retrouverais tout à fait impuissante si chacun décidait de récupérer sa part de mana. En revanche, si j'emportais tout leur mana avec un mensonge – alors on ne pourrait plus considérer qu'il m'a été offert en toute liberté.

Ce qui ne se retournerait pas contre moi de façon évidente, pas comme avec les véritables maléficiens. Si l'écorchage de premières années fomenté par Prasong avait abouti, son anima en aurait été si profondément marqué qu'il n'aurait peut-être plus jamais pu récolter lui-même du mana, même en passant le restant de ses jours à faire pénitence et à se purifier. Cela ne m'arriverait pas : je ne subirais même pas un noircissement d'ongles ou un léger nuage de turpitudes, contrairement à ce qu'a reçu Liu en conséquence des souris sans défense qu'elle a dû sacrifier pour survivre. Les maléficiens subissent ce genre de dégâts parce qu'ils arrachent le mana à quelque chose qui leur résiste. C'est ça qui le transforme en malia. Mais quand tu obtiens de quelqu'un qu'il te *donne* son mana, ça ne fait pas de mal. Tu peux l'obtenir par la ruse, par le chantage, par le mensonge… tous les moyens sont bons. Cela n'aura sur toi aucune conséquence visible.

C'est d'ailleurs pour ça que les enclavés le font sans arrêt. Et ils prétendent que ça n'a rien à voir avec le malia, mais si. Il y a un pas de géant entre duper quelqu'un pour lui soutirer un peu de mana dont il n'a pas un besoin vital et se transformer en un vampire assassin incapable de commettre une bonne action, mais les deux routes sont parallèles. Maman a passé sa vie à m'enseigner ça, et il m'a fallu du temps pour l'intégrer, mais j'ai fini par retenir la leçon.

Je sais ce qu'elle me répondrait si je lui affirmais que c'était pour le bien des autres, pour celui des générations à venir. Si je suis vivante, c'est uniquement parce qu'elle-même n'a jamais accepté ce genre de compromission. Des gens de bonne foi lui ont annoncé de but en blanc que je me transformerais en impitoyable machine à tuer, mais elle a refusé de me livrer à eux parce qu'elle n'y croyait pas. Ce n'était même pas par amour pour moi : si cela avait été la seule raison, elle m'aurait emmenée vivre dans une enclave quand j'avais neuf ans et que les malés commençaient à me rôder autour, presque cinq ans avant l'heure. Ce n'est pas non plus ce qu'elle a fait. Elle a simplement refusé pour ne pas faire le moindre pas dans la mauvaise direction.

Peut-être est-ce donc cela qu'elle a vu. Moi, debout sur la magnifique route pavée d'or qu'Orion a tracée pour moi, avec toutes les meilleures intentions du monde, sans jamais rien commettre de mal lui-même. Mais si je m'engage sur cette voie, qui sait jusqu'où j'irai ? Dès que je serais lancée, personne ne serait plus en mesure de m'empêcher d'atteindre l'autre bout à pleine vitesse.

Je m'assieds doucement. Précieux grimpe sur mes genoux quand je me replie sur moi-même, et fronce le nez avec nervosité.

« Eh bien, lui annoncé-je, allons voir ça. »

Je le range dans sa boîte et me traîne jusqu'à la bibliothèque. La moitié de la salle de lecture a plus ou moins été transformée en zone de guerre. Tous les autres membres de notre comité stratégique officieux sont déjà réunis ; après le déjeuner, Liu et Zixuan ont décidé de révéler les effets du luth amélioré, ce qui explique leurs visages ravis, heureux – et surtout soulagés. Orion somnole, bouche ouverte, sur un canapé, un bras pendant mollement dans le vide.

« El ! s'exclame Aadhya en me voyant arriver. Tu as loupé le déjeuner, ça va ? »

Liesel ne me laisse pas le temps de répondre, bat des cils d'un air exaspéré comme pour me dire *Encore en train de tirer au flanc, pas vrai ?*, et me rabroue sévèrement : « On a plus de boulot qu'avant, pas moins. On ne sait toujours pas quelle portée le luth peut avoir. Si ça se trouve, il peut amplifier le mana de tout le monde, mais pour le savoir, on va devoir tenter un parcours tous ensemble. Le plus tôt possible.

— Non, la détrompé-je. Ce n'est plus la peine. » Tout le monde se tait et se tourne vers moi – la plupart d'entre eux avec une expression de terreur pure. Ils doivent se dire que, ça y est, le masque du monstre est tombé. Une fille de l'enclave de Bombay, que je soupçonne d'avoir rejoint le comité stratégique pour me tenir à l'œil, prépare même un sort de protection. « Ce n'est pas ce que je veux dire, lui lancé-je avec humeur en me laissant gagner par l'agacement. C'est juste que je viens de descendre dans la salle des diplômes. Il n'y a plus rien, en bas. »

Elle s'interrompt, les mains en l'air. Tous les autres me contemplent, bouche bée de stupéfaction. Ils se seraient sans doute sentis plus sûrs d'eux si j'avais éclaté d'un rire de démente en leur conseillant de fuir s'ils tenaient à leur vie.

« Alors, il n'y a plus que Patience et Force-d'Âme ? se renseigne Aadhya d'un ton hésitant.

— Non, la détrompé-je. Elles sont parties aussi. Il ne reste plus rien. Toute la salle a été nettoyée.

— Quoi ? » Orion s'est rassis en entendant la nouvelle. Il semble consterné, ce qui est un peu fort et lui vaut bien des regards en coin – puis tout le monde commence à prendre la mesure de ce que cela peut signifier s'il n'y a littéralement plus aucun malé pour nous accueillir…

« Tu en es sûre ? m'interroge Liesel d'un ton péremptoire. Comment tu as fait pour descendre ? Jusqu'où tu t'es rapprochée ?

— J'ai pu cogner ces fichues portes, Liesel. Oui, j'en suis sûre. Ceux qui ne veulent pas me croire sur parole peuvent emprunter l'échelle, si ça ne les dérange pas de descendre et de remonter. Le conduit donne dans ma salle de séminaire, de l'autre côté du mur nord de l'atelier. L'école me l'a ouvert en grand pour m'inviter à aller voir. »

Cela suscite divers types de « Quoi ? » émanant d'une trentaine de bouches. Chloe est la première à articuler une phrase cohérente : « L'école t'a *invitée* ? Mais pourquoi elle… elle a rendu les parcours si complexes, nous a forcés à faire tout ça… »

Une bourrasque subite balaie alors la pièce ; le bourdonnement habituellement léger des ventilations se mue en vacarme de réacteurs ; les plans d'architecte disposés sur la table – la grande table centrale, la plus vaste de la salle de lecture – s'envolent dans toutes les directions, en même temps que le reste des croquis et projets, dans un blizzard de papier. Les lettres argentées incrustées dans le vieux plateau de bois abîmé par les années apparaissent : OFFRIR UN HAVRE PROTECTEUR À TOUS LES ENFANTS DOTÉS DU MONDE. Dans le même temps, toutes les lumières de la pièce s'éteignent, à l'exception des quatre lampes d'angle qui s'orientent pour éclairer les lettres de leurs larges faisceaux. Les caractères brillent tant qu'ils semblent allumés de l'intérieur.

Tout le monde se tait pour observer le message que l'école me transmet, nous transmet à tous. « Elle veut mieux s'acquitter de sa mission. Et elle voudrait qu'on l'aide. Et avant que vous me posiez la question : je ne sais pas comment. Je ne crois pas qu'*elle* le sache non plus. Mais je vais essayer. » Je me tourne vers Aadhya, qui me dévisage, encore sous le choc. « S'il te plaît, aide-moi », lui dis-je. Elle laisse alors échapper une espèce de ricanement nasal et répond : « Mais putain, El. » Elle se laisse alors tomber sur sa chaise, comme si ses genoux s'étaient dérobés sous son poids.

13

Le martyre

Je crois que tout le monde est un peu désœuvré. On a tous passé l'essentiel des quatre années écoulées à s'efforcer de devenir d'un égoïsme inhumain parce qu'on flippait tous pour nos vies – susceptibles de s'achever, si ce n'est dans les cinq minutes, au moins au jour de la remise des diplômes –, et on pouvait toujours se rassurer en se disant que tout le monde en faisait autant et qu'il n'existait pas d'alternative. La Scholomance a au bas mot encouragé ce comportement. Le chacun pour soi a, jusque-là, permis de faire survivre un bon quart des étudiants : j'imagine que, avant aujourd'hui, l'école n'avait jamais trouvé de meilleure solution. Mais il semble désormais évident qu'elle nous pousse très fort à collaborer au lieu de rivaliser ; toutefois, un bâtiment aussi vaste a peut-être quelques difficultés à comprendre que les êtres humains peuvent avoir un peu de mal à modifier leur structure mentale. Je ne serais pas surprise si tous les enclavés se retiraient instantanément. En fait, je m'attends presque à ce que la bibliothèque se vide dans les deux minutes suivant mon annonce, malgré sa théâtralité.

Orion déclare alors : « Je pourrais revenir ? Quand il faudra la renettoyer ? » Il ne donne même pas l'impression de vouloir se sacrifier pour la cause, jetant simplement l'idée en l'air, comme une possibilité parfaitement raisonnable. Je le fusille des yeux, mais sa suggestion a pour conséquence de mettre tout le monde un peu plus mal à l'aise.

« Ouais, répond Aadhya. Écoute, Orion, on sait tous que tu es pratiquement invincible, mais ce n'est pas la même chose que complètement invincible. Si tu n'arrêtes pas de franchir les portes dans un sens et dans l'autre, un malé finira par avoir un coup de bol.

— Ce n'est encore jamais arrivé, fait-il remarquer avec sincérité.

— *Onze fois*, Lake, lui rappelai-je en grinçant des dents. *Rien que cette année.*

— J'aurais fini par les avoir ! » proteste-t-il.

On prolongerait sans doute l'un et l'autre ce débat sans l'intervention de Liesel. « Ne soyez pas ridicules, déclare-t-elle d'une voix forte. Et remettez-nous un peu de lumière. » Cette dernière phrase s'adresse plutôt à la salle dans son ensemble, et les lampes de la bibliothèque se rallument instantanément, comme si elles redoutaient une mutinerie de notre part. « On *doit* aider. Vous ne comprenez donc pas ? » Elle abat sa main sur les lettres. « Le but de l'école est de protéger les jeunes sorciers. Mais si on ne court aucun risque, on n'a pas besoin de protection. Ce qui crée manifestement un courant thaumaturgique en direction de la protection des *autres* élèves. »

J'ai le sentiment que ce *manifestement* est un terme un peu fort et difficile à justifier dans ce contexte – et je soupçonne les trois quarts des personnes présentes de partager cette opinion –, mais Liesel ne nous laisse pas le temps de poser des questions. « Si on n'aide pas l'école à aider les élèves plus jeunes, alors ce courant thaumaturgique va pousser la Scholomance à rogner sur notre extrême sécurité pour améliorer la leur. Par exemple, ajoute-t-elle en réaction aux regards vides que suscite son intervention, en nous enfermant hors du réfectoire. Ou en coupant l'arrivée d'eau dans nos salles de bains. Ou, si une nouvelle gueule-béante devait arriver par ici, en levant certains sortilèges protecteurs pour la diriger directement vers *notre* dortoir. »

On a désormais tous bien compris où elle veut en venir. Je ne suis pas certaine qu'il vaille mieux que mes camarades soient convaincus d'aider par l'école plutôt que par mon argumentation, mais je suis tout de même soulagée que tout le monde dispose d'une bonne raison de le faire. Ça entre dans la même logique que toutes les composantes de cet accord atroce que nous concluons avec la Scholomance : si tu nous avais proposé, en début d'année, de franchir sans risque la salle des diplômes à condition de ne pas pouvoir nous laver ni manger pendant trois mois, ne nous autorisant qu'à nous nourrir de ce qu'on aurait pu troquer entre nous, on aurait tous tenté le coup, sachant qu'on pourrait toujours se remplumer plus tard, dès qu'on serait bien tranquillement rentrés chez nous.

« D'accord… finit par reprendre Aadhya après un temps de résumé. Tout ça est dû au fait que le système de nettoyage a fonctionné. Il nous suffit donc de trouver le moyen de veiller à ce qu'il reste en état pour de bon. »

Ça semble prometteur, jusqu'à ce qu'Alfie se fende d'un « Oh, merde » étouffé. Il développe alors : « C'est impossible. Les machines ne peuvent pas être garanties. On peut les réparer, mais pas s'assurer qu'elles fonctionnent en continu. Quatre ans, c'est le grand maximum. Les agglos les auront bousillées, après ça.

— Les *agglos* ? » s'étonne Aadhya. On considère tous ces créatures comme des miracles plutôt que comme des maléficarias. Techniquement, ils ont effectivement besoin d'un mana qu'ils ne peuvent générer eux-mêmes, mais ils ne font jamais de mal à personne. Ils se contentent de se déplacer très lentement et de ramasser les vestiges de toutes les créations teintées de mana abandonnées çà et là, puis de les agglomérer sur leur carapace tels des trichoptères démesurés. On serait tous ravis d'en rencontrer un de taille adulte ayant accumulé des bouts d'artifices ou de créations alchimiques pendant une décennie. C'est d'ailleurs pour ça qu'on n'en trouve qu'à l'état larvaire, aux niveaux des salles de classe. En revanche, il en existe des colonies adultes dans la salle des diplômes, comme le groupe que j'ai aperçu tout à l'heure. Ils se planquent jusqu'à la fin de la cérémonie, et quand les autres malés, repus, sont en train de ronfler, ils ressortent pour ramasser les divers morceaux abandonnés par les élèves n'ayant pas réussi à sortir.

Alfie se frotte le visage d'une main. « Ils pénètrent par la coque extérieure et rongent la machinerie jusqu'à ce qu'elle casse.

— Ça n'a pas de sens », riposte Aadhya. Elle n'est pas la seule artificienne à paraître déconcertée. « Il suffirait de jeter dessus un sort protecteur de cinq minutes. Ce ne sont que des agglos !

— C'est justement pour ça que les sorts ne les retiennent pas, insiste Alfie. La flamme mortelle est… eh bien, on peut sans doute parler d'une *entité*, qui consume du mana qu'elle ne fabrique pas elle-même. Si tu veux invoquer une flamme mortelle et t'en servir, tu ne peux pas protéger l'artifice avec lequel tu la crées contre des créatures consommatrices de mana : tu dois la protéger contre la malice. Mais les agglos ne sont pas malicieux : ils ne prennent jamais le mana de force. Ils se contentent de grignoter un machin abandonné, et tôt ou tard ils finiront par faire un trou à l'intérieur, puis par y pénétrer pour en prélever des morceaux jusqu'à avoir démantelé l'ensemble. L'enclave de Londres dispose d'un laboratoire renfermant une ferme d'agglos qu'ils cherchent à empêcher d'entrer depuis un siècle. Si on y parvenait, on pourrait tenter un truc, dépenser tout le mana nécessaire pour faire pénétrer une nouvelle équipe de réparation. Mais on n'a encore rien trouvé de mieux que d'enrouler les machines dans du papier alu – les agglos aiment tellement ça qu'ils vont le dévorer jusqu'à la moindre miette avant de se donner la peine de pénétrer dans l'artifice. Ce qui te fait gagner quatre ans. »

On reste tous muets de stupéfaction pendant de longues minutes. Il nous semble tellement logique de vouloir réparer le système de nettoyage que, même après l'explication d'Alfie, ils sont au moins six ou sept à ouvrir la bouche pour proposer une autre façon d'y parvenir, sauf que personne n'arrive plus loin que « Et si… » avant de se rendre compte que leur idée, si brillante qu'elle puisse être, a forcément été testée par les plus éminents cerveaux londoniens au cours du siècle écoulé.

« Et si on décidait de réparer le système de nettoyage chaque année à partir de maintenant ? » propose enfin une connaissance d'Addhya, un garçon venu d'Atlanta. C'est le premier à dépasser cette pierre d'achoppement. « Une équipe pourrait descendre ici après le Nouvel An, quand la salle vient d'être purgée. » Il gagne en assurance. « On pourrait conclure le même accord que l'année dernière : quiconque s'engage pour ces réparations se voit garantir une place dans l'enclave de son choix. Non ? Ça attirerait des volontaires. »

Il a totalement raison : on trouverait chaque année des élèves assez désespérés pour s'engager. Il y aurait chaque fois quelques pertes, jusqu'à ce qu'un groupe descende un jour et découvre que, surprise !, les machines ont cassé plus vite que prévu et une foule de malés affamés les attend déjà. Je m'apprête à protester avec véhémence, mais Alfie secoue déjà la tête avec une lassitude exaspérée. « On y a déjà pensé : poster des gardes, envoyer une équipe de réparation tous les mois, tout ce que tu veux. Ça permettrait effectivement de réguler les agglos. Sauf que le jeu n'en vaut pas la chandelle, parce qu'une nouvelle gueule-béante finira par revenir dans l'école tôt ou tard. On en voit la trace sur les portes. Généralement, une ou deux y parviennent chaque année – ce sont des limoneux, les plus difficiles à empêcher de pénétrer où que ce soit. Et elles éliront domicile dans la salle des diplômes. D'une certaine manière, Patience et Force-d'Âme nous protégeaient, en dévorant tous les nouveaux venus. »

Chacun arbore à présent une mine atterrée. Je tente de me convaincre qu'il n'y a plus très longtemps à tenir jusqu'à la remise des diplômes, et qu'une gueule-béante ne risque par d'arriver *si* vite.

« Et si on élevait des malés bouffeurs d'agglos ? » suggère un esprit brillant, que je ne parviens pas à identifier. Je pense qu'il s'est planqué derrière quelqu'un d'autre dès qu'il s'est rendu compte de l'énormité de sa proposition et que tout le monde s'est tourné dans sa direction. Élever des maléficarias est un passe-temps prisé des *maléficiens*, car cela s'achève à peu près toujours de la même manière, les seules variables étant la quantité de hurlements poussés et de sang versé. Le résultat est souvent pire quand on entreprend une chose pareille avec de bonnes intentions.

« On pourrait fabriquer une construction qui s'en chargerait », propose quelqu'un d'autre. Ça ne pourrait pas fonctionner non plus, puisque les autres malés dévoreraient joyeusement les constructions dévoreuses d'agglos, mais au moins, les risques seraient moindres d'obtenir une monstruosité errant éternellement dans l'école pour y dévorer des élèves.

Le point positif, c'est que des idées émergent, et que l'assemblée se scinde en petits groupes linguistiques pour débattre et réfléchir. Pour *aider*. Peu m'importe que toutes leurs solutions soient vaines : on vient de commencer à réfléchir.

Aadhya m'attrape par la taille et me murmure : « Hé, ton cas n'est finalement pas désespéré. » Son ton est taquin et sa voix tremble légèrement ; quand je la regarde en face, je constate que ses yeux sont brillants et humides. Je la prends alors par les épaules pour l'étreindre.

*
**

Toutefois, que les idées demeurent toutes aussi inutiles après une semaine de cogitation commence à me soucier. On a engagé toute l'école dans le processus de réflexion, mais tant d'élèves se pointent en salle de lecture pour suggérer de descendre réparer les machines à une date arbitraire que, dès le mardi, on hurle tous « *Gueule-béante !* » avant la fin de leur première phrase. Je constate d'ailleurs que tous ces brillants penseurs sont des enclavés.

Un seconde vient nous proposer de rester une année supplémentaire pour protéger les autres. Il a baptisé son projet *Paiement par anticipation*, et il réussit le tour de force de susciter une réaction unanime chez les terminales, qui se retiennent violemment de lui rétorquer de se le carrer où on pense. Liesel clôt le débat en lui demandant, exaspéré : « Et où est-ce qu'on est censés *dormir* pendant cette année-là ? Qu'est-ce qu'on va manger ? » Il fait alors amende honorable en suggérant qu'on ne revienne que pour la prochaine remise des diplômes. Ça ne mérite d'autre réponse que de longs regards méprisants : personne ne s'est jamais porté volontaire pour revenir à la Scholomance, et personne ne le fera jamais. Une seule paire d'yeux s'illumine bêtement, mais elle ne compte pas.

Sur le même thème, une bizut blême qui semble tombée du lit estime que toutes les premières années devraient plutôt être diplômées en même temps que nous. Je présume qu'elle ne supporte déjà plus l'école et meurt d'envie de rentrer chez sa mère, ce qui est compréhensible, sauf que son plan ne la protégera pas le moins du monde : d'ici quelques mois, elle se ferait bouffer toute crue par un malé à l'extérieur, comme quatre-vingt-quinze pour cent des jeunes sorciers n'ayant pas eu la chance d'être incorporés. On lui tapote l'épaule en guise d'encouragement avant de lui donner congé, sans débattre plus longuement de sa proposition.

Mais après manger, en quittant le réfectoire, je la vois avachie dans la file d'attente des troisièmes, seule. Sur un coup de tête, je m'arrête près de Sudarat, tout aussi seule un peu plus loin. « Viens, lui dis-je, quelqu'un t'a gardé une place. »

Elle me suit avec hésitation, tandis que je l'emmène voir l'autre fille : elle est certes américaine, mais indépendante également, et il me semble qu'elle vient du Kansas ou d'un autre de ces États dont on n'entend jamais parler aux infos, bien loin de n'importe quelle enclave. Tout ça pour dire qu'elle n'a pas la moindre raison de se soucier de ce qui s'est passé ou non à Bangkok. « Euh, comment tu t'appelles, déjà ? » lui demandé-je. La fille me répond « Leigh ? » d'un ton méfiant, comme si elle rechignait à entrer dans mon jeu.

« OK, Leigh, voici Sudarat. Elle était de Bangkok, avant que les choses tournent mal. Sudarat, voici Leigh, qui se sent tellement mal ici qu'elle préférerait tenter sa chance à l'extérieur. Voilà, les présentations sont faites. » J'ai sorti les plus gros dossiers de chacune pour percer l'abcès. « Voyez si vous supportez de vous asseoir ensemble ; c'est toujours mieux d'avoir de la compagnie pendant les repas. »

Je m'éloigne alors aussi vite que possible, afin que personne – surtout pas moi – n'ait le temps de réfléchir à ce qui m'a pris. Je ne crois pas que j'aurais été capable d'une chose pareille la semaine dernière. Ça ne me serait même pas venu à l'esprit, et je n'aurais pas imaginé que l'une ou l'autre me laisserait agir de la sorte.

Une terminale servant d'entremetteuse entre deux troisièmes, dans quel but ? Je devais avoir une idée derrière la tête, et si elles ne parvenaient pas à deviner laquelle, elles en inventeraient une, et risquaient fort de se donner énormément de mal pour s'éviter après ça.

Il n'est d'ailleurs pas impossible que cela se déroule ainsi : Sudarat ne manque pas de raisons d'être méfiante, et tout ce que je sais de cette fille du Kansas, c'est qu'elle semble aussi désespérée que je l'ai été à sa place, ce qui en dit long. Peut-être qu'elle aussi est une protomaléficienne d'une puissance inimaginable, ou qu'elle est si détestable que personne ne lui adresse la parole – ce qui me rappelle cette chère vieille Philippa Wax, à la communauté, qui n'est sans doute pas devenue plus gentille depuis mon départ, contrairement à ce qu'elle a si souvent laissé entendre. Ou peut-être Leigh du Kansas est-elle une minable parmi tant d'autres, timide et incapable de se faire des amis, une fille n'ayant rien pour elle et dont personne ne souhaite la compagnie. En tout cas, ce n'est sans doute pas une vraie maléficienne, car une maléficienne n'aurait pas été aussi désespérée de partir d'ici.

Quoi qu'il en soit, Sudarat est assez grande pour décider seule si son amitié représente un intérêt quelconque. Au moins lui ai-je présenté quelqu'un qui ne risque pas de nourrir des soupçons à son encontre ni d'hésiter à se rapprocher d'elle parce que d'*autres* nourrissent des soupçons à son encontre. Et si je me suis autorisée à l'aider, et à aider l'autre fille par la même occasion, c'est parce que c'est désormais le genre de truc qui se fait à la Scholomance.

Si toutefois elles passent ne serait-ce que ce repas ensemble, j'aurai peut-être donné l'exemple d'entraide le plus abouti de toute cette semaine, du moins à ma connaissance.

On reçoit aussi quantité d'autres propositions visant à élever des maléficarias, dont certaines vont jusqu'à entrer dans des détails très spécifiques. Un élève en spé alchimie a même l'effronterie de suggérer à Liu de le faire avec *nos souris* : de les enchanter, puis de les laisser vivre éternellement dans les tuyaux de la Scholomance, où elles pourraient se reproduire et dévorer les larves d'agglos. Liu ne se met pas en colère très facilement, mais elle se fâche sérieusement cette fois-là, au point que Précieux me tire de ma sieste et m'envoie me précipiter vers la chambre de mon amie, juste à temps pour croiser la route de M. Cruauté Animale. Celui-ci bat en retraite avec deux fois plus de vigueur en m'apercevant devant la porte, les moustaches tremblotantes de Précieux émergeant de ma boîte en bandoulière.

Certains nous gratifient toutefois d'idées moins ostensiblement mauvaises, comme le fait d'installer des armes puissantes dans le vide sanitaire sous les ateliers, ce qui pourrait permettre d'éliminer les malés de la salle des diplômes plus directement. Le problème est qu'il faudrait pour cela ménager des ouvertures dans les sorts protecteurs extrêmement puissants isolant la salle des diplômes du reste de l'établissement…

On est tous d'humeur assez lugubre en se réunissant dans la salle de lecture le samedi suivant. La course d'obstacles a amorcé un virage à cent quatre-vingts degrés : au lieu d'être presque impossible à accomplir, elle est devenue si facile que même les bizuts peuvent en parvenir à bout, ce sont donc *eux* qui s'exercent plutôt que nous, désormais. L'école commence bel et bien à interdire l'entrée de la cafétéria à certains terminales, et le seul moyen d'y accéder consiste désormais à offrir quelque chose d'utile à un élève plus jeune. Pour cette semaine, de petites offrandes comme une chaussette dépareillée ou un crayon à papier suffisent, mais on distingue parfaitement l'inscription au mur. Le plus ridicule, c'est que la plupart des terminales adressent leurs dons à des enclavés, en échange de la simple promesse d'une recommandation auprès du conseil lorsque eux-mêmes seront diplômés.

« Toutes les propositions concernent encore la réparation des machines de nettoyage », explique Yuyan en déployant les messages sur la table. C'est désormais elle qui récolte les suggestions, parce qu'elle maîtrise couramment des tas de langues et que, contrairement à Liesel, elle ne traumatise pas les autres avec ses commentaires acerbes. Ainsi, les langues se délient dès qu'elle fait savoir que les élèves peuvent venir la trouver directement. « Je pense pourtant qu'il faut admettre que cette approche pour le jour de la remise des diplômes est un échec. Il faut qu'on essaie autre chose.

— Ouais, ben, c'est ce qu'on fait », fait remarquer Aadhya d'un ton sévère. Je sais qu'elle a passé l'essentiel de la semaine à l'atelier, avec Zixuan et quelques autres des meilleurs artificiens de notre promotion, pour essayer de mettre au point un dispositif. « On a tenté de créer un couloir menant droit aux portes – une sorte de tunnel sécurisé. Malheureusement… » Elle secoue la tête. Inutile d'énumérer les problèmes posés par cette stratégie : cela constituerait là encore un parfait pot à miel pour les malés ; et puis, comment décider qui passerait le premier ? « De toute façon, ça semble encore trop évident. Les adultes ont bien dû déjà tenter un truc dans le genre.

— Hé, j'ai une idée : et si on passait *tous* notre diplôme ? avance Chloe. Et si on accompagnait les plus jeunes dehors ? Quand on sera de retour à New York, la mère d'Orion sera là – elle pourra convaincre le conseil des gouverneurs d'annuler l'incorporation. Comme ça, l'école resterait sûre, car aucun malé n'essaierait d'y pénétrer s'il n'y avait plus personne dedans. Au moins, on pourrait demander à tous les sorciers du monde d'envisager une meilleure solution, au lieu d'y réfléchir seulement entre nous. »

Yuyan soupire. « Ça fait des années qu'on y pense », avoue-t-elle. Cela paraît logique : si l'enclave de Shanghai avait réussi à mettre au point une meilleure stratégie, elle aurait pu bâtir sa propre école, et *tout le monde* aurait déménagé. Yuyan nous désigne la reproduction la plus proche de l'article de journal, épinglée à l'extrémité d'un des rayonnages. « Londres y réfléchit depuis un siècle, New York aussi. Personne n'a jamais rien trouvé de plus sûr que la Scholomance.

— D'accord, mais au pire, si on ne trouve rien, personne ne sera perdant, fait remarquer Chloe.

— Si, les plus jeunes, la dédit Liu. Ils se retrouveront dehors, sans défense.

— Juste sur du court terme. Ça ferait comme des vacances d'été. On pourrait tous faire en sorte de veiller sur eux. Et s'il s'avère qu'on ne trouve pas de solution, ou que ça prend trop longtemps, ils pourront toujours revenir.

— Tu le ferais, toi ? l'interroge Nkoyo avec une tension qui me met mal à l'aise. Tu reviendrais ici, après en être sortie ? »

Chloe y songe un instant. « Eh bien..., bredouille-t-elle. Au moins, ils auraient le choix... » Mais elle proteste surtout par principe, et sa voix s'éteint bientôt.

Liu est assise à côté d'elle sur le canapé ; elle se penche vers Chloe pour la réconforter d'un coup d'épaule. « On devrait plutôt envoyer les malés à l'école », s'esclaffe-t-elle.

Dix minutes avant le couvre-feu, elle se présente à ma porte et tambourine comme une folle. Comme j'ignore que c'est Liu, je saute hors du lit et déploie un bouclier majeur, prépare un sort de mort et ouvre brusquement la porte, prête à l'affrontement. Je dois écarter grand les bras quand elle se rue sur moi pour m'attraper par les épaules, des morceaux de papier griffonnés entre les mains. Elle est si excitée qu'elle commence par me parler en chinois, si vite que je n'arrive pas à la suivre. Elle se reprend aussitôt et enchaîne : « On devrait plutôt envoyer les malés à l'école !

— Quoi ? » La dernière sonnerie avant le couvre-feu retentit alors. Elle sursaute et me lance un « Je t'expliquerai demain ! » avant de retourner en courant dans sa chambre. Je passe l'heure suivante à cogiter, tentant de comprendre ce qu'elle voulait dire par là. Les messages chiffonnés qu'elle a abandonnés dans ma chambre ne m'y aident guère : je vois bien que ce sont des maths, mais les chiffres sont en chinois. Il y a là deux écritures différentes – la sienne, et sans doute celle de Yuyan – que je traduis laborieusement ; malgré tout, je ne peux que formuler des hypothèses quant à leur signification.

« Le pot à miel, m'explique-t-elle dans le couloir le lendemain matin, à mi-chemin de nos deux chambres.

— Oui, ça, j'avais compris », réponds-je. De toute façon, les malés débarquent en masse par les portes de la salle des diplômes le jour où on essaie d'en sortir. Grâce à notre sort de pot à miel, on pourrait en attirer une véritable horde à l'intérieur. Plusieurs dizaines de milliers au cours de la demi-heure que dure la remise des diplômes, si les calculs de Liu sont exacts et que je les ai bien compris. « Et ensuite ? Tu imagines que si on remplissait la salle des diplômes de malés ils… boufferaient les agglos ? » Je n'ai pas trouvé de meilleure hypothèse au cours de ma nuit de cogitation, sachant toutefois que si les malés aimaient à ce point manger les agglos, on n'en trouverait plus un seul. Liu, cependant, secoue la tête avec vigueur.

« Pas dans la salle des diplômes, me détrompe-t-elle. Dans l'école. L'école tout entière. On part, et on la remplit de malés. »

Je la dévisage sans comprendre. « Et après, quoi ? On la balance dans le vide, ou un truc dans le genre ?

— Oui ! s'exclame-t-elle.

— Euh, quoi ? »

*
**

Je pourrais entrer dans le détail des deux semaines suivantes, au cours desquelles on élabore cinq ou six plans différents, qu'on finit tous par rejeter ; on connaît aussi une dizaine de faux départs avec celui-ci, mais ça a déjà été assez douloureux de subir ces échecs une fois, alors je ne vais pas tout te répéter.

La question principale consiste à déterminer si l'idée de Liu permettrait de *protéger tous les enfants dotés du monde*. La Scholomance n'a pas été bâtie pour rendre hommage au concept de pensionnat. L'école relève plutôt du casino, destinée à augmenter les chances en notre faveur, car survivre à la puberté est un peu un jeu de hasard. N'importe quel parent de sorcier peut sauver son gamin d'*une* attaque de malé. Mais quand il en survient quinze par jour, l'un d'eux finit forcément tôt ou tard par échapper aux sorts protecteurs, aux boucliers et aux portes blindées pour goûter ce mets délicieux qu'on leur refuse.

Voilà pourquoi on se retrouve tous entassés ici, derrière ces portes enchantées, dans ce bâtiment seulement accessible par le biais d'étroits conduits bardés de sortilèges, et pourquoi on passe une bonne partie de nos années d'adolescence dans une prison cauchemardesque. Si on parvenait à réduire la population mondiale de malés pour nous conférer de meilleures chances de survie *en dehors* de l'école – disons au moins une chance sur sept –, la plupart des élèves ne se réfugieraient même pas à l'école, où elles sont pourtant d'une sur quatre. Mais c'est trop horrible, ici. Et après que Liesel est tombée sur la pauvre Liu et l'a entraînée dans une salle de classe pour vérifier ses calculs un bon million de fois, elles sont revenues nous annoncer qu'on pourrait faire monter les probabilités de survie à l'extérieur jusqu'à une chance sur deux, et que l'effet perdurerait sans doute au moins sur deux générations. Cela en fait l'une des rares idées de notre liste qu'on ne peut pas se contenter de rayer sans réfléchir, contrairement à la proposition de ce matin, qui consistait à créer une volée de vautours-piranhas à queue de serpent, qui élimineraient les agglos en un rien de temps, mais s'en prendraient à nous dans la foulée.

Les autres problèmes concernant le projet de Liu sont purement logistiques : après avoir épluché les plans d'architecte et la documentation relative à l'entretien de la Scholomance, on a déduit que le simple fait de toucher la porte de sortie fait apparaître ton portail de sortie, qui reste ouvert le temps que tu regagnes ton point d'incorporation, avant de se refermer brusquement, en une poignée de secondes – une sécurité nécessaire, visant à empêcher les malés d'*entrer* par ce passage. Pour en attirer un maximum à l'intérieur, tout le monde devrait donc se mettre en rang et sortir tout doucement : un flot régulier d'élèves dans un sens, un flot régulier de malés dans l'autre, afin que le sort de pot à miel puisse durer toute la demi-heure de la remise des diplômes.

Ou, plus précisément, afin que *je* puisse entretenir le pot à miel pendant cette durée-là. Personne ne prend la peine de se demander qui d'autre pourrait jeter ce sort visant à attirer un raz-de-marée de maléficarias. Au moins, c'est sans hypocrisie.

« Et comment on va empêcher les malés de massacrer tous ceux qui attendent leur tour ? demande Aadhya.

— Tant que le pot à miel restera actif, je pense qu'ils se contenteront de le suivre, répond Liu.

— El devra donc se trouver loin de la sortie, pour les attirer plus loin dans l'école, résume Magnus. Est-ce qu'elle pourrait le lancer depuis la bibliothèque, et faire en sorte qu'il fonctionne au niveau des portes ?

— Même si je le pouvais, comment tu voudrais que je sorte de la bibliothèque après coup ? » J'ai bien conscience que si l'école ne voit pas d'inconvénient à être précipitée dans le néant – elle n'a jusqu'à présent pas fait valoir la moindre objection –, elle doit m'estimer tout aussi dispensable. Je ne peux certes pas refuser de mettre ma vie en péril, mais je ne compte pas non plus accepter le martyre d'entrée de jeu.

« Et d'ailleurs, comment tu feras pour ne pas mourir étouffée en cinq minutes ? s'inquiète subitement Aadhya. Si ça marche, un milliard de malés vont te foncer droit dessus.

— Je pourrais les tuer au fur et à mesure ? » suggère Orion, sans douter un instant de sa capacité à occire un milliard de malés.

« La ferme, Lake », répliqué-je, car je doute *carrément* de sa capacité à occire un milliard de malés.

La proposition de Liu subsiste donc comme l'une des nombreuses éventualités très hasardeuses de notre liste, jusqu'à ce que Yuyan en parle à Zixuan et que, trois jours plus tard, celui-ci se pointe à la bibliothèque avec une solution toute faite pour attirer les malés dans les couloirs de l'école : un système de sono. L'idée consiste à fabriquer des centaines de minuscules haut-parleurs – des haut-parleurs magiques, pas électroniques – raccordés à une ligne, et de déployer cette ligne en une boucle géante dans tout l'établissement, qui commencerait et s'achèverait dans la salle des diplômes, et passerait par tous les couloirs et les escaliers de chaque étage, avec des dérivations traversant chaque classe, puis les innombrables rayonnages de la bibliothèque, avant de redescendre jusqu'en bas. Je me tiendrais à une extrémité de la boucle, près des portes ; j'entonnerais notre sort de pot à miel dans un micro, et le son de ma voix parcourrait tout le système de sono avant de ressortir par la plus grande de toutes les enceintes, placée devant les portes, afin d'attirer toutes les créatures à portée d'ouïe de la sortie.

Le plus brillant, dans tout ça, est l'astuce qui poussera les malés à suivre le parcours : un enchantement ne permettant d'entendre que le son émis par l'enceinte *devant* eux, et qui passerait à la suivante lorsqu'ils s'en approcheraient trop. Ainsi donc, les bestioles débarqueraient en entendant le sort braillé par la grosse enceinte, puis ils le poursuivraient dans toute l'école.

Une fois ce problème réglé, le plan de Liu peut sembler bien ficelé, sauf si tu considères que plus de quatre mille élèves venus de tous les continents devront sortir par ces portes, et que des centaines d'entre eux seront précipités vers les enclaves des grandes villes cernées de maléficarias affamés. Déployer un pot à miel à la Scholomance – qui incarne déjà le plus gros pot à miel existant – à destination de la planète entière relève donc de la folie furieuse : les malés qui ne viendront pas auront vraisemblablement soit été piétinés, soit été dévorés en route par leurs congénères se précipitant vers les portes soudain béantes, soit été trop lents pour atteindre un portail à temps.

« On attirerait tous les malés du monde », résume Chloe nerveusement. Et elle n'a pas tort : ce serait complètement dingue.

Pourtant, on ne le raie toujours pas de la liste, parce qu'on élimine les idées qui ne peuvent pas fonctionner, pas celles qui semblent démentes. Malgré tout, notre liste n'est pas très longue. Et la plupart des éléments qui la composent disparaissent quand Alfie annonce « Déjà essayé », sans même relever sa tempe du poing où elle est appuyée, non loin de Liesel, au bout de la table. D'autres propositions sont abandonnées quand Yuyan ou Gaurav, de Jaipur, révèlent que les laboratoires de leur enclave ont eux aussi tenté le coup. Étonnamment, personne dans aucune enclave n'avait encore exploré la brillante idée de détruire l'école.

Plus sérieusement, c'est une perspective à laquelle ils n'ont pas pu réfléchir, parce qu'il leur manquait un élément capital : moi. Ils auraient dû lancer le pot de miel à l'aide d'un cercle de douze sorciers – ou trente, pour le faire durer une demi-heure –, plus trente autres pour lancer le sort susceptible de détacher l'école de ce monde, mais tous n'auraient pas pu sortir à temps. En l'espèce, il faudrait que je braille la dernière syllabe de mon sort de supervolcan – qui se révèle finalement d'une utilité surprenante – à l'instant où je bondirai par le portail, sous peine de partir dériver dans le néant avec l'école. Mais bon... si cela devait se produire, j'espère que les malés accumulés me dévoreraient avant que j'aie eu la chance d'expérimenter la pleine horreur existentielle consistant à être totalement coupée de la réalité.

Et non, je ne suis pas assez blasée pour que cette perspective me laisse indifférente.

Mais pour l'instant, on n'a pas trouvé de meilleure idée, sauf à écouter Chloe et à fuir l'école pour laisser les adultes gérer le problème. Cette solution nous plaît beaucoup ; le seul souci, c'est que cela ne nous impose aucun préparatif, et que la Scholomance s'impatienterait de nous voir nous rouler les pouces jusqu'à la fin de l'année. Au cours de la semaine qui suit, Zixuan entreprend de rassembler les matériaux pour fabriquer les haut-parleurs, et d'autres artificiens de terminale lui prêtent main-forte, car tous ceux qui ne contribuent pas d'une manière ou d'une autre voient les lumières déjà faibles de leur chambre s'éteindre complètement, n'ont plus d'eau quand ils vont prendre leur douche ou se retrouvent coincés hors du réfectoire ou des ateliers.

À partir de maintenant, l'école devient de plus en plus méchante. Il ne semble pas subsister de gros malés dangereux – dans le cas contraire, Orion les éliminerait sans doute avant que quiconque les aperçoive –, mais on retrouve tous des rasticots ou des cribbas dans nos draps, ce qui nous force à lancer des purifications tous les soirs ; on se réveille avec les canaux lacrymaux infestés de mauves et, un matin, en arrivant à la cafétéria, la seule nourriture qu'on nous propose est l'espèce de bouillie originelle, jusqu'au passage du dernier terminale.

Je dois avouer que je ne sais pas comment quiconque a pu survivre jusqu'à la remise des diplômes en ne mangeant que ça. Au bout du compte, on s'est tous pété le bide, à force de petits déjeuners anglais complets, de gaufres couvertes de confiture et de crème fouettée, de chakchoukas composés de montagnes de tomates et de concombres frais. Aadhya opte pour une recette incroyable inventée par sa grand-mère : des crêpes fourrées d'une purée de cholar dal couverte de meringue grillée. Quitte à dépenser une quantité incroyable de mana pour transformer un repas, autant le métamorphoser en un menu à ton goût. Mais on doit tous sacrifier une bonne semaine de mana pour y parvenir.

Après le petit déjeuner, tous les terminales réclament, à juste titre, *quelque chose à faire*, et comme on n'a rien de mieux à proposer, ils s'emparent tous d'une partie du plan de Liu, car c'est le seul à être suffisamment avancé pour plancher dessus. Le projet se retrouve subitement placé sur la piste de décollage, tel un avion à moitié construit que certains soutiennent à bout de bras pendant que les autres y installent les commandes, les ailes et les sièges, s'efforcent de régler les gouvernails et les moteurs, ou courent derrière avec les bagages.

Les artificiens et les équipes d'entretien déroulent les câbles de la sono et la déploient dans toute l'école, se chargeant eux-mêmes de construire les enceintes – Zixuan en a achevé le prototype juste à temps ; sans quoi, ils n'auraient sans doute pas hésité à en dérober les croquis préparatoires pour en fabriquer des dizaines, quitte à ce qu'ils soient défaillants. On obtient même le premier signe indiquant que l'école soutient notre plan de démolition, car lorsqu'une dispute éclate dans l'atelier pour savoir qui s'emparera de la dernière bobine de câble, l'un des panneaux métalliques du plafond tombe lourdement sur la tête des chamailleurs, coupant court à l'échauffourée.

Après quoi, les spécialistes de l'entretien entreprennent de démonter les panneaux les moins importants de l'école pour les rapporter aux artificiens, qui les déchiquètent pour en faire du câblage, les enroulent en bobines neuves et les rendent. Les alchimistes s'attellent à la préparation de l'appât du pot à miel – étonnamment, les terminales se portent volontaires pour donner de leur sang, puisque, de façon assez perturbante, une seringue de dix millilitres suffit à t'ouvrir les portes du réfectoire trois fois par jour –, avec l'ambition d'en répandre dans les dortoirs pour détourner certains des malés du flux principal du sort. D'autres élèves de notre promo emmènent les plus jeunes au gymnase à intervalles réguliers et leur font faire la queue devant les portes – comme ils la feront dans la salle des diplômes – afin de pouvoir déterminer le bon rythme de passage.

Liu, Aadhya et moi n'avons pas à chercher bien loin pour trouver de quoi nous occuper : on passe nos matinées à la bibliothèque, dans l'espoir de mettre au point une meilleure alternative, et nos après-midi à l'atelier avec Zixuan, à bidouiller le luth, les haut-parleurs et le micro – il se charge lui-même de cette partie cruciale –, pour qu'ils s'accordent au mieux avec le pot à miel. Yuyan migre avec nous. Elle est aussi musicienne et propose de relayer Liu sur le luth, au cas où quoi que ce soit l'empêcherait de jouer ; ainsi donc, elles répètent le morceau ensemble presque tous les soirs. En revanche, personne n'est là pour jouer ma doublure.

Les fourneaux tournent à plein régime, tous les autres artificiens tentant désespérément d'accomplir *quelque chose* ; notre labeur est donc chaud et fastidieux, et j'ai systématiquement la voix cassée ou éraillée au moment du dîner. Pour me consoler, je m'amuse à hausser les sourcils à l'intention de Liu, qui ne cesse de rougir d'embarras – Zixuan mène une campagne acharnée sur le terrain personnel, en plus d'avancer dans ses travaux d'ingénierie. Il trouve même le temps de lui confectionner un jeu de petites cages métalliques en forme d'œuf pour protéger nos souris le jour de la remise des diplômes, et leur adjoint un minuscule crochet d'extension magique leur permettant de s'accrocher à nos sorts protecteurs.

Chloe consacre désormais ses après-midi à concocter des potions pour m'adoucir la gorge et des baumes pour les doigts de Liu et Yuyan ; elle convainc sans mal d'autres alchimistes de se joindre à elle. Au bout du compte, ils se retrouvent même plus nombreux que nécessaire, et elle choisit les meilleurs pour travailler sur une deuxième recette visant spécifiquement à améliorer le sort de pot à miel, ce que je n'imaginais même pas réalisable par le biais de l'alchimie.

Quelques jours plus tard, elle m'en fait tester la première goutte. Au fait, le sort a toujours été très efficace pour attirer des larves de malés, et si tu te demandes ce qu'on en faisait jusqu'à présent, je te répondrai que, la première semaine, on le jetait depuis l'intérieur d'un cercle de flammes mortelles invoqué par mes soins, tout en versant des seaux de sueur. On a toutefois arrêté pour notre plus grand bonheur à tous, parce que les essaims ont cessé d'affluer. Quand Chloe me fait goûter son échantillon, on est déjà à peu près sûrs d'avoir éradiqué tous les malés des environs.

***

Et c'était le cas, sauf qu'une isque a manifestement pondu une fournée d'œufs dans les fourneaux de l'atelier il y a de ça un bon moment. Ils ne devaient pas éclore avant une décennie au moins, mais après que j'ai bu la potion de Chloe, le sort renforcé parvient à les convaincre de briser leur coquille pour sortir prématurément. Leurs exosquelettes n'ont même pas encore durci, si bien qu'elles ressemblent à de lents gribouillis de métal fondu ; rien de très menaçant en soi, sauf qu'elles tombent directement au sol en sortant des fourneaux, et qu'elles sont tellement chaudes qu'elles font fondre le plancher et disparaissent dans le vide en dessous. Le temps qu'on parvienne à les éliminer toutes, le sol de l'atelier ressemble à une conserve percée dans un but purement décoratif. On passe le reste de la journée à réparer les dégâts avec d'infinies précautions.

À la fin du mois de mai, on a bien avancé sur toutes les étapes du projet ; ainsi, quand Liesel nous réunit tous à la bibliothèque pour passer en revue les diverses étapes de répétition, le plan de Liu semble parfait à une exception près : il nous reste à déterminer comment faire passer la horde de malés de la salle des diplômes aux principaux étages de l'école.

Une sacrée problématique en soi, puisque la Scholomance a justement été conçue pour rendre ce passage le plus difficile possible pour le moindre malé. Le puits d'entretien risque de s'avérer étroit pour une horde entière, même si un jeune argonet a réussi à s'y faufiler l'année dernière. Ce sera d'ailleurs encore pire quand les premiers malés seront arrivés au bout du parcours et essaieront de redescendre par le même conduit. Dès qu'un embouteillage se sera formé, les nouveaux venus n'auront d'autre choix que de s'entasser dans la salle des diplômes, où ils finiront par nous bouffer malgré tout.

Comme personne ne propose d'idée valable, on finit par déployer sur la table l'un des grands plans d'architecte officiels du bâtiment pour trouver une solution. On découvre, à notre grand étonnement, qu'il existe deux énormes conduits de part et d'autre de la salle des diplômes, chacun assez large pour que sept argonets puissent y grimper et redescendre de l'autre côté si l'envie leur prend.

Je peux t'assurer que ces deux puits n'ont jusqu'alors jamais figuré sur les plans de l'école ni dans ses murs.

Pourtant, en parcourant les plans affichés à divers endroits, on peut constater qu'ils apparaissent sur chacun. L'un des spécialistes en maintenance intervient alors : « Certains mécanismes n'étaient pas présents à la construction de l'école, mais ils sont trop gros pour être arrivés par le puits d'entretien. La structure doit disposer de tunnels plus importants, qui ne doivent être ouverts que pour les installations majeures. »

Chloe se redresse alors. « Mais oui, c'est vrai, je m'en souviens ! Tout le nouveau matériel de cantine : quand ils ont voulu l'installer, New York a construit une centaine de golems pour la livraison. Ceux-ci ont ouvert les portes depuis l'extérieur, arrosé la salle des diplômes à l'aide de lance-flammes-mortelles, puis foncé avec leur bazar. Ils ont tout fourré dans un conduit, qu'ils ont refermé avant d'être démantelés. Puis les élèves se sont chargés de l'installation. »

J'ignore combien de ces élèves ont été massacrés par la petite horde de malés qui a dû profiter du temps qu'ont mis les golems à tout charger dans ce nouveau conduit pour se précipiter dans les étages. Les golems new-yorkais ont la réputation d'être plus rapides que la norme, ce qui signifie qu'ils ont pu traverser la salle des diplômes en six minutes au lieu de vingt. Je n'ose demander si *tous* les élèves de l'école ont, à l'époque, été prévenus de l'assaut à venir. Je suis sûre que personne n'a abordé ce genre de considérations avec Chloe. Inutile de perturber une gentille fille au cœur tendre avec des informations de cette sorte.

Au lieu de poser la question, je fulmine en y réfléchissant, tout en descendant furieusement vers l'atelier avec une poignée de volontaires – des élèves que je ne connais pas très bien et qui traînaient à la bibliothèque en quête d'une chose à faire, car ils se la coulaient douce depuis le matin et craignaient d'être privés de dîner – pour m'assurer que, oui, ces conduits fort utiles existent bel et bien ; l'un d'eux débouche à l'atelier, l'autre au gymnase, et tous deux sont grand ouverts. Ils sont beaucoup plus impressionnants en vrai que sur les plans d'architecte. Il est difficile de se rendre compte de la taille de cet endroit, jusqu'au moment où tu te retrouves au bord d'un puits assez large pour accueillir un petit avion, et qui plonge à la verticale sur près d'un kilomètre. Une armée de malés pourrait y grimper sans le moindre souci.

« J'imagine que tu ne t'es pas dit qu'il faudrait les maintenir fermés, au moins le temps que les enclavés préviennent tout le monde ? » interrogé-je le plan encadré le plus proche – sur lequel ces conduits apparaissent désormais également –, tandis que mon escorte jette à son tour des coups d'œil nerveux en contrebas pour s'assurer que les puits existent bel et bien. « Ce n'est pas très juste de ta part, tu ne trouves pas ? »

L'école reste muette, mais je connais déjà sa réponse : elle ne nous considère pas individuellement pour s'assurer d'équilibrer les chances – elle s'efforce de protéger les enclavés aussi bien que n'importe quel tocard, se moquant comme d'une guigne du fait que les premiers disposent d'une tonne d'avantages. Après tout, ils ne sont pas en sécurité non plus. C'est la seule limite qui l'intéresse, celle entre la *sécurité* et l'*insécurité*. Puis, elle dispense son aide avec une impartialité d'une injustice implacable. Et elle s'attend à ce que j'en fasse autant, ce qui me met d'autant plus en colère que je ne vois aucun moyen de procéder autrement.

Je fulmine encore en remontant à la bibliothèque – gravir toutes ces marches n'arrange curieusement pas mon humeur – et annonce « Les puits sont ouverts » avant de me laisser tomber, maussade, sur une chaise.

*
**

Après quoi, le plan de Liu est définitivement adopté ; c'est le seul sur lequel nous travaillons, ce qui n'est pas plus mal, vu qu'il nous faut consacrer chaque minute de chaque semaine à son élaboration – jusqu'à la fin de ce qui pourrait bien être le dernier semestre de la Scholomance. Tout ce qu'on a accompli jusqu'à présent doit être repris. La moitié de la première fournée de haut-parleurs, conçus à la hâte, doivent être remplacés après une première panne ; on doit aussi reprendre un quart du câblage, puis fabriquer près d'une centaine de bobines juste pour parcourir les nouveaux puits. On n'était même pas sûrs de trouver les matériaux nécessaires jusqu'à ce que quelqu'un évoque les parois de l'auditorium gigantesque où ont lieu les cours d'études maléficariennes, qui sont couvertes d'une horrible fresque représentant tous les malés qui devraient attendre de nous dévorer dans la salle des diplômes.

Je ne suis plus entrée ici depuis l'année dernière, et je ne peux pas dire que l'endroit me manquait ; malgré tout, je m'accorde une journée sans chanter et viens participer au festival de la destruction. Je ne suis pas la seule : des centaines d'autres élèves sont présents. Les plus jeunes ont encore des cours, mais ils sont nombreux à sécher pour nous aider comme ils peuvent. On démantèle tout. Les alchimistes versent un acide de leur conception sur les boulons ; les incantateurs chauffent et refroidissent les panneaux pour les gauchir jusqu'à les faire tomber. Des élèves sautent au plafond pour en arracher les caissons ; ils lancent des avertissements tardifs avant que ceux-ci tombent à terre. Même les bizuts – leur mue depuis le début de l'année est spectaculaire – s'en prennent aux sièges dans une frénésie de marteaux ordinaires. Quand sonne l'heure du déjeuner, la salle complètement pillée en est réduite à son plus simple appareil de poutres et de tuyaux.

Le plan de Liu comporte un avantage de taille sur tous les autres : on meurt tous d'envie de *détruire* la Scholomance. Je ne plaisante pas : le fait que cette idée nous plaise viscéralement nous aidera sans doute à la mener à bien. Et nous ne sommes pas uniquement animés par la rancune ou le ressentiment, même si cela aurait suffi : je crois que tout le monde pense comme moi, de façon secrète et irrationnelle, que si on réussit, on aura non seulement annihilé cet endroit, mais on se sera en plus épargné la peine d'avoir un jour été prisonniers ici. Et tous autant qu'on est, du bizut le plus joyeux au terminal le plus marqué, on n'aspire qu'à une chose : *partir, partir, partir.*

Enfin, à l'exception de notre cinglé de service. Plus le 2 juillet se rapproche, plus Orion devient maussade. S'il nous en avait voulu du rôle qui lui a été attribué – il aura la charge de surveiller le puits qui *descend*, et se retrouvera donc face à toute la horde de malés –, j'aurais trouvé ça totalement justifié. Mais comme sa mission ne le dérange pas le moins du monde et qu'il semble même attendre ça avec une impatience inquiétante, je ne comprends pas ce qui le chagrine à ce point.

Ce n'est bien sûr pas tout à fait vrai, mais je ne peux m'autoriser à songer à ce qui le chagrine sans doute. Il ne m'a plus reproposé de sortir depuis cette tentative désastreuse au gymnase, ce qui peut s'expliquer par la honte éprouvée ou par le fait que nous n'avons plus eu un jour à nous depuis lors.

De toute façon, c'est aussi bien comme ça : depuis mon arrivée ici, j'ai survécu en m'efforçant de toujours faire preuve de raison, de toujours me comporter de la façon la plus intelligente possible, de toujours considérer les dangers les plus évidents sous tous les angles, histoire de pouvoir les contourner sans perdre trop de sang. Je ne peux pas me permettre de penser à autre chose qu'à la survie, surtout pas à une chose aussi coûteuse et inutile que le *bonheur* ; de toute façon, je ne crois pas en cette notion. Je suis trop douée pour jouer les dures – j'ai énormément travaillé pour en arriver là, je ne risque pas de me ramollir subitement. Je ne vais pas prendre la même décision que ma mère, pas commettre l'irréparable à cause d'un garçon venu s'asseoir près de moi à la bibliothèque, où nous étions tous deux nimbés d'une flaque de lumière au milieu des ténèbres avides et voraces – un garçon qui, étonnamment, me trouve super et fait se ratatiner mon estomac dès que je me trouve en sa présence.

Tous ceux qui m'entourent commettent des idioties sans arrêt – pendant toute la semaine dernière, je n'ai cessé de tomber sur des couples qui s'embrassaient dans les rayons de la bibliothèque, qui profitaient des repas pour s'échanger des préservatifs ou des potions d'une efficacité douteuse ; certaines filles, autrement sensées, gloussaient même dans les toilettes en évoquant leurs projets spectaculaires pour leur dernier soir de pensionnat, ce qui est encore plus ridicule que tout le reste : je ne risque pas de gaspiller une seconde de sommeil avant de tenter d'accomplir un plan aussi dingue que celui qu'on a mis sur pied, même si Orion Lake se pointe à ma porte avec du gâteau et une tasse de thé.

Pendant que je passe mes journées avec Liu, Aadhya et Zixuan, à chanter à tue-tête tandis qu'ils tentent d'accorder le luth, Orion continue de s'entraîner au gymnase. Il va passer l'essentiel de la remise des diplômes à protéger les élèves faisant la queue, à moins que la horde de malés parvienne à faire tout le tour de l'école et à redescendre avant qu'on soit tous dehors, auquel cas… auquel cas il pourra sans doute se lancer dans un baroud d'honneur pour sauver les barricades et tenter de repousser les créatures assez longtemps pour permettre à un maximum d'élèves de s'échapper. Pendant ce temps, je devrai rester debout près des portes, à chanter pour attirer d'autres monstres, à veiller à ce qu'ils n'attaquent personne d'autre, tandis qu'il se retrouvera inévitablement submergé et déchiqueté sous mes yeux par ces bestioles que j'aurai invitées au massacre.

Je ne peux m'empêcher de me rendre au gymnase pour l'observer, histoire de remuer le couteau dans la plaie. Le voir éradiquer des dizaines de faux-malés ou de constructions ne me rassure pas. Je sais qu'il est doué pour tuer ces choses, qu'il excelle même en la matière, mais elles ne se compteront pas par dizaines, mais par centaines, voire par milliers. Malgré tout, je l'admire depuis le seuil, tous les jours après mes répétitions, et quand il achève son dernier parcours, on remonte ensemble au réfectoire sans échanger un mot. Je me retiens pourtant de lui répéter : *Tu n'es pas obligé de faire ça tout seul ; tu peux demander de l'aide, au moins pour couvrir tes arrières ; on pourrait tirer au sort, ou à la courte paille.* Je lui ai déjà dit tout ça, mais il a accueilli mes arguments avec un haussement d'épaules en répondant « Ils me gêneraient plus qu'autre chose ». Et il n'a sans doute pas tort, car personne ne resterait près de lui en voyant déferler la horde. Personne, à part moi, qui suis censée sauver tout le monde ; tout le monde, sauf lui, apparemment.

Toutefois, la veille de la remise des diplômes, on décide qu'il vaut mieux que je repose ma voix au lieu de répéter une dernière fois ; ainsi, après le déjeuner, je ne me dirige pas vers l'atelier, mais directement au gymnase, où j'annonce à Orion que je vais effectuer ce dernier parcours avec lui. Il est sur le seuil de la salle, prêt à foncer, et siffle gaiement en se couvrant les mains de poudre de jeteur – c'est un peu comme la magnésie des gymnases, en plus scintillant –, mais il a malgré tout le toupet de protester. « Je croyais que tu étais censée te reposer. Ne t'en fais pas, je ne laisserai pas ces malés te faire du mal… » Il avise alors mon expression et s'empresse de se reprendre : « Enfin, oui, bien sûr, on y va.

— On y va », répété-je.

C'est absurde, mais je me sens un peu mieux après cet entraînement. Si stupide que cela puisse paraître, cinq minutes au cœur du déferlement que nous envoie la Scholomance suffisent à me convaincre qu'Orion est effectivement invisible. On peut y arriver, on va y arriver, rien ne peut plus nous arrêter – et bien sûr, rien ne nous arrêtera jusqu'à ce que quelque chose y parvienne ; à ce moment-là, on sera morts, et il sera trop tard pour retenir la leçon. Toutefois, je m'accorde le luxe d'une pleine confiance irrationnelle tandis qu'on élimine ensemble nos assaillants, entremêlant nos sorts avec la grâce d'un couple de danseurs. Mes pouvoirs assassins nettoient de vastes portions de terrain autour de nous, alors que ses attaques fulgurantes renversent tous ceux qui osent survivre ou s'approcher un peu trop près.

Il bondit d'un côté pour éliminer un pendule de lame cristalline, puis virevolte instantanément de l'autre pour vaporiser la brume violacée d'un planeur, achevant son assaut tout près de moi. Il me sourit alors à pleines dents, le souffle court, le visage luisant de sueur. Je ne peux me retenir de rire en déployant une spirale de feu autour de nous ; un essaim de dendrocs explose alors tel un feu d'artifice, et une demi-douzaine de constructions se fondent en une flaque de métal liquide pour annoncer la fin du parcours. Nous nous retrouvons seuls dans la chaleur brumeuse d'un coucher de soleil, sous un bouquet de délicats érables pourpres. Un instant plus tard, un roulement de tonnerre anormalement parfait retentit, et une chaude averse d'été vient nettoyer les vestiges du carnage – ce qui n'aurait rien eu de désagréable si les canalisations du gymnase n'étaient pas elles aussi contaminées. Une grêle d'amphisbènes tombe en même temps que la pluie, en sifflant et se débattant. Orion m'attrape par la main et s'élance vers le petit pavillon ; il m'entraîne alors à l'intérieur, me serre dans ses bras et m'embrasse.

Je lui rends son baiser, incapable de me retenir. Le doux clapotis de la pluie n'est pas réel, mais les amphisbènes continuent de dégringoler régulièrement ; les arbres et les jardins magnifiques ne sont pas réels, le pavillon n'est pas réel, ce ne sont que d'horribles mensonges, mais lui est bien réel : sa bouche, ses bras autour de moi, son corps brûlant contre le mien, la sueur et la pluie mêlées qui dégoulinent sur ma joue, son souffle s'échappant des coins de sa bouche alors qu'il s'efforce de m'embrasser encore, qu'il me désire. Son cœur bat si fort que je le sens tambouriner contre ma poitrine – à moins qu'il s'agisse du mien ?

Il glisse les mains dans mes cheveux pour m'embrasser encore, et je m'accroche à son dos. Son tee-shirt se disloque alors sous mes doigts, comme le font les vêtements quand on les a trop souvent raccommodés avec trop peu de fil. Il tressaille quand les lambeaux tombent autour de lui ; j'ôte à regret les mains de son corps, et nous nous contemplons tous deux, haletants.

Il est le premier à détourner la tête ; il arbore une moue malheureuse, et je devine qu'il est sur le point de s'excuser. Je devrais me sentir navrée, moi aussi, car c'était vraiment idiot et j'ai plus de jugeote que ça, même lorsque ma mère ne m'envoie pas des messages m'indiquant spécifiquement *Reste très loin d'Orion Lake*. Sauf que, à quelques heures de l'échéance, cela ne me semble soudain plus si ridicule. En fait, c'est même la seule chose raisonnable à faire, car l'un de nous pourrait bien ne pas survivre à demain, et que je ne saurais alors jamais ce que ça fait d'être avec lui ; si bancale, gênante ou catastrophique que puisse être cette relation, je ne l'aurais jamais expérimentée, je lui lance donc « Ne t'avise pas de dire ça, Lake » avant même qu'il ait pu ouvrir la bouche. Je me rapproche alors d'un pas, le saisis par la taille et reprends farouchement : « J'en ai envie. J'en ai *envie.* » Et cette fois, c'est moi qui l'embrasse.

Il gémit, m'enlace de nouveau et participe volontiers à ce baiser avant de se détourner derechef. « El, j'en ai envie aussi, vraiment, tellement, m'avoue-t-il. C'est juste que…

— Je sais que tu es un incorrigible optimiste convaincu de pouvoir éliminer tous les malés du monde, et pas moi, l'interromps-je. Et même si je le pensais, si j'étais sûre et certaine qu'on allait y arriver, je n'aurais pas envie d'attendre qu'on soit sortis d'ici et qu'on se retrouve chacun d'un côté de l'océan. Je ne veux plus attendre ! » Je veux sentir son corps contre le mien, la vague de chaleur revenir et s'accroître encore, et cela me semble désormais d'une évidence telle que je ne comprends pas pourquoi *lui* ne veut plus ; je sais que c'est particulièrement injuste de ma part, mais je ne peux m'empêcher de faire un nouveau pas dans sa direction et de tendre les bras.

Il refuse de croiser mon regard. « C'est juste que je suis… presque à sec.

— Quoi ? » Ça n'a absolument aucun sens.

« Je suis sur la réserve. Il n'y a presque plus de malés, et ils ne s'en prennent plus qu'aux terminales, si bien que chacun les élimine seul. Magnus m'en a donné un peu ce matin, mais… »

Sa voix déraille ; j'ai l'impression que mes sourcils ont fait leurs valises pour migrer de trois degrés de latitude vers le nord. « C'est la première fois que j'entends dire que c'est contrôlé par le mana », affirmé-je avec un regard appuyé dans la direction voulue. Je maudis aussitôt la mère d'Aadhya, car je ne peux m'empêcher d'évoquer directement son *petit malé domestiqué*, ce qui me donne envie d'éclater de rire – chose qui ne servirait absolument pas ma cause, étant donné qu'il est déjà mort de honte.

Toutefois, dès l'instant suivant, cela ne m'importe plus, car il laisse échapper : « Tu m'as dit… tu m'as dit que Jack s'en était pris à Luisa parce que… parce qu'elle l'a laissé… »

Je le dévisage, scandalisée. « Tu t'imagines que je vais te *vider* ? Écoute-moi bien, Lake, si je voulais réellement te…

— Non ! s'écrie-t-il. C'est *moi* qui risque de te… »

Je l'interromps, ne retenant plus mes hurlements. « Quoi, comme un de ces foutus *malés* ?

— Non ! » s'empresse-t-il de nier. Il lève alors les mains et bat en retraite.

« Exactement, *non* », rétorqué-je. Je ne pense pas avoir réellement de la vapeur qui sort par les oreilles, mais c'est l'impression que ça me donne. « Alors reviens m'embrasser, et si tu essaies de me vider de mon mana, j'arracherai l'une de ces portes pour te tabasser avec. » Orion pousse un hoquet de stupéfaction, comme si je lui avais décoché un coup de poing dans le ventre, et se précipite vers moi.

J'ai grandi de cinq bons centimètres cette année, mais lui en a pris quinze, et quand il m'attrape les bras pour m'attirer à lui avec toute sa vigueur, j'éprouve un léger instant de *attends je ne suis pas prête* – que j'ai très bien su réprimer au moment de le convaincre de passer à l'action –, mais il se remet à m'embrasser, et cette sensation de vertige disparaît avec ce baiser, qui me précipite quelque part entre la terreur et le ravissement. On parvient tant bien que mal à me retirer mon tee-shirt, et il ferme les yeux en m'attirant plus près encore, sans doute pour ne pas se faire surprendre à me reluquer les seins. Cependant, quand la stupeur de nos peaux nues en contact l'une avec l'autre me parcourt, je cesse de l'embrasser et commence à me battre avec le cordon de ma vieille ceinture à nœud, parce que j'ai besoin d'étendre ce contact, oui, un besoin désespéré.

Il recule d'un pas pour défaire sa propre ceinture, puis se débat avec son pantalon – et son petit malé domestiqué. Je me mets alors à glousser de façon incontrôlable, presque hystérique, mais par chance il se figure que je ris à cause de mon incapacité à dénouer ma ceinture ; il en saisit alors les deux pans et déclare « Détache-toi, ouvre-toi », ce qui n'a aucune raison de fonctionner mais qui fonctionne quand même. Mon treillis me tombe directement autour des chevilles, puisque je l'ai acheté il y a deux ans au plus gros des terminales, qui ne trouvait pas d'autre acquéreur. Je trébuche dessus en essayant de me défaire de mes sandales à scratch.

On bascule tous deux sur notre tas de vêtements. Orion m'allonge précautionneusement en haletant, puis se dresse au-dessus de moi, sur ses avant-bras. Je suis profondément préoccupée par sa présence entre mes jambes et les sensations qui agitent mon corps, cette pulsation régulière qui m'anime déjà, quand ce salopard m'observe alors des pieds jusqu'à la tête d'un air énamouré et murmure : « Galadriel. »

J'ai toujours détesté mon prénom, depuis toute petite ; comme tous ceux qui l'ont prononcé m'ont en même temps regardée avec un petit sourire, il est désormais saturé de leurs sourires. Ma mère est la seule à ne pas le considérer comme une plaisanterie. Même elle ne m'en aurait pas affublée si elle n'avait pas été une enfant brisée à l'époque, se raccrochant à un fragment de rêve pour ne pas sombrer dans les ténèbres, si elle avait réfléchi au fardeau que cela ferait peser sur mes épaules. Néanmoins, Orion l'a prononcé comme s'il le savourait depuis un an, telle une vision irréelle enfin trouvée, et j'ai envie de me mettre à pleurer autant que de le frapper, car je n'ai aucune envie d'aimer ça.

« Ne fais pas ton sentimental, Lake », dis-je en empêchant ma voix de trembler.

Il marque une pause, puis m'adresse un grand sourire satisfait et bascule d'un avant-bras sur l'autre, comme pour trouver une position confortable. « On ne survivra peut-être pas à demain, hein ? Alors s'il s'agit là de ma *seule* chance…

— Tes chances sont en train de décroître à toute vitesse », le menacé-je avant d'enrouler ma jambe autour de la sienne pour le faire rouler de côté afin de me retrouver sur lui. Il laisse alors échapper un son entre le rire et le hoquet désespéré, m'attrape par les hanches, et ce qui se passe ensuite est une longue lutte merveilleuse, le temps de nous positionner correctement – le glissement de sa cuisse contre l'intérieur de la mienne, la sensation pressante de son corps musclé entrant en parfaite résonnance avec le mien. On ignore l'un et l'autre ce que l'on fait – ma mère m'a évidemment abreuvée de détails et de documentation, mais les images, les croquis et les descriptions peinent à transmettre les sensations que l'on éprouve en essayant d'assembler deux corps. Je ne pense pas qu'Orion en sache beaucoup plus que moi – je suis sûre qu'il a bien dû subir certains cours d'éducation sexuelle à un moment ou à un autre, et plus sûre encore qu'il s'en est désintéressé totalement.

Nous n'avons toutefois pas besoin de grandes connaissances théoriques – je ne pense qu'à la joie étourdissante d'avoir franchi le pas, sans véritable objectif en tête. Ce qui est tout aussi bien, car il finit son affaire moins de cinq minutes après le début des festivités, puis se tortille et se répand en excuses jusqu'à ce que je lui décoche un coup de poing dans l'épaule et lui lance : « Sérieux, Lake, si tu n'as rien d'autre en magasin, je te plante là et remonte déjeuner. » Il pouffe alors et recommence à m'embrasser, suivant les indices que je lui laisse jusqu'à ce que je passe moi aussi un bon moment. Il se replace alors sur moi, et nous ondulons à l'unisson, et c'est... La liste serait trop longue pour tout détailler, mais le plaisir poisseux figure sans doute tout en bas, loin derrière le soulagement d'avoir réussi à écrouler ces murailles, d'avoir cédé à mon appétit, d'avoir eu le plaisir de satisfaire le sien – et, pour couronner le tout, d'avoir éprouvé la félicité incroyable de ne pas *penser*, ne pas *m'inquiéter*, au cours d'une fabuleuse période d'oubli total.

Ce qui perdure un peu après nos ébats, quand on reste allongés l'un contre l'autre, en nage. Je suis pour ma part incroyablement fière de moi-même : j'ai l'impression d'avoir accompli une chose unique et magique qui, contrairement aux autres choses uniques et magiques que je suis capable de réaliser, n'était ni horrifiante ni monstrueuse. Je suis alanguie sur son torse, et il me tient dans ses bras, dans une position qui serait insupportablement inconfortable à tout autre instant. Il prend alors une grande inspiration tremblante et murmure : « El, je sais que tu ne veux pas parler de... ce qui se passera si on arrive à sortir d'ici, mais je ne peux pas... » Il est au bord des larmes – pas seulement dégoulinant de sentimentalisme, mais réellement sur le point d'éclater en sanglots. Comme je suis incapable de le faire taire, il poursuit : « Tu es la seule chose de bien que j'aie jamais désirée. »

Ma joue repose sur sa peau, et pour rien au monde je n'accepterais de le regarder à l'instant présent. Je décide plutôt de scruter la canalisation, depuis laquelle une horde de maléficarias pourrait jaillir pour sauver la situation, mais s'en abstient. « Au cas où on ne te l'ait encore jamais dit, réponds-je, tu as vraiment des goûts bizarres. » Et je regrette de le penser si fort.

« On me l'a déjà dit », déclare-t-il d'un ton si neutre que je ne peux m'empêcher de lui jeter un coup d'œil. Il contemple d'un air absent les sombres renfoncements du plafond du pavillon, un muscle tressautant sur sa joue. « Tout le monde me l'a dit. Même mes parents...

Ils ont toujours estimé que quelque chose clochait chez moi. Tout le monde a toujours été si gentil avec moi, *reconnaissant*, mais... Mais quand même, ils me trouvaient bizarre. Maman essayait toujours de m'aider à me faire des amis, me répétait que je devais apprendre à *me contrôler*. Et quand ils m'ont confié ce répartiteur de pouvoir et que j'ai asséché toute l'enclave... »

Chacun des mots qu'il prononce renforce mon désir de me pointer devant son enclave pour y foutre le feu. « Ils ont fait en sorte que tu considères que tout était ta faute, afin que tu te sentes obligé de leur reverser tout le mana que tu obtiens tout seul, en acceptant les quelques gouttes qu'ils consentent à te céder en échange, grommelé-je. C'est d'ailleurs ce qui explique que tes réserves de mana soient si basses. Tu serais encore tout *incandescent*...

— Je me fiche du mana ! » Il cherche à changer de position, et je m'écarte pour le laisser se relever. Il va alors s'asseoir sur les marches pour contempler la pluie d'amphisbènes. Je ramasse mon tee-shirt – celui de New York qu'il m'a offert et qui m'arrive à mi-cuisses – et vais le rejoindre en l'enfilant. Les coudes sur les genoux, il garde la tête basse, comme s'il ne voulait pas voir mon visage ni ma réaction quand il me raconte l'histoire de cet horrible garçon ayant si longtemps avalé la pâtée que tout le monde lui sert qu'il ne se rend plus compte qu'elle est avariée. « J'aime la *chasse*. J'aime traquer les malés et... » Il déglutit. « ... et les éliminer pour puiser leur mana. Et je sais à quel point c'est flippant...

— Ferme-la, un peu, le rabroué-je. J'ai déjà vu des trucs flippants, Lake, je suis même rentrée *dans* des trucs flippants, et c'est loin d'être ton cas.

— Ce n'est pas vrai, me dédit-il doucement. Tu le sais bien. Dans le gymnase, quand ces élèves ont essayé de te tuer...

— De *nous* tuer, précisé-je.

— … tu n'as pas voulu leur faire de mal, conclut-il sans s'arrêter. Alors que moi… Moi, je voulais les tuer. J'en avais *envie*. Et ça t'a inquiétée. Je suis désolé, ajoute-t-il à mi-voix.

— Lake, reprends-je d'un ton mesuré, je ne suis pas douée pour ça, mais comme ma mère n'est pas là, je vais te dire la même chose qu'elle : est-ce que tu les as tués ? »

Il me jette un regard agacé que personne n'adresse à ma mère quand elle les guide gentiment, j'en déduis donc que je n'ai pas employé le bon ton, mais il n'avait qu'à choisir quelqu'un d'autre pour vider son sac. « Ce n'est pas la question.

— Je pense au contraire que ça l'est, et qu'ils seraient de mon avis. J'ai déjà voulu tuer des tas de gens. Mais le simple fait de le vouloir ne fait pas de mal, tant qu'on ne passe pas à l'acte. »

Il hausse à la fois les épaules et les bras. « Le truc, c'est que je ne désire jamais des trucs normaux. Et ce n'est pas la faute de mes parents, d'accord ? Tu peux leur en vouloir si tu veux, mais…

— Merci, je crois que je vais faire ça. »

Il ricane. « Ouais. Je sais que tu les prends pour des sales types pour m'avoir laissé chasser si jeune. Mais tu te trompes. C'est précisément pour ça que ce sont de bonnes personnes. Parce que c'est ce que j'ai toujours voulu faire. Ils ont essayé de m'en empêcher. Ce ne sont pas des paroles en l'air. Tu trouves que Magnus est pourri gâté ? Ils m'ont offert tout ce qu'il m'arrivait de convoiter pendant plus de trois secondes. Des jouets, des livres, des jeux… Mais je ne voulais rien de tout ça. Quand j'ai eu dix ans, j'ai commencé à sécher l'école pour aller chasser. Alors, mon père – mon père, l'un des cinq meilleurs artificiens de New York – a carrément *démissionné* pour rester avec moi toute la journée, pour essayer de m'enseigner des choses, pour se lancer avec moi dans des gamineries qu'on réalisait dans son atelier.

Et je lui voulais beaucoup. Au bout de deux mois, j'ai fait un caprice gigantesque parce qu'il ne voulait pas me laisser chasser. J'ai retourné tout son atelier, une partie de notre appartement, des pans entiers de projets d'artifice majeurs… puis je me suis enfui pour me planquer dans les égouts de l'enclave. Quand ma mère m'a retrouvé, on a fait un pacte : si j'acceptais de rester toute la journée à l'école, de faire mes devoirs le soir et de voir un copain tous les samedis, ils m'autoriseraient à monter la garde à la porte le dimanche pour affronter de *vrais* malés. J'étais si content que j'en ai *pleuré* de joie. »

Je me renfrogne en entendant ce torrent de confessions. Je suis sincèrement peu disposée à éprouver la moindre sympathie pour ses parents, pour des raisons somme toute atrocement égoïstes, ce qui m'empêche d'identifier en quoi le reste ne me plaît pas non plus. Je dois néanmoins reconnaître qu'ils ont dû s'en voir pour gérer un garçon de dix ans, dont la seule façon de s'amuser consistait à accepter des tours de garde autrement dévolus aux meilleurs combattants que le mana new-yorkais pouvait offrir. Les portes de leur enclave devaient attirer au moins autant de malés que la Scholomance au quotidien, peut-être plus. L'école n'est pas un bâtiment doté de cinq ou six entrées construit en pleine métropole, dans lequel des sorciers vont et viennent à longueur de journée. Passer dix ans à en monter la garde suffit habituellement à te valoir une place au sein de l'enclave ; le seul problème est que, la plupart du temps, on ne survit pas si longtemps à un poste pareil.

Mais Orion poursuit son récit avec une sincérité authentique : « Ça a tout simplifié. Au moins, les autres m'aimaient pour avoir réclamé cette mission, même s'ils me trouvaient toujours bizarre. Et puis, ici…

— Je ne comprends même pas pourquoi ils t'ont inscrit ? l'interromps-je, cherchant toujours une raison de me mettre en colère. Pour veiller sur les autres élèves ? Ce n'est pas *toi* qui avais besoin de protection.

— Ils ne comptaient pas le faire, m'explique-t-il. C'est moi qui ai insisté. Je sais que tout le monde déteste l'école, mais pas moi. La Scholomance… La Scholomance est le plus bel endroit que je connaisse. »

Je pousse malgré moi un gargouillis offusqué.

Il se rembrunit un peu. « Ouais, tu vois, même toi tu me trouves bizarre. Mais c'est vrai. Ici, je pouvais faire ce que je voulais le plus, tout en faisant quelque chose de bien. Je n'étais plus simplement étrange et flippant. Je suis devenu… un héros. » Je fais la grimace – ce n'est pas tout à fait exact. « Sauf que, chaque fois que quelqu'un venait me remercier, j'avais le sentiment que tout ça n'était qu'un gros mensonge. Parce qu'ils me trouvaient courageux et tout, mais s'ils savaient que *j'aimais ça*, ils auraient trouvé ça tout aussi anormal que tout le monde chez moi. Alors oui, je m'étais effectivement toujours dit qu'une bestiole allait me choper pour la remise des diplômes, car je ne comptais pas sortir avant d'avoir fait évacuer tout le monde… »

Il prononce cette dernière phrase avec l'introspection torturée d'une personne annonçant qu'elle va faire une bonne promenade ; j'éprouve alors une bouffée d'agacement, qui s'éteint très subitement quand il ajoute : « … mais ça ne me dérangeait pas. »

Je le dévisage, sous le choc.

« Je n'avais pas pour autant *envie* de mourir, s'empresse-t-il d'ajouter, comme si ça faisait toute la différence. Simplement, ça ne me faisait pas peur. De toute façon, je n'avais pas d'autre objectif que de tuer des malés jusqu'à ce que l'un d'eux m'attrape, alors pourquoi pas ici ? Au moins, ici, j'aurais reçu l'aide de plein d'autres élèves, pas seulement ceux de mon enclave. Je n'étais pas conscient de tout ça, tu sais ? ajoute-t-il brusquement. Pas avant de te rencontrer. Je me disais que tout le monde habitait dans un endroit comme New York. Et même quand j'ai rencontré Luisa : j'ai cru que c'était elle qui avait la vie particulièrement difficile, pas qu'on l'avait vraiment facile. Mais malgré tout, ça me paraissait logique : pourquoi doubler tout le monde pour sortir, juste histoire de rentrer à la maison et de poireauter aux portes de l'enclave jusqu'à ce qu'un malé me chope ? Je n'ai jamais rien voulu d'autre. Pas comme les personnes normales… »

Je lui saisis alors la main et la serre de toutes mes forces. « Arrête ! » m'écrié-je, à la limite du hurlement incohérent. Je sais que ça ne va pas l'aider, mais *aider* me semble tellement inaccessible que je suis tentée de partir dans la direction opposée.

Pendant toute mon enfance, on a toujours attendu de moi que je sois plus comme maman, on m'a seriné que je devrais l'être ; la seule personne à ne l'avoir jamais fait, c'est maman, justement. Mais ce message insidieux ne s'est pas incrusté trop profondément dans mon esprit, parce que j'ai toujours voulu qu'*elle* devienne plus comme *moi*. Moins généreuse, moins patiente, moins gentille – sans même vouloir qu'elle soit moins tout ça avec les *autres*. Rien ne m'aurait réjouie davantage que de la voir se rabaisser à faire un concours de hurlements avec moi. Mais à cet instant, j'aimerais au plus profond de moi posséder toutes les réponses dont elle dispose : sa compréhension limpide de la situation, sa manière de réagir, la lumière dont elle aurait éclairé les vrilles noires du désespoir qui envahissent le cerveau d'Orion, afin qu'il puisse les voir et les tailler lui-même. La seule réponse qui me vienne consiste à mettre le feu à New York, et même si je le regrette profondément, j'ai bien conscience que ce ne serait pas vraiment la solution à son problème.

« Ça n'existe pas, les personnes *normales*, dis-je dans un élan désespéré. Il y a juste des personnes. Certaines sont tristes, d'autres heureuses, et tu as tout autant le droit au bonheur que les autres – ni plus ni moins.

— Arrête, El », réplique-t-il avec l'air las de celui dont on a trop souvent abusé. J'en écume de rage. « Tu sais que ce n'est pas vrai. Il y a des gens normaux, et on n'en fait pas partie. Pas moi, en tout cas.

— Mais si ! Et tu n'as pas envie que de chasser. Tu es malheureux si tu loupes un repas, tu m'en veux quand je suis méchante avec toi, et tu ne m'as pas paru totalement indifférent aux événements de l'heure écoulée... »

Il réprime un éclat de rire. « C'est justement ce que j'essaie de te dire !

— La seule chose que tu as essayé de me dire jusqu'à présent, c'est que tu n'es qu'une armure vide fendant d'un pas régulier les rangs des malés, insensible à toute émotion humaine. Ça ne me donne pas envie de t'écouter !

— J'essaie de t'expliquer que *j'étais* comme ça. Que je ne désirais rien d'autre. Que je ne savais pas comment vouloir autre chose. Jusqu'à...

— Lake, tu n'as pas intérêt à... », commencé-je, atterrée, maintenant que je saisis l'horreur de la situation. Mais il est trop tard.

Nos mains sont toujours jointes ; il les lève vers sa bouche pour embrasser la mienne doucement, sans jamais me regarder. « Je suis désolé, reprend-il. Je sais que ça n'est pas juste, El. Mais j'ai besoin de savoir. Je n'ai jamais eu d'autre projet que de rentrer chez moi pour tuer des malés. Je n'ai jamais rien voulu d'autre. Mais maintenant, si. Je te veux, toi. Je veux être avec toi. Peu m'importe que ce soit à New York, au pays de Galles ou ailleurs. Et je dois savoir si c'est possible. Si je peux... si je peux espérer ça. Si ça te plairait aussi.

» Et tu n'es pas obligée de me mentir, ajoute-t-il. Ta réponse ne changera rien à ma façon d'agir demain. De toute façon, je ne saurais pas faire autrement. Quand je combats, j'oublie tout le reste, et j'avance ; tu sais comment c'est. Je ne vais pas me cacher si tu dis oui, je ne vais rien faire de stupide si tu dis non.

— En fait, ce que tu cherches à dire, c'est que tu vas commettre un nombre effroyable d'imbécillités quoi qu'il arrive ! » répliqué-je par réflexe. Le reste de mon esprit tourne en rond en poussant de petits cris, comme Précieux quand il est en colère.

« Oui, si tu veux, concède Orion. Le problème n'est pas la remise des diplômes, mais ce qui va se passer ensuite. Quand je serai rentré, car je sais... Chloe m'a dit que tu ne viendrais pas à New York. Alors j'aimerais savoir si je pourrai monter dans un avion pour venir te rejoindre. Parce que c'est ce dont j'ai envie. La remise des diplômes ou les malés, ça, je peux gérer. Mais me retrouver dehors à essayer de te joindre alors que tu n'as même pas de téléphone portable, sans savoir si je peux...

— Oui ! m'exclamé-je d'un ton désespéré. Oui, d'accord, pauvre type, tu peux venir au pays de Galles pour rencontrer ma mère. » Je me garde bien d'ajouter qu'il risque aussi de se retrouver enfermé dans la yourte pendant un an, le temps qu'elle lui nettoie le cerveau, et tant pis pour elle si elle m'a justement mise en garde pour éviter que je lui rapporte une tonne de boulot supplémentaire.

Si je me dis ça, c'est parce que j'ai l'atroce pressentiment que c'est justement contre *ça* qu'elle m'a mise en garde. Elle a très bien pu le faire, en employant les mots les plus durs qu'elle puisse utiliser, pour ne pas l'encourager, et elle aurait complètement raison : ce n'est pas dans mon intérêt d'accepter de fréquenter quelqu'un qui m'affirme en toute sincérité que je suis son seul espoir de bonheur en ce monde, du moins pas avant qu'il ait mis un peu d'ordre dans ses idées et commencé à voir autre chose.

Ma réponse était pourtant sincère : c'est aussi ce que je veux. Je veux qu'il saute dans le premier avion pour me rejoindre, je veux couler des jours heureux avec lui, dans un monde propre et rutilant que nous aurons libéré de la misère et des maléficarias ; apparemment, je ne suis pas une atroce pragmatique, car je suis prête à bondir des deux pieds vers ce fantasme invraisemblable, à foncer droit dans l'abîme qui se dessine clairement devant moi.

« Par contre, j'ai des projets, ajouté-je dans l'espoir d'oublier mon imbécillité. Traquer les malés sauvages et rentrer le soir auprès de ta petite femme te comblerait peut-être, Lake, mais pas moi. » Je l'informe alors sur un ton de défi de mon ambition de construire des enclaves, sauf que je noircis volontairement le trait. Il ne se départ jamais de son horrible regard énamouré ; il ne sourit même pas, se contente de me tenir la main, d'écouter mon envolée de plus en plus lyrique, dans laquelle je jonche le monde de minuscules enclaves, protégeant tous les sorciers nouveau-nés. « Alors ? finis-je par exploser. Tu n'as rien à répondre à ça ? Vas-y, fais-toi plaisir, dis-moi que je suis complètement folle.

— Tu veux rire ? pouffe-t-il alors. El, je n'avais jusqu'alors jamais rien imaginé de mieux que cette école. Mais maintenant, quand je chasserai, je contribuerai à *ça*. » Il prononce ces dernières paroles comme si je venais de lui déposer un cadeau précieux entre les mains.

J'étrangle un sanglot et déclare : « Lake, je te déteste tellement. » Puis je pose la tête contre son épaule et ferme les paupières. J'étais prête à descendre dans la salle des diplômes et à lutter pour ma survie ; prête à me battre pour sauver tous mes camarades, pour un avenir meilleur. Je n'avais certainement pas besoin d'une nouvelle chose à perdre.

14

Patience

On ne peut pas se permettre de sauter le dîner, ce qui me donne une excellente excuse pour mettre un terme à ce sentimentalisme et à ces horribles confessions. J'assène une claque sur l'épaule d'Orion et lui intime de rafistoler ses fringues avant de remonter. Cette espèce de pluie de serpents s'est arrêtée, et les amphisbènes tombés au sol sont pour la plupart morts – ils ne sont pas très résistants de nature, et le plafond du gymnase est particulièrement haut –, ce qui ne nous empêche pas de nous faufiler avec précaution entre ceux qui se tortillent encore.

Orion n'est manifestement pas ravi de remiser ses émotions là où elles appartiennent : il tente de me tenir la main jusqu'à l'escalier, et je dois l'en dissuader d'un regard noir avant d'enfoncer mes poings dans mes poches. On retrouve Aadhya et Liu en chemin, et elles me laissent me glisser entre elles pour me protéger de lui, même si elles multiplient les haussements de sourcils et les regards entendus – Liu ne laisse pas passer l'occasion de se venger. Nul besoin d'être télépathe pour comprendre ce qui s'est passé : mes vêtements et ma peau sont couverts de traces de main scintillantes. Orion sautille derrière nous, même s'il a proposé à Liu de lui porter son luth ; il fredonne dans les marches, comme si un souffle éthéré l'avait fait décoller bien au-dessus des inquiétudes mineures des mortels, lui faisant oublier le funeste destin qui nous attend. Liu se couvre la bouche des deux mains pour réprimer ses gloussements, et Aad arbore un sourire satisfait. Je ne peux pas leur en vouloir de jubiler de la sorte – j'en aurais fait autant, à leur place –, mais je préserve ma dignité en refusant de réagir.

Orion parvient à me saisir la main sous la table pendant le repas, faisant courir son pouce sur mes doigts. Comme j'ai déjà fini de manger, je ne le repousse pas brutalement en faisant tomber sa chaise ni rien de ce genre. J'aurais pourtant dû car, après le dîner, il me suit dans l'escalier et, arrivé au niveau des dortoirs, il tente d'un ton penaud : « Tu veux… venir dans ma chambre ?

— La veille de la remise ? rétorqué-je d'un ton cassant. Va donc *dormir* un peu, Lake. Tu as eu ta dose. Si tu en veux davantage, tu vas devoir décrocher ton diplôme. »

Il s'éloigne en soupirant, et je vais plutôt rejoindre Liu et Aadhya dans la chambre de cette dernière. Le luth est là, mais comme on a fini nos répétitions, on se contente de se blottir toutes les trois sur le lit. Elles me taquinent encore un peu, mais cela ne me dérange pas ; bien sûr, je passe alors aux choses sérieuses en leur livrant tous les détails, et je dois bien avouer que, quand j'arrive au bout de mon histoire, je me demande si je ne vais pas m'arrêter un instant chez Orion avant d'aller me coucher. Aadhya pousse un soupir nostalgique et déclare : « Je regrette presque d'avoir rembarré ce première. »

Liu et moi réclamons aussitôt plus d'informations – il s'avère qu'un artificien nommé Milosz l'a aidée à façonner des bandelettes dorées enchantées à enrouler autour des chevilles de l'instrument ; il lui a proposé un de ces barouds d'honneur de dernier soir, une idée que la fille raisonnable que je connais et que j'adore n'a pu que rejeter fermement.

« Et toi, demande-t-elle en décochant une bourrade à Liu. J'ai vu Zixuan descendre juste avant nous. Il doit être dans sa chambre… »

Sauf que Liu ne rougit pas. Au lieu de quoi, elle inspire un grand coup et avoue : « J'ai plutôt embrassé Yuyan hier soir. »

Évidemment, on lui hurle alors de nous donner plus de détails, et elle glousse et se met à rougir finalement, avouant que les répétitions dans sa chambre étaient peut-être moins sérieuses ces derniers soirs que l'on pouvait l'imaginer. « Alors pardon, mais pourquoi nous avoir laissées te harceler avec Zixuan pendant tout ce temps ? s'étonne Aadhya. Tu as eu du mal à *choisir* ? »

Elle cherche à la taquiner, rien de plus, mais Liu déglutit ostensiblement avant de reconnaître d'une voix tremblotante : « Je… c'est ce que j'aurais dû faire. »

Nous comprenons aussitôt toutes les deux et cessons de la tourmenter. Ce qu'elle veut dire, c'est qu'elle a effectivement essayé de choisir, mais pas pour le plaisir de faire une bêtise : elle n'a aucune envie de se faufiler chez Zixuan pour une dernière nuit, de déchirer son tee-shirt au milieu du pavillon du gymnase tandis qu'une masse d'amphisbènes siffleraient de façon si romantique en dégringolant au pied des marches. Elle entend ce murmure insidieux à ces oreilles, ces calculs qui ne cessent jamais de nous faire réfléchir : *ce serait intelligent* – de sortir avec un enclavé shanghaien mignon et talentueux quand il te fait savoir qu'il est disponible.

Tout comme il avait été intelligent de venir à l'école avec une dizaine de souris, des petites vies sans défense qu'elle pouvait tenir dans le creux de sa main et éliminer, les unes après les autres, afin d'y puiser assez de mana pour survivre.

Des larmes enflent au bout de ses cils et finissent par tomber. Elle se masse les yeux puis appuie dessus pour retenir ses pleurs. Elle explique d'une voix rauque : « Je *voulais* vouloir… ce qu'il fallait. Ce que j'étais censée vouloir. Mais ce n'est pas le cas. Même quand ce sont des choses bien. » Elle renifle avec amusement. « Ce qui est le cas de Zixuan. Il est gentil, beau garçon et je l'apprécie. Et ça aurait compensé le fait que je n'aie pas fait ce qu'ils attendaient de moi. Je n'avais pas de mana à transmettre à Zheng et Min, mais à la place, j'aurais fait cet autre truc bien. Et Ma serait tellement heureuse. Je redeviendrais sa petite fille brillante. Comme quand je lui ai dit que je sacrifierais les souris, pour moi, pour Zheng et pour Min. »

Je n'avais pas compris avant ce soir, mais c'est tout à fait logique. Voilà pourquoi la purification avait si bien fonctionné sur elle : parce qu'elle avait accepté, pas tellement pour elle, mais surtout pour les garçons, et n'avait presque pas puisé de malia dans les souris au cours de nos trois premières années. Juste de quoi tenir le coup.

« Et c'est aussi ce que Zixuan voudrait, ajoute-t-elle. Une fille intelligente capable de prendre les bonnes décisions. Lui-même veut faire les bonnes choses. Il souhaite rencontrer mes parents et les aider à construire l'enclave. Il est même tout excité par cette perspective. Le Dominus Li est son grand-oncle. Il pense pouvoir le convaincre de nous aider. Et je tiens beaucoup à aider ma famille, à prendre soin d'eux, mais… je ne suis pas cette fille-là. La fille intelligente. Je ne suis que moi. »

Aadhya et moi posons ensemble nos mains sur elle, et Liu les attrape aussitôt fermement. « Demain, on va rentrer chez nous », affirme-t-elle sans nous lâcher. On tressaille toutes deux. On n'avait encore jamais transgressé cette règle-là. On ne dit jamais à voix haute : *Je vais avoir mon diplôme.* Mais Liu ne se démonte pas, et le répète : « On sera toutes rentrées demain. Je vais retrouver ma maison. Et ma mère sera tellement heureuse, et pendant longtemps, elle ne se souciera de rien d'autre que de m'avoir auprès d'elle. Sauf qu'ensuite, elle recommencera à vouloir que je prenne les bonnes décisions. Celles que ma famille juge bonnes. » Elle s'interrompt de nouveau, inspire un grand coup, souffle. « Mais ça n'arrivera pas. Je continuerai à faire ce que je veux, et à les aider comme je peux. Et ce seront aussi de bonnes décisions. »

J'attrape alors la main d'Aadhya, et nous nous unissons toutes trois : il n'y a plus rien de formel, mais cela reste un cercle, nous demeurons ensemble, à nous soutenir. Liu nous presse les mains à nouveau. Quand elle nous sourit, ses yeux brillent encore, mais ne ruissellent plus ; nous lui sourions en retour.

Comme on ne peut pas rester là à sourire comme des muppets toute la nuit, je finis… par regagner ma chambre – sans commettre le moindre écart. Je parviens à résister à la tentation… et trouve Précieux assis sur une pile de bourre au milieu de mon lit. Il boude sérieusement, près du trou considérable qu'il a creusé dans mon oreiller déjà fin. Je lui lance un regard noir. « Oh, ne sois donc pas si mauvais perdant. » Il plisse ses yeux tout ronds, puis me tourne le dos et s'enfouit confortablement dans son petit nid de rembourrage.

On ne se parle toujours pas le lendemain matin, même s'il a la froide courtoisie de m'autoriser à le mettre dans sa boîte en bandoulière avant que je monte prendre le petit déjeuner. Dès l'instant où Orion me rejoint, la souris émet un flot continu de couinements probablement grossiers, mais il ne semble pas en prendre ombrage : il rayonne de bonheur en me prenant une fois de plus la main. Peut-être même que je l'autorise à me la tenir pendant quelques marches, avant qu'on croise d'autres élèves en route pour le réfectoire.

On ne nous propose pas des crêpes fourrées au petit déjeuner, mais on a malgré tout droit à des toasts pas carbonisés, à des sardines grillées et à des légumes marinés en abondance : l'école nous accorde à tous un copieux dernier repas. Les bizuts sont encore en train de dévorer le leur quand Liesel grimpe sur sa table avec le microphone télépathique qu'elle a convaincu un artificien de fabriquer pour elle – apparemment, l'école considère que celui-ci a contribué à l'effort collectif, même si je peine à mesurer l'intérêt de sa participation. « L'heure est venue de revoir une dernière fois l'ordre de départ », annonce-t-elle. Le message m'arrive directement au cerveau en anglais, à l'exception de quelques mots d'allemand épars et d'un léger écho en marathi mâtiné de sanskrit et d'hindi. Elle se met alors à lire une longue liste de numéros et de noms, comme si chacun n'avait pas déjà mémorisé cette information en lettres de feu.

Je ne lui accorde guère d'attention, car je sais quand mon tour viendra : quand tout le monde sera parti, que j'aurai balancé Orion par les portes et arraché les fondations de l'école, qui vacillera dans le néant tel un séquoia sur le point de tomber. Ensuite – avec un peu de chance –, il me restera juste assez de temps pour sauter avant que la déferlante de malés me tombe dessus. En tout cas sur le papier, à condition qu'Orion n'ait pas d'abord été submergé – ce qui est loin d'être gagné. À condition également que Liesel n'ait pas truqué les chiffres ni, moins vraisemblable, commis la moindre erreur.

Ainsi donc, je ne remarque pas Myrthe Christopher monter sur sa table avant qu'elle lance à son tour un sort d'amplification plus direct. « Excusez-moi ! s'écrie-t-elle si fort que le son de sa voix parvient à couvrir celui du micro télépathique dans mon esprit. Pardon à tous, excusez-moi ! » Je ne la connais que par osmose : elle a toujours figuré parmi les enclavés les plus importants, ses parents étant tous deux des personnalités de l'enclave de Santa Barbara, sauf qu'il s'agit d'une des enclaves californiennes les moins emballées par l'idée de voir New York imposer sa loi. Le cercle d'enclavés que je fréquente bon gré mal gré n'entretient guère de relations avec le sien, et elle n'a jamais jugé bon de participer à nos réunions stratégiques.

Elle attend en souriant que Liesel abaisse son écritoire à pince. « Pardon, je ne voudrais pas être grossière, reprend-elle d'une voix sirupeuse suggérant qu'elle y travaille pourtant depuis des semaines. Mais, sérieux… on ne va pas vraiment faire ça ?

— *Pardon ?* » rétorque Liesel d'un ton si cinglant qu'il se traduit par une sensation de picotement à l'arrière de mon crâne. S'ensuit un silence absolu : même les troisièmes cessent de mastiquer. Mon déjeuner se transforme en une étrange boule froide m'encombrant l'estomac.

Myrthe lance un sourire grimaçant à la cantonade, montrant combien il lui est douloureux d'entamer cette conversation étrange et pourtant nécessaire. « Je sais qu'on vient de vivre une drôle d'année et qu'on a tous un peu paniqué, mais soyons réalistes : ce plan est carrément dingue ! » Elle désigne le sol. « La salle des diplômes est déserte, en ce moment. *Déserte.* Et vous voulez qu'on aille attendre en file derrière les autres élèves, les bizuts, tout le monde », hilarant, absurde, « et qu'on sacrifie tout notre mana pour que Sa Majesté Galadriel puisse appeler un milliard de malés pour remplir l'école et nous dévorer ? » Le caractère invraisemblable de la situation lui arrache un gloussement hilare. « Non ? Enfin… non ? Je sais qu'on a dû travailler sur quelque chose pour faire bonne impression, histoire d'éviter que l'école se retourne contre nous, mais à une demi-heure de la remise des diplômes, je pense qu'on ne risque plus grand-chose. Comprenez-moi bien, j'aimerais vraiment que tout le monde ait autant de chance que nous. On devrait carrément laisser aux autres tout ce qui est dispensable, tout notre mana en rab », quelle générosité, franchement, « mais sérieux… »

Elle n'a pas besoin d'utiliser un micro télépathique. Au cas où quelqu'un ait loupé l'info, il est déjà en train d'en avoir la traduction ; d'ailleurs, la plupart des autres élèves y ont sans doute déjà pensé. Ils n'ont pas pu être assez stupides pour prendre la question au sérieux, se sont forcément dit : *On est juste en train de gagner du temps en attendant le jour du départ, pas vrai ?* En fait, je suis même surprise que Liesel n'en ait pas elle-même fait l'annonce : elle est loin d'être bête. Elle a dû se laisser séduire par ses propres tableaux.

Je ne peux même pas leur en vouloir, puisque la première idée qui me vient est que *je ne peux pas* y parvenir seule. Sans l'aide des autres terminales canalisant leur mana, je ne pourrai pas faire durer le sort invocateur assez longtemps et détruire l'école dans la foulée. Voilà pourquoi ceux de notre promotion doivent être les derniers à partir. Alors, s'ils laissent tomber, si tous les terminales m'abandonnent, s'ils refusent d'aider et sortent directement, je ne pourrai finalement plus rien y faire. Je n'aurai plus qu'à traverser la salle déserte, accompagnée d'Orion. Dans une demi-heure, je pourrai étreindre maman, et à la même heure demain, il sera dans un avion à destination du pays de Galles, et nous aurons toute une vie de labeur devant nous, alors je n'aurai même pas à me sentir coupable.

Je ne peux juguler cette pensée profondément égoïste, qui endigue toutes les paroles furieuses que j'aimerais lui hurler à la figure. Je sens Orion se crisper près de moi, mais je ne le regarde pas. Je ne veux pas le voir outré ni se tourner vers moi d'un air implorant ; je ne veux pas découvrir sur son visage le reflet de mes sentiments réprimés. Un long silence s'installe, comme si Chloe m'avait une nouvelle fois aspergée de son spray accélérateur, sauf que quelques-uns des élèves les plus jeunes tentent d'étouffer leurs pleurs dans leurs mains ou en enfouissant leur tête dans leurs bras. Tout le monde commence à tourner la tête, pour chercher conseil auprès d'Orion et moi, ou d'Aadhya, Liu et Chloe ; d'autres interrogent silencieusement Liesel, toujours debout sur sa table. Ils semblent examiner les responsables de ce plan délirant, comme pour nous reprocher de l'avoir pris trop au sérieux. Les élèves installés dans l'entresol se rapprochent des garde-corps pour observer la scène avec nervosité. Ils attendent notre réaction, et je sens qu'il m'incombe de dire quelque chose. Je dois au moins essayer, mais je ne trouve pas les mots, et je sais qu'ils seraient vains de toute façon. Myrthe continuerait de sourire. Que pourrais-je faire ? Menacer de la tuer si elle refuse de risquer sa vie pour sauver celle des autres ? Éliminer tous ceux qui se désistent ? Je finirais sans doute par manquer de mana.

Puis, à la table voisine de la mienne, Cora repousse sa chaise dans un grand raclement, se lève et déclare d'un ton catégorique : « Moi, je continue. »

Sa voix résonne longuement dans la pièce. Pendant plusieurs secondes, personne ne dit rien, puis un autre enclavé de Santa Barbara assis à l'autre bout de la table de Myrthe se lève à son tour et lance : « Ouais. Va te faire voir, Myrthe. Moi aussi, je continue. Allez, les mecs… » À peine les a-t-il encouragés que ses camarades se lèvent à son tour. Myrthe, écarlate, se retrouve cernée par un groupe d'élèves faisant savoir qu'eux non plus ne veulent pas jeter l'éponge. J'en pleurerais.

De nouveaux volontaires ne cessent de se faire connaître, jusqu'à ce que Liesel brandisse son micro télépathique et hurle un « Assez ! » assourdissant. Tout le monde se la boucle en grimaçant. « Je ne veux plus d'interruptions. Il est trop tard pour poursuivre l'inventaire. Rassemblez-vous par groupes et descendez tout de suite au dortoir des terminales. »

L'incident a sans doute duré moins longtemps qu'il en aurait fallu à Liesel pour aller au bout de son annonce initiale, mais elle cherche clairement à éviter que quelqu'un d'autre suggère une nouvelle idée brillante. Ce n'est pas plus mal, car la Scholomance semble de son avis : le grincement des rouages faisant descendre les étages – propulsant notre dortoir dans la salle des diplômes – se fait entendre alors même que nous quittons la cafétéria. Des élèves sont encore dans l'escalier quand la sonnerie annonçant la décontamination retentit avec au moins trente minutes d'avance. Les derniers retardataires nous rejoignent, paniqués, depuis le palier, où les crépitements des flammes mortelles sifflent déjà ; la lumière bleutée projette des ombres d'une longueur gigantesque.

Je me précipite vers ma chambre, que j'atteins alors que le sol palpite sous mes pieds. Sudarat et les trois secondes de Bangkok m'y attendent déjà, blottis les uns contre les autres sur le lit : on a réparti tous les autres élèves parmi les terminales pour la descente. Je claque ma porte juste avant qu'un chœur de tintements retentisse dans le couloir ; des éclats métalliques et divers morceaux de murs dégringolent tandis qu'on entame notre violente progression vers la salle des diplômes.

Une obstruction quelconque interrompt notre descente à mi-chemin, et tout l'étage se bloque en tremblant férocement. Puis les jeunes élèves se mettent tous à hurler quand le mécanisme parvient à nous faire franchir l'obstacle et qu'on gagne plusieurs mètres en une seule secousse. Mon bureau tout entier bascule dans le néant. Heureusement que les Sutras et leur étui sont déjà solidement sanglés dans mon dos, et que Précieux se trouve bien à l'abri dans sa boîte.

Un nouveau rugissement s'élève, celui de ventilateurs monstrueux ; un ouragan déchiquète alors les extrémités de ma chambre, les précipitant vers le haut, où elles doivent déjà se réassembler en un nouveau dortoir des troisièmes, qui, je l'espère, ne servira jamais. Le sol se délite cependant à une allure inquiétante, alors qu'on n'est toujours pas arrivés en bas. « Descendez du lit ! » hurlé-je, mais Sudarat et les autres n'ont pas attendu ma consigne pour détaler ; c'est heureux, car dans la seconde qui suit, mon matelas bascule à son tour dans le rien. Je rouvre ma porte à la volée pour retourner dans le couloir quand celui-ci s'immobilise si brusquement que j'en ai les mâchoires qui claquent.

Des élèves se déversent par toutes les portes, et se précipitent vers le palier tandis que les chambres se détruisent autour de nous. Les salles de bains ne sont déjà plus que des trous béants, le haut des murs commence à se volatiliser aussi. « Restez groupés ! » lancé-je à Sudarat et aux autres ; ils se retrouvent alors emportés par la marée humaine, et moi dans la foulée. Les couloirs s'en mêlent et nous font glisser vers l'escalier comme des tapis roulants qui s'emballent ; nous basculons tous dans la salle des diplômes encore fumante et nettoyée de frais. Malgré les milliers d'élèves rassemblés ici, nous nous sentons encore tout petits face à l'immensité du lieu.

Pourtant, c'est une remise des diplômes assez calme selon les critères de la Scholomance : en temps normal, on se battrait tous pour résister à la première vague de malés et rejoindre nos alliés. Et même si je le sais, si je peux en témoigner pour l'avoir vu de mes yeux, j'ai du mal à croire que la salle est bel et bien déserte, qu'il n'y a pas une seule créature en vue, jusqu'à ce que mes pieds touchent le sol.

Les portes ne sont pas encore ouvertes, on est donc vraiment en avance. Ce n'est pas plus mal, car plusieurs centaines d'élèves se seraient sans doute précipités instinctivement, même sans en avoir eu l'intention. On tourne tous en rond, désœuvrés ; certains vomissent – prévoyants, on s'y est préparés –, sanglotent ou appellent des noms encore et encore, tentant de retrouver leurs amis. Puis Liesel recommence à beugler dans son micro télépathique : « Reculez tout le monde ! Libérez l'espace devant les portes ! »

Un troupeau d'artificiens émerge alors de la masse, traînant dans son sillage de gros machins carrés que je n'avais encore jamais vus. Ces espèces de canons tirent alors une volée de fins serpentins colorés, qui s'accrochent au sol et s'illuminent comme des pistes d'atterrissage. Les artificiens continuent de tirer, croisant les projectiles pour créer de petites sections ; chacune porte un code couleur et le numéro que Liesel a assigné aux équipes. Les élèves se précipitent vers leur place et se mettent en rang.

Les alchimistes peignent, sur l'extérieur de la zone d'attente, des bandes plus larges, imprégnées de sortilèges de protection faisant naître des cloisons brumeuses et chatoyantes. Zixuan a déjà chargé une équipe de l'aider à vérifier les câblages fixés au plafond ; il effectue des tests au micro pour s'assurer que le son sort bien par l'imposante enceinte suspendue devant les portes. Un autre groupe passe en revue les impressionnantes barricades érigées autour du deuxième puits, celui qui *descend*, au pied duquel Orion joue déjà avec son fouet-épée.

Il se tourne vers moi, me surprend à le regarder et me décoche un sourire si allègre que j'ai soudain envie d'aller lui casser la bouche, ou de l'embrasser une dernière fois ; je n'ai toutefois pas le temps de mettre mon plan à exécution que Précieux renverse le sommet de son œuf protecteur et pousse un couinement pressant. Je sursaute et vois Aadhya et Liu m'adresser de grands signes depuis la plateforme installée d'un côté des portes, là où le micro relié au système de sono a été fixé sur son pied. Liu murmure quelques mots à Xiao Xing, sagement rangée dans la boîte qu'elle porte à la poitrine, sans doute *Dis à Précieux qu'il fasse rappliquer son imbécile de maîtresse*.

Je me précipite vers elles, esquivant les autres élèves courant en tous sens ; dès que je les rejoins, les longues heures d'entraînement portent leurs fruits, car nous mettons aussitôt en pratique cette routine à laquelle nous avons travaillé toutes ces semaines. Aadhya accorde rapidement le luth, pendant que Liu et moi effectuons les balances. Chloe vient nous rejoindre avec trois fioles de potions bien alignées dans leur petit écrin doublé de velours. Je chante un peu pour m'échauffer la voix pendant qu'elle mélange les produits dans une coupe en argent et remue le breuvage à l'aide d'une tige de diamant étincelant de mana. Elle me tend alors le liquide rose chatoyant. Je me gargarise à deux reprises avant d'avaler. La sécheresse due à l'adrénaline disparaît de ma gorge, et mes poumons s'emplissent d'air, comme si l'on m'avait enfoncé un soufflet dans le gosier. Je pousse encore quelques notes d'entraînement, qui provoque dans la salle un glas sinistre ; tous les autres s'éloignent instinctivement de la plateforme. Si cela peut en dissuader certains de changer d'avis au dernier moment pour se précipiter vers les portes, tant mieux.

« Prête ? » demandé-je à Liu. Elle acquiesce, et on se rapproche toutes deux du micro. Aadhya et Chloe ont déjà gagné leur place dans la file. Tout le monde semble à son poste. J'inspire un grand coup, et quand Liu joue les premières notes, je me mets à chanter.

Je suis aussitôt soulagée qu'on se soit tant entraînées, car je ne m'étais pas dit un instant qu'on ne parviendrait pas à s'*entendre.* La sono capte le son et l'aspire complètement, avant de lui faire parcourir les kilomètres de câbles qui sinuent à travers l'école.

Ce qui est évidemment le but recherché : si la chanson était audible par moi, les malés resteraient en bas et me fonceraient dessus directement. Il faut que ma voix émane du dernier haut-parleur suspendu au-dessus des portes, puis qu'elle guide les malés le long de cette ligne interminable, afin qu'ils déferlent dans l'école et suivent le parcours jusqu'au puits qu'Orion surveille. Heureusement, donc, que chaque note et chaque syllabe est profondément ancrée dans mon cerveau, ma gorge et mes poumons, car j'aurais sinon bousillé toute l'incantation moins d'une minute plus tard, quand mes premières notes se mettent enfin à beugler à l'entrée.

Les élèves plus jeunes entonnent un cœur de glapissements mêlés de petits cris quand des malés à l'état larvaire se mettent à tomber du plafond, émergent des fissures dans le sol, apparaissent sous des piles de gravats pour répondre à l'irrésistible appel. Les vrais hurlements jaillissent dès l'instant suivant, lorsqu'un carreau de sol se soulève et qu'un voraciteur franchement décrépit apparaît en rampant. Cette créature de bois grinçant et de rouages en fonte ensanglantés, maintenus en place à l'aide de lambeaux de chair semblables à des intestins, doit être vieille d'au moins deux siècles, à en juger par ses longs bras et doigts arachnéens ; elle devait se tapir là, à attendre de pouvoir s'emparer d'un élève ou d'un autre malé, presque depuis l'ouverture de l'école.

Elle apparaît vers l'avant de la queue, parmi un groupe de bizuts. La panique induite n'a cependant pas le temps de se muer en débandade, car la bestiole se désintéresse d'eux et braque sa dizaine d'yeux sur la rangée de haut-parleurs pendus au plafond ; elle entreprend d'avancer dans cette direction à un rythme salutaire. Elle aurait sans doute poursuivi sa progression jusqu'au conduit menant à l'intérieur de l'école si elle en avait eu l'occasion, mais Orion déserte son poste pour l'éliminer avant qu'elle ait parcouru la moitié du chemin.

Cela provoque quelques nouveaux cris, mais seulement de la part des élèves qui se retrouvent aspergés de sang ; leurs exclamations dégoûtées sont vite noyées par celles, apeurées, de centaines d'autres camarades, qui montrent les portes du doigt en hoquetant : derrière moi, les battants se sont entrebâillés. Le premier scintillement du sort de portail se déverse sur les marches comme la lumière au fond d'une piscine : d'abord un léger grésillement, duquel s'étendent les vrilles d'un tourbillon se déployant tel un malé terrifiant et affamé. Je ne peux décidément pas en vouloir à Myrthe : j'ai moi-même envie de faire volte-face pour me tirer de là au plus vite. Je plaque alors les mains sur mes oreilles et continue d'entonner ma chanson silencieuse, me concentrant sur les sensations familières qui me tapissent la gorge.

« Groupe un ! » beugle Liesel avant même que les portes aient achevé de s'ouvrir, et les trois premiers élèves gravissent les marches en se tenant la main, un trio de bizuts parisiens qui disparaît bien vite de mon champ de vision périphérique. Tout le monde soupire légèrement et s'avance un peu, avant de battre en retraite lorsqu'un kerberoy entre en bondissant – je me demande bien ce qu'il pouvait faire à Paris –, agitant toutes ses têtes férocement. Celles des côtés tentent bien de mordre, mais leurs dents glissent sur les sorts protecteurs érigés par les alchimistes ; la tête du milieu et le corps ne semblent toutefois n'avoir d'intérêt que pour le câble et les enceintes. La créature s'élance si vite qu'Orion ne parvient pas à la rattraper à temps : elle galope jusqu'au conduit et y disparaît.

Cela importe peu, car d'autres malés affluent par brouettées ; la plupart d'entre eux dégoulinent et empestent l'eau d'égout. Il ne peut y avoir de point d'incorporation là où des communs pourraient le voir ; si un élève se fait repérer par un humain non doté, il ne peut pas rejoindre l'école, car la quantité de mana nécessaire à l'ouverture d'un portail sous les yeux d'une personne incrédule serait démentielle. Ce qui explique que les points d'incorporation se situent souvent dans des endroits étranges et isolés, qui, tu t'en doutes, sont souvent infestés de malés affamés qui n'oseraient pas attaquer un groupe de sorciers entraînés, mais qui meurent d'envie de pénétrer dans l'école.

Cela fait bien sûr partie du plan, sauf que je n'avais pas mesuré à quel point je m'étais convaincue que celui-ci ne fonctionnerait pas, alors qu'il est au contraire très efficace. J'ai l'impression que des centaines de malés ont déjà forcé le passage quand Liesel s'écrie « Groupe deux ! », et que le deuxième groupe – constitué en réalité d'un seul troisième venu de l'Australie profonde – se dirige vers la sortie. Il doit sauter littéralement par-dessus une rivière d'os animés, qui ne prennent pas le temps de reconstituer les squelettes auxquels ils appartiennent et se contentent de cliqueter là.

Dès l'instant où il franchit le portail, un énorme dingo infesté de vents spectraux traverse dans l'autre sens, si vite qu'il devait se tenir précisément au point d'incorporation – sans doute pour le garder, puisqu'il porte un collier de soumission autour du cou. Une stratégie de défense assez dangereuse pour lutter contre les malés, car une telle quantité de fourrure est déjà tombée pour révéler les vapeurs rougeoyantes à l'intérieur de la bestiole que sa famille n'aurait pu en garder le contrôle pour plus de trois ans maximum. Toutefois, son aide n'était manifestement pas surperflue : une horde d'araigriffes mouchetées de rouge déferle presque aussitôt après, leurs serres claquant sur le sol de marbre tandis qu'elles suivent à toute vitesse la ligne des enceintes. Elles rattrapent rapidement l'un des chaproies parisiens, parvenant même à le dévorer sans s'arrêter, ne laissant dans leur sillage qu'un sac de poils et d'os évidé, bientôt aplati par le radrigue qui débarque aussitôt les deux élèves de Panama partis.

Quelques-uns des meilleurs matheux de l'école ont établi l'ordre de départ afin de maximiser l'afflux de malés dans l'école. Un tas de graphiques et de tableaux incompréhensibles m'est apparu la seule fois où j'ai demandé à ce qu'on m'explique les détails du projet, mais j'ai cru comprendre que l'idée générale consistait à ouvrir des portails aussi éloignés que possible les uns des autres, ce qui explique que les diplômés soient volontairement éparpillés sur tous les continents. Les mesures prises par les artificiens pour maintenir les portails ouverts semblent également fonctionner, car des malés typiquement australiens continuent d'affluer pendant deux bonnes minutes.

Tout se déroule comme sur des roulettes. Les moindres détails de notre plan. J'ai l'impression que je pourrais chanter ainsi sans m'arrêter pendant des semaines. Grâce à la marée rugissante des maléficarias qui déferlent, je n'entends même plus la musique qui me parvient de façon décalée, mais le mana enfle en moi avant de ressortir dans le sort. Cette chanson se veut être un appel, *Venez, je vous en prie, venez, un festin vous attend*, une invitation irrésistible, mais je ne veux pas me contenter de tenir une porte accueillante. J'aimerais aspirer jusqu'au moindre malé du monde, et je n'entonne pas autre chose pour autant, mais dès que je me sens confortablement lancée, ce sort que je n'entends pas se transforme en quelque chose de plus dur dans ma bouche, un ordre impitoyable : *Venez immédiatement, venez tous.* J'ignore si j'en ai changé les paroles ou si je n'émets plus que des sons inarticulés, mais les maléficarias y sont sensibles : il en arrive de plus en plus, un raz-de-marée de corps se bousculant en entrant. Orion ne cherche même plus à les combattre, il se contente d'asséner un coup d'épée de temps à autre ou de balancer une boule de feu dans la masse, et les cadavres s'amoncèlent. Les survivants continuent de courir le long de la rangée d'enceintes et de foncer tête baissée vers les étages.

Je commence à craindre qu'un tel afflux de nouveaux malés empêche les élèves de sortir. Je ne peux rien y faire, puisque je ne peux pas suspendre le sort d'appel, mais quelqu'un d'autre s'en charge : Alfie a fait sortir tous les terminales londoniens de la file d'attente. Ils ont joint les mains pour définir un cercle autour de lui, et il canalise le mana invoqué par ses camarades pour lancer son invocation de refus et lui conférer la forme d'un étroit couloir entre l'avant de la file et les portes, afin que les élèves puissent foncer droit devant sans être embêtés.

D'autres quittent la queue pour revigorer les sorts de protection ou aider les élèves en bord d'allée quand l'un des monstres essaie d'en attraper une bouchée pour la route. Ce n'était pas prévu, on ne s'est jamais exercés à cela. On n'imaginait pas que ça poserait problème. Toutefois, les malés sont si nombreux que certains sont repoussés sur le bord du courant de plus en plus large et rebondissent contre les parois de la file d'attente, si bien que les appétissants bizuts sous la main les intéressent plus que le mensonge fort tentant promettant un buffet à volonté. Cependant, les terminales n'hésitent pas à bondir pour s'interposer et repousser les assaillants dans le torrent ; les plus jeunes soignent entre eux les bobos éventuels, distribuent des gorgées de potion à qui en a besoin.

Liesel décide d'accélérer la cadence : je pense qu'elle comprend elle aussi que nous n'aurons aucun mal à attirer *suffisamment* de malés. Elle annonce les groupes de façon beaucoup plus soutenue, les faisant partir presque sans marquer de pause, se contentant de crier : « Go ! Go ! » Le flot entrant ne ralentit pas, mais la queue se met à fondre comme neige au soleil. Zheng et Min adressent un signe de la main à Liu avant de sauter ; deux minutes plus tard, Sudarat me lance « El, El, merci ! » avant de disparaître avec des secondes de Bangkok.

J'espère sincèrement qu'ils ont rapidement réussi à s'éloigner de leur point d'incorporation, car dans les secondes qui suivent, un naga vraiment gigantesque introduit sa grande gueule sifflante à l'intérieur de l'école – ou plutôt sa première grande gueule, car deux autres têtes surgissent ensuite, avant que le reste du corps se fraie un passage. Les têtes occupent presque tout l'espace du sol au plafond, menaçant le câble des enceintes. Cela provoque de nombreux hurlements, car il pourrait bien s'agir du monstre qui a éradiqué l'enclave de Bangkok. Les nagas de cette taille font d'excellents destructeurs d'enclaves, car on ne peut pas les arrêter avant qu'ils aient franchi les premiers sortilèges de protection ; dès qu'ils y sont parvenus, ils commencent à tout casser.

Celui-ci en aurait sans doute fait autant à la Scholomance s'il en avait eu l'occasion. Je m'apprête à faire signe à Liu d'enchaîner sur un passage instrumental – l'astuce que nous avons mise au point pour me permettre de m'interrompre le temps d'éliminer un truc vraiment épouvantable –, mais Orion me devance en bondissant droit vers la *gueule* du milieu. Le monstre s'immobilise un instant, et Orion se taille un chemin jusqu'à la base du cou, faisant jaillir des morceaux douteux de chair, d'os et de fluides corporels dans toutes les directions. Les trois têtes basculent dans le courant formé par les autres maléficarias et s'enfoncent en dessous, dévorées en moins d'une minute.

Orion atterrit au milieu de la masse grouillante qui s'arrache les derniers vestiges de la dépouille, et les malés le contournent tandis qu'il reste planté là, les yeux brillants et le souffle pas particulièrement court, faisant craquer sa nuque d'un côté comme s'il venait d'achever un bon entraînement. Il me jette même un bref sourire insupportable avant de replonger dans la mêlée.

Cinq minutes plus tard, les tout derniers troisièmes sont partis, et nombre de secondes les ont déjà imités. Les malés ont comprimé le tunnel d'accès ménagé par Alfie, si bien qu'on ne peut plus y progresser à deux de front, mais il ne nous reste que quinze minutes, chacun se précipite donc vers les portes sans attendre le top, dès qu'il se trouve en bout de file. Je ne connais pas un seul des élèves qui nous quittent en ce moment : c'est un flot de personnes à qui je n'ai jamais parlé, avec qui je n'ai jamais partagé la moindre salle de classe. Et même s'il m'était arrivé, en désespoir de cause, de m'installer à l'une de leurs tables au cours des années écoulées, j'aurais gardé la tête baissée. En tout cas, je ne me souviens d'aucune d'entre elles.

Certaines se tournent vers moi en s'approchant de la sortie, et je vois mon reflet sur leur visage : la lumière vert océan qui clignote autour de moi, le mana qui irradie sous ma peau, la teinte dorée qu'il me confère sauf aux endroits où il s'échappe autour de mes yeux, de mes ongles et de ma bouche, me transformant en une lampe flamboyant sur son pied. Les rescapés s'inclinent devant moi et poursuivent leur marche, et je me souviens d'Orion disant *Il y a des gens normaux, et on n'en fait pas partie* ; peut-être qu'il n'a pas tort, mais peu m'importe. Je ne connais pas ces élèves normaux et ne les connaîtrai sans doute jamais, mais chacun d'entre eux était porteur d'une histoire dont la triste fin n'était pas encore écrite, et que j'ai pu modifier à ma guise pour inscrire à la place : *Et ils sont ressortis diplômés de la Scholomance.*

Ils sont sortis, tant d'élèves sont déjà dehors, en sécurité, et tant de malés se déversent encore – autant qui n'arpenteront plus le monde librement pour tuer qui que ce soit. Je les désire férocement, veux les voir à ma botte, et mon envie alimente le sort encore un peu plus. Le mana devrait commencer à manquer, à présent : plus de la moitié des premières sont déjà passés, emportant leurs réserves. Pourtant, alors que je sens le flot se tarir légèrement, la première vague commencer à refluer, une seconde se forme déjà, s'apprêtant à submerger les digues. J'ignore d'abord de quoi il s'agit, puis j'entends des cris de désarroi malgré mes oreilles bouchées et je relève la tête : les premiers malés ont achevé le parcours et sont venus se heurter à la barricade.

Je dois continuer de chanter, mais je les regarde tomber, saisie de terreur : il est trop tôt, dix minutes trop tôt. Il n'y en a d'abord que deux ou trois, puis dix, puis presque instantanément une muraille entière de malice se dresse, rugit et siffle, donne des coups de griffes dans son avidité à se saisir d'Orion, puis de nous tous. Tous les élèves encore présents se crispent, et s'ils n'avaient pas été bloqués dans la queue – alors que ce torrent de malés s'écoule de l'autre côté –, la plupart auraient craqué, j'en suis convaincue. On espérait – c'était la base de nos calculs – qu'Orion tiendrait la barricade une minute ou deux, pas plus, mais il reste encore un quart de la file à évacuer, et personne n'est capable de contenir une masse pareille. Ce n'est pas la simple horde habituelle de la remise des diplômes, ils sont infiniment plus nombreux, irrépressibles, et Orion ne va pas tarder à être balayé, submergé.

Sauf que cela ne se produit pas. Le premier groupe de malés qui lui tombe dessus meurt si vite que je ne vois même pas comment il s'y est pris ; je l'observe pourtant, au désespoir, déjà prête à intervenir – à faire quelque chose, n'importe quoi, un truc aussi dingue que quand je voyais Nkoyo menacée depuis l'extérieur du gymnase. La deuxième vague lui tombe dessus, et une poignée de créatures parviennent à le dépasser, mais seulement de quelques pas : il s'extirpe de la masse de cadavres, arborant toujours ce sourire de satisfaction ridicule, et chope le dernier cherve par sa queue de rat maigrelette pour le renvoyer dans la mêlée, où il retourne aussitôt combattre.

Le mana déferle en moi ; plus qu'une vague, c'est un océan. « Oh, mon Dieu », entends-je Chloe s'exclamer d'une voix étranglée. Quand je coule un regard dans sa direction, je constate qu'elle, Magnus et les autres terminales new-yorkais chancellent tous, de même que leurs alliés. Le répartiteur de pouvoir à mon poignet brûle d'intensité, comme tous les leurs, et ils attrapent tous les élèves à leur portée pour leur balancer le surplus de mana – ce mana qu'Orion déverse en continu dans le pot commun. Les malés meurent à une vitesse surréaliste, semblant se déliter avant même de l'atteindre.

Même quand Chloe me l'a affirmé, j'ai eu peine à croire que tous les élèves de New York avaient vécu trois ans sur le seul mana qu'Orion leur fournissait ; je ne comprenais pas pourquoi il geignait de se trouver si bas. Mais à présent, il recommence à se remplir, suffisamment pour partager, et le pouvoir s'écoule en une crue illimitée. Je comprends tardivement qu'il s'était gardé de dire à quel point la situation était critique, se contentant du strict minimum. Tout ce qu'il a accompli cette année, il l'a fait en étant plus affamé que jamais, avant même que je passe le répartiteur de Chloe à mon poignet. Il a passé son année de terminale – l'année où notre pouvoir s'épanouit vraiment – sans mana pour exécuter ce qu'il souhaitait.

Et maintenant qu'il en dispose enfin, je pense mieux comprendre ce qu'il m'a expliqué, car cela ne semble lui réclamer *aucun effort*. Il n'est plus prisonnier de cette lutte sinistre et désespérée pour survivre, à compter la moindre goutte de pouvoir tel un grain de sable s'écoulant du mauvais côté du sablier. Chacun de ses mouvements, chaque coup gracieux et assassin de son fouet-épée, les sorts qu'il jette, les efforts qu'il fournit… tout cela le nourrit, et on ne peut nier, en l'observant, qu'il est en train d'accomplir ce pour quoi il est fait – un acte si bien aligné avec sa vocation qu'il lui est aussi naturel que respirer. Soudain, il paraît logique qu'il puisse aimer ça, n'avoir envie que de ça, puisqu'il est si *doué* dans l'exercice et que cela lui rapporte des seaux de mana en contrepartie. Son corps a dû lui apprendre à aimer ça plus que toute autre chose – à le désirer tant qu'il va lui falloir apprendre à vouloir autre chose.

Orion ne me regarde plus, même lorsqu'il refait surface entre deux vagues d'élimination ; il est bien trop occupé. C'est d'ailleurs tout aussi bien, car, s'il s'était tourné vers moi, il aurait vu mon soupir hébété. Je me sens heureuse, tellement heureuse, alors même que je suis coincée dans cette salle où tous les monstres du monde cherchent à nous abattre, Orion et moi, car je comprends que ce n'est pas le désespoir qui l'anime, simplement une difficulté d'apprentissage. Il *pourrait* désirer d'autres choses que ça, ou que *moi*. Je suis seulement la *première* de ces autres choses.

Les malés continuent de se déverser en un déferlement d'horreurs, et alors que les premiers terminales commencent à partir, des monstres plus gros se mettent à affluer – ceux qui se trouvaient initialement les plus loin des portails, qui ont entendu la chanson les appeler quand les troisièmes et les secondes ont traversé, et qui ont enfin atteint le point d'incorporation leur permettant de se joindre au festin. Certains sont si monstrueux que j'ose à peine poser les yeux sur eux : les zjevarras et les eidolons, les pharmèthes et les guierges, des créatures de cauchemar tapies sous les enclaves en attendant l'occasion de se repaître. Mais même quand les êtres les plus difformes et inimaginables apparaissent, on n'entend plus de hurlements paniqués. Il ne reste plus que des terminales, à présent, et nous avons nous-mêmes survécu à un cauchemar, celui que nous avons connu à la Scholomance – nous sommes les derniers élèves qui le subiront jamais. Il ne s'agit plus d'un mauvais rêve : qu'Orion parvienne à éliminer un nombre sans cesse plus important de malés, quel que soit le rythme auquel ils affluent, me donne de l'espoir.

Je commence à me dire que ça va fonctionner. Je ne veux toutefois pas succomber à un excès d'optimisme. Je réprime l'espérance aussi férocement qu'Orion les malés. Mais je ne peux m'empêcher d'y croire. Les secondes dorées s'égrènent – Liesel a fait apparaître un compte à rebours en lettres de feu, afin que l'on puisse tous suivre la progression du temps. Quand il ne restera plus que deux minutes, j'arrêterai de chanter et porterai le coup fatal. Encore sept minutes et demie, puis sept, et Aadhya m'appelle : « El ! » Je l'aperçois alors, presque au premier rang de la queue qui progresse rapidement. Elle me sourit, le visage noyé de larmes, et dans leur lustre je ne me vois plus tel un prodige luminescent, mais telle que je suis, El ; j'ai alors envie de descendre de la plateforme et de me précipiter pour l'étreindre, mais je ne peux que sourire, immobile. Elle achève de couvrir la distance qui la sépare des portes, tend le doigt vers moi, puis plaque la paume contre son oreille : *Appelle-moi !* Son numéro de téléphone ainsi que ceux de Liu, de Chloe et d'Orion figurent tous sur le fin signet faisant office de marque-page dans mes *Sutras*. Je n'ai pas de téléphone, et maman non plus, mais j'ai promis de trouver le moyen de la joindre si on s'en sort…

Soudain la promesse est différente, car *elle* s'en est déjà sortie. Elle gravit les dernières marches de l'estrade, franchit les portes et… disparaît. Elle n'est plus là, elle est en sécurité, elle a réussi.

Désormais, je connais tous ceux qui sortent. Certains d'entre eux ne m'apprécient pas : Myrthe me passe devant sans même me regarder. Elle garde le menton dressé et la bouche pincée, sauf quand le dernier élève devant elle disparaît et qu'elle aperçoit enfin le portail, brillant juste devant elle. Son visage se chiffonne quand elle éclate en sanglots, qu'elle lutte pour garder les yeux ouverts en se précipitant dehors. Je suis alors soulagée, soulagée pour elle, soulagée qu'elle aussi ait réussi ; je veux qu'ils y arrivent tous. J'ai loupé le départ de Khamis, Jowani et Cora ; ils sont déjà passés. Nkoyo me souffle un baiser des deux mains avant de grimper les marches en courant. Je ne vois pas Ibrahim, j'ai dû le manquer lui aussi, mais je repère Yaakov qui passe, agitant d'avant en arrière sa tête baissée. Il porte un talith magnifique, quoique élimé, dont les franges irradient de lumière ; il remue les lèvres tout en marchant, et quand il lève le front en passant devant moi, j'éprouve une chaleur pareille à celle qu'émet la main de ma mère quand elle me caresse les cheveux de façon apaisante et rassurante.

Arrivent maintenant les terminales de New York. Chloe m'adresse de grands signes pour attirer mon attention, puis fait un cœur avec les mains avant de franchir la porte ; Magnus dresse les deux pouces dans ma direction – condescendant jusqu'au dernier moment, mais ça ne me gêne même pas. J'ai réussi à les faire sortir. Tout le monde va s'en tirer. Il ne reste peut-être qu'une centaine d'élèves dans la queue ; quatre-vingt-dix ; quatre-vingts. Ce ne sont presque plus que de vagues connaissances, à l'exception de Liesel, qui commence à avoir la voix cassée, et de Liu, qui continue de jouer ces notes que je n'entends pas mais que je sens sous mes semelles ; il y a aussi Alfie et Sarah, ainsi que les autres Londoniens – qui devraient déjà être partis. Je sais qu'ils ont tiré un numéro plus bas que les New-Yorkais quand on a déterminé l'ordre de passage ; ils sont malgré tout restés pour aider Alfie à protéger le passage pour tous les autres.

Je ne m'attendais pas à ça de la part d'enclavés comme eux ; ils ont été élevés pour faire exactement le contraire, pour sortir à la première opportunité. Cependant, ils ont aussi été éduqués selon la ligne du parti : on leur a enseigné que Manchester, Londres et leurs alliés héroïques avaient bâti la Scholomance dans un esprit de soin et de générosité, avec l'ambition de sauver tous les enfants sorciers du monde. Et peut-être que, à l'instar de l'école elle-même, cela s'est ancré en eux plus profondément que leurs parents l'auraient souhaité. Sauf à considérer que, quand on offre à quelqu'un une chance raisonnable de faire le bien, même un enclavé choisira de la saisir.

Cette fois, je n'ai plus aucun proche, mais on arrive tout au bout de la file. Il ne reste qu'un groupe d'enclavés argentins, qui ont tiré le numéro le plus élevé à la loterie ; et comme ils n'ont pas fait de scandale ni exigé d'être surclassés, aucun autre groupe n'a eu l'occasion de se plaindre. Ils sont quatre, et ils traversent vite, à la queue leu leu, jusqu'à ce que la dernière fasse un pas de recul en hurlant – le premier hurlement survenu depuis longtemps – quand une gueule-béante déferle par la porte.

Inutile de se demander d'où elle vient. Le garçon qui vient de franchir le portail pour regagner l'Argentine a été *attrapé* ; il se débat, hurle, appelle à l'aide, implore pitié, réclame à être libéré, le tout dans un accès de terreur absolue si familier. La gueule-béante continue de l'engloutir, alors qu'elle n'a pas fini d'entrer.

Je dois m'être arrêtée de chanter. Je ne crois pas que j'aurais pu continuer. Ce n'est pas une très grosse gueule-béante. Elle est peut-être même encore plus petite que la précédente, la première, la seule que j'aie jamais vue ou touchée – celle qui survivra en moi jusqu'à mon dernier souffle. Elle ne possède qu'un amas d'yeux, dont la plupart sont marron ou noirs et cernés de cils sombres ; des yeux ressemblant atrocement à ceux du garçon en train d'être digéré, et certains d'entre eux sont encore assez conscients pour exprimer leur horreur. Plusieurs des bouches gémissent encore doucement, d'autres sanglotent ou sont prises de haut-le-cœur.

Mais la créature ne va cesser de croître. Elle engloutit trois autres malés avant d'avoir totalement franchi les portes, les fait rouler dans son gosier et les avale – avant même d'avoir fini de déglutir le garçon, même s'ils se débattent aussi : eux ne disposent pas de boucliers d'enclave pour les protéger. Mais le garçon va succomber bientôt, très bientôt ; dès qu'il aura épuisé tout son mana.

« Tomas, Tomas ! » sanglote une Argentine, sans toutefois essayer de le secourir. Personne ne s'approche jamais volontairement d'une gueule-béante. Pas même les autres malés, les plus affamés, comme s'ils pressentaient ce qui les attendait s'ils s'y risquaient.

Un goût de bile me remonte dans la gorge. Liu pince toujours les cordes du luth ; elle me jette un regard horrifié, sans s'interrompre pour autant. Alfie protège toujours le couloir ; les autres Londoniens l'encerclent, même s'ils aspirent sans doute tous à détaler, pas pour échapper à la mort, mais à la gueule-béante – car le pire, avec ces créatures, c'est qu'elles ne vous tuent jamais.

Je leur ai demandé de m'aider, et ils l'ont fait ; je leur ai demandé de se montrer courageux, de saisir l'occasion de faire quelque chose de bien, mais je ne peux rien exiger de plus de leur part si je ne me lance pas moi-même. Il m'incombe donc d'aller éliminer cette bestiole. Il le faut, mais j'en suis incapable, sauf que derrière elle, à l'autre bout de la salle, au niveau de la barricade, je vois la tête d'Orion se tourner vers moi. Si je ne descends pas maintenant, c'est lui qui va venir. Il va déserter la barricade, laissant le raz-de-marée de malés déferler derrière lui pour se précipiter vers la gueule-béante, car Tomas est en train de hurler de plus en plus fort à mesure que les vrilles de la chose s'enroulent de façon inquisitrice autour de sa poitrine, en direction de sa bouche et de ses yeux.

Je descends donc de la plateforme et traverse l'estrade. Les derniers élèves en ligne s'écartent pour me laisser passer ; ils me dévisagent tandis que le chatoiement des sortilèges alchimiques ondule telle de l'eau sur ma peau quand je le franchis. Les malés continuent d'entrer par le portail, mais ils forment un large cercle autour de la gueule-béante désormais immobile, peut-être pour digérer un instant et tâter le terrain au milieu du contour roussi qu'a laissé Patience dans son sillage, comme hésitant à élire domicile à cet endroit. Elle forme une minuscule tache d'encre au cœur de ce tracé monstrueux. Elle ne doit pas encore avoir ingéré tant de vies. Je déploie alors mon bouclier, le sort simple et brillant de maman qu'elle offre à tous ceux qui le lui réclament, celui qui ne consume que le mana que tu as toi-même fabriqué, ou qu'un ami aimant t'a offert librement ; or, Orion déverse encore son pouvoir en moi telle une cascade intarissable.

Je dois fermer les yeux pour ne pas regarder la bestiole ; je m'imagine devant les portes, avec maman de l'autre côté – maman et mon avenir tout entier. D'une certaine manière, c'est la vérité, car je ne pourrai pas les franchir avant d'avoir surmonté cette ultime épreuve, car cette saleté d'univers tient à me voir souffrir. Alors je bondis tête la première dans la gueule-béante. Tandis que l'horrible surface visqueuse se referme autour de moi, je jette La Main de la Mort avec toute ma rage et le mana contenu dans mille malés ; puis je le relance, encore et encore, le visage et le corps contractés, et j'ignore combien de temps s'écoule, une éternité, trois secondes, toute ma vie s'étendant à l'infinie, mais quand tout est terminé, Liu est en train de me brailler : « El ! El, attention ! »

Je rouvre les paupières, accroupie dans une masse humide, et me retourne à temps pour jeter une nouvelle fois mon sort de mort, machinalement, droit sur le horka baveux qui vient de faire irruption par le portail. Il s'écroule, mort instantanément, et son cadavre glisse devant moi le long des marches, se mêlant à l'atroce flot putrescent qui dégouline encore de la peau translucide de la gueule-béante. Trois autres élèves s'empressent de venir extirper Tomas de cette bouillie. Ses jambes, par lesquelles la gueule-béante l'a enveloppée et a tenté de le dévider, sont à vif et couvertes de sang ; le répartiteur de pouvoir, toujours accroché à son poignet, grésille – il l'a sans doute surchargé en y puisant l'énergie pour se protéger. Sarah ôte le bracelet et le balance au loin ; il disparaît dans l'écoulement de malés, et la légère explosion qu'il produit est étouffée par leurs cadavres.

Je m'agenouille, toute tremblante, et les dévisage. Je n'arrive pas à croire que je l'aie fait, que tout soit terminé ; le monde entier m'apparaît trouble et irréel. L'écoulement des malés se poursuit, la musique de Liu continue de porter notre chanson.

« Debout ! me crie Liesel. Lève-toi, espèce d'imbécile ! Il est temps ! Il ne reste que deux minutes ! »

Ça a marché, et je parviens à me remettre debout à peu près en même temps que ce pauvre Tomas. L'un des autres lui a fait boire une potion, et il paraît désormais très calme, presque distant. La dernière Argentine le soutient par les épaules, l'aidant à conserver l'équilibre. Je comprends alors pourquoi Liesel m'a bousculée si vigoureusement : Alfie a déplacé son invocation pour nous couvrir, nous éviter de nous faire envahir, mais cela signifie que personne d'autre ne peut partir. Il essaie de la remettre en place, en dépit de la pression des malés qui affluent encore, et nous allons bientôt entamer la dernière minute.

Il ne reste cependant que vingt élèves. Je ne recommence pas à alimenter le pot à miel avec Liu. Au lieu de quoi, je tape sur l'épaule d'Alfie, puis place mes mains sous les siennes pour le relayer avec l'invocation ; il se retire lentement, prudemment, et manque de s'écrouler avec un halètement en se retrouvant libéré de cette pression. Après m'être assurée de la maîtrise pleine et entière du sort, j'y introduis mon propre mana, celui qui rugit incessamment en moi, et élargis l'invocation, repoussant les malés pour ouvrir un passage jusqu'aux portes.

« Allez-y ! » lancé-je, et les Londoniens disparaissent. Le reste de la file les imite. Liesel bondit de la plateforme, me fourre le micro télépathique dans la main – je résiste un instant (quel intérêt maintenant que tout le monde est parti ?), mais elle semble si déterminée à enrouler mes doigts autour que je finis par céder.

Cette fois, la file d'attente est vide. Liu joue les dernières notes, les laisse se dissiper pour que la chanson s'achève joliment, puis saute à bas de la plateforme avec son instrument et sprinte jusqu'aux portes sans perdre un instant pour me faire ses adieux : elle m'a déjà fait le plus beau des cadeaux en m'accordant jusqu'à la dernière seconde de notre ultime minute, avant que les malés se retrouvent tous libérés de l'enchantement, quand la musique achèvera les derniers mètres du parcours. Elle tend juste les doigts pour m'effleurer le bras en passant.

Tout est terminé. Il n'y a plus que moi et Orion – Orion, qui combat encore à l'embouchure de la barricade. Les malés font leur possible pour entrer, pour le dépasser, mais il les retient. Leur flot infini va toutefois finir par le submerger et l'emporter, tout Orion qu'il est. Il en aurait pour des heures – des jours, des semaines – pour en venir à bout ; tôt ou tard, il tombera de fatigue et ils le dévoreront. Toutefois, il n'a pas besoin de les retenir des heures, des jours ou des semaines : une minute et vingt-six secondes suffiront.

« Orion ! » l'appelé-je – bien sûr, il ne fait rien d'aussi avisé que se retourner ou se précipiter vers moi. Puis, mi-agacée mi-reconnaissante envers Liesel, je porte le microphone télépathique à mes lèvres et hurle : « Orion ! » Même s'il est en plein combat, il sursaute et pivote vers moi. Il abat alors six malés supplémentaires, jette un sort de sprint à ses pieds, s'élance tel un dragster et s'arrête en dérapant à ma hauteur.

« Traverse ! » m'exclamé-je, mais il ne se donne même pas la peine de décliner : il fait simplement volte-face pour se placer entre moi et les malés qui franchissent désormais la barricade pour emplir la salle. Ils ne se précipitent pas sur nous. À mon avis, aucun d'eux ne tient à se mesurer à Orion après le dernier quart d'heure de massacre dont ils viennent d'être témoins, et la musique s'est déjà arrêtée pour eux, le festin promis s'est donc envolé avant même qu'ils aient pu l'atteindre. S'ils déferlent maintenant, c'est juste qu'ils n'ont nulle part ailleurs ou aller, et que la pression est forte derrière eux.

J'ancre mes pieds au sol et entonne l'incantation de supervolcan. Les premières lignes de pouvoir se hérissent sous mes semelles et progressent vers les murs telles des éjections de masse coronale, avant que les longues lignes s'enroulent autour de moi en spirales. Quand tout le sol de la salle en est recouvert, que les rainures se sont propagées aux parois et même au plafond, que je sens tout le bâtiment entre mes mains, prêt à céder…

Céder comme l'a fait le sol du gymnase, le jour où les enclavés étaient prêts à s'affronter. Céder… pour m'offrir une chance d'éviter le carnage. De *sauver d'autres élèves*.

Je ne m'attendais pas à me sentir navrée. J'ai toujours refusé de me projeter à cet instant, si bien que je n'ai pu imaginer à quoi il ressemblerait, mais même si je l'avais fait, je pense que cela m'aurait surprise. Pourtant, pendant un instant, je suis effectivement désolée : la Scholomance a fait tout ce qu'elle a pu pour nous, a offert aux ingrats que nous sommes le peu qu'elle avait. Je me sens comme sur le point d'abattre l'Arbre généreux de cet horrible conte. Je marque une pause, dans le court répit entre les deux parties de l'incantation, et même si je dois contracter tous mes muscles pour ne pas me laisser disloquer par le potentiel de ce sort rassemblé en moi, je parviens à déclarer d'une voix douce : « Merci. » Puis je franchis le point de non-retour.

Je ne suis encore jamais allée au bout de ce sort, pour des raisons évidentes. Je ne pense pas que je le jetterai une seconde fois. Dès que je me retrouve à l'intérieur, je sais que ce n'est pas vraiment un sort de supervolcan : il ne s'agit que d'un exemple. C'est un sort de *dévastation*, qui vise à fracasser un monde. Je sentais instinctivement qu'il permettrait de détruire l'école ; à présent, j'en ai la conviction.

Et les malés le savent aussi. Cette fois, ils foncent effectivement vers nous – pas pour nous tuer, mais pour *s'échapper*. Le pot à miel s'est tari, les derniers portails se sont refermés ; aucun malé ne cherche plus à entrer. Cependant, l'école en est remplie, bondée jusqu'au moindre recoin, et tous sentent arriver la fin : la colonne de cendre et de feu s'élevant dans leur ciel, le nuage gris qui se propage.

D'un coup de poignet, Orion déploie son espèce de baguette-épée pour lui donner sa longueur de fouet, et il veille à ce que l'estrade reste dégagée ; dès qu'un malé tente de poser un orteil sur les marches, il l'abat, si bien qu'aucun d'eux n'ose grimper. Les petits tentent de filer par les côtés, mais il les élimine si vite que je n'arrive pas à suivre. J'attaque désormais les derniers vers de l'incantation, et le sol commence à se soulever sous nos pieds. Je sens les murs se disloquer, les tuyaux exploser dans toute l'école, le grondement sourd du sol se séparant de l'estrade. Toutes les soudures cèdent, une fine ligne noire de néant apparaît çà et là.

Les malés sont frénétiques ; ils oublient leurs réticences, et Orion les combat furieusement. Il en tue de partout : les voleurs-nocturnes et les grièches qui nous plongent dessus, les goules qui hurlent à mi-hauteur, les horreurs éthérées qui murmurent désespérément. Puis il y a ce crissement métallique derrière moi : les portes qui commencent à se refermer. Les chiffres de feu affichés dans l'air poursuivent leur compte à rebours : plus que quarante et une secondes. Peu importe si quelques malés s'échappent maintenant : notre mission est un succès. Je m'interromps volontairement à l'avant-dernière syllabe, laissant le sort se prolonger. L'air frémit autour de moi, de toute la puissance de l'incantation – pas tout à fait achevée, mais si près du but qu'elle finira par se compléter seule quoi qu'il arrive. J'éclate d'un rire triomphal, projette l'invocation de refus autour de nous et la déploie vers l'extérieur, repoussant au pied de l'estrade les malés s'en prenant à nous.

Orion chancelle sur la première marche, jette des regards éperdus sur ces victimes expiatoires repoussées hors de sa portée. « On y va ! » lui hurlé-je. Il se retourne alors et me dévisage d'un air ébahi.

Puis tout le sol se met à trembler, et ce n'est pas à cause de mon sort. L'océan de maléficarias s'ouvre telle la mer Rouge, écumant de part et d'autre quand une forme titanesque, plus haute que les portes elles-mêmes, jaillit hors du puits et fonce sur nous ; cette chose est si énorme que je ne reconnais pas tout de suite une gueule-béante : ses yeux et ses bouches sont si minuscules qu'ils ne forment que des mouchetures éparpillées sur toute sa masse. Le moindre malé incapable de s'écarter du chemin se retrouve consumé aussitôt ; la gueule-béante leur roule dessus, et ils disparaissent.

Ce n'est pas Patience ; ce n'est pas *seulement* Patience : c'est Patience *et* Force-d'Âme. Brûlées, affamées par cette salle des diplômes parfaitement nettoyée, elles ont fini par se retourner l'une contre l'autre. Elles se sont pourchassées dans le ventre sombre de l'école – qui a sans doute *ouvert* volontairement des espaces à leur attention, les éloignant des portes pour faciliter notre fuite –, jusqu'à ce que l'une d'elles l'emporte et consume la seconde, avant de se poser quelque part pour digérer paisiblement son repas gargantuesque, un siècle de nourriture en une seule prise. Sentir l'école s'effondrer a dû la réveiller et la faire paniquer.

Toute ma jubilation m'abandonne telle une longue tige de cendres s'effondrant au bout d'un bâton d'encens. J'étais sur le point de me sentir fière de moi, satisfaite – j'avais réussi à sauver tout le monde, purgé la planète de ses maléficarias, affronté et surmonté ma plus grande peur. J'étais sur le point de franchir les portes et d'aller me vanter de tout ça devant maman, d'attendre avec la grâce d'une reine que mon preux chevalier dans son armure rutilante vienne réclamer ma main, sa récompense autant que la mienne, afin que nous puissions entamer notre croisade et sauver les coins ternis du monde nécessitant d'être fourbis.

Cette fois, j'éclate d'un rire sonore, je crois, je n'en suis pas sûre : je ne peux pas m'entendre, mais je ressens comme un gloussement dément et paniqué dans le fond de ma gorge. C'est tellement hilarant de m'être un jour imaginée capable d'affronter *ça*. Je ne suis même pas en mesure d'articuler un mot, d'établir un plan cohérent. Patience se heurte à l'invocation de refus telle une immense vague percutant une digue, la recouvrant tout entière à la manière d'un dôme ; les yeux écrabouillés contre la surface nous dévisagent d'un air distant. Puis la gueule-béante glisse et tente un nouvel assaut ; le mana *rugit* en moi au moment de l'impact, aveuglant. Je n'aurais pu lancer un sort de mort même si j'avais été capable de quoi que ce soit : je dois canaliser toutes mes forces pour maintenir l'évocation face à une monstruosité que rien ne pourrait dissuader.

Puis Précieux dresse la tête et pousse un vagissement perçant, et je me rends alors compte que… *je n'y suis pas obligée*. « Orion ! hurlé-je. Orion, viens ! » Il reste debout à contempler Patience au travers du dôme chatoyant. Je n'attends pas qu'il me réponde : je n'ai pas fini de crier que je l'attrape par le bras pour l'attirer à ma suite vers les portes. Celles-ci grincent toujours, pivotent lentement. La fissure à la base de l'estrade s'élargit.

Patience percute une nouvelle fois l'évocation, et je manque basculer, des explosions stellaires plein les yeux. Je me tiens au bras d'Orion jusqu'à recouvrer l'usage de ma vision ; il n'a pas bougé d'un pouce. Je ne tente plus de parler, me contente de tirer pour lui faire effectuer un pas de plus.

Il ne quitte toutefois pas Patience du regard. Une lueur terrible et farouche éclaire son visage ; j'ai déjà vu cette faim l'animer, quand il veut la perte d'une créature. Et je peux le comprendre : si une chose dans l'univers mérite d'être tuée, c'est celle-ci, cette créature monstrueuse. Elle doit mourir. Et la fissure autour de l'estrade s'élargit encore, encore plus lentement que les portes ne se ferment.

Cela ne bouleverserait pas le grand ordre des choses que dix ou vingt malés s'échappent ; la donne serait bien différente si Patience parvenait à s'enfuir, si ce sac de mort infini sortait d'ici pour continuer de rogner éternellement les os de ses victimes, d'en engloutir de nouvelles pour l'éternité, irrépressible.

Cependant, le temps presse vraiment : les chiffres de flammes qui flottent devant nous égrènent les ultimes secondes. « On ne peut pas le faire ! » lui hurlé-je. Je m'arcboute alors, tends mon bras raide et ouvre la main pour encaisser le prochain assaut fulgurant de Patience. J'avale une grande goulée d'air et force Orion à grimper une marche de plus, à l'extrême limite de la sortie. Je finis par lui lâcher le bras pour poser les mains sur ses joues et le forcer à me regarder. « Orion ! *On y va !* »

Il me dévisage. Les couleurs bouillonnantes de la sortie se reflètent dans ses prunelles, pommellent sa peau ; il se penche alors vers moi, comme pour m'embrasser. « Tu veux te prendre un nouveau coup de genou ? Parce que je n'hésiterai pas ! » grondé-je, exaspérée.

Il se recule alors subitement, une couleur plus habituelle venant empourprer ses joues. Son regard s'éclaircit un instant ; il se retourne vers Patience, puis pousse un éclat de rire – un rire bref et terrible. Puis il me fait de nouveau face et me déclare : « El, je t'aime tellement. »

Et il me fait franchir les portes d'une poussée.

14023

Composition
NORD COMPO

Achevé d'imprimer en Slovaquie
par NOVPRINT SLK
le *14 janvier 2024*

Dépôt légal : février 2024
EAN 9782290380567
L21EPGN000785-546859

Éditions J'ai lu
82, rue Saint-Lazare, 75009 Paris

Diffusion France et étranger : Flammarion